Um Dia em Dezembro

JOSIE SILVER

Um Dia em Dezembro

Tradução
Carolina Simmer

5ª edição

BERTRAND BRASIL
Rio de Janeiro | 2024

Copyright © Josie Silver, 2018

Publicado originalmente em língua inglesa pela Penguin Books Ltd, Londres.

Título original: *One Day in December*

Texto revisado segundo o novo
Acordo Ortográfico da Língua Portuguesa

2024
Impresso no Brasil
Printed in Brazil

CIP-BRASIL. CATALOGAÇÃO NA PUBLICAÇÃO
SINDICATO NACIONAL DOS EDITORES DE LIVROS, RJ

S592d
5ª ed.

Silver, Josie
Um dia em dezembro / Josie Silver; tradução de Carolina Simmer. –
5ª ed. – Rio de Janeiro: Bertrand Brasil, 2024.
23 cm.

Tradução de: One day in december
ISBN 978-85-286-2366-6

1. Ficção inglesa. I. Simmer, Carolina. II. Título.

CDD: 823
CDU: 82-3(410.1)

18-51019

Meri Gleice Rodrigues de Souza – Bibliotecária – CRB-7/6439

Todos os direitos reservados. Não é permitida a reprodução total ou parcial desta obra, por quaisquer meios, sem a prévia autorização por escrito da Editora.

Direitos exclusivos de publicação em língua portuguesa somente para o Brasil adquiridos pela:
EDITORA BERTRAND BRASIL LTDA.
Rua Argentina, 171 – 3º andar – São Cristóvão
20921-380 – Rio de Janeiro – RJ
Tel.: (21) 2585-2000

Atendimento e venda direta ao leitor:
sac@record.com.br

Para James, Ed e Alex,
com amor.

2008

21 de dezembro

Laurie

É um milagre que as pessoas que usam o transporte público não caiam e morram por excesso de germes no inverno. Nos últimos dez minutos, fui vítima de tosses e espirros alheios, e, se a mulher à minha frente jogar caspa em cima de mim mais uma vez, talvez eu derrube nela o restante do café morno que não posso mais beber por estar cheio de pedaços de couro cabeludo.

Estou tão cansada que seria capaz de dormir aqui mesmo, no balanço do andar de cima deste ônibus lotado. Ainda bem que minha folga de Natal já começou, porque acho que meu corpo e meu cérebro não aguentariam nem mais um turno na recepção daquele hotel horroroso. O balcão pode até estar enfeitado com guirlandas e belas luzes para os hóspedes, mas, nos bastidores, é um verdadeiro inferno. Meus olhos vivem pesados, mesmo quando eu deveria estar acordada. Amanhã, assim que chegar à nostálgica intimidade da casa dos meus pais, meu plano é hibernar até o ano que vem. O mundo parece ficar tranquilo, em câmera lenta, quando troco Londres por um interlúdio da serena vida interiorana do quarto da minha infância, nas Midlands, mesmo que nem todas as lembranças dessa época sejam boas. Até as famílias mais unidas passam por tragédias, e acho justo dizer que a nossa veio cedo e foi drástica. Mas não vou ficar pensando nisso, porque o Natal é para ser um tempo de esperança, amor e, acima de tudo neste momento, sonecas. Sonecas intercaladas com competições de comilança com meu irmão, Daryl, e sua namorada, Anna, além de um monte de filmes natalinos bregas. Porque é impossível se cansar de ver um infeliz parado no frio segurando cartazes que silenciosamente declaram à esposa do melhor amigo que seu coração despedaçado sempre a amará. Se bem que... isso é romântico? Não sei. Quero dizer, *meio* que é, de um jeito piegas, mas o sujeito também é o pior amigo do mundo.

Já desisti de me preocupar com os germes aqui, porque com certeza já ingeri o suficiente para morrer, se for o caso, então apoio a cabeça na janela embaçada e observo a Camden High Street passar como brilho dos pisca-piscas de Natal e vitrines iluminadas e abarrotadas que vendem de tudo, de jaquetas de couro a lembrancinhas bregas de Londres. Mal passa das quatro da tarde, mas já anoitece; acho que quase não houve claridade hoje.

Meu reflexo diz que talvez fosse melhor tirar a auréola cintilante horrorosa que a vaca da minha gerente me obrigou a usar, porque pareço uma aspirante a Anjo Gabriel em uma peça natalina de escola primária, mas não consigo me dar ao trabalho. Ninguém neste ônibus se importa; não o homem encasacado e úmido ao meu lado ocupando bem mais que sua metade do assento enquanto cochila sobre o jornal de ontem, nem os estudantes gritando uns com os outros nos bancos no fundo e, com certeza, não a moça da caspa na minha frente, com seus brincos de flocos de neve. Sua escolha de bijuteria me parece irônica; se eu fosse mais babaca, talvez a cutucasse para dizer que ela está chamando atenção para a nevasca que causa cada vez que balança a cabeça. Porém não sou babaca; ou talvez seja só no silêncio da minha própria mente. Todo mundo é assim, não é?

Jesus Cristo, em quantos pontos este ônibus vai parar? Ainda faltam alguns quilômetros até onde moro e já está mais apertado aqui dentro que carreta de gado em dia de feira pecuária.

Ande logo, penso. *Rápido. Quero ir para casa.* Embora a minha casa seja um lugar deprimente agora que Sarah, que divide o apartamento comigo, foi passar uns dias com os pais. Só mais um dia antes de eu ir também, lembro a mim mesma.

O ônibus estremece e para no fim da rua. Observo enquanto a multidão lá embaixo se acotovela para sair enquanto é empurrada pelos que querem entrar. É como se achassem que estamos participando de uma competição para ver quantas pessoas cabem em um espaço apertado.

Há um cara acomodado em um dos bancos do ponto. Este com certeza não é o ônibus dele, porque está mergulhado em sua leitura. Ele me chamou a atenção porque parece ignorar o empurra-empurra que acontece bem na sua frente, como um desses efeitos especiais bonitos de filmes em que alguém fica completamente imóvel enquanto o mundo gira um pouco fora de foco, ao seu redor, como em um caleidoscópio.

Não consigo ver seu rosto, só o topo de seu cabelo louro-escuro, com um corte meio comprido, formando ondas, imagino, conforme cresce. Ele está agasalhado com um sobretudo de lã azul-marinho e um cachecol que parece ter sido tricotado especialmente para ele. É um detalhe destoante e inesperado em comparação ao restante das suas roupas estilosas — calça jeans *skinny* escura e botas — e com a maneira compenetrada com que lê o livro. Aperto os olhos, tentando baixar a cabeça para ver o título, limpando a janela embaçada com a manga do casaco para enxergar melhor.

Não sei se é o movimento do meu braço pelo vidro ou o brilho dos brincos da mulher da caspa que chamam a atenção de sua visão periférica, mas ele ergue a cabeça e pisca algumas vezes enquanto foca na minha janela. *Em mim.*

Nós nos encaramos, e não consigo desviar o olhar. Sinto meus lábios se moverem, como se eu fosse dizer alguma coisa, só Deus sabe o quê, e, de repente, do nada, preciso sair deste ônibus. Sou assolada pela necessidade urgente de ir lá fora, de ir até ele. Mas não vou. Não movo um músculo, porque sei que não existe possibilidade de eu conseguir passar pelo homem encasacado ao meu lado e abrir caminho por entre a multidão antes de o ônibus começar a andar. Então tomo a rápida decisão de ficar onde estou e tentar comunicar a ele, usando apenas a ânsia desesperada e intensa no meu olhar, que deveria subir aqui.

Ele não é nenhum galã nem tem aquela beleza clássica, mas há um quê desgrenhado e estiloso e um charme sério, modesto, que me atrai. Daqui, não consigo ver bem a cor de seus olhos. Verdes, acho, ou talvez azuis?

E veja bem. Pode até parecer delírio da minha parte, mas tenho certeza de que vi a mesma eletricidade passar por ele; como se um relâmpago invisível tivesse, inexplicavelmente, nos unido. Reconhecimento; seus olhos arregalados exibiram uma surpresa nítida. Ele parece me encarar duas vezes, incrédulo, o tipo de coisa que se faz quando você encontra por coincidência seu melhor amigo dos velhos tempos, a quem não vê há séculos, e não acredita que aquilo esteja mesmo acontecendo.

É um olhar que diz *Olá* e *Ah, meu Deus, é você* e *Que bom te ver*, tudo ao mesmo tempo.

Seus olhos seguem na direção da pequena fila que ainda espera para embarcar e, depois, voltam-se para mim; quase consigo ouvir os pensamentos passando por sua mente. Ele está se perguntando se seria loucura entrar no ônibus, no que diria se não estivéssemos separados pelo vidro e pela multidão, se acabaria se sentindo idiota ao subir dois degraus da escada por vez para chegar até mim.

Não, tento transmitir. *Não, você não se sentiria idiota. Eu não deixaria. Ande logo, entre na porcaria do ônibus!* Ele está me encarando, e, então, um sorriso lento se forma em sua boca larga, como se não conseguisse controlar. E sorrio de volta, quase eufórica. Também não consigo evitar.

Por favor, entre no ônibus. Ele se move, tomando uma decisão repentina, fechando o livro e enfiando-o na mochila entre os tornozelos. Está andando agora; prendo a respiração, pressiono a palma da mão contra a janela fria, encorajando-o a correr mesmo enquanto escuto o horrível chiado das portas se fechando e sinto o sacolejar do freio de mão sendo solto.

Não! Não! Ah, meu Deus, não ouse sair deste ponto! É Natal! Quero gritar mesmo enquanto o ônibus se enfia no trânsito e aumenta a velocidade. Lá fora, ele fica parado na rua, ofegante, observando eu me afastar. Vejo a derrota afastar o brilho de seu olhar, e, por ser Natal e por ter acabado de me apaixonar perdidamente por um estranho em um ponto de ônibus, jogo um beijo triste para ele e apoio a testa no vidro, observando-o até sumir de vista.

Então me dou conta. Merda. Por que não me inspirei no infeliz do filme e escrevi alguma coisa para lhe mostrar? Eu podia ter feito isso. Podia até ter escrito o número do meu celular na janela úmida. Podia ter aberto uma fresta e gritado meu nome e endereço ou alguma coisa assim. Há um monte de coisas que eu podia e devia ter feito; porém, na hora, nada me ocorreu, porque parecia impossível desgrudar meus olhos dele.

Para os espectadores, deve ter parecido um filme mudo de sessenta segundos digno de um Oscar. De agora em diante, se alguém me perguntar se já me apaixonei à primeira vista, a resposta será que sim, por um glorioso minuto em 21 de dezembro de 2008.

2009

Resoluções de Ano-Novo

Só duas resoluções este ano, mas elas são importantes e geniais.

1. Encontrar o cara do ponto de ônibus.
2. Conseguir meu primeiro emprego decente em uma revista.

Droga. Devia ter escrito a lápis, porque apagaria tudo e trocaria a ordem. O ideal seria conseguir um trabalho superdescolado em uma revista primeiro e, depois, esbarrar com o cara do ônibus em uma cafeteria enquanto comprava um almoço saudável; ele acidentalmente derrubaria meu pedido, ergueria o olhar e diria "Ah. É você. Até que enfim".

Então nós nos esqueceríamos do almoço e iríamos dar uma volta no parque, porque perdemos o apetite, mas encontramos o amor de nossa vida.

Enfim, é isso. Deseje-me sorte.

20 de março

Laurie

— É ele? Esse com certeza tem jeito de que anda de ônibus.

Sigo a direção que Sarah indica com a cabeça e passo os olhos pelo balcão apinhado de gente na noite de sexta. Agora, é hábito sempre que vamos a qualquer lugar analisar rostos e multidões em busca do "cara do ônibus", como Sarah o batizou quando compartilhamos nossas histórias de fim de ano em janeiro. As comemorações da família dela em York soaram bem mais animadas que minha calmaria e comilança em Birmingham, mas nós duas voltamos para a realidade do inverno londrino sofrendo de depressão pós-Réveillon. Contei minha trágica história de "amor à primeira vista" junto com outras lamúrias e logo me arrependi. Não é que eu preferisse esconder isso de Sarah; é só que, desde o segundo em que ficou sabendo, ela ficou ainda mais obcecada com a ideia de encontrá-lo do que eu. E estou ficando louca por ele em silêncio.

— Qual? — Franzo a testa na direção do mar de pessoas, em sua maior parte nucas de cabeças desconhecidas.

Ela torce o nariz enquanto pensa em como mostrar o cara para eu analisar.

— Ali no meio, do lado da mulher de vestido azul.

É mais fácil encontrá-la; sua cortina de cabelo louro-platinado escorrido reflete a luz quando ela joga a cabeça para trás e ri para o homem ao seu lado.

Ele tem a altura certa. O cabelo é parecido, e sinto um reconhecimento chocante diante do contorno de seus ombros na blusa escura.

Pode ser qualquer um, mas também pode ser o cara do ônibus. Quanto mais o observo, mais certeza tenho de que minha busca chegou ao fim.

— Não sei — digo, prendendo a respiração porque ele é muito parecido.

Já o descrevi tantas vezes que Sarah deve reconhecê-lo com mais facilidade do que eu. Quero chegar mais perto. Na verdade, acho que comecei a me aproximar, mas, então, a mão de Sarah me interrompe, porque ele aproxima a cabeça e dá um beijo na loura, que instantaneamente se tornou a pessoa que mais odeio no mundo.

Ah, Deus, acho que é ele! Não! Não era para ser assim. Imagino inúmeras versões deste momento todas as noites antes de pegar no sono e nunca, repito, *nunca* termina assim. Às vezes, ele está com um grupo de amigos em um bar; outras vezes, está lendo em uma cafeteria, sozinho; mas o que jamais acontece é ele ter uma namorada loura com quem se agarra em público.

— Merda — murmura Sarah, passando-me minha taça de vinho.

Ficamos observando enquanto o beijo continua. E continua. Credo, essas pessoas não tem pudor? Agora, ele está apertando a bunda dela, realmente passando dos limites para um ambiente lotado.

— Que falta de vergonha na cara — resmunga Sarah. — Ele não faz seu tipo de jeito nenhum, Lu.

Estou arrasada. Tanto que tomo toda a taça de vinho gelado em um gole, estremecendo.

— Acho que quero ir embora — digo, quase chorando, ridícula.

E, então, os dois param de se beijar, ela arruma o vestido, ele sussurra algo em seu ouvido, se vira e vem na nossa direção.

É instantâneo. Ele passa bem ao nosso lado, e quase rio, eufórica de alívio.

— Não é ele — sussurro. — Nem são muito parecidos.

Sarah revira os olhos e solta o ar que devia estar prendendo.

— Puta merda, graças a Deus. Que canalha. Quase enfiei um pé na frente dele.

Ela tem razão. O homem que passou por nós estava todo convencido, limpando o batom vermelho da garota de sua boca com as costas da mão, enquanto exibia um presunçoso sorriso de satisfação a caminho do banheiro.

Puxa, preciso beber mais. A busca pelo cara do ônibus já dura três meses. Se não encontrá-lo em um futuro próximo, vou acabar parando em uma clínica de reabilitação.

Mais tarde, de volta à Delancey Street, tiramos os sapatos e desabamos.

— Andei pensando — diz Sarah, jogada na outra extremidade do sofá. — Tem um cara novo no trabalho, talvez você goste dele.

— Só quero o cara do ônibus — suspiro, melodramática ao estilo novela de época.

— Mas e se você encontrá-lo e ele for um escroto? — questiona ela.

Parece que os eventos no bar também a atingiram em cheio.

— Acha que eu devia parar de procurar? — pergunto, erguendo a cabeça apoiada no braço do sofá para encará-la.

Ela abre os braços e assim fica.

— Só estou dizendo que você precisa de um plano B.

— Para o caso de ele ser um escroto?

Ela ergue os polegares, provavelmente porque seria esforço demais assentir com a cabeça.

— O sujeito pode ser um imbecil de marca maior — diz ela. — Ou ter namorada. Ou, credo, Lu, ele pode até ser casado.

Eu arfo. De verdade.

— Claro que não! — protesto. — Ele é solteiro, lindo e está por aí esperando que eu o encontre. — Acredito nisso com a convicção de uma mulher bêbada. — Ou talvez até esteja procurando por mim.

Sarah se apoia nos cotovelos e me encara, seus longos fios ruivos despenteados, seu rímel manchado de fim de noite.

— Só estou dizendo que nós, que *você* talvez tenha expectativas irreais e que você, que *nós* precisamos ter mais cuidado. Só isso.

Sei que ela tem razão. Mais cedo, no bar, quase tive um infarto.

Trocamos um olhar, e Sarah dá uma batidinha em minha perna.

— Vamos encontrá-lo — diz ela.

É um gesto tão simples de solidariedade, mas, no meu estado alcoolizado, sinto um nó na garganta.

— Promete?

Ela faz que sim com a cabeça, botando a mão no coração, e um soluço catarrento escapa de mim, porque estou cansada e irritada e, às vezes, não consigo me lembrar direito do rosto do cara do ônibus e tenho medo de esquecer como ele é.

Sarah senta e seca minhas lágrimas com a manga da blusa.

— Não chore, Lu — sussurra ela. — Vamos continuar procurando até o encontrarmos.

Concordo com a cabeça, jogando-me no sofá e encarando o teto de gesso que nosso senhorio jura que vai pintar desde que nos mudamos para cá, anos atrás.

— Vamos. E ele vai ser perfeito.

Sarah fica quieta, então balança um dedo vagamente sobre sua cabeça.

— É melhor que seja mesmo. Senão vou ter que entalhar "escroto" bem na testa dele.

Assinto. Eu me sinto grata por sua lealdade, que é recíproca.

— Com um bisturi enferrujado — digo, floreando a ideia pavorosa.

— Vai infeccionar e a cabeça dele vai cair — murmura ela.

Fecho os olhos, rindo baixinho. Até encontrar o cara do ônibus, vou direcionar toda a minha afeição para Sarah.

24 de outubro

Laurie

— Ficou ótimo — diz Sarah, se afastando para admirar nosso trabalho.

Passamos o fim de semana inteiro redecorando a minúscula sala do nosso apartamento; nós duas estamos cobertas de tinta e poeira. Já praticamente terminamos, e sinto aquela reconfortante chama de satisfação — queria que meu emprego horroroso no hotel me trouxesse metade desse sentimento de realização.

— Espero que o senhorio goste — digo.

Na verdade, não poderíamos fazer qualquer alteração, mas não tem como ele reclamar de nossas melhorias.

— Ele devia nos pagar por isso — declara Sarah com as mãos no quadril. Ela está usando uma jardineira jeans com uma blusa rosa--fluorescente que contrasta horrivelmente com seu cabelo. — Acabamos de aumentar o valor do apartamento. Quem não iria preferir este piso de madeira àquele carpete esfarrapado?

Eu rio, me lembrando da comédia que foi a luta para tirar o carpete enrolado do nosso apartamento no último andar e carregá-lo escada abaixo. Quando chegamos ao térreo, suávamos como garimpeiros e xingávamos como marinheiros, com pedaços do forro de espuma grudados na pele. Batemos as mãos em comemoração depois que o jogamos na lixeira de um vizinho; ela vive tão abarrotada que acho que ninguém vai perceber.

O velho piso de carvalho está lindo — anos atrás, alguém deve ter se dado ao trabalho de reformá-lo antes de o senhorio atual resolver escondê-lo sob aquela monstruosidade estampada. Nossos dolorosos esforços de lustrá-lo parecem ter valido a pena agora que estamos em nossa sala aconchegante e bem-iluminada, graças às novas paredes brancas e aos antigos janelões. É um prédio maltratado, mas com uma boa estrutura, apesar do teto texturizado. Acrescentamos um tapete barato e cobrimos os móveis que não combinam com mantas que tiramos dos quartos, e, no geral, acho que fizemos um milagre econômico.

— *Boho-chic* — declara Sarah.

— Tem tinta no seu cabelo — digo, tocando o topo da minha cabeça para mostrar onde, imediatamente adicionando uma nova mancha no meu.

— No seu também — diz ela, rindo, e, então, olha para o relógio.

— Peixe e fritas?

Sarah tem o metabolismo de um cavalo. É uma das coisas que mais gosto nela porque me permite comer bolo sem culpa. Faço que sim com a cabeça, faminta.

— Vou comprar.

Meia hora mais tarde, fazemos um brinde à nova sala maravilhosa enquanto comemos peixe e fritas no sofá, com os pratos no colo.

— Devíamos largar nossos empregos e virar rainhas de decoração na TV — diz Sarah.

— Ia ser o máximo — concordo. — *Renovando sua casa com Laurie e Sarah.*

Ela faz uma pausa com o garfo a caminho da boca.

— *Renovando sua casa com Sarah e Lu.*

— *Laurie e Sarah* fica melhor. — Sorrio. — Você sabe que tenho razão. Além disso, sou mais velha, então é justo que meu nome venha primeiro.

É uma piada antiga; sou alguns meses mais velha do que Sarah e nunca perco a oportunidade de me aproveitar disso. Ela engasga com a cerveja enquanto me abaixo para pegar minha garrafa no chão.

— Cuidado com o piso!

— Estou usando um descanso de copo — digo, orgulhosa.

Ela se inclina para baixo e encara meu descanso de copo improvisado, feito de panfletos com as ofertas do mês no mercado.

— Ah, meu Deus, Lu — diz Sarah, devagar. — Nós nos tornamos pessoas que usam descansos de copo.

Engulo em seco, séria.

— Isso significa que vamos virar a louca dos gatos?

Ela faz que sim com a cabeça.

— Pois é.

— Por mim, tanto faz — resmungo. — Minha vida amorosa morreu mesmo.

Sarah amassa a embalagem vazia de seu peixe e fritas.

— A culpa é só sua — declara ela.

Isso é uma referência ao cara do ônibus, é claro. Ele é praticamente uma lenda agora, e estou prestes a desistir. Dez meses é muito tempo para procurar por um completo desconhecido, presumindo que ele esteja solteiro, goste de mim e não seja um psicopata. Sarah vive falando que devo seguir em frente, dando a entender que preciso encontrar outro cara antes que vire freira. Sei que ela tem razão, mas meu coração ainda não está pronto para abrir mão dele. Aquela sensação quando nossos olhos se encontraram — nunca passei por aquilo antes, nunca.

— Você poderia ter dado a volta ao mundo andando nesse período desde que o viu — diz ela. — Pense na quantidade de homens perfeitos com quem poderia ter transado em uma viagem dessas. Você teria histórias para contar a seus netos sobre o italiano Roberto e o russo Vlad.

— Não vou ter filhos nem netos. Vou continuar minha busca inútil pelo cara do ônibus para sempre e terminar criando gatos com você — digo. — Vamos abrir uma sociedade protetora e a rainha vai nos dar uma medalha por nossos serviços prestados aos animais.

Sarah ri, mas seus olhos me dizem que chegou a hora de abandonar meus sonhos com o cara do ônibus e seguir em frente.

— Acabei de lembrar que sou alérgica a gatos — diz ela. — Mas você ainda me ama, não é?

Suspiro e pego a cerveja.

— Sinto muito, mas essa foi a gota d'água. Encontre outra pessoa, Sarah, não vamos dar certo.

Ela sorri.

— Tenho um encontro na semana que vem.

Levo a mão ao coração.

— Você se esqueceu tão rápido de nós.

— Eu o conheci em um elevador. Prendi-o lá dentro e só o libertei quando ele concordou em me convidar para sair.

Realmente preciso aprender com Sarah — ela vê o que quer e não perde a oportunidade. Desejo, pela milionésima vez, que eu tivesse tido a coragem de sair daquele ônibus. Mas o fato é que não tive. Talvez tenha chegado a hora de criar vergonha na cara, de parar de procurar por ele e de chorar, bêbada, sempre que fracasso. Há outros homens no mundo. Preciso adotar "O que Sarah faria?" como lema — tenho certeza de que ela não passaria um ano de sua vida se lamentando.

— Vamos comprar um quadro para aquela parede? — pergunta ela, encarando o espaço vazio sobre a lareira.

Concordo com a cabeça.

— Vamos. Por que não? Pode ser de gatos?

Sarah ri e joga a embalagem amassada na minha cabeça.

18 de dezembro

Laurie

— Quando conhecer David hoje à noite, pode tentar não decidir nada impulsivamente? À primeira vista, é bem capaz de achar que vocês dois não combinam, mas, confie em mim, ele é muito engraçado. E *gentil*, Laurie. Tipo, outro dia, ele cedeu a cadeira para mim em uma reunião. Quantos caras você conhece que fariam uma coisa dessas? — Sarah estava ajoelhada ao fazer seu discurso, puxando todas as taças de vinho empoeiradas do fundo do armário da cozinha em nosso apartamento minúsculo.

Tento pensar em uma resposta, mas, para ser sincera, não há muito que dizer.

— Hoje cedo, o cara do apartamento no térreo tirou a bicicleta do caminho para me deixar passar pela porta da frente. Ele conta?

— Você está falando daquele que abre nossa correspondência e deixa pedaços de kebab no chão da portaria todo fim de semana?

Rio baixinho enquanto enxáguo as taças de vinho na água quente e cheia de sabão. Daremos nossa festa de Natal esta noite, coisa que fazemos todos os anos desde que nos mudamos para Delancey Street. Apesar de estarmos nos enganando sobre a deste ano ser mais sofisticada que as outras, agora que saímos da faculdade, o evento vai consistir em universitários e colegas de trabalho que ainda não conhecemos direito se espremendo no apartamento para beber vinho barato, discutir coisas que na verdade não entendemos e — pelo menos no meu caso — conhecer um sujeito chamado David, que Sarah acredita ser meu par perfeito. Não é a primeira vez que isso acontece. Minha melhor amiga acha que tem talento para cupido e já me convenceu a sair com dois caras na época da faculdade. O primeiro, Mark, ou talvez fosse Mike, apareceu vestindo shorts de corrida no meio do inverno e passou o jantar inteiro tentando me desmotivar a comer qualquer coisa no cardápio que levasse mais de uma hora para queimar na academia. Sou uma pessoa que ama pudim; na minha opinião, a única coisa difícil de engolir ali era Mike. Ou Mark. Não importa. Para ser justa com Sarah, ele lembrava um pouco Brad Pitt se você o visse de relance em um lugar escuro, apertando os olhos — coisa que admito ter feito. Não costumo ir para a cama com caras que acabei de conhecer, mas senti que devia tentar. Por Sarah.

Sua segunda escolha, Fraser, era um pouquinho melhor; pelo menos consigo lembrar o nome. Ele era, de longe, o escocês mais escocês que já conheci, tanto que eu só entendia metade do que falava. Acho que não chegamos a conversar especificamente sobre gaitas de foles, mas não me surpreenderia se ele tivesse uma sob o casaco. Sua gravata-borboleta xadrez era estranha, mas nada disso teria importância. O problema real aconteceu no fim do encontro: ele veio me deixar em casa, na Delancey Street, e me beijou como se estivesse tentando fazer respiração boca a boca — respiração boca a boca com uma quantidade extremamente inadequada de saliva. Assim que entrei em casa, fui correndo para o banheiro, e meu reflexo confirmou que parecia que eu fora agarrada por um dogue alemão. Na chuva.

E também não é como se os homens que escolho por conta própria sejam maravilhosos. Com exceção de Lewis, meu namorado da adolescência, parece que nunca acerto. Depois de três, quatro, talvez cinco encontros, as coisas acabam esfriando. Estou começando a me perguntar se ser amiga de alguém tão deslumbrante quanto Sarah não seria uma faca de dois gumes; ela faz os homens criarem expectativas demais sobre as mulheres. Se eu não a amasse tanto, é provável que quisesse lhe dar uma surra.

Enfim, talvez eu seja ingênua, mas sempre soube que nenhum desses homens era certo para mim. Sou uma garota romântica; Nora Ephron seria a primeira pessoa na minha lista de convidados para um jantar imaginário, e sou louca para saber se homens bonzinhos realmente beijam bem. Você entendeu. Espero um dia encontrar um príncipe no meio de tantos sapos. Ou algo assim.

Quem sabe como vão ser as coisas com David; talvez eu tenha sorte desta vez. Não estou criando expectativas. Talvez ele seja o amor da minha vida, talvez seja um horror, mas não importa — estou muito curiosa e mais do que disposta a deixar rolar. Não fiz isso com muita frequência neste último ano; nós duas passamos pela reviravolta que é sair do conforto da faculdade e entrar na dura realidade do mercado de trabalho, uma experiência em que Sarah teve mais sucesso que eu. Um cargo júnior em um canal de televisão regional praticamente caiu no seu colo, enquanto continuo trabalhando na recepção do hotel. Sim, apesar da minha resolução de ano-novo, não estou nem perto de ter conseguido meu emprego dos sonhos. Mas era isso ou voltar para Birmingham, e tenho medo de sair de Londres e nunca mais voltar. Era óbvio que as coisas seriam mais fáceis para Sarah; ela é a amiga extrovertida, eu sou a tímida, o que significa que costumo não me dar tão bem em entrevistas de trabalho.

Mas hoje será diferente. Meu plano é encher a cara até perder completamente a timidez. Afinal de contas, teremos a desculpa do Ano-Novo para esquecer qualquer comportamento irresponsável impulsionado pelo álcool. Tipo, pelo amor de Deus, isso tudo aconteceu no *ano passado*! Bola pra frente!

Hoje também é a noite em que vou conhecer o novo namorado de Sarah. Faz várias semanas que os dois estão saindo, só que sempre acontece alguma coisa que me impede de conhecer esse homem aparentemente lindo de morrer. Já ouvi tanto sobre ele que poderia escrever um livro. Infelizmente para ele, sei todos os detalhes sobre suas habilidades fantásticas na cama e que Sarah pretende ser sua mulher e a mãe de seus filhos depois que ele se tornar o astro da mídia que está caminhando para ser. Quase sinto pena por um cara de 24 anos já ter seu futuro planejado pelos próximos dez. Mas estamos falando de Sarah. Não importa o quanto ele seja legal; a sorte é dele por estar com ela.

Sarah não consegue parar de falar dele. Está fazendo isso agora, me contando bem mais sobre sua vida sexual frenética do que eu gostaria de saber.

Como uma criança brincando de varinha mágica, jogo bolhas no ar ao erguer meus dedos ensaboados para interromper o falatório.

— Tudo bem, tudo bem, por favor, pare. Vou ter que me esforçar para não ter um orgasmo espontâneo só de ver seu futuro marido.

— Mas não diga isso quando o conhecer, está bem? — Ela sorri. — A parte do futuro marido? Porque ele ainda não sabe desse detalhe e pode, sabe, ficar assustado.

— Você acha? — pergunto, impassível.

— Vai ser bem melhor se ele achar que teve essa ideia brilhante por conta própria daqui a alguns anos.

Ela limpa os joelhos da calça jeans com uma mão ao levantar.

Concordo com a cabeça. Conheço Sarah, sei que ele vai comer na palma da sua mão e que fará um pedido de casamento espontâneo quando ela achar que chegou o momento certo. Sabe essas pessoas que todo mundo gosta? Esses seres raros e efervescentes que irradiam uma aura que atrai as pessoas para sua órbita? Sarah é assim. Mas você se engana se acha que isso a torna insuportável.

Nós nos conhecemos bem aqui, no primeiro ano da faculdade. Eu tinha resolvido alugar um dos apartamentos da universidade, em vez de morar no alojamento, e escolhi este. É uma antiga casa geminada alta, dividida em três: dois imóveis maiores nos andares inferiores e nosso sótão empoleirado em cima, como um bônus fofo. Sabe o apartamento em que Bridget Jones mora? É parecido, só que menos chique e mais detonado, e eu teria que dividi-lo com um completo desconhecido para conseguir pagar o aluguel. Nenhum desses pontos negativos me impediu de assinar o contrato; seria melhor ter que conviver com um único estranho do que encarar um alojamento barulhento lotado deles. Ainda me lembro de carregar todas as minhas coisas pelos três lances de escada no dia da mudança, torcendo para minha nova colega de apartamento não acabar com minha fantasia de ser Bridget Jones.

Ela prendera um bilhete de boas-vindas na porta, escrito em caneta vermelha com letras grandes e rebuscadas no verso de um envelope usado:

Querida nova colega de apartamento,

Fui comprar uma bebida vagabunda para comemorarmos nossa casa nova. Se quiser, pode pegar o quarto maior. Acho melhor ficar mais perto do banheiro nas noites de bebedeira!

Bj, S

E assim foi. Antes mesmo de conhecê-la, já estava fascinada. Em muitos sentidos, Sarah é diferente de mim, mas temos o suficiente em comum para sermos inseparáveis. Ela é esplendorosa de tão bonita, com aquele cabelo vermelho-fogo ondulado que vai até a bunda, e tem um corpo maravilhoso, apesar de isso ser a última coisa com que se preocupa.

Normalmente, uma pessoa tão bonita faria com que eu me sentisse o próprio patinho feio, mas Sarah faz você se sentir bem consigo mesma. A primeira coisa que me disse quando voltou do mercado da esquina naquele dia foi "Puta merda! Você é a cara da Elizabeth Taylor. A gente vai ter que fazer uma barricada para não colocarem a porta abaixo."

Era um exagero, é claro. Não me pareço muito com Elizabeth Taylor. Meu cabelo escuro e meus olhos azuis foram cortesia da minha avó materna francesa; ela era uma bailarina bem famosa quando tinha lá seus vinte e poucos anos; temos programas de espetáculos premiados e recortes de matérias de jornal que provam isso. Só que sempre pensei em mim mesma como uma parisiense fracassada; herdei o corpo da minha avó, mas não sua elegância, e, nas minhas mãos, seu arrumado coque castanho se tornou uma juba de cachos eternamente arrepiada em mim. Além do mais, eu jamais teria a disciplina necessária para dançar — sempre como mais biscoitos recheados do que deveria. Vai ser uma desgraça quando meu metabolismo resolver dar problema.

Brincando, Sarah se refere a nós como a princesa e a prostituta. Na verdade, ela não tem um pingo de piranhagem e eu estou bem longe de ter o requinte de uma princesa. Como eu disse, temos bastante em comum e rimos uma com a outra. Sarah é a Thelma para a minha Louise, daí minha preocupação por ela de repente estar de quatro por um cara que ainda não conheci ou aprovei.

— Acha que precisamos de mais bebida? — pergunta ela agora, lançando um olhar questionador para as garrafas enfileiradas na bancada da cozinha.

Ninguém chamaria nossa coleção de sofisticada; é um conjunto de vodcas e vinhos baratos que passamos os últimos três meses comprando quando entravam em promoção no supermercado para garantir uma festa memorável.

Ou não.

— Claro que não. As pessoas vão trazer mais — digo. — Vai ser ótimo. — Meu estômago ronca, lembrando que não comemos nada desde o café da manhã. — Ouviu isso? — pergunto, esfregando a barriga. — Meu corpo acabou de pedir para você fazer um especial da DS.

Os sanduíches de Sarah são lendários na Delancey Street. Ela me ensinou a santíssima trindade do café da manhã formada por bacon, beterraba e cogumelos, e levamos quase dois anos para chegarmos à nossa marca registrada, o especial da DS, batizado em homenagem ao apartamento.

Ela revira os olhos, rindo.

— Você também sabe fazer.

— Não fica igual.

Sarah se apruma um pouco, abrindo a geladeira.

— É verdade.

Observo enquanto ela monta as camadas de frango e gorgonzola com alface, maionese e *cranberry*, uma ciência exata que ainda não dominei. Sei que parece ruim, mas, pode acreditar, não é. Talvez não faça parte do típico cardápio universitário; porém, desde que chegamos à combinação vencedora na época da faculdade, sempre fazemos questão de ter os ingredientes na geladeira. É a base da nossa dieta. Além de sorvete e vinho barato.

— O segredo está no *cranberry* — digo após a primeira mordida.

— É uma questão de quantidade — responde ela. — Se botar *cranberry* demais, vira sanduíche de geleia. Se exagerar no queijo, parece que está lambendo a meia fedorenta de um adolescente.

Ergo o sanduíche para dar mais uma mordida, mas Sarah vem para cima de mim e abaixa meu braço.

— Espere. Precisamos beber algo para entrar no clima da festa.

Solto um gemidinho, porque sei exatamente o que vai acontecer quando ela pega dois copos de shot. Sarah ri baixinho enquanto revira o fundo do armário, tirando uma garrafa empoeirada de trás de uma caixa de cereal.

— Mijo de monge — diz ela, servindo uma dose cerimonial para cada uma.

Na verdade, o nome do velho licor de ervas que veio com o apartamento é Bénédictine. A garrafa informa que é uma mistura secreta de plantas e especiarias, e, ao tomarmos o primeiro gole pouco depois de nos mudarmos para cá, resolvemos que o ingrediente misterioso com certeza era mijo de monges beneditinos. De vez em quando, geralmente no Natal, tomamos uma dose, ritual que adoramos e odiamos na mesma intensidade.

— Goela abaixo — diz ela, sorrindo e deslizando um copo na minha direção enquanto se recosta na cadeira. — Feliz Natal, Lu.

Fazemos um brinde e viramos a bebida, batendo os copos vazios na mesa com uma careta.

— Não é o tipo de bebida que melhora com o tempo — sussurro, sentindo como se o líquido tivesse esfolado o céu da minha boca.

— Desce queimando tudo — declara Sarah, rouca, e ri. — Coma seu sanduíche, você fez por merecer.

Ficamos em silêncio enquanto comemos, e, quando terminamos, ela tamborila um dedo sobre a borda do prato.

— Já que é Natal, acho que podemos acrescentar salsicha.

Faço que não com a cabeça.

— Não invente moda com o especial da DS.

— Poucas coisas na vida não ficam melhores com uma salsicha defumada, Laurie. — Ela levanta as sobrancelhas para mim. — Nunca se sabe, talvez você tenha sorte hoje e veja a de David.

Considerando os últimos dois encontros que Sarah me arrumou, não me animo muito com a ideia.

— Vamos — digo, botando os pratos na pia. — É melhor nos arrumarmos, o pessoal já vai chegar.

Já estou bem relaxada, na minha terceira taça de vinho branco, quando Sarah me encontra e literalmente me arrasta pela mão para fora da cozinha.

— Ele chegou — sussurra ela, esmagando os ossos dos meus dedos. — Vou te apresentar. Tem que ser agora.

Abro um sorriso pesaroso para David enquanto Sarah me reboca. Estou começando a entender o que ela disse sobre ele ir melhorando com o tempo. Já ri várias vezes durante nossa conversa, e ele mantém meu copo sempre cheio; considero um leve amasso experimental. Ele é legal, meio que tipo o Ross de *Friends*, só que estou mais curiosa sobre a alma gêmea de Sarah, o que significa que é bem capaz de o Ross de *Friends* se tornar um arrependimento amanhã. Isso é um bom parâmetro.

Ela me puxa em meio a nossos amigos bêbados e risonhos e um monte de gente que acho que nenhuma de nós conhece, até finalmente chegarmos ao seu namorado, que está parado perto da porta da frente, sem graça.

— Laurie — Sarah está inquieta, e seus olhos brilham —, este é Jack. Jack, esta é Laurie. A *minha* Laurie — acrescenta, enfática.

Abro a boca para dar oi, mas, então, vejo seu rosto. Meu coração vai parar na garganta, e sinto como se tivessem me dado um choque no peito com um desfibrilador. Não consigo formar palavras.

Eu o conheço.

Parece que foi na semana passada que nos vimos pela primeira — e única — vez. Aquela visão impactante do segundo andar de um ônibus doze meses atrás.

— Laurie.

Ele diz meu nome, e eu seria capaz de chorar de alívio pela sua presença. Parece loucura, mas passei o ano inteiro sonhando, esperando que nos encontrássemos. E, agora, ele está aqui. Vasculhei incontáveis multidões em busca de seu rosto, procurei em bares e cafeterias. Já tinha praticamente desistido de encontrar o cara do ônibus, apesar de Sarah jurar que tinha ouvido falar tanto do sujeito que até ela seria capaz de reconhecê-lo.

Mas acontece que não reconheceu. Em vez disso, ela o apresentou como o amor da sua vida.

Verdes. Seus olhos são verdes. Vívidos como musgo na borda da íris, com um belo âmbar dourado se espalhando pela pupila. Mas o que mais me chama atenção não é a *cor* de seus olhos, e sim a forma como me observam agora. Um vislumbre surpreso de reconhecimento. Um baque vertiginoso, desnorteante. E, então, no mesmo instante, a expressão desaparece, fazendo com que eu me pergunte se a força do meu próprio desejo me fez imaginar aquilo.

— Jack — eu me forço a dizer, esticando uma mão. *O nome dele é Jack.* — É um prazer conhecê-lo.

Ele assente com a cabeça, abrindo um meio-sorriso tímido.

— Laurie.

Olho para Sarah, morrendo de culpa, certa de que ela deve ter percebido que há algo errado, mas minha amiga só exibe um grande sorriso bobo para nós. Vinho barato é uma bênção.

Quando ele segura minha mão na sua, quente e forte, a aperta com firmeza, quase com polidez, como se estivéssemos sendo apresentados em uma sala de reunião de trabalho, não em uma festa de Natal.

Não sei o que fazer, porque todos os meus impulsos seriam errados. Cumprindo minha promessa, não tenho um orgasmo espontâneo, mas com certeza há algo acontecendo com meu coração. Como é que as coisas deram tão bizarramente errado? Ele não pode ser de Sarah. Ele é meu. Ele é meu há um ano.

— Ela não é maravilhosa?

Sarah está com a mão nas minhas costas agora, me exibindo, na verdade me empurrando na direção dele para um abraço, porque quer desesperadamente que nos tornemos melhores amigos. Estou ferrada.

Jack revira os olhos e solta uma risada nervosa, como se estivesse desconfortável com a falta de sutileza da namorada.

— Tão fantástica quanto você disse — concorda ele, assentindo com a cabeça como se admirasse o carro novo de um amigo, e sua expressão, quando me olha, é tomada por um horrível ar pesaroso. Será que ele está se desculpando porque lembra ou porque Sarah está se comportando como uma tia sem noção em um casamento?

— Laurie? — Ela se volta para mim. — Ele não é lindo como eu disse?

Sarah ri, orgulhosa, como deveria.

Concordo com a cabeça. É doloroso engolir em seco enquanto forço uma risada.

— Com certeza.

Como ela está louca para gostarmos um do outro, Jack obedientemente se inclina na minha direção e me dá um leve beijo na bochecha.

— É um prazer conhecê-la — diz. Sua voz combina perfeitamente com ele; forte, de uma confiança tranquila, infundida com um senso de humor agradável e inteligente. — Ela vive falando de você.

Solto outra risada, trêmula.

— Também já sinto como se o conhecesse.

E é verdade; parece que o conheço desde sempre. Quero virar meu rosto e encostar meus lábios nos dele. Quero arrastá-lo para meu quarto, bater a porta, dizer que o amo, arrancar minhas roupas e me jogar na cama com ele, me afogar no aroma amadeirado, puro e quente de sua pele até perder o fôlego.

Estou no inferno. Eu me odeio. Para manter minha sanidade, dou alguns passos para trás e luto para meu coração despedaçado parar de bater mais alto que a música.

— Vamos beber? — sugere Sarah em tom alto e despreocupado.

Jack concorda com a cabeça, grato pela salvação.

— Laurie? — Sarah me encara, me chamando para ir junto com os dois.

Eu me inclino para trás e espio o corredor, na direção do banheiro, me balançando como se precisasse muito fazer xixi.

— Já vou.

Preciso sair de perto dele, deles, disto.

Na segurança do banheiro, bato a porta e escorrego até sentar no chão, com as mãos na cabeça, puxando o ar com força para não chorar.

Ah, meu Deus, ah, meu Deus. Ah, meu Deus! Eu amo Sarah, ela é minha irmã em tudo, menos no sangue. Mas isso... Não sei como navegar com segurança por essas águas sem afundar o navio com todos nós a bordo. A esperança aquece meu peito enquanto fantasio em sair correndo daqui e contar a verdade, pois talvez Sarah perceba que se sente tão atraída por ele porque o reconheceu, no subconsciente, como o cara do ônibus. Deus é testemunha de que eu praticamente o joguei em cima dela. Que confusão! Vamos todos rir muito desse absurdo! Mas... e aí? Ela vai ter a elegância de sair de cena para Jack se tornar *meu* novo namorado, simples assim? Pelo amor de Deus, acho que ele nem me reconheceu!

Um senso de derrota pesado como chumbo esmaga a esperança ridícula e delicada enquanto encaro a realidade. Não posso fazer isso. É claro que não. Ela não faz ideia de nada, e, nossa, está tão feliz. Sarah está mais radiante que a merda da estrela de Belém. Pode até ser Natal, mas estamos falando da vida real, não de um filme besta de Hollywood. Ela é a melhor amiga do mundo, e não importa por quanto tempo nem o tanto que isso me destrua, nunca mostrarei a Jack O'Mara cartazes secretos para dizer silenciosamente que, sem esperança ou interesse, ele é perfeito para mim e meu coração despedaçado sempre o amará.

19 de dezembro

Jack

Porra, como ela fica linda dormindo.

Parece que alguém enfiou areia na minha garganta, e acho que Sarah pode ter quebrado meu nariz quando se jogou na cama ontem à noite, mas, neste momento, posso perdoar qualquer coisa, porque seu cabelo ruivo está espalhado sobre o travesseiro, ao redor de seus ombros, quase como se estivesse boiando na água. Ela parece a Pequena Sereia. Apesar de eu saber que pensar isso me faz parecer um pervertido.

Saio da cama e visto o que está mais perto: o robe de Sarah. Ele tem estampa de abacaxis, mas não faço ideia de onde estão minhas roupas e preciso tomar alguma coisa para dor de cabeça. Considerando o estado dos convidados de ontem, não me surpreenderia encontrar alguém jogado no chão da sala, e imagino que os abacaxis seriam menos ofensivos que minha bunda de fora. Merda, mas este robe é bem curto. Vou rapidinho.

— Água — geme Sarah, balançando uma mão na minha direção enquanto contorno a cama.

— Eu sei — murmuro.

Seus olhos continuam fechados quando levanto seu braço e cuidadosamente o coloco sob a coberta, e ela emite um som que pode significar *Obrigada* ou *Pelo amor de Deus, me ajude*. Dou um beijo em sua testa.

— Já volto — sussurro, mas ela já apagou de novo.

Não a culpo. Pretendo voltar para a cama e fazer o mesmo em cinco minutos. Lançando um último olhar demorado em sua direção, saio em silêncio do quarto e fecho a porta.

— Se está atrás de paracetamol, tem no armário da esquerda.

Paro por um instante, engolindo em seco enquanto abro a porta do armário e vasculho o interior até encontrar a cartela.

— Você leu minha mente — digo, virando para Laurie.

Eu me forço a sorrir, porque a verdade é que estou desconfortável para caralho. Já nos vimos antes — antes de ontem à noite, quero dizer. Foi só uma vez, rápido, ao vivo, mas, desde então, houve outros momentos na minha cabeça: sonhos lúcidos aleatórios e inquietantes no começo da manhã que me faziam acordar com um pulo, excitado e frustrado. Não sei se ela se lembra de mim. Meu Deus, espero que não. Especialmente agora, parado na sua frente, usando um robe curto ridículo com estampa de abacaxis que só cobre até meu saco.

Hoje, seu cabelo escuro está amontoado em um coque bagunçado, e ela parece precisar tanto de remédios quanto eu, então lhe ofereço a caixa.

Sarah falou tanto sobre a melhor amiga que eu já tinha criado uma Laurie imaginária na cabeça, mas estava completamente errado. Por Sarah ser tão maravilhosa, eu, preguiçoso, chegara à conclusão de que sua amiga seria tão exuberante quanto ela, como se fossem uma dupla de papagaios exóticos empoleirados aqui em cima, numa gaiola. Laurie não é um papagaio. Está mais para um... sei lá, um tordo, talvez. Há uma paz interior nela, um senso tranquilo e discreto de se sentir bem consigo mesma que torna sua presença agradável.

— Obrigada.

Laurie pega os comprimidos, colocando dois na mão.

Encho um copo de água para ela, que o ergue na minha direção em um "brinde" deprimente enquanto engole os remédios.

— Aqui — diz ela, contando quantos comprimidos restam na cartela antes de me devolver. — Sarah gosta de...

— Três — interrompo, e Laurie concorda com a cabeça.

— Três.

Sinto um pouco como se estivéssemos competindo para ver quem conhece Sarah melhor. Ela venceria, é claro. Faz só um mês, mais ou menos, que eu e Sarah estamos juntos, mas, nossa, as coisas estão bem intensas. Tenho que me esforçar para acompanhá-la. Nós nos conhecemos no elevador do trabalho; ele parou só com nós dois dentro, e, quando voltou a funcionar, quinze minutos depois, eu sabia de três coisas. A primeira era que Sarah podia até ser jornalista substituta na emissora local por enquanto, mas acabaria dominando o mundo um dia. A segunda era que eu a levaria para almoçar assim que consertassem o elevador, porque ela me disse para levá-la. Eu iria convidá-la de qualquer forma, aliás. E, por último, tenho quase certeza de que ela parou o elevador de propósito e só o soltou quando conseguiu o que queria. Fiquei atraído por essa determinação.

— Ela vive falando de você.

Encho a chaleira elétrica e ligo o botão.

— Ela disse como gosto do meu café?

Laurie pega algumas canecas no armário enquanto fala, e odeio o impulso que faz meus olhos examinarem seu corpo de cima a baixo. Ela está de pijama, mais do que coberta, e ainda assim observo a fluidez dos seus movimentos, a curva do seu quadril, o esmalte azul-marinho nas unhas dos pés.

— Hum... — Eu me concentro em encontrar uma colher de chá, e ela se estica para abrir a gaveta dos talheres. — Achei — digo, tentando abri-la na mesma hora, e Laurie afasta a mão depressa, rindo para atenuar o choque.

Quando começo a colocar o pó na cafeteira, ela se acomoda em uma cadeira de madeira com encosto vazado, dobrando uma perna sob o corpo.

— Respondendo à sua pergunta, não, Sarah não me contou como você toma café, mas, se eu tivesse que adivinhar, diria que... — Eu me viro para analisá-la, me apoiando na bancada. — Diria que você gosta de café forte. Duas colheres. — Estreito os olhos enquanto ela me observa sem dar qualquer dica. — Açúcar — digo, esfregando a nuca. — Não. Você quer açúcar, mas não se permite.

Mas que porra de conversa é essa? Parece que estou dando em cima dela. Não estou. Juro. A última coisa que quero é que Laurie pense que sou um canalha. Tipo, já tive algumas namoradas, duas bem sérias até, mas o que tenho com Sarah parece diferente, mais... não sei. Minha única certeza é de que não quero que dure pouco.

Laurie faz uma careta e balança a cabeça.

— Duas colheres de açúcar.

— Mentira — digo, rindo.

Ela dá de ombros.

— É verdade. Tomo café com duas colheres de açúcar. Às vezes, se estiver no clima, duas e meia.

No clima para quê, eu não sei. O que a faz querer mais de duas colheres de açúcar? Meu Deus, preciso mesmo sair desta cozinha e voltar para a cama. Acho que deixei meu cérebro no travesseiro.

— Na verdade — diz Laurie, se levantando —, mudei de ideia, acho que não quero café agora.

Ela segue para a porta enquanto fala, e não consigo interpretar a expressão em seus olhos cansados. Talvez eu a tenha ofendido. Sei lá. Talvez ela só esteja com sono, talvez esteja com vontade de vomitar. Costumo ter esse efeito nas mulheres.

Laurie

— E aí? O que achou?

É pouco depois das quatro da tarde quando desabo ao lado de Sarah à mesa de fórmica azul-claro da cozinha. Finalmente, conseguimos deixar o apartamento quase como antes e, agora, estamos curando nossos vestígios de ressaca com enormes canecas de café. A árvore de Natal que arrastamos escada acima dias atrás parece desmazelada, como se tivesse sido atacada por um bando de gatos, mas, fora isso e algumas taças de vinho quebradas, as coisas voltaram ao normal. Ouvi Jack ir embora por volta de meio-dia — tudo bem, minha tentativa de ser indiferente foi um fracasso completo, e fiquei observando ele caminhar pela rua por trás da cortina do meu quarto, como uma psicopata de filme de terror.

— Deu tudo certo, não é? — respondo, fingindo não entender a pergunta de Sarah de propósito para ganhar tempo para pensar.

Ela revira os olhos como se achasse que estou tentando ser irritante.

— Você me entendeu. O que achou de *Jack*?

E lá vamos nós. Uma rachadura quase invisível se abriu em nossa amizade. Sarah não faz ideia, e eu preciso dar um jeito de impedir que ela aumente, se transformando em um abismo onde cairemos. Estou ciente de que esta é a única oportunidade que terei de falar a verdade; cabe a mim decidir se quero aproveitá-la ou não. Mas Sarah está me olhando com um ar tão esperançoso, e existe a possibilidade de eu ter imaginado aquilo tudo, então juro para mim mesma que nunca vou tocar no assunto.

— Ele parece... legal — digo, escolhendo de propósito um termo sem graça e comum para o homem mais extraordinário que já conheci.

— Legal? — Zomba Sarah. — Laurie, *legal* é uma palavra que a gente usa para descrever pantufas ou, sei lá, bombas de chocolate ou coisa assim.

Solto uma leve risada.

— Gosto muito de pantufas.

— E eu gosto muito de bombas de chocolate, mas Jack não é uma. Ele é... — Sarah se interrompe, pensando.

Flocos de neve na língua, quero sugerir, ou as bolhas de um espumante caro.

— *Muito legal?* — Sorrio. — Assim é melhor?

— Não chegou nem perto. Ele é um... cannoli de creme.

Sarah solta uma risada maliciosa, mas seu olhar está sonhador, e acho que não vou aguentar ouvi-la tentando me convencer dos méritos de Jack, então dou de ombros e continuo falando antes que ela tenha a chance de continuar.

— Está bem, está bem. Ele... bem, ele parece divertido, tem um papo legal e está obviamente na palma da sua mão.

Uma risada irônica escapa da garganta de Sarah.

— Está mesmo, não é? — Ela aponta para a palma da mão, e concordamos com a cabeça, focadas nas canecas de café. Agora, ela parece uma jovem de 14 anos; está de cara limpa e arrumou o cabelo em duas tranças compridas sobre sua camisa do *My Little Pony*. — Ele é como você imaginava?

Ah, meu Deus, Sarah, não force a barra, por favor. Acho que não vou conseguir ficar quieta assim.

— Na verdade, não sei bem o que eu esperava — digo, porque essa é a verdade.

— Ah, pare com isso, você deve ter imaginado alguma coisa.

Faz exatamente doze meses que imagino Jack O'Mara.

— Hum, é. Acho que ele é meio que a sua definição de homem perfeito.

Sarah deixa os ombros caírem, como se a mera lembrança da perfeição dele sugasse toda a sua pequena reserva de energia, e volta a exibir aquele olhar vidrado. É um alívio nós duas estarmos de ressaca, porque é a desculpa ideal para ninguém se empolgar demais.

— Mas ele também é um gato, não é?

Na mesma hora, baixo o olhar para minha caneca enquanto tento esconder a culpa e o medo em meu olhar, e, quando volto a encará-la, Sarah está focada em mim. Sua expressão incerta indica que deseja minha aprovação, e entendo e me ressinto dela ao mesmo tempo. No geral, Sarah é a mulher mais bonita em qualquer lugar, uma garota acostumada a ser o centro das atenções. Isso poderia tê-la deixado metida, mimada ou pretensiosa; não foi o caso, mas não há como escapar do fato de que ela passou a vida conquistando todos os caras que já quis. O que na maioria das vezes significa que seus namorados são incrivelmente bonitos, porque, bem, por que não?

Costumo achar graça disso, e, até agora, esse fato fez com que nossas vidas amorosas nunca se cruzassem. Mas agora...

O que posso dizer? Não existe uma resposta segura. Se eu concordar que ele é um gato, acho que não vou conseguir evitar um tom sem vergonha, mas, se discordar e disser que não, que ele não é um gato, Sarah vai ficar ofendida.

— Ele é diferente dos caras com quem você geralmente sai — tento.

Ela concorda com a cabeça, morde o lábio inferior.

— Pois é. Pode falar a verdade, não vou ficar chateada. Jack não tem aquela beleza óbvia que você esperava, é isso que quer dizer?

Dou de ombros.

— Acho que sim. Não estou dizendo que ele não seja bonito nem nada, só que é diferente do seu normal. — Faço uma pausa e lanço um olhar sabichão na direção dela. — Francamente, o último cara com quem você saiu era mais parecido com Matt Damon do que o próprio Matt Damon.

Sarah ri, porque é verdade. Até o chamei de Matt por engano certa vez, mas não teve problema, porque só durou quatro encontros antes de ela decidir que não importava quão bonito fosse, nada compensava o fato de ele ainda ligar para a mãe três vezes por dia.

— Jack só parece mais maduro de alguma forma. — Ela suspira enquanto envolve a caneca com as mãos. — Como se todos os outros fossem garotos, e ele, um homem. Estou sendo ridícula?

Faço que não com a cabeça e sorrio, mais arrasada do que achava possível.

— Não. Não acho ridículo.

— Deve ser porque precisou amadurecer cedo — continua Sarah. — Ele perdeu o pai alguns anos atrás. Câncer, eu acho. — Ela se interrompe, pensativa. — Depois, a mãe e o irmão mais novo passaram um tempo muito dependentes dele.

Fico com o coração um pouco apertado por Jack; não preciso que ninguém me explique como isso deve ter sido horrível.

— Ele parece ser bem maneiro.

Sarah parece aliviada com minha observação.

— Sim. É isso mesmo. Jack tem um jeito próprio de ser. Ele tem personalidade.

— Assim que é bom.

Ela cai em um silêncio contemplativo por alguns segundos antes de voltar a falar.

— Ele gostou de você.

— Ele disse isso? — Tento soar indiferente, mas acho que meu tom saiu meio entusiasmado.

Porém, se foi o caso, Sarah nem pisca.

— Deu para perceber. Vocês dois serão melhores amigos. — Ela sorri enquanto arrasta a cadeira para trás e levanta. — Você vai ver. Depois que conhecê-lo melhor, vai amá-lo.

Sarah sai da cozinha, dando uma balançada carinhosa no meu coque quando passa por mim. Luto contra a vontade de pular da cadeira e lhe dar um abraço apertado, tanto como pedido de desculpas como para implorar que compreenda. Em vez disso, puxo o açucareiro na minha direção e adiciono mais doçura ao meu café. Ainda bem que logo vou para a casa dos meus pais passar o Natal; realmente preciso de um tempo sozinha para pensar em como lidar com este inferno.

2010

Resoluções de Ano-Novo

Ano passado, tive duas resoluções:

1. Conseguir meu primeiro emprego decente em uma revista. Bem, posso dizer com absoluta certeza que fracassei completamente neste objetivo. Duas quase oportunidades e escrever algumas matérias como freelancer que nunca foram publicadas não é nada descolado ou fabuloso, certo? O fato de eu continuar trabalhando no hotel é deprimente e assustador ao mesmo tempo; agora, vejo como é fácil cair na rotina e desistir dos sonhos. Mas eu não vou desistir; não ainda.
2. Encontrar o cara do ponto de ônibus. Tecnicamente, essa eu cumpri. Para meu azar, descobri que é preciso ser muito detalhista ao fazer resoluções de ano-novo — mas como poderia imaginar que precisava especificar que minha melhor amiga no mundo não devia encontrar minha alma gêmea primeiro e se apaixonar por ele também? Muito obrigada, Universo, só que não. Você é um babaca de marca maior.

Então, minha única resolução este ano?
Descobrir uma maneira de me desapaixonar.

18 de janeiro

Laurie

Já faz um mês que descobri que eu e Sarah tivemos a infelicidade de nos apaixonarmos pelo mesmo cara, e, apesar da minha resolução, não me sinto nem um pouco menos arrasada.

Era muito mais fácil quando sua identidade era um mistério; eu tinha a vantagem de poder imaginá-lo, de fantasiar sobre esbarrar com ele em um bar lotado ou vê-lo tomando café em uma cafeteria, seus olhos encontrando os meus, nós dois nos lembrando daquele momento e ficando felizes pelos astros terem se alinhado de novo.

Mas, agora, sei exatamente quem ele é. Jack O'Mara, namorado de Sarah.

Passei o Natal inteiro dizendo a mim mesma que tudo ficaria mais fácil depois de nos conhecermos melhor, porque com certeza descobriria coisas das quais não gosto nele, e vê-lo com Sarah, de alguma forma, o reconfiguraria na minha cabeça como amigo platônico em vez do homem que fez meu coração parar. Eu me entupi de comida, passei bastante tempo com Daryl e fingi para todo mundo que estava tudo bem.

Mas as coisas pioraram depois que voltei a Londres. Porque não só estou mentindo para mim mesma, como também estou mentindo para Sarah. Só Deus sabe como as pessoas conseguem ter amantes; mesmo esta mentira insignificante está me deixando tensa. Fui minha própria juíza. Analisei meu caso, ouvi meus apelos de inocência e de mal-entendidos e, mesmo assim, cheguei ao veredito condenatório: *mentirosa*. Sou mentirosa por omissão e, agora, todos os dias encaro

Sarah com meus olhos dissimulados e falo com ela com minha língua bifurcada de cobra. Não quero nem admitir isto para mim mesma, mas, de vez em quando, sinto uma inveja absurda. É um sentimento feio; se eu tivesse tendências religiosas, passaria um bom tempo no confessionário. Tenho uma perspectiva diferente em certos momentos — instantes em que sei que não fiz nada de errado — e me esforço para continuar sendo uma boa amiga apesar de estar encurralada, mas eles não duram muito. Aliás, também descobri que sou uma ótima atriz; tenho certeza de que Sarah não faz ideia de que há algo errado, apesar disso provavelmente ter a ver com o fato de que inventei desculpas para fugir do apartamento nas duas vezes em que Jack veio para cá.

Porém, hoje à noite, minha sorte acabou. Sarah o convidou para comer pizza e assistir a um filme, mas o subtexto é que ela quer muito que eu o conheça melhor. Na verdade, isso foi dito com todas as letras quando ela me passou uma xícara de café enquanto saía para o trabalho.

— Por favor, fique em casa, Lu, quero muito que você o conheça melhor para nós três passarmos mais tempo juntos.

No susto, não consegui pensar em uma desculpa razoável, e, além do mais, sei que fugir de Jack não é uma solução de longo prazo. Porém, o que mais me incomoda é que enquanto noventa e cinco por cento de mim está morrendo de medo desta noite, os outros cinco estão borbulhando de ansiedade com a ideia de ficar perto dele.

Desculpe, Sarah, de verdade.

— Vou guardar seu casaco.

Vou guardar seu casaco? Por acaso, sou a empregada? Só faltou eu chamá-lo de *senhor* para completar. Faz trinta segundos que Jack entrou no apartamento, e já estou me comportando como uma idiota. Ele sorri, nervoso, enquanto tira o cachecol e o sobretudo, passando-os para mim com um ar quase pesaroso, apesar de eu ter sugerido isso. Preciso me esforçar muito para não enterrar meu rosto na lã azul-escuro do casaco enquanto o penduro no cabideiro lotado ao lado da porta, quase o colocando por cima do meu antes de fazer questão de deixá-lo o mais longe possível de qualquer coisa minha. Estou me esforçando, de verdade. Mas ele chegou meia hora mais cedo e conseguiu a façanha de aparecer logo depois de Sarah descer correndo a escada de incêndio na cozinha, como se fôssemos atores em uma peça de teatro.

— Sarah deu uma saidinha rápida para comprar vinho — digo, atrapalhada — O mercado fica aqui na esquina. Ela já vai voltar. Cinco minutinhos, por aí, a menos que tenha fila. Eu acho. É aqui na esquina.

Ele concorda com a cabeça, seu sorriso ainda presente, apesar de eu ter dito a mesma coisa umas três vezes.

— Entre, entre — digo, animada e ansiosa demais, abanando as mãos na direção de nossa minúscula sala. — Como foi seu Natal?

Jack se senta na beirada do sofá, e, por um instante, antes de escolher a cadeira, fico indecisa sobre onde sentar. Que outra opção eu tinha? Ficar com ele no sofá? Acidentalmente encostar nele?

— Ah, você sabe. — Jack sorri, quase envergonhado. — Natalino. — Ele faz uma pausa. — Peru. Cerveja demais.

Também sorrio.

— O meu foi parecido. Só que prefiro vinho.

O que é que eu estou fazendo? Tentando parecer sofisticada? Ele vai achar que sou uma esnobe.

Ande logo, Sarah, penso. Volte e me resgate de mim mesma, ainda não estou pronta para ficar sozinha com ele. Para meu horror, eu me sinto tentada a aproveitar a oportunidade para perguntar se ele se lembra de mim no ônibus. Sinto a pergunta subindo pela minha garganta como se fosse empurrada por um exército de formigas determinadas. Engulo em seco. Minhas mãos estão começando a suar. Não sei de que adiantaria perguntar se ele se lembra, porque tenho noventa e nove por cento de certeza de que a resposta seria não. Jack vive no mundo real e tem uma namorada lindíssima; é bem provável que tenha se esquecido de mim antes mesmo de o ônibus dobrar a esquina da Camden High Street.

— Então, Laurie — diz ele, obviamente tentando puxar conversa. Estou com uma sensação parecida com a que tenho quando vou cortar o cabelo; como se o cabeleireiro estivesse tendo trabalho demais comigo e logo eu tivesse que inventar respostas sobre onde vou passar as férias. — Você é formada em quê?

— Jornalismo.

Jack não parece surpreso; ele deve saber que eu e Sarah estudamos a mesma coisa em Middlesex.

— Gosto de escrever — elaboro. — Minha ideia é trabalhar em uma revista, se tudo der certo e eu conseguir alguma coisa. Não pretendo fazer carreira na frente das câmeras. — Eu me interrompo antes de acrescentar "ao contrário de Sarah", porque tenho certeza de que ele já sabe que o plano dela é apresentar o noticiário local antes de ir crescendo e virar âncora nacional. Há uma citação banal que às vezes vejo no Facebook: "Algumas garotas nascem com purpurina no sangue", algo assim. Sarah é dessas, só que muito mais complexa. Sua purpurina é misturada com determinação; ela só para quando consegue o que quer. — E você?

Jack ergue um ombro.

— Também fiz Jornalismo. Trabalho com rádio.

Já sei disso, porque Sarah liga o rádio da cozinha na estação em que Jack trabalha, apesar de ele só entrar no ar se o apresentador do programa noturno faltar, o que nunca acontece. Porém, todo mundo começa de algum lugar, e, agora que ouvi sua voz, sei que é apenas uma questão de tempo até ele ser promovido. Tenho uma visão súbita e desagradável de Sarah e Jack se tornando o casal de ouro da mídia, os próximos Phil e Holly, brilhando na minha telinha todos os dias enquanto fazem piadas internas, terminam as frases um do outro e vencem todas as premiações possíveis. A imagem é tão realista que fico sem ar, e é um alívio ouvir as chaves de Sarah tinindo na fechadura.

— Querida, cheguei! — grita ela, batendo a porta com tanta força que o velho batente das janelas estremece na sala.

— Ela chegou — digo sem necessidade, levantando rapidamente. — Vou ajudá-la a guardar as coisas.

Eu a encontro no corredor e tiro a garrafa de vinho quente de suas mãos.

— Jack acabou de chegar. Pode ir lá falar com ele, vou botar o vinho para gelar.

Fugindo para a cozinha, desejo também poder me enfiar no congelador enquanto forço a garrafa por baixo do saco de frutas congeladas que usamos para fazer vitamina quando sentimos que estamos prestes a morrer por falta de nutrientes.

Abro o vinho que já estava na geladeira e sirvo duas taças generosas. Uma para mim, uma para Sarah. Não encho uma para Jack porque, como fui informada, ele prefere cerveja. Fico animada por saber suas preferências sem precisar perguntar, como se essa informação minúscula fosse um novo retalho na colcha de nossa intimidade. É um pensamento esquisito, mas me agarro a ele, pensando na colcha enquanto pego uma cerveja para Jack, tiro a tampa, fecho a geladeira e me recosto na porta, segurando minha taça. Nossa colcha é feita à mão, cuidadosamente costurada com camadas de conversas discretas e trocas de olhares tão finas quanto teias de aranha, costuradas com linhas de desejos e sonhos, até que se forme essa peça magnífica, maravilhosa e leve que nos mantém aquecidas e nos protege de tudo, como se fosse feita de aço. Que *nos* protege? Quem estou querendo enganar?

Tomo um segundo gole de vinho enquanto interrompo minha linha de pensamento e tento direcionar a mente para um caminho mais seguro. Eu me forço a visualizar a colcha na cama *king size* de Sarah e Jack, na casa deslumbrante de Sarah e Jack, na vida perfeita de Sarah e Jack. É uma técnica que ando testando: sempre que tenho um pensamento inapropriado sobre ele, me obrigo a rebatê-lo com uma imagem excessivamente positiva dos dois como casal. Não acho que tem dado muito certo, mas estou me esforçando.

— Anda logo, Lu, estou morrendo de sede! — A voz de Sarah chega até mim com uma risada despreocupada enquanto ela acrescenta: — Não precisa trazer uma taça para Jack. Ele não é chique o suficiente para o nosso vinho vagabundo de cinco pratas.

Quero dizer que já sei disso, mas fico quieta. Apenas enfio a cerveja de Jack debaixo do braço, encho minha taça de novo e vou me juntar aos dois na sala.

* * *

— Colocar abacaxi na pizza é tipo, sei lá, comer presunto com pudim. Não combina. — Sarah aponta dois dedos para a boca e revira os olhos.

Jack pega o pedaço ofensivo de abacaxi que ela jogou com desdém em um canto da caixa.

— Também já comi pizza com banana. Ficou bom. — Ele coloca o abacaxi extra na sua fatia de pizza e sorri para mim. — Você desempata a decisão, Laurie. Com abacaxi ou sem abacaxi?

Eu me sinto uma traidora, mas não posso mentir, porque Sarah já sabe a resposta.

— Com abacaxi. Sem dúvida.

Ela bufa, fazendo com que eu me arrependa de não ter mentido.

— Estou começando a achar que foi uma péssima ideia juntar vocês dois. Vão acabar se unindo contra mim.

— Time J-Lu. — Jack pisca para mim enquanto ri e leva um belo soco de Sarah no braço, o que o faz choramingar e esfregá-lo como se tivesse quebrado. — Calma. Este é o braço que uso para beber.

— Quem mandou tentar separar o time Sa-Lu?

É ela quem pisca para mim agora, e concordo com a cabeça, ansiosa por mostrar que estou do seu lado mesmo gostando de abacaxi na pizza.

— Sinto muito, Jack — digo. — Somos unidas pelo vinho. É uma conexão muito mais forte que abacaxi na pizza.

Além do mais, a bebida realmente está me ajudando a suportar a situação.

Sarah lança um olhar de "bem feito" para ele e se estica pelo abismo formado entre a poltrona e o sofá descombinados para bater na minha mão. Ela está enroscada em um canto, com os pés sob a bunda de Jack, o cabelo ruivo trançado ao redor da cabeça como se a qualquer momento fosse sair pela porta dos fundos para ordenhar cabras.

De propósito, não me esforcei muito com minha aparência; meu objetivo era um visual "levemente sociável" sem parecer tão diferente do normal. Estou usando roupas de sair, o que com certeza uma noite assistindo à televisão não merece. Calça jeans, um suéter cinza despojado, um pouco de gloss nos lábios e um pouquinho de delineador nos olhos. Não tenho orgulho de ter passado um tempo razoável pensando na minha roupa, mas estou tentando me dar um desconto. Não ando esfarrapada por aí e não quero decepcionar Sarah. Além do mais, quando viu que minha franja estava caindo nos olhos, ela a prendeu com sua presilha de margarida prateada que sabe que adoro, então imagino que tenha ficado feliz por eu estar apresentável.

— Vamos ver que filme? — pergunto, me inclinando para a frente para pegar um pedaço de pizza na caixa aberta sobre a mesa de centro.

Sarah responde *Crepúsculo* ao mesmo tempo que Jack fala *Homem de Ferro*.

Olho de um para outro, sentindo que terei que arbitrar outra disputa.

— Não se esqueça do seu time, Lu — diz Sarah, seus lábios formando um sorriso.

Sério. Seria impossível inventar uma coisa dessas. Não li os livros nem vi os filmes, mas sei que *Crepúsculo* envolve um triângulo amoroso fadado a fracassar.

Jack parece estar sofrendo com a ideia, mas pisca para mim como um menino de sete anos de idade pedindo dinheiro para comprar sorvete. Nossa, como ele é fofo. Quero dizer *Homem de Ferro*. Quero dizer *me beije*.

— *Crepúsculo.*

Jack

Porra, *Crepúsculo*?

Que noite bizarra. E, agora, vamos assistir a um dos filmes mais constrangedores de todos os tempos, sobre uma garota emburrada que não consegue escolher entre dois caras com superpoderes. Sarah se apoia em mim; beijo o topo de sua cabeça e me foco na tela, evitando lançar sequer um olhar ocasional na direção da poltrona de Laurie sem que ela fale diretamente comigo.

Não quero que fiquemos desconfortáveis um com o outro, mas ficamos, e sei que a culpa é minha. Ela deve achar que sou um esquisitão chato, porque nunca consigo pensar no que falar quando nos vemos. É que estou tentando classificá-la em minha mente como a amiga de Sarah em vez da garota que vi só uma vez e não me sai do pensamento desde então. Passei o Natal inteiro — que foi terrível, aliás, minha mãe estava tão triste, e, como sempre, eu não sabia o que fazer, então simplesmente enchi a cara — me lembrando de Laurie de pijama na cozinha, me olhando com uma cara esquisita. Cara, como sou babaca. Meu único consolo é o fato de que é assim que meu cérebro masculino armazena um rosto bonito na memória, e o cérebro dela é diferente, então espero que não exista qualquer lembrança desagradável de mim a olhando fixamente no ponto de ônibus. Até agora, as coisas estavam indo bem, e consegui evitar que passássemos mais tempo juntos, mas, ontem, Sarah veio me perguntar se não gosto de Laurie, porque sempre invento uma desculpa quando ela me convida para cá. O que eu deveria dizer? Desculpe, Sarah, estou tentando parar de pensar na sua melhor amiga como a parceira sexual das minhas fantasias e passar a vê-la como uma amiga emprestada platônica? Isso existe? Se não existe, deveria, porque, se eu e Sarah terminarmos um dia, ela com certeza vai levar Laurie junto. A ideia faz meu estômago embrulhar.

A ideia de perder Sarah, claro.

14 de fevereiro

Laurie

Quem São Valentim pensa que é e por que é que ele se acha o especialista em romance? Aposto que seu nome completo é São Sabichão-três-é-demais Valentim e que provavelmente mora em uma ilha iluminada por luz de velas, onde as coisas só existem em pares, incluindo surtos de candidíase.

Deu para perceber que o dia dos namorados não é minha data favorita, né? O fato de Sarah ter entrado no clima dos balõezinhos e coraçõezinhos este ano não ajuda. Para minha vergonha, percebo que estava torcendo para ela já ter cansado de Jack ou coisa do tipo, mas é o completo oposto. Sarah comprou três cartões diferentes para ele porque vive encontrando outro que expressa melhor como ela está feliz ou como ele é lindo demais, e, toda vez que me mostra sua última aquisição, meu coração murcha como uma ameixa seca, levando algumas horas para voltar ao normal.

Ainda bem que eles vão ao restaurante italiano aqui perto, onde com certeza comerão filé em formato de coração e, depois, lamberão mousse de chocolate da cara um do outro, mas, pelo menos, vou poder curtir minha fossa na sala de casa. Bridget Jones é uma amadora comparada a mim. Pretendo ficar jogada no sofá, me enchendo de sorvete e vinho ao mesmo tempo.

— Lu, pode dar um pulo aqui?

Fecho o laptop — mais um currículo enviado —, deixo meus óculos de leitura na mesa — não preciso deles de verdade, mas ajudam a me concentrar— e entro no quarto de Sarah com minha caneca de café.

— O que foi?

Ela está em pé, de calça jeans e sutiã, com as mãos no quadril.

— Estou escolhendo o que vou vestir. — Ela faz uma pausa, pega a blusa de chiffon vermelho-Coca-Cola que comprou para o almoço de Natal com os pais. É bonita e surpreendentemente recatada, até Sarah colocá-la ao lado de uma microssaia preta sobre a cama. — Que tal essa?

Ela me encara, e concordo com a cabeça, porque não há como negar que ela ficaria maravilhosa nessa roupa.

— Ou essa? — Sarah tira seu deslumbrante vestidinho preto do armário e o exibe diante do corpo.

Olho de uma opção para a outra.

— Gosto dos dois.

Ela suspira.

— Eu também. Qual passa mais a mensagem de "namorada gostosa"?

— Jack já viu a blusa vermelha?

Ela nega com a cabeça.

— Ainda não.

— Então está decidido. Nada é mais digno de dia dos namorados do que vermelho-fogo.

Resolvido o figurino, Sarah devolve o vestido preto para o armário.

— Tem certeza de que vai ficar bem sozinha?

Reviro os olhos.

— Não, me leve junto. — Eu me apoio no batente da porta e dou um gole no café quente. — Nem seria esquisito, não é?

— Talvez Jack gostasse — zomba ela. — Todo mundo acharia que ele é o maior pegador.

— Sabe de uma coisa, pensando bem, é melhor deixar para outro dia. Hoje, tenho um encontro com Ben e Jerry. Eles são um doce. — Pisco e saio para o corredor. — Vamos nos divertir com o Karamel Sutra. Vai ser uma loucura.

De todos os sorvetes do mundo, sei que o sabor Karamel Sutra, da Ben & Jerry's, é o favorito de Sarah.

— Na verdade, estou com um pouco de ciúmes — grita ela para mim, desfazendo sua trança para entrar no banho.

Eu também, penso, enquanto desabo, devastada, sobre a poltrona e abro o laptop.

A pessoa encarregada da programação de TV merecia um tiro na cara. Não deve ser difícil entender que qualquer um assistindo à televisão na noite do dia dos namorados é solteiro e, possivelmente, amargurado, então não sei por que alguém resolveria que *Diário de uma Paixão* seria uma escolha apropriada. Há o romântico passeio de barco no lago e Ryan Gosling, todo molhado, gritando e apaixonado. Pelo amor de Deus, tem até cisnes. Puxa, não há nada como colocar o dedo na ferida dos outros, não é mesmo? Ainda bem que tiveram o bom senso de agendar *Con Air — A Rota de Fuga* depois; vou precisar de uma boa dose de Nicolas Cage salvando o dia em um colete sujo para me recuperar disso tudo.

Já terminei dois terços de Ryan Gosling, metade do pote de sorvete e três quartos da garrafa de Chardonnay quando escuto as chaves de Sarah na fechadura. São só dez e meia; meu plano era continuar minha festinha solitária até meia-noite, então, para ser sincera, chegar agora é muita falta de consideração.

Sentada de pernas cruzadas em um canto do sofá, observo a porta, angustiada, empunhando minha taça de vinho. Será que os dois brigaram e ela o deixou comendo tiramisù sozinho? Eu me forço a não criar esperanças enquanto grito:

— Pegue uma taça, Sar, você ainda consegue tomar um pouco de vinho se correr.

Ela aparece no corredor trocando as pernas, mas não está sozinha. Minha festinha rapidamente se transformou em um *ménage à trois*. Não quero ficar pensando nisso, então foco no desejo de estar usando qualquer coisa que não fosse calça bailarina preta e regata verde-hortelã. Fui otimista ao me vestir para uma sessão de exercícios com o DVD de aeróbica que, no fundo, eu sabia que não iria rolar. Podia ser pior: podia ter escolhido o pijama de flanela xadrez que minha mãe me deu porque acha que o apartamento na Delancey Street é frio demais.

— Voltaram cedo — digo, me alongando e tentando parecer um sereno guru de ioga, como se isso fosse possível enquanto se tem uma taça de vinho na mão.

— Champanhe grátis — diz Sarah, ou, pelo menos, foi o que entendi.

Ela está rindo, jogada em cima de Jack; acho que o braço dele em torno de sua cintura é a única coisa que a mantém de pé.

— *Muito* champanhe grátis — acrescenta Jack, e seu sorriso pesaroso me diz que, apesar de Sarah ter enchido a cara, ele está sóbrio.

Nossos olhos se encontram, e, por um instante, nos encaramos.

— Tô muito, muito cansada — diz Sarah, arrastando a fala e dando piscadelas longas e exageradas.

Um dos seus cílios postiços está caído sobre a bochecha; geralmente, é comigo que isso acontece. Tive duas experiências fracassadas com eles nos últimos meses; fico parecendo uma *drag queen*, para a diversão de Sarah.

— Sei que está. — Jack ri e lhe dá um beijo na testa. — Vamos. Hora de ir para a cama.

Ela finge estar chocada.

— Só depois do casamento, Jack O'Mara. Que tipo de garota você pensa que eu sou?

— Uma garota muito bêbada — diz ele, segurando-a com mais força quando ela perde o equilíbrio de novo.

— Que grosseria — murmura Sarah, mas não resiste quando ele passa os braços por trás de seus joelhos e a pega no colo.

Merda. Aprenda com o mestre, Ryan Gosling. Esse homem não precisou entrar em um lago para roubar o coração da donzela.

Só para esclarecer, falei do coração de Sarah, não do meu.

— Ela apagou.

Ergo o olhar quando Jack reaparece na porta da sala pouco depois. Agora, Ryan Gosling já conquistou a garota e desapareceu remando pelo horizonte, dando espaço para Nicolas Cage ser o grande herói na telinha. Os olhos de Jack se iluminam e, então, ele abre um sorriso largo.

— O melhor filme de ação do mundo.

Não vou discutir. Adoro assistir a reprises de *Con Air*; quando a vida real fica uma merda, sempre curto ver Cameron Poe passar por momentos muito piores e, ainda assim, sair por cima. Não importa o quão ruim tenha sido meu dia, tenho certeza de que não vou precisar aterrissar um avião cheio de assassinos e estupradores no meio de Las Vegas.

— Todo mundo precisa de um herói — digo, nervosa por Jack ter resolvido se aconchegar do outro lado do sofá em vez de deixá-lo todo para mim.

— Que comentário de mulherzinha — murmura ele, revirando os olhos verdes dourados.

— Vá se danar — rebato. — Estou treinando para uma carreira longa e bem-sucedida como escritora de cartões.

— Você vai ser muito requisitada — diz Jack, sorrindo. — Dê outro exemplo.

Rio para minha taça; o vinho realmente me deixou mais desinibida.

— Preciso saber para qual a ocasião.

Ele reflete sobre as opções. Espero mesmo que não seja pouco criativo e escolha dia dos namorados.

— Meu cachorro morreu. Preciso ser consolado.

— Ah, tudo bem. Vejamos... — Faço uma pausa e penso em uma primeira frase impactante. — Lamento saber que seu cachorro faleceu, espero que se lembre dos bons momentos que ele lhe deu. — Eu me demoro na última palavra para dar ênfase, impressionada com minha própria sagacidade, antes de continuar: — E de como ele gostava de receber carinho, sim, fico tão, tão triste por seu precioso cachorro estar mortinho. — Uso um tom ritmado no final, e nós rimos.

— Acho que prefiro uma cerveja a essas riminhas horríveis.

Ah. De repente, me sinto mal-educada por ser uma péssima anfitriã, mas, em minha defesa, ele me pegou desprevenida. Eu não esperava que Jack saísse do quarto de Sarah. Tinha acabado de tirar o restante do sorvete do congelador para uma segunda sessão e me acomodado no sofá quando ele reapareceu.

— Fique à vontade, tem na geladeira.

Observo enquanto Jack sai da sala, suas pernas compridas em uma calça jeans, o torso esguio em uma blusa azul-marinho. É óbvio que se arrumou mais cedo para Sarah e afrouxou a gravata em algum momento. Ele volta e se joga no sofá com uma long neck de cerveja e exibe uma colher, esperançoso.

— A gente não comeu sobremesa no restaurante.

Baixo o olhar para o pote e me pergunto se Jack ficará chocado quando descobrir que já comi dois terços do sorvete.

— Qual é o sabor? — Pergunta ele enquanto lhe passo o pote, hesitante.

— Karamel Sutra. — Por que é que não falei só caramelo?

— É mesmo? — Ele ergue os olhos e encontra os meus, achando graça. — Preciso prender uma perna atrás da cabeça antes de começar a comer?

Se eu estivesse dando em cima dele, provavelmente iria sugerir que fizesse a posição do cachorro olhando para baixo ou coisa assim, mas, como não é o caso, apenas reviro os olhos e suspiro, fingindo ser muito madura.

— Só se achar que ajuda na digestão.

— Talvez ajude, mas tenho quase certeza de que estragaria minha calça.

— Então é melhor comer assim mesmo — digo, olhando para a televisão. — Essa é uma das minhas partes favoritas.

Nós dois assistimos Nicolas Cage entrar no modo machão para proteger a guarda no avião cheio de criminosos; Jack tomando o sorvete, eu acabando com o vinho da garrafa. Estou relaxada de um jeito agradável, não caindo de bêbada, porque uma das melhores coisas da vida de estudante foi ganhar a capacidade de beber tanto quanto um jogador de rúgbi. Geralmente, Sarah também é assim.

— Devem ter dado muito champanhe grátis para Sarah ficar daquele jeito — comento, me lembrando de como ela entrou cambaleando no apartamento.

— Não gosto muito de champanhe, então ela bebeu o meu — explica Jack. — Os garçons ficavam enchendo as taças. Sarah bebeu por dois para me poupar da vergonha de dizer que não queria.

Solto uma gargalhada.

— Ela é um amor.

— A cabeça dela vai estar explodindo amanhã.

Voltamos a nos calar. Penso em algo para preencher o vazio, porque, caso contrário, vou acabar fazendo o impensável e perguntando se ele não se lembra de mim naquele dia do ônibus. Tomara que um dia eu consiga parar de lutar contra essa necessidade específica, que isso deixe de ser importante ou relevante para mim. Estou me esforçando.

— Ela gosta muito de você — falo sem pensar.

Jack dá um gole longo e lento na cerveja.

— Também gosto muito dela. — Ele me olha de rabo de olho. — Você está prestes a me avisar que vai me dar uma surra se eu a magoar?

— Não duvide de mim — respondo, e faço um movimento ridículo de caratê, porque só estou me fazendo de corajosa e o que estava pensando de verdade era que gosto muito dos *dois*, o que anda me causando dor de cabeça.

É claro que estou do lado de Sarah; sei que existe uma linha que não posso cruzar e jamais a ultrapassaria, mas, às vezes, tenho a impressão de que ela foi desenhada com giz na grama, como em um evento esportivo de escola, apagada e redesenhada várias vezes, nunca no mesmo lugar que antes. Em noites como esta, por exemplo, ela foi aproximada, e, então, em dias como amanhã, serei obrigada a afastá-la novamente.

— Suas habilidades secretas de ninja estão registradas.

Concordo com a cabeça.

— Mas você não vai precisar usá-las contra mim — continua Jack. — Gosto de Sarah mais que o suficiente para não querer magoá-la.

Concordo com a cabeça de novo, feliz por Sarah por ele ser gentil, triste por mim por ele ser da minha melhor amiga, irritada com o mundo por ser um lugar tão merda e ter me colocado nesta situação horrorosa.

— Ótimo. Então estamos combinados.

— Falou como uma verdadeira mafiosa. — Jack se inclina para a frente e coloca a long neck sobre a mesa. — Uma ninja mafiosa. Está ficando cada vez mais perigoso conviver com você, Laurie.

Ainda mais porque tomei uma garrafa inteira de vinho e estou meio apaixonada por você, penso. É melhor eu ir dormir agora, antes de apagar a linha de giz e aproximá-la ainda mais.

Jack

Está ficando cada vez mais perigoso conviver com você, Laurie.

Mas que porra é essa que estou dizendo? Parece uma cantada barata de um filme brega de televisão, quando tudo o que eu quis dizer era que somos amigos. "Jack, o fodão", eu me repreendo, usando o apelido de que tanto me orgulhava na época da escola. Minhas avaliações pedagógicas sempre apresentavam variações do mesmo comentário, apesar de usarem um tom mais educado: "Se o empenho que Jack dedica aos estudos fosse o mesmo dedicado às suas brincadeiras, ele faria muito progresso."

Gosto de pensar que provei que eles estavam errados sobre mim; no fim das contas, minhas notas foram boas o suficiente para ser aceito na minha primeira opção de universidade. A verdade é que tenho sorte; fui abençoado com uma memória quase fotográfica, então o conteúdo e as teorias só precisavam ser vistos uma vez para meu cérebro absorvê-los. Somando isso à minha capacidade de enrolar os outros, me dei bem. Porém, por algum motivo, meus dons de oratória parecem não funcionar com Laurie.

— Então, Laurie. O que mais devo saber sobre você, além do fato de que me daria uma surra se eu magoasse sua melhor amiga?

Ela parece surpresa com a pergunta. Não a culpo. A última vez que perguntei algo assim para alguém foi durante minha primeira e última tentativa de participar de um evento de encontros rápidos. O que estou fazendo, uma *entrevista*?

— Humm... — Ela solta uma risada cantarolada. — Não tenho muito que contar.

Tento trazer a situação de volta ao normal, lançando um olhar que diz "faça um esforço".

— Vamos, colabore comigo. Sarah quer que sejamos melhores amigos. Conte seus três momentos mais vergonhosos e eu conto os meus.

Laurie estreita os olhos, ergue um pouco o queixo.

— Podemos ir alternando?

— Tudo bem, contanto que você comece.

Digo a mim mesmo que sugeri isso porque Sarah está louca para fazermos amizade, e, sinceramente, de verdade, isso é parte do motivo. *Parte*. A outra parte é que também quero saber mais sobre Laurie, porque ela me deixa curioso, porque estou confortável aqui, na outra ponta do sofá, porque sua companhia me relaxa. Talvez seja por causa do vinho que ela bebeu, e é bem provável que seja por causa da cerveja que entornei, mas acho que poderíamos ser bons amigos. Qual o problema com isso? Sei que algumas pessoas não acreditam que amizades podem existir entre homens e mulheres.

Vou trocar verdades com Laurie, e vamos nos tornar melhores amigos. Esse, senhoras e senhores, é meu grande plano.

Ela tamborila as unhas na borda da taça, pensando, e percebo que estou muito interessado no que tem a dizer. Então ela olha para o restante do vinho e, quando ergue os olhos, está rindo.

— Tudo bem, eu tinha uns catorze, quinze anos. — Laurie se interrompe e pressiona uma mão contra a bochecha vermelha, balançando a cabeça. — Não acredito que vou contar isto.

Aquela risada boba de novo, e ela baixa o olhar, me forçando a me reclinar para encontrar seus olhos.

— Vamos lá, agora você precisa me contar — incentivo.

Ela suspira, resignada.

— Eu estava com Alana, minha melhor amiga na época, em uma festa da escola, fingindo que éramos superdescoladas. Acho que tínhamos levado até um maço de cigarros, apesar de nenhuma das duas fumar.

Faço que sim com a cabeça, querendo ouvir mais.

— E tinha um garoto, como sempre, e eu gostava muito dele. Eu e metade da escola, na verdade, mas, por algum milagre, ele parecia a fim de mim.

Quero interromper e dizer que aquilo não era nenhum milagre, muito menos uma surpresa, mas fico quieto.

— Então, no fim da festa, ele finalmente me convidou para dançar, e aceitei, indiferente. Estava tudo indo muito bem até eu resolver olhar para cima na mesma hora em que ele foi olhar para mim. Dei uma bela cabeçada nele e quebrei seu nariz. — Laurie me encara com olhos arregalados e, então, a risada explode de sua garganta. — Havia sangue em todo lugar. Precisaram chamar uma ambulância.

— Não acredito. — Balanço a cabeça devagar. — Uau, você é uma péssima namorada, Laurie.

— A gente não estava namorando — protesta ela. — Eu até queria, só que, depois disso, não aconteceu mais nada. Era de se esperar, na verdade. — Batendo com as juntas dos dedos na cabeça, ela dá de ombros. — Dura feito pedra, pelo que dizem por aí.

— Certo, então agora você é uma ninja mafiosa com um crânio duro fora do normal. Já entendi por que Sarah gosta tanto de você.

Laurie se mantém séria.

— Acho que ela deve se sentir segura comigo.

— Pois é. Você devia começar a cobrar pelos seus serviços de segurança. Vai terminar de pagar seu financiamento estudantil rapidinho.

Laurie coloca a taça de vinho sobre a mesa e se recosta no sofá, prendendo o cabelo escuro atrás das orelhas enquanto se acomoda de pernas cruzadas, me encarando. Quando era pequeno, passava as férias na Cornualha todo ano com minha família, e minha mãe adorava aquelas fadinhas que vendem por lá, geralmente sentadas em cogumelos ou outra coisa engraçadinha. Algo no capricho da posição de lótus de Laurie e na ponta do seu queixo enquanto coloca o cabelo atrás das orelhas me lembra daquelas fadas agora, e, por um segundo, do nada, sinto uma onda de saudades de casa. Como se ela me fosse familiar, mesmo não sendo.

— Sua vez. — Sorri Laurie.

— Acho que não tenho nada nesse nível — respondo. — Assim, nunca dei uma cabeçada em uma mulher.

— Que tipo de homem você é?

Ela finge estar decepcionada, e, apesar de ser brincadeira, levo a pergunta a sério.

— Espero que um bom homem.

A risada dela desaparece.

— Também espero.

Sei que está dizendo isso por causa de Sarah.

— Que tal esta... — Mudo de assunto de repente. — É a história do meu aniversário de seis anos. Pense em um garoto que conseguiu se enfiar no fundo da piscina de bolinhas e ficou tão assustado que o pai teve que atravessar aquele monte de escorregas e redes para buscá-lo. Eu estava quase um metro abaixo das bolas, chorei tanto que vomitei. Precisaram esvaziar tudo. — Tenho uma visão vívida dos rostos horrorizados dos pais da garota cujo vestido de festa foi atingido pelo meu vômito de bolo de chocolate. — Curiosamente, a frequência nas minhas festas de aniversário passou a ser bem menor depois disso.

— Ah, que história triste — diz Laurie, e parece não estar zombando. Dou de ombros.

— Sou homem. Sou durão.

Ela bate na cabeça de novo.

— Você esqueceu com quem está falando.

Concordo solenemente com a cabeça.

— A mulher de ferro.

— A própria.

Ficamos em silêncio e assimilamos o que agora sabemos um do outro. Da minha parte, sei que ela é desajeitada com homens e capaz de causar lesões. Da dela, que me assusto com facilidade e sou capaz de vomitar em cima dos outros. Laurie tira o pote de sorvete vazio e a colher das minhas mãos, se estica para colocá-los na mesa de centro, e, apesar de eu me esforçar muito, meu cérebro masculino observa o movimento de seu corpo, o vislumbre de seio que avisto sob seu braço, a curva na base de sua coluna. Por que as mulheres têm tanta coisa a seu favor? É bem injusto. Quero ter uma amizade de verdade com Laurie, mas meu cérebro está arquivando todos os seus movimentos, memorizando-a, construindo um mapa de seu corpo para que possa revisitá-lo de vez em quando nos meus sonhos. Não quero que isso aconteça. Quando estou acordado, não penso em Laurie desse jeito, mas parece que minha mente adormecida não entende isso.

No sono, já observei que sua pele é de um branco pálido, que seus olhos têm o azul do miosótis. Porra, os olhos de Laurie são como um bosque no verão. E, agora, posso acrescentar aquela curva saliente nas suas costas, a forma como fica animada depois de um vinho, como morde o lábio inferior enquanto pensa. Em momentos assim, minha memória fotográfica se torna mais um problema do que uma vantagem. É claro, Laurie não é a única mulher com quem sonho, mas é ela que parece surgir no meu subconsciente com mais frequência. Não que eu viva sonhando com outras. Vou parar com esse papo agora, porque estou começando a parecer um lobo em pele de cordeiro.

— Certo, acho que agora é minha vez de novo — diz ela.

Concordo com a cabeça, feliz com a interrupção dos meus pensamentos.

— Vai ser difícil superar a história da cabeçada.

— Comecei em um nível muito alto — concorda Laurie, mordendo o lábio de novo, tentando encontrar algo adequado.

Para ajudá-la, dou algumas sugestões.

— Aquele incidente vergonhoso em que você saiu no meio de uma ventania sem calcinha? — Ela sorri, mas nega com a cabeça. — Fez alguém passar mal com sua comida? Aquela vez em que deu uns amassos no namorado da sua irmã por acidente?

A expressão de Laurie se torna mais branda, uma repentina mistura de nostalgia e outras emoções que não consigo interpretar enquanto surgem em seu rosto. *Meu Deus.* Devo ter dito algo muito errado, porque ela agora está piscando como se tivesse algo nos olhos. Tipo lágrimas.

— Puxa. Merda, desculpe — murmura Laurie, esfregando os olhos com as costas das mãos, nervosa.

— Não, não. Eu que tenho que me desculpar — falo rápido, sem saber o que falei para causar uma reação dessas.

Quero segurar sua mão, cobrir seu joelho com minha palma, fazer algo, qualquer coisa para mostrar que sinto muito, mas não consigo me mexer.

Laurie balança a cabeça.

— A culpa não foi sua.

Espero ela se acalmar.

— Quer conversar sobre isso?

Laurie olha para baixo, apertando a pele das costas da mão com gestos rápidos e repetitivos; um mecanismo de enfrentamento, o uso da dor física para se distrair da dor emocional. Meu irmão pentelho, Albie, vive puxando um elástico preso ao pulso pelo mesmo motivo.

— Minha irmã mais nova morreu aos seis anos. Eu tinha acabado de completar oito.

Merda. Retiro o que disse sobre meu irmão. Ele é quatro anos mais novo que eu, e é verdade que me enche o saco, mas o amo com todas as minhas forças. Não consigo imaginar o mundo sem ele.

— Nossa, Laurie.

Desta vez, nem penso duas vezes. Enquanto uma lágrima escorre por seu rosto, estico o braço e a seco com o dedão. Então Laurie desaba em lágrimas, e acaricio seu cabelo, tranquilizando-a como uma mãe que consola um filho.

— Desculpe, eu não devia ter tocado nesse assunto — declara ela depois de alguns minutos de silêncio, apertando a base da palma das mãos contra os olhos. — Fui pega de surpresa. Faz séculos que não choro por causa disso. Deve ter sido o vinho.

Concordo com a cabeça enquanto baixo minha mão, me sentindo péssimo por ter sido tão descuidado e insensível.

— Quando as pessoas perguntam, sempre digo que só tenho um irmão. Eu me sinto mal por não falar dela, só que é mais fácil do que contar a verdade. — Laurie parece mais calma agora, respirando devagar, trêmula.

Não faço ideia de qual seria a coisa certa a dizer nesta situação, mas tento; pelo menos, tenho certa noção de como se sente.

— Qual era o nome dela?

O rosto de Laurie se enche de carinho, e sua vulnerabilidade atravessa meu peito. É uma saudade dolorida, aguda, que desperta sentimentos contraditórios, como se algo estivesse faltando em sua vida há tempo demais. Ela solta um suspiro pesado enquanto se vira para apoiar as costas no sofá, ao meu lado, puxando os joelhos contra o peito e abraçando-os. Quando volta a falar, sua voz soa baixa e contida, como a de alguém que faz um discurso no enterro de um ente querido.

— Ginny nasceu com um problema cardíaco, mas era esperta e, meu Deus, como era inteligente. Ela me deixava no chinelo. Era minha melhor amiga. — Laurie se interrompe por um instante, se preparando para o impacto, como se soubesse que contar a próxima parte da história causará dor física. — Pneumonia. Ela estava lá e, de repente, não estava mais. Acho que nenhum de nós conseguiu superar a perda. Pobre mamãe e papai...

Laurie para de falar, porque não existem palavras adequadas; pais não deveriam enterrar filhos. Ela parou de beliscar a pele; acho que não existe nenhum mecanismo no mundo capaz de distrair alguém de algo assim.

Na televisão, Nicolas Cage está em disparada em uma moto, pura ação e força bruta, e aqui, nesta salinha apertada, passo meu braço ao redor de Laurie e a pressiono contra mim. Seu corpo vibra com a respiração pesada, e ela apoia a cabeça no meu ombro e fecha os olhos. Não sei dizer ao certo o momento em que pegou no sono, mas fico feliz que isso tenha acontecido, porque é o melhor para ela agora. Não me mexo, apesar de ser o certo a fazer. Não me levanto e vou dormir, apesar de essa ser a atitude que um homem sábio tomaria. Simplesmente, continuo sentado, fazendo companhia para ela enquanto dorme, e me sinto... Nem sei o que sinto. Tranquilidade.

Não apoio meu rosto em seu cabelo.

15 de fevereiro

Laurie

Quando acordo, sei que preciso me lembrar de alguma coisa, mas parece que meu cérebro está envolto em feltro. Foi o vinho, penso, grogue, e abro os olhos para descobrir que não estou na cama. Continuo no sofá, mas estou com meu travesseiro sob a cabeça e coberta pelo meu edredom. Uma longa encarada no relógio diz que são seis e pouco da manhã, então volto a fechar os olhos, lembrando aos poucos da noite passada, começando pelo que é mais fácil.

Sorvete. Vinho. Ryan Gosling remando. Cisnes. Com certeza, havia cisnes. E, ah, meu Deus, Sarah ficou mamada! Já vou dar uma olhada nela — que bom que Jack a trouxe para casa. Jack. Ah, merda. *Jack.*

Minha mente entra em pânico, convencendo-me de que devo ter dito ou feito algo terrível e desleal, que Sarah vai me odiar. Ele conversou comigo, nós rimos, assistimos ao filme, e aí... Ah. Lembrei. *Ginny.* Eu me afundo no meu ninho de edredom, fecho os olhos, apertados, e me permito pensar na minha irmã caçula tão linda, tão doce. Dedos finos, unhas tão frágeis que eram quase transparentes, a única pessoa no mundo que tinha olhos iguais aos meus. Preciso me concentrar muito para recuperar sua voz infantil de minhas lembranças, a alegria extasiada de suas risadas, o brilho do sol em seu cabelo louro liso. Memórias fragmentadas, desbotadas como fotos danificadas pelo tempo. Não me permito pensar em Ginny com frequência no meu dia a dia; na verdade, não me permito pensar nela nunca. Sempre demoro a aceitar o fato de que minha irmã simplesmente não está mais aqui, a não ficar furiosa com todas as outras pessoas que continuam respirando.

Agora, me lembro da noite de ontem com clareza. Não fiz nada moralmente errado com Jack, pelo menos nada que me faça sentir culpada de uma maneira tradicional; com certeza, não mostrei meus peitos ou confessei meu amor. Porém, mesmo assim, não consigo me inocentar completamente, porque a verdade é que *cruzei* a linha, mesmo ela sendo tênue e quase invisível. Dá para senti-la embolada aos meus pés como uma linha de pesca, pronta para me fazer tropeçar e me transformar em mentirosa. Eu me permiti me aproximar demais. Só precisei de uma garrafa de vinho barato para baixar a guarda; só um comentário infeliz para me fazer desmoronar como um castelo de areia abandonado, atingido pela maré alta da noite.

5 de junho

Laurie

— Feliz aniversário, sua velha coroca!

Sarah assopra uma língua de sogra na minha cara para me acordar, e me apoio com dificuldade nos cotovelos enquanto ela canta uma versão animada de "Parabéns para você".

— Obrigada! — Eu lhe dou uma desanimada salva de palmas. — Agora, posso voltar a dormir, por favor? São oito da manhã de sábado.

Ela franze a testa.

— Você está brincando, né? Se dormir agora, vai desperdiçar este dia especial.

Ela está falando como uma de suas personagens favoritas do Disney Channel.

— Até onde sei, não somos adolescentes americanas de um seriado bobo — resmungo.

— Pare de reclamar e saia logo da cama. Tenho muitos planos para hoje.

Eu me jogo contra o travesseiro.

— Já tenho um plano: ficar aqui até meio-dia.

— Você pode fazer isso amanhã. — Sarah acena com a cabeça para uma caneca na mesa de cabeceira. — Fiz café. Você tem dez minutos antes de eu voltar e acordá-la de um jeito *bem* ruim.

— Você é mandona demais — resmungo, jogando os braços por cima dos olhos. — Tenho vinte e três anos agora, e você continua com vinte e dois. Sou velha o suficiente para ser sua mãe. Vá limpar o quarto e fazer o dever de casa.

Ela assopra a língua de sogra de novo enquanto sai, rindo, e enfio a cabeça embaixo do travesseiro. Amo essa garota.

Exatamente nove minutos e meio depois, quando entro na sala, encontro duas capas protetoras de roupa penduradas e Sarah praticamente aos pulos. Ainda mais preocupante é que, as capas exibem o logotipo de uma loja cara de aluguel de fantasias.

— Humm, Sar...? — Estou começando a perceber que ela tem *mesmo* planos para hoje.

— Você vai ter um treco quando vir — responde ela, apertando os punhos de tão animada, como criança em passeio escolar.

Lentamente, baixo meu café.

— Posso olhar agora?

— Pode. Mas, primeiro, você tem que prometer que vai fazer exatamente o que eu mandar pelas próximas horas, sem questionar.

— Parece uma operação de espionagem. Você e Jack estão assistindo muito o James Bond novamente?

Sarah me oferece uma das capas, mas não a solta quando tento pegá-la.

— Primeiro, prometa.

Eu rio e balanço a cabeça, curiosa.

— Tudo bem, prometo.

Ela me entrega a capa, bate palmas uma vez e então abana as mãos para que eu olhe logo. Segurando-a longe de mim, dou uma balançada nela e abro um pouquinho o zíper central para dar uma espiada.

— É rosa... — digo, e Sarah logo concorda com a cabeça.

Abro o zíper todo e arranco o plástico, revelando um conjunto imediatamente identificável de jaqueta *bomber* de cetim rosa-algodão--doce e legging de cetim preto.

— Você quer que eu me vista como uma personagem de *Grease* no meu aniversário?

Ela sorri e exibe a própria roupa.

— Não vai ser só você.

— Nós duas vamos nos fantasiar — digo devagar, porque estou um pouco confusa. — Assim, adorei a ideia em termos de tema de aniversário, mas o que vamos fazer depois de nos vestirmos? Porque vamos destoar um pouco das pessoas no bar.

— A gente não vai pro bar.

Os olhos de Sarah brilham de animação.

— Posso perguntar *aonde* a gente vai?

Ela ri.

— Até pode, mas não vou contar a verdade.

— Desconfiei que fosse dizer isso.

Sarah abre sua jaqueta e a veste.

— Você já viu o filme, não viu?

— Uma ou duas vezes.

Reviro os olhos, porque todas as pessoas do planeta viram *Grease* pelo menos uma dúzia de vezes, geralmente porque passa na televisão no fim do ano, quando você não consegue se esforçar para procurar o controle remoto.

Ergo minha legging com ar de dúvida. A cintura deve ter uns quinze centímetros.

— Espero que estique — comento.

— Estica. Experimentei hoje, às seis da manhã.

Essas palavras me fazem perceber o quanto ela está se esforçando para deixar meu aniversário divertido; e a parte de mim que se sente culpada o tempo todo me dá um beliscão. Seja lá o que Sarah planejou para hoje, preciso dar o meu melhor.

— Então vamos nos arrumar — digo, soltando uma risada.

Ela olha para o relógio.

— Precisamos sair às onze. Vá tomar banho; eu já fui. Quando acabar, faço delineado gatinho nos seus olhos.

É meio-dia, estamos no trem saindo de Waterloo, e é justo dizer estamos recebendo um monte de olhares estranhos. Não estou surpresa. Somos as únicas pessoas fantasiadas a bordo, e, com certeza, não há ninguém com penteados e maquiagem tão espalhafatosos quanto os nossos. Sarah optou por um rabo de cavalo alto, que parece balançar por conta própria sobre sua cabeça, e, cá entre nós, conseguimos fazer cachinhos no meu cabelo de dar inveja na própria Olivia Newton-John. Sarah pensou em todos os detalhes: chiclete para mascarmos, elegantes lencinhos pretos para amarrarmos no pescoço, óculos escuros com armação branca no alto de nossa cabeça e frascos metálicos com gim para nos animar no trajeto do trem até nosso destino final, seja lá qual for.

— Será que devemos usar nomes falsos?

Sarah reflete seriamente sobre minha pergunta.

— Qual seria o seu?

— Hum. Que difícil. Acho que tem ser meio brega, americano e digno dos anos 1950, então que tal... Lula-May?

Ela me julga com o olhar.

— Gostei da ideia. Então se você é Lula-May, vou ser Sara-Belle.

— É um prazer conhecê-la.

— O prazer é todo meu, Lula-May.

Inclinamos a cabeça uma para a outra com um ar cordial, brindamos com os frascos e viramos o gim para cimentar a nova amizade.

— Você ainda não vai me contar aonde vamos?

— Só confie em mim, queridinha. Você vai amar. — Ela tenta fazer um sotaque do sul dos Estados Unidos que sai horroroso.

— Você soa mais como John Wayne do que Sara-Belle. — Eu rio. — Achei atraente.

Sarah guarda os frascos vazios nos bolsos traseiros dos assentos à frente.

— É minha energia sexual. É muito difícil me controlar. — Ela, então, me encara quando o trem anuncia na voz metálica que estamos chegando a Barnes. — Vamos. Esta é nossa parada.

A primeira coisa que percebo quando saímos da estação é que não somos as únicas parecendo figurantes de uma refilmagem de *Grease*. Vestidos de saia rodada e ternos estilo *teddy-boy* se misturam aos habituais frequentadores da ensolarada hora do almoço de sábado, e a visão ocasional de cetim rosa me diz que vamos encontrar uma "turma" vestida como nós.

— Sarah!

A voz de Jack ecoa, e meu coração pula. Ultimamente, tenho feito um esforço absurdo para evitar passar tempo com ele e Sarah, e, por sorte, os dois andam tão ocupados com trabalho que não se incomodam nem um pouco em não ter uma vela nas noites em que podem ficar juntos. E acho que estou começando a pensar menos nele. Talvez minhas tentativas de controle mental estejam dando certo.

Então percebo quem o acompanha — Billy, um dos amigos de Jack que já encontrei em algumas festas. Deus, por favor, que Sarah não esteja tentando me jogar para cima dele. Os garotos vêm na nossa direção e abrem sorrisos levemente acanhados quando elogiamos suas calças e blusas justas e pretas. Os dois enrolaram as mangas para acentuar os bíceps e, observando seus penteados, acho que não deve ter sobrado muito gel para contar a história.

Seja lá qual for nosso destino final, estamos indo como um quarteto. Não que eu ache isso ruim; só não estava esperando a presença dos dois, e acabei de ter minha melhor manhã com Sarah em séculos.

— Ora, ora, se não são nossos acompanhantes para o baile — zomba Sarah, rindo e dando um selinho em Jack, deixando rastros de batom vermelho em seus lábios.

Ele está usando óculos aviador espelhados que escondem seus olhos; está mais para James Dean do que para John Travolta.

— Billy, você está... maneiro — digo, e ele mostra o muque em agradecimento.

Billy tem um desses corpos que parecem ser cuidadosamente esculpidos na academia duas horas por dia. O tipo que é impossível não admirar, ao mesmo tempo sentindo absoluto desdém.

— Popeye não chega nem aos meus pés. — Ele tira da boca o palito de pirulito que chupava para dar um toque na caracterização e me dá um beijo rápido na bochecha. — Feliz aniversário.

Noto que Sarah está prestando atenção em nós e reviro os olhos. É claro que ela tentaria me arrumar alguém que obviamente não é meu tipo. Billy deve preferir as louríssimas, malhadas e dóceis. Fico me perguntando o que Jack deve ter prometido para convencê-lo a vir.

— Vamos, moças?

Jack oferece o braço a Sarah, e, depois de uma rápida hesitação constrangedora, Billy me oferece o dele.

— Vamos — diz Sarah, sorrindo, passando o braço pelo de Jack.

— Laurie ainda não sabe aonde estamos indo, então não comentem.

Solto uma risada encabulada enquanto aceito o braço de Billy.

— Acho que já entendi.

— Ah, não entendeu mesmo. — Os olhos dela brilham, me fitando por cima do ombro enquanto seguimos com a multidão. — Mas já vai entender.

Não acredito no que estou vendo.

— Que lugar é esse? — pergunto, fascinada.

Estamos em uma fila em ziguezague cheia de pessoas com figurinos de *Grease*, todas agitadas e superanimadas. Uma recatada voz de alto-falante escolar com sotaque americano estala pelas caixas de som, dizendo para não corrermos pelos corredores e que contato físico excessivo nos renderá uma visita à sala da diretoria. Conforme nos aproximamos da entrada, passamos por baixo de um arco enorme, vermelho-vivo, iluminado com lâmpadas antiquadas, que nos dá as boas-vindas ao colégio Rydell High.

— Gostou?

Sarah agora está de braço dado comigo, não com Jack, e abre um meio-sorriso meio-careta, prendendo a respiração enquanto espera o meu veredito sobre a grande surpresa para o meu aniversário.

— Se eu gostei? — Sorrio, animada com a grandiosidade do evento se desdobrando diante de mim. — Não faço ideia do que está acontecendo, mas estou adorando!

Barnes Common, geralmente ocupado por pessoas passeando com cachorros e partidas dominicais de críquete, foi transformado em uma terra mágica da cafonice americana dos anos 1950. Garçonetes de patins servem vacas-pretas em mesas no pátio a céu aberto e *trailers* prateados reluzentes vendem comida às margens do campo. Por todo lado, as pessoas ocupam toalhas de piquenique, garotas com vestidos cheios de babados e óculos escuros deitadas sob a luz do sol, apoiadas nos cotovelos, fazendo bolas de chiclete. A música ressoa no lugar; uma banda de metais toca rock 'n' roll dos anos 1950 ao vivo para os casais elétricos na pista de dança com piso de madeira no pátio, e, pelo restante do ambiente, a famosa trilha sonora de *Grease* sai de caixas de som altas montadas ao redor do perímetro. Até vejo o estande da escola de beleza, onde é possível pedir para uma das garotas usando macacão e peruca rosa fazerem suas unhas ou passarem delineador nos seus olhos. As pessoas gritam e se empurram em carrinhos de bate-bate vermelhos-cereja, e uma roda-gigante resplandecente se agiganta sobre o evento, seus assentos rosa-sorvete e brancos impecáveis, balançando levemente sob a brisa quente.

— Preciso andar naquela roda-gigante — suspiro.

É a surpresa de aniversário mais louca e megalomaníaca que já tive. Meu coração está leve como uma pluma, como se tivesse sido preso a um balão de gás hélio.

Jack

Este lugar é estranho demais. Não sei de onde Sarah tira essas coisas; a maioria compraria um bolo ou levaria a amiga para beber. Sarah não. Ela conseguiu achar este espetáculo e, de algum jeito, convenceu a mim e a Billy a virmos junto — e fantasiados. Eu não faria esse tipo de coisa por muitas mulheres; reclamei e quase desisti porque, para ser sincero, achei que seria um pesadelo, mas, agora que estamos aqui, até que é legal. *Secret Cinema* é como se chama o evento. Achei que fosse um cinema a céu aberto com alguns *food trucks*, e há *mesmo* uma tela enorme montada para mais tarde, mas, nossa, isto aqui é surreal. Parece que estou *dentro* do filme em vez de assistindo, e arrumamos as Pink Ladies mais bonitas do evento inteiro.

Sarah... Uau. Ela nunca faz as coisas pela metade. Andando à minha frente, suas pernas parecem duas vezes mais compridas naquela legging preta colante. Sempre tenho a sensação de que estou correndo para acompanhar seu ritmo, o que me mantém alerta, mas, ultimamente, ela está indo tão rápido que às vezes a perco de vista. É chato, um incômodo bobo que ignoro sempre que volto a alcançá-la.

Laurie também está bonita; é como se elas estivessem participando de uma matéria de revista sobre como a mesma roupa pode ficar completamente diferente em duas pessoas diferentes. O salto alto e o rabo de cavalo de Sarah indicam garota mais popular da escola, enquanto o All-Star e os cachos saltitantes de Laurie são fofos de um jeito despretensioso. Se *estivéssemos* no colégio, eu morreria de medo de Sarah, e Laurie seria a irmã do meu melhor amigo. Nem sei aonde estou querendo chegar com esses pensamentos. As duas são diferentes, só isso.

— O que você acha? Será que vou dar uns amassos na aniversariante? — pergunta Billy, caminhando ao meu lado. — Talvez eu tente a sorte lá em cima. — Ele aponta a roda-gigante com a cabeça.

Olho rápido para Laurie e me sinto protetor. Billy é um desses caras que fazem de tudo para conseguir o que querem. Não sei bem por que o convidei — além do fato de ele ser o único dos meus amigos que é vaidoso o suficiente para passar um dia inteiro fantasiado.

— Nada de contato físico excessivo, Bill. Você ouviu as regras.

— Estamos na escola, onde as regras são feitas para serem quebradas, meu camarada.

Billy pisca para mim ao mesmo tempo em que Sarah se vira para nós e aponta para o outro lado do parque, interrompendo antes que eu diga qualquer coisa.

— Venham. Quero brincar no carrinho bate-bate.

Estou começando a achar que devia ter convidado qualquer um que não fosse Billy. A esta altura, ele já tocou o gongo do brinquedo do martelo de força três vezes, quando ninguém mais no evento conseguiu, e, agora, está com o braço sobre os ombros de Laurie enquanto dirige o carrinho de bate-bate com a destreza de um piloto de Fórmula 1.

Eu o imito, colocando o braço sobre os ombros de Sarah enquanto olho para trás e dou marcha à ré em cima deles, fazendo-os girar para longe sob uma chuva de faíscas. Sarah grita, rindo ao meu lado, e Billy vem com tudo para cima de nós, nos jogando com força contra a parede de pneus, discretamente me mostrando o dedo do meio por cima do ombro de Laurie enquanto se afasta. O que será que John Travolta faria agora? E quem seria Sandra Dee nesta situação? Sarah é ousada demais; com certeza, equivale a Frenchy. Não estou dizendo que Laurie é Sandy e eu sou Danny, porque seria escroto. Talvez Billy esteja mais para Danny de toda forma, com seus músculos dignos de Popeye e sua mentalidade de macho-alfa. Eu o observo ajudar Laurie a sair do carro quando os motores desligam, a forma como segura a mão dela e a gira contra seu corpo, um borrão de cachos escuros em cetim cor-de-rosa. Espero que ela não caia na dele.

Tipo, não tenho nada com isso, mas, às vezes, Billy é meio babaca — tudo é motivo de piada. Talvez Laurie goste disso. Merda, e se ele resolver voltar para Camden com a gente? Rá! O celular dela começou a tocar no bolso da jaqueta rosa. Interrompido pelo telefone, meu camarada.

Laurie

Hoje está se tornando um dos melhores dias da minha vida.

Estou alegrinha de tanto tomar drinques Pink Lady, ri até minha barriga doer — Billy é mais divertido do que eu esperava — e todo mundo entrou no clima animado do festival. Até o tempo está colaborando, nos banhando com o melhor do calor preguiçoso do verão britânico, o tipo que faz meu nariz ficar cheio de sardas.

Se eu achava que o evento estava bonito durante o dia, tudo ficou ainda mais deslumbrante agora que a noite começou a cair. No estande dos T-Birds está acontecendo um show; um grupo de dançarinos flexíveis vestidos em couro preto salta sobre a fila impressionante de potentes carros importados, cantando em microfones cromados enquanto exibem sua coreografia sobre os capôs. Em todo canto, as pessoas dançam e relaxam sob a névoa de arco-íris emitida pelas luzes brilhantes em tons pastel dos brinquedos do parque de diversões, e há um clima de expectativa para a exibição do filme às dez.

Sarah acabou de descobrir que tem um talento natural para dançar rock 'n' roll (mas é claro), e, depois que Jack desistiu de acompanhá-la, rindo e alegando ter dois pés esquerdos, Billy foi convencido a assumir o posto de parceiro de Sarah na competição de dança.

Enquanto eu e Jack ficamos na parte mais afastada da multidão que os observa, vejo aquela determinação glamorosa exalar de Sarah, presente no atrevido balanço do seu rabo de cavalo e em seu queixo marcado. Ainda bem que Billy sabe rebolar. Não sei se são os drinques que tomei, mas ele está começando a parecer mais interessante do que no começo do dia. Quando estávamos na fila do bate-bate, ele me mostrou fotos do irmãozinho, Robin, uma surpresa totalmente inesperada para sua mãe de quarenta e poucos anos. Não que Billy se importasse em passar de filho único a irmão mais velho depois de tanto tempo; orgulhoso, me mostrou uma imagem de Robin soprando as velas de um bolo de aniversário que ele mesmo fez. Não era nenhuma obra de arte, mas qualquer garota que se perguntasse se Billy daria um bom pai só precisaria ouvi-lo falar sobre Robin para saber que ele era um doce por baixo daqueles músculos. Eu o observo com Sarah, a concentração extrema nos rostos dos dois. Eles com certeza estão dando o máximo de si; quase sinto pena dos outros competidores.

— Sarah adora essas coisas — digo, sugando minha limonada por um canudinho com listras brancas e vermelhas; estou dando um tempo no álcool.

— Só espero que eles ganhem — zomba Jack, rindo.

Pois é. Uma Sarah feliz significa todo mundo feliz.

Meu telefone vibra; é a segunda vez que minha mãe tenta falar comigo. Eu já disse que ficaria na rua o dia todo, mas acho que ela ainda não se acostumou agora que nem eu nem Daryl moramos mais com ela. Penso em retornar a ligação, mas não quero interromper o momento.

Olho para a roda-gigante. Ela parece ainda maior agora que está iluminada.

— Espero que a gente consiga ir à roda-gigante antes de o filme começar.

Jack franze a testa, olhando para o relógio.

— Vai ficar meio em cima.

Concordo com a cabeça.

— Ainda mais se eles passarem para a final.

— Coisa que vai acontecer.

Ele tem razão. Não tenho dúvida alguma de que os sapatos de dança de Sarah serão aproveitados ao máximo.

Jack faz uma rápida pausa, afasta o olhar e, então, se volta para mim.

— Posso ir com você agora, se quiser. — Ele solta uma meia-risada, envergonhado. — Pode ser seu presente de aniversário, já que me esqueci de comprar um.

É curiosamente antiquado da parte dele se oferecer para ir comigo, como se eu precisasse de um acompanhante, mas a oferta é perfeita para o ambiente curiosamente antiquado. Fico na ponta dos pés para chamar a atenção de Sarah e dizer que já voltamos, mas ela está completamente compenetrada no que o apresentador da competição fala. Olho de novo para trás, para a bela roda-gigante.

— Eu adoraria, Jack. Obrigada.

Um cara com calça chino branca e um suéter com o símbolo do colégio Rydell High amarrado casualmente por cima dos ombros baixa a barra cromada sobre nossos joelhos, erguendo as sobrancelhas enquanto nos balança para verificar se estamos seguros.

— É melhor abraçar sua garota, meu chapa. Lá em cima é bem assustador.

Tenho certeza de que ele fala a mesma coisa para todo casal que entra no brinquedo, mas, mesmo assim, nós dois nos apressamos em corrigi-lo.

— Ah, a gente não está... — gaguejo.

— Ela não é minha... Somos só amigos — diz Jack ao mesmo tempo.

O cara do suéter pisca com ar de sabedoria.

— Que pena. Vocês formariam um belo casal.

A roda gira um pouco, dando espaço para o próximo assento ser ocupado, e fecho os olhos por um segundo, porque não faço ideia do que dizer agora.

— Não me diga que você é medrosa, Laurie?

— Não, senhor! — Eu rio. Fechando os dedos ao redor da barra, me recosto no assento de vinil framboesa-escuro, meus pés posicionados no apoio cromado. — Você não tem medo de altura, tem?

Ele se apoia no canto da cabine e me dá um olhar enviesado, o braço esticado sobre o banco com as mãos para cima, como se eu tivesse feito uma pergunta idiota.

— Pareço alguém que se assusta fácil?

Danny Zucko foi destronado, mas a maneira como ele tamborila os dedos perto do meu ombro indica que não está tão relaxado quanto parece. Não sei por que está tenso; se é por ter vindo na roda-gigante sem Sarah, ou simplesmente por ter vindo na roda-gigante, ou por ter vindo na roda-gigante comigo. Suspiro, prestes a perguntar qual é o problema, mas a familiar melodia romântica de "Hopelessly Devoted To You" soa, e a roda começa a girar.

Esqueço a pergunta. Afinal de contas, é meu aniversário, adoro rodas-gigantes e estou com Jack, de quem não consigo deixar de gostar cada vez mais. E isso é bom. Estou falando sério, juro. Isso é bom, porque é inegável que ele e Sarah formam um lindo casal, porque a amo como uma irmã.

Na maior parte do tempo, aceito bem a situação. As coisas são como são. Talvez se a vida tivesse seguido um rumo diferente, quem sabe se eu o tivesse encontrado primeiro, ele estaria com o braço ao meu redor agora, prestes a me beijar enquanto chegamos ao topo da roda. Talvez estivéssemos perdidamente apaixonados. Ou talvez formássemos um casal péssimo, e o melhor resultado para todos nós seria o que acabou acontecendo mesmo. Ele está na minha vida, e fico feliz. Isso basta.

— Uau — murmuro, distraída pela vista enquanto subimos.

Barnes Common está todo enfeitado com bandeirinhas e luzes: letras em neon sobre os trailers cromados, globos espelhados de discoteca sobre a tenda de dança, porta-velas iluminados sobre as mesas dobráveis, enquanto os ansiosos ocupam seus lugares na grama diante da enorme tela. Subimos mais ainda e conseguimos ver além do parque, sobre as ruas estreitas do sudoeste de Londres, iluminadas por postes de luz branca.

— Estrelas — diz Jack, inclinando a cabeça para trás e olhando para cima conforme nos aproximamos do topo. Eu o imito, observando com ele as estrelas; por alguns segundos, ficamos ali, no cume da roda, as únicas pessoas no mundo inteiro.

— Feliz aniversário, Laurie — diz ele, tranquilo e sério quando me viro em sua direção.

Concordo com a cabeça e tento sorrir, mas percebo que meus músculos faciais se recusam a mexer, porque minha boca treme como se eu estivesse prestes a chorar.

— Obrigada, Jack — digo. — Estou feliz por ter passado o dia com você... — Eu me interrompo e, para deixar tudo bem claro, acrescento: — Com vocês todos.

— Eu também.

Nosso assento segue se movendo pelo topo e balança, se movendo com o vento, o que me faz soltar um gritinho e agarrar a barra com as duas mãos. Jack ri, despreocupado, e passa um braço ao meu redor, a lateral do seu corpo, quente, tocando a minha.

— Está tudo bem, não vou deixar nada acontecer.

Ele me aperta rápido, solidário, os dedos firmes contra meu ombro, antes de se afastar e colocar o braço sobre o encosto do banco novamente.

Meu estômago se revira lentamente enquanto volto a me recostar também, e é uma vergonha admitir que isso não teve qualquer relação com o fato de estarmos suspensos bem alto sobre Barnes Common, mas sim com a sensação de estar sozinha nesta bela roda-gigante com Jack O'Mara. Lâmpadas vintage cor-de-rosa e verde-claras iluminam os raios da roda conforme ela gira, fazendo sombras dançarem pelo rosto dele enquanto nos movemos devagar.

Olivia Newton-John canta sobre seu coração desesperadamente apaixonado. Sei como ela se sente.

Meus dedos se fecham ao redor do meu pingente, passando pelo formato familiar da pedra roxa lisa para me tranquilizar. Passei cinco minutos de pânico hoje cedo porque não conseguia encontrá-lo; chorei quando Sarah o achou preso entre as ranhuras do piso do meu quarto. Este colar é a coisa mais preciosa que tenho. Ginny tinha um igual; sei que é bobagem, mas me sinto mais próxima dela quando o uso.

Droga. Outra ligação perdida da minha mãe. Tenho certeza de que sou a pior filha do mundo enquanto clico para abrir a mensagem de texto que ela acabou de mandar, e decido que vou ligar para ela assim que acordar amanhã.

Laurie, querida. Desculpe te contar isto por mensagem, ainda mais porque hoje é seu aniversário, mas sei que você gostaria de saber assim que possível. É o papai — ele está no hospital, querida, teve um infarto. Me ligue assim que puder. Te amo. Bjs, mamãe

E, em um piscar de olhos, um dos melhores dias da minha vida acaba de se tornar um dos piores.

12 de dezembro

Laurie

Parece que minhas botas estão cheias de chumbo. O trabalho anda uma loucura, lotado de reservas de última hora para o Natal, e meus pés doem como se eu tivesse corrido uma maratona. Estou acabada. A recuperação do meu pai tem sido mais lenta do que os médicos esperavam; sua saúde está indo de mal a pior. Ele deixou de ser meu pai robusto e despreocupado e passou a ser um homem de aparência frágil, pálido demais, e minha mãe parece estar seguindo o mesmo caminho, porque anda morta de preocupação. Os dois sempre foram um casal fascinante; ele é dez anos mais velho que ela, mas isso nunca foi muito aparente. Agora, a coisa mudou de figura. Ele tem sessenta anos, mas parece uma década mais velho; sempre que o vejo, quero colocá-lo em um avião rumo a um lugar ensolarado e lhe dar comida. Não que minha mãe não esteja se esforçando; a vida dos dois parece uma longa série de consultas com especialistas e restrições alimentares, mas eles estão cansados. Vou para casa sempre que posso, mas é minha mãe quem fica com a pior parte.

O Natal ofende meus globos oculares em cada canto que olho; faz algumas horas que estou fazendo compras e já cheguei àquele ponto em que quero espancar Rudolph, matar Mariah Carey e estrangular com alguma decoração cintilante a próxima pessoa que me der um empurrão. Estou esperando nesta fila interminável e imóvel da HMV há vinte minutos, agarrada a um box de DVDs ao qual nem sei se meu irmão assistiria, e é bem possível que eu durma em pé aqui. Para uma loja de música, era de se esperar que tocassem algo mais moderno que

Noddy Holder se esgoelando enquanto canta "É Natal!". E que nome horroroso é Noddy. Será que ele nasceu com orelhas enormes, sua mãe estava doidona de anestesia e só conseguiu pensar nisso?

— Laurie!

Eu me viro ao ouvir alguém me chamando e vejo Jack acenando por cima das cabeças da fila, que serpenteia ao meu redor. Sorrio, aliviada por encontrar um rosto conhecido, então reviro os olhos para mostrar como me sinto presa aqui. Olho para o box de DVDs e percebo que meu irmão vai preferir uma garrafa de Jack Daniel's, então me viro e vou abrindo caminho para sair da fila, irritando todo mundo ao seguir no contrafluxo. Jack me espera ao lado dos CDs mais vendidos, encolhido no seu grande casaco de inverno e em um cachecol. Suspiro, me lembrando dele no ponto de ônibus. Já se passaram dois anos, e quase não penso mais naquele dia; minha dedicação à missão de substituir todos os pensamentos errantes sobre ele por coisas mais seguras deu certo. Dizem que o cérebro humano gosta de seguir padrões repetitivos, e descobri que isso é verdade. Agora, Jack tem um lugar adequado em minha vida como amigo, como namorado da minha melhor amiga, e, por minha vez, me permito aproveitar sua companhia e *gosto* dele. Gosto muito. Jack é engraçado e muito carinhoso com Sarah. E foi um anjo no meu aniversário, tomando controle da situação quando fiquei sem chão no meio do Barnes Common. Em um piscar de olhos, estávamos dentro de um táxi, e os bilhetes de trem para a casa dos meus pais tinham sido comprados antes mesmo de chegarmos à Delancey Street. Às vezes, você só precisa que alguém lhe diga o que fazer, e, naquele dia, esse alguém foi Jack.

— Parece tão animada com essa bobagem de compras de Natal quanto eu — diz ele, devolvendo o CD que olhava com desinteresse para a prateleira e andando comigo em direção à saída. — Só que deve ter tido mais sucesso que eu. — Ele encara minhas sacolas. — Ei, deixa eu te ajudar.

Não discuto quando Jack tira as sacolas pesadas de mim; as alças deixaram marcas vermelhas nas minhas palmas, e flexiono os dedos doloridos, aliviada. O asfalto está enlameado quando saímos para a

Oxford Street, restos da neve de alguns dias atrás que permanecem por causa do vento ártico soprando do norte. Ele tira um gorro de lã do bolso e o enfia na cabeça, estremecendo para mostrar que sente frio.

— Ainda falta comprar muita coisa? — pergunto.

Jack dá de ombros.

— Só o de Sarah. Alguma ideia? — Ele me lança um olhar de esguelha enquanto caminhamos, adaptando nosso ritmo ao da multidão agitada. — Por favor, diga que sim.

Penso no assunto. Não é difícil comprar presentes para ela, mas o de Jack teria de ser algo mais pessoal.

— Talvez uma pulseira ou um pingente?

Passamos por uma joalheria na High Street e paramos para olhar, mas nada na vitrine é a cara de Sarah.

Franzo o nariz e suspiro enquanto nos abrigamos no vão da porta.

— É tudo muito... Sei lá. Nada é especial o suficiente.

Jack concorda com a cabeça, então estreita os olhos e fita o relógio.

— Você está com pressa?

— Na verdade, não — respondo, nada ansiosa com a procissão de volta para casa.

— Ótimo. — Ele abre um sorriso, me dando o braço. — Vamos, sei aonde precisamos ir.

Jack

Fazer compras é muito mais fácil com Laurie do que sozinho. Acabamos de virar a esquina da Oxford Street para entrar em um empório de antiquários; um lugar de que me lembro vagamente e espero que ainda exista.

— Uau — sussurra Laurie, seus olhos azuis-violeta arregalados quando entramos no alto edifício de tijolos de terracota.

Vim aqui com meu pai anos atrás, quando era garoto, para comprar um presente de aniversário diferente para minha mãe. É uma memória vívida; acho que deve ter sido uma data especial, marcante.

Encontramos um fino bracelete de prata com pedras âmbar, e meu pai pediu que gravassem o nome de todos nós no interior dele. Ela o usava às vezes quando ele ainda era vivo, no Natal e em dias de festa. Ela também usou o bracelete no enterro dele, e acho que nunca mais a vi sem ele desde então.

É legal ver que o empório não mudou muito com o passar dos anos, que continua a mesma caverna de tesouros cheia de lojinhas vintage.

— Este lugar é fantástico! Eu nem sabia que existia.

— Isto é Londres de verdade. — Enfio o gorro no bolso do casaco e passo uma mão pelo cabelo, porque os fios grudaram na cabeça. — Por onde quer começar?

Ela ri, admirada, enquanto observa os arredores, e seus olhos brilham.

— Não faço ideia. Quero ver tudo.

— Calma lá. Vamos ficar aqui até o Natal se for assim.

Sigo Laurie quando ela começa a caminhar pelas lojas, passando os dedos pela cabeça de um leopardo entalhado, soltando exclamações de alegria ao ver armários trancados cheios de lindos diamantes de alto padrão, ficando igualmente animada ao descobrir as bijuterias na próxima loja. Ela sorri, tímida, quando o dono de uma chapelaria retrô a olha e pega uma boina de *tweed* claro para ela experimentar; o senhor com certeza entende de chapéus, porque Laurie se transforma em uma jovem dos anos 1960 assim que a peça é colocada sobre seus cachos rebeldes. Seu cabelo nunca está perto de estar totalmente domado, e, agora, ela parece uma criança de rua saída de *Oliver Twist*. Os tons de lavanda do tecido destacam a cor dos seus olhos, mas também destacam as olheiras escuras e desgostosas ao redor deles. Ela está cansada, percebo de supetão, e não é um cansaço de quem precisa dormir até tarde; é o cansaço de quem acabou de passar pelos meses mais difíceis da vida, os olhos de alguém que está preocupado há um bom tempo. Percebo que nem perguntei como vão as coisas.

Laurie tira o chapéu depois de analisar todos os seus ângulos no espelho de mão dourado que o vendedor gentilmente segura, virando a etiqueta minúscula para ver o preço antes de devolvê-lo para o homem e negar com a cabeça, triste. É uma pena. Ficou muito bem nela.

— Que tal aqui? — pergunta ela um pouco depois.

Já consideramos e descartamos uma pequena aquarela e estamos ponderando sobre um pingente de turquesa dos anos 1920, mas, assim que entramos na lojinha de perfumaria, sei que vamos encontrar o presente perfeito ali. Laurie parece uma menina solta em uma loja de doces, admirando-se a cada garrafa dourada e aroma exótico, e, então, abre um sorriso radiante.

— Jack, aqui — diz ela, me chamando para ver algo que desenterrou do fundo de uma prateleira.

Olho por cima do seu ombro para ver o que segura, e agradeço aos céus por não ter comprado o pingente de turquesa. O estojo de pó compacto dourado em formato de concha na mão de Laurie é tão a cara de Sarah que seria até errado se pertencesse a outra mulher. *Art déco*, eu diria pelas minhas maratonas televisivas de *Antiques Roadshow*, grande o suficiente para caber certinho na palma de Laurie, com uma sereia laqueada incrustada na tampa. As ondas castanhas caindo sobre seu ombro e a curva marcada e atrevida de sua cintura lembram Sarah. Sorrindo, Laurie me entrega o objeto com brilho nos olhos.

— Prontinho.

Gosto do peso. É algo digno de Sarah, um presente que diz *presto atenção em todos os detalhes da sua vida e lhe dou valor.*

— Encerre as buscas — digo, rezando para o preço não ser o equivalente a uma pequena hipoteca e dando um suspiro de alívio quando vejo a etiqueta. Ainda vai restar o suficiente para uma cerveja. — Que bom que te encontrei.

Damos uma olhada no resto da loja enquanto a dona embala o presente, se dando ao trabalho de encontrar uma bolsinha de veludo com tamanho adequado e enfeitando a embalagem com tecido e fitas. Acho que a mulher deve ter olhado para mim e concluído que, por conta própria, eu o embrulharia em papel-alumínio ou coisa assim. Não seria o caso, mas ela também não estaria de todo enganada, e fico bem feliz por não ter que lutar contra fita adesiva.

Apesar de ser pouco depois das quatro, a rua já está quase escura quando eu e Laurie saímos.

— Uma cerveja para comemorar? Estou te devendo pela ajuda — sugiro. Me parece que sentar e conversar lhe cairia bem. — Só Deus sabe o que Sarah ganharia se não fosse por você. Flores de posto de gasolina e duas calcinhas feias de sex shop. Ou coisa assim.

Laurie ri, afastando a manga do casaco para olhar o relógio, como se tivesse compromisso.

— Tudo bem — diz ela, me surpreendendo. Eu jurava que daria uma desculpa.

— Que bom. Conheço um lugar aqui perto. Um *pub* de verdade, não um desses barezinhos da moda que nunca têm lugar para sentar.

Baixo a cabeça para evitar o começo da neve carregada pelo vento frio e coloco a mão nas suas costas para guiá-la por uma rua estreita.

Laurie

Assim que passamos pelas portas com vitral do *pub*, fico feliz por não ter recusado o convite. Há um cheiro reconfortante de lenha queimando na lareira e lustrador de cera de abelha no ar, e as cabines com assentos de couro verde-escuro com botões são espaçosas e confortáveis, projetadas especialmente para longas sessões relaxadas de bebedeira. Um senhor e seu sonolento cão jack russell são os únicos fregueses além de nós. É um desses lugares despretensiosos e esquecidos que dá para perceber que não mudou muito nas últimas décadas, com o chão de lajota vermelha e acabamento de latão ao redor do bar cheio de bebidas.

— Vinho tinto? — pergunta Jack, e concordo com a cabeça, me sentindo agradecida enquanto pego as sacolas de volta. — Pegue uma mesa perto da lareira, eu levo as bebidas.

Sento na melhor cabine da casa, a mais próxima ao calor do fogo. Eu me acomodo e coloco as sacolas sob a mesa, tirando meu casaco de inverno úmido e pendurando-o no gancho esmaltado na extremidade do banco para ser aquecido. Casacos quentes me lembram de casa; quando éramos pequenos, meu pai colocou um aquecedor extra atrás do cabideiro para sempre termos um casaco de inverno quentinho quando saíssemos para a escola de manhã.

— Vinho para a dama — brinca Jack, surgindo com uma taça de vinho vermelho-rubi e uma caneca de cerveja. Ele me imita e pendura o casaco no outro gancho esmaltado, como se estivéssemos marcando nosso território, reivindicando este espacinho. — A parte boa do inverno — diz ele, esfregando as mãos com força diante do fogo antes de ocupar o assento de couro diante de mim e puxar sua caneca. — Nossa, eu estava precisando disto.

Ele dá um gole longo, estalando os lábios em apreciação.

O vinho está quente como sangue na minha boca, um cassis apimentado e encorpado.

— Obrigado por me ajudar hoje — diz Jack. — Eu nunca teria encontrado algo tão perfeito sem você.

Sorrio, porque sei que Sarah vai amar o presente.

— Ela vai ficar superimpressionada com você.

— Vou dizer que a ideia foi só minha, óbvio.

— Posso guardar seu segredo. — Bebo um pouco mais, sinto o começo da mágica do álcool. — Tem falado com Sarah?

— Hoje, não. — Jack balança a cabeça. — Ela ligou ontem. Parecia estar se divertindo, é claro. Mal dava para ouvir o que dizia.

Ela também me ligou do bar ontem, provavelmente logo depois de falar com Jack. Uns dias atrás, Sarah fora para a casa dos pais para comemorar o aniversário de dezoito anos da irmã.

— Allie falou comigo também, parecia estar caindo de bêbada — ri Jack, já tendo tomado metade da bebida. — Conhece a irmã dela? As duas vivem grudadas quando estão juntas. Que dupla.

Desvio o olhar na direção da lareira e concordo com a cabeça.

— Pois é. Elas devem ter dado trabalho para os pais.

Jack faz uma pausa, pigarreando.

— Desculpe, Laurie. Eu não queria... bem, você sabe.

Ele não diz o nome de Ginny, mas sei que é por isso que está se desculpando, e me arrependo pela milionésima vez de ter contado. É exatamente por isso que não falo sobre ela; as pessoas sentem a necessidade de ficar com pena ou oferecer condolências quando, na verdade, não há nada realmente útil que possa ser dito. Não é uma crítica. Só um fato de merda.

— Vai visitar sua mãe no Natal? — Mudo de assunto para algo mais seguro, e Jack relaxa.

— Só vou depois do meu expediente na véspera. — Ele dá de ombros. — Resolvendo uns problemas de última hora, sabe como é.

Duas taças de vinho tinto mais tarde, finalmente me sinto relaxada. Eu tinha esquecido como é bom conversar com Jack.

— Você acha que vai trabalhar em rádio para sempre?

— Com certeza. Eu adoro. — Os olhos dele brilham de interesse. — Além do mais, ninguém se importa se você penteou o cabelo ou se está usando a mesma blusa de ontem.

Rio baixinho, porque, apesar de tentar parecer despreocupado, sei que Jack é extremamente ambicioso. Quando não está com Sarah, está fazendo bicos ou no trabalho, geralmente cuidando da produção, apesar de às vezes substituir o apresentador do programa da noite, ganhando experiência. Não tenho dúvidas de que, no futuro, sua voz vá soar em algum lugar enquanto eu estiver comendo cereal ou prestes a ir dormir. Acho a ideia reconfortante, de um jeito estranho. Eu, por outro lado, não fiz nenhum progresso com empregos em revistas. Nos últimos meses, essa não foi minha maior prioridade.

Pegamos mais bebidas, e sinto minhas bochechas esquentarem por causa do álcool e do fogo.

— É bom estar aqui — digo, apoiando meu queixo na mão enquanto o observo. — A lareira, o vinho. Era o que eu precisava. Obrigada por me trazer.

Jack concorda com a cabeça.

— Como você está, Lu? De verdade, quero dizer. Sei que os últimos meses não foram fáceis para você.

Por favor, não seja atencioso ou vou perder a compostura. O fato de ele ter me chamado de Lu não ajuda; só Sarah faz isso, e ela não sabe que a única outra pessoa no mundo que abreviava meu nome para Lu era Ginny. Ela não conseguia dizer "Laurie" quando era bebê; Lu era mais fácil e ficou.

— Estou bem. — Dou de ombros, apesar de ser mentira. — Na maior parte do tempo. Às vezes. — Olho para o fogo e tento engolir o bolo que se formou em minha garganta. — É como se alguém tivesse dado uma rasteira na minha família, sabe? Meu pai é nossa base, sempre foi.

— Ele está melhorando?

Aperto os lábios, porque a verdade é que não temos certeza.

— Um pouco — digo. — No geral, já se recuperou do infarto, mas, em retrospectiva, parece ter sido só o começo. Ele precisa de um coquetel de remédios, e a coitada da minha mãe teve que tomar as rédeas de tudo. Ela marca tratamentos, nutricionistas, consultas, sem mencionar a questão das contas e das tarefas de casa. A lista não tem fim.

Tomo um longo gole de vinho. Sabe como alguns acontecimentos acabam sendo um marco que separa uma parte da vida de outra? Não falo dos planos, como sair de casa, começar um novo emprego ou se casar com alguém que você ama em uma tarde de verão. Estou falando do inesperado: das ligações no meio da madrugada, dos acidentes, dos riscos que não valem a pena. Meu aniversário de vinte e três anos acabou sendo um dos *meus* marcos inesperados; um afastamento das bases sólidas criadas pelos meus pais invencíveis, na direção da areia movediça em que os dois são frágeis, humanos demais, e precisam de mim tanto quanto preciso deles. Foi algo que abalou meu mundo; sempre que o telefone toca, fico tão nervosa que tenho vontade de vomitar, e há uma fossa permanente de medo no fundo do meu estômago que o faz sacolejar. Se tivesse que resumir essa sensação, diria que me sinto caçada. Estou na mira de uma arma, esperando um tiro que pode ou não vir, correndo, sempre olhando para trás, pronta para o impacto. Sonho com minha irmã quase todas as noites: Ginny torcendo por mim sobre os ombros do meu pai na competição de esportes da escolinha;

Ginny segurando, firme, a mão dele enquanto atravessam uma rua movimentada, me deixando do outro lado; Ginny dormindo no colo dele no quintal do *pub* ao qual costumávamos ir no verão na infância, seu cabelo louro cobrindo metade do rosto.

— Só quero que meu pai forte volte ao normal, sabe?

Odeio ouvir o peso das lágrimas na minha voz. E Jack deve ouvir também.

— Ah, Laurie — diz ele em um tom baixo e consolador antes de vir para o outro lado da cabine e passar um braço ao meu redor. — Coitadinha, você anda com uma cara péssima ultimamente.

Não tenho nem forças para me fazer de irritada com o comentário. Não posso negar. Estou exausta. Acho que nem registrei o quanto me sinto triste, porque é preciso seguir em frente, sabe? Mas, aqui, sentada neste *pub*, me sentindo isolada do mundo, a sensação me acerta em cheio. Estou tão exausta que pareço me desintegrar dentro das minhas roupas.

— A vida pode ser uma merda às vezes — diz Jack, seu braço ainda quente e reconfortante sobre meus ombros. — Mas as coisas vão melhorar. Sempre melhoram.

— Você acha? Sei que parece uma idiotice, mas me sinto um fracasso em tudo. Não tenho um emprego decente aqui. Talvez fosse melhor voltar para casa. Eu devia ficar com meus pais, ajudar minha mãe.

— Não diga isso, Laurie. Você está passando por um momento ruim, mas não vai durar para sempre. Seus pais vão ficar bem e querem que você siga seus sonhos. As coisas vão dar certo, eu sei.

— Você acha?

— Pare com isso. Olhe só para você. É inteligente e engraçada; não vai precisar continuar na recepção daquele hotel para sempre. Já li seus textos, lembra? Você vai conseguir alguma coisa tenho certeza. É só questão de tempo.

Aprecio a generosidade do elogio, mas sei que Jack está falando que leu as poucas matérias que consegui publicar porque Sarah o forçou. Ela é pior do que a minha mãe quando consigo emplacar algum trabalho, o que quase nunca acontece.

Ele está me encarando agora, me analisando de verdade, como se o que estivesse prestes a dizer fosse importante.

— Acho que nunca conheci ninguém com tanta... Nem sei o que é que você tem. Simpatia, acho, mas não é exatamente isso. — Ele parece irritado consigo mesmo por sua incapacidade de encontrar a palavra certa. — Você tem um jeito, Laurie. As pessoas se sentem bem ao seu lado.

Eu me surpreendo o suficiente para parar de sentir pena de mim mesma e erguer o olhar.

— Está falando sério?

— Sim. — O sorriso dele é preguiçoso, torto. — É claro que estou. Acho isso desde o primeiro dia em que nos vimos.

Prendo a respiração, tentando segurar meus pensamentos, mas eles escapam, escorrendo como água por entre os dedos.

— No primeiro dia ou no primeiro dia de verdade?

Ah, merda, merda, merda.

Jack

Ah, merda, merda, merda. Ela lembra.

— Você está falando... do Natal?

Estamos sentando mais próximos que antes, com as coxas quase encostadas, e, de perto, vejo que os últimos meses realmente foram difíceis para ela. As olheiras, a tensão nos ombros, como se estivesse sempre cerrando os dentes. Laurie parece estar precisando de banho quente, canja de galinha e uma semana de cama.

— No ônibus — ofega ela. Suas bochechas estão coradas do vinho, os olhos animados como não vejo desde o verão. — Você lembra?

Franzo a testa e faço uma cara esperando parecer perplexo. Se tenho certeza de uma coisa é que admitir que me recordo daqueles poucos instantes no ponto de ônibus seria um erro do caralho. Toda a nossa amizade foi construída na dinâmica da minha posição como namorado da sua melhor amiga. Espero em silêncio enquanto ela murcha. O brilho alegre em seus olhos desaparece, e sei que Laurie está desejando engolir as palavras que pairam sobre nós. Se pudesse, eu mesmo o faria para não ter que magoá-la com uma mentira.

— Na festa — digo de forma gentil.

— Não. Antes disso — insiste ela, pressionando. — Acho que te vi sentado em um ponto de ônibus. Meses antes. Um ano antes.

Ah, Laurie, por que você não deixa os outros serem covardes? Pode acreditar, é um caminho mais fácil. Isto é, até alguém vir tirar satisfação. Finjo completa ignorância, fazendo minha melhor imitação de Hugh Grant desconfortável.

— Acho que você já bebeu vinho demais, Lu. A gente se conheceu na festa de Natal.

Ela me encara, silenciosa e inabalável, e, então, a vejo lentamente chegar ao limite e erguer a bandeira branca da derrota. Dez segundos. Talvez quinze. Parece mais tempo, e me sinto o maior babaca do mundo. Merda, acho que ela está tentando não chorar. Sou um escroto. Devia ter admitido que lembrava? Isso seria melhor? Para a Laurie deste exato momento, talvez fosse um ato gentil, mas para a Laurie da semana que vem ou do mês que vem ou do ano que vem? Acho difícil.

— Desculpe — diz ela, cimentando minha posição como o vilão da história. — Pode me ignorar.

— Eu jamais faria isso. — Depois de três canecas de cerveja, parece que também estou tendo dificuldades em manter a mentira.

Laurie pisca algumas vezes, e as lágrimas se prendem aos cílios.

— Talvez devesse.

Olho para ela, olho de verdade, e não quero mentir mais. Ela parece tão vulnerável, e nós estamos meio bêbados.

— Talvez eu devesse — reconheço. — Mas não quero. Gosto demais de passar tempo com você. — *Jesus Cristo.* Eu sei. Não devia ter dito isso. Está beirando o errado e é egoísta da minha parte.

— Também gosto demais de passar tempo com você — sussurra Laurie, e uma única lágrima triste escorre por sua bochecha.

— Não — arfo, minha voz soando rouca até para mim. — Por favor, não chore. — Só um canalha cara de pau deixaria uma garota chorando assim sem tentar consolá-la, e, apesar de ter mentido para ela, não sou um canalha cara de pau, então seco suas lágrimas com meus dedos, meu outro braço ainda ao seu redor. — Está tudo bem, de verdade — murmuro contra sua testa.

Como ela pode ter cheiro de flores silvestres de verão até mesmo no inverno? Sua pele é delicada sob meus dedos, e, apesar de cada célula do meu corpo saber que devo baixar a mão, seguro seu rosto, traçando o queixo com um dedão. Ficamos assim por um instante, até Laurie se mover um pouco para me olhar, e, de repente, sua boca está perigosamente perto da minha.

Acho que ela parou de respirar. Acho que eu também. Nossa! Assim, de perto, ela tem a boca mais linda. Carnuda e trêmula. Consigo sentir o gosto do vinho no calor de seu hálito. Laurie se inclina para a frente, acho, e juro que não há ar separando nossos lábios. Estou angustiado. Dividido.

— Não posso te beijar, Laurie. Não posso.

Laurie

Bebi vinho demais e sou a pessoa mais desprezível do mundo, mas não conseguiria me afastar de Jack agora nem se o *pub* estivesse pegando fogo. Estamos presos em uma cápsula do tempo minúscula, nesta cabine inesperada em um lugar esquecido, e as únicas coisas que existem são sua boca generosa, seus olhos bondosos, suas mãos quentes e reconfortantes. Se fosse um seriado de televisão, eu estaria gritando *pare!*, porque saberia que daria merda depois. Mas não estamos em um conto de fadas, esta é a vida real, e, na vida real, as pessoas erram. Ergo a cabeça e, se Jack me beijar, não vou ter forças para não corresponder, pois ele parece ter exatamente a mesma aparência que tinha naquele dia. Por um segundo, volto a ser aquela garota no ônibus em 2008. Meu pai não está doente, Jack não é namorado de Sarah e há uma auréola cintilante sobre a minha cabeça. Quase consigo sentir o ar girando enquanto voltamos no tempo, o vento ressoando como o som de um gravador de fitas antigo sendo rebobinado ou de um toca-discos tocando ao contrário. Meu Deus, acho que não sou capaz de impedir que isso aconteça.

— Não posso te beijar, Laurie. Não posso.

Suas palavras acertam meu coração como granizo. Merda. O que é que estou fazendo? Que tipo de lixo humano eu sou? Preciso sair de perto dele.

— Meu deus — sussurro em pânico, pressionando meus dedos trêmulos contra a boca.

Estou de pé, puxando minhas sacolas do chão e correndo para fora do *pub* antes de pensar direito no que vou fazer, e é só quando o ar gélido me atinge que percebo que não vesti o casaco e está nevando bastante.

— Laurie! Laurie, espere. — Ele se aproxima, ofegante, com meu casaco na mão, e segura minha manga. — Por favor, pode parar um instante?

Eu me solto rápido demais, derrubando as compras de uma sacola na ruazinha silenciosa. Jack me ajuda a guardar as coisas e coloca o casaco sobre meus ombros trêmulos, então passa os braços ao redor de mim, me abraçando até o calor penetrar minhas roupas e meus ossos. O tecido está tão quentinho da lareira, e fecho os olhos, porque, sem motivo, comecei a chorar de novo. Não sou chorona, mas, hoje, meus canais lacrimais parecem estar gastando suas reservas.

— Laurie — sussurra Jack, rouco, seus olhos brilhantes sob a luz dos postes. — A última coisa que quero é te magoar.

— Sou uma idiota — murmuro. — Nem sei por que estou chorando.

Ele suspira, exasperado, gentil.

— Porque você está cansada e preocupada, sentindo-se como se estivesse sempre nadando contra a maré.

Jack esfrega minhas costas enquanto fala baixinho no meu ouvido, seu corpo me protegendo da neve. Estou contra a parede e perdi todas as forças, porque ele diz coisas tão reconfortantes e me abraça. Estou tão, tão cansada de nadar. Na maior parte do tempo, me sinto puxada pela correnteza; porém, aqui, nos braços de Jack, é como se ele tivesse aparecido em um bote salva-vidas e me puxado para um lugar seguro. Percebo, derrotada, que talvez seja impossível deixar de sentir algo por este homem.

— Queria que você me beijasse, Jack — digo, carente. Não é como se ele não estivesse ciente do que aconteceu lá dentro; me fazer de boba seria inútil. — Eu me odeio por isso.

Ele acaricia meu cabelo, ergue meu queixo, me olha nos olhos.

— Se eu te disser uma coisa, promete nunca contar a ninguém, nem mesmo a um peixinho dourado?

Engulo em seco, encarando-o enquanto concordo com a cabeça, e Jack segura meu rosto com as duas mãos. Seja lá o que esteja prestes a dizer, sei que é algo de que vou me lembrar para sempre.

— Eu queria te beijar no *pub*, Laurie, e quero te beijar ainda mais agora. Você é uma das pessoas mais incríveis que já conheci na vida. — Jack afasta o olhar, observa a rua deserta e, então, se volta para mim. — Você é bonita e legal, me faz rir, e, quando me olha com esses olhos que parecem um bosque no verão... só sendo santo para caralho para não te beijar.

Então ele me pressiona contra a parede com o peso de seu corpo e, porque *não* é santo para caralho, me beija. Jack O'Mara baixa a cabeça e me beija sob a neve, seus lábios trêmulos, depois quentes e determinados, e estou chorando e o beijando também, abrindo a boca para sua língua deslizar sobre a minha enquanto um som baixo e doloroso vibra em sua garganta. Sinto o alívio dele em cada folículo de cabelo, em cada célula do meu corpo, no sangue nas minhas veias. A respiração de Jack está tão pesada quanto a minha, e isso tudo é muito melhor do qualquer coisa que eu poderia ter imaginado, e é preciso levar em consideração que deixei minha imaginação correr solta quando se tratava de Jack O'Mara.

Ele segura meu rosto como se eu fosse preciosa, então passa os dedos pelo meu cabelo, envolvendo minha cabeça com as mãos quando me inclino para trás.

Este será nosso único beijo. Jack sabe disso, eu sei disso, e a situação é tão dolorosa e tão melancólica de um jeito sensual que sinto o choro ameaçando voltar.

Eu me agarro à lapela do casaco de inverno dele, nosso beijo salgado pelas minhas lágrimas, e abro os olhos para observá-lo, porque quero me lembrar deste momento até a morte. Seus olhos estão fechados, os cílios molhados pela neve são escuros contra sua pele, toda a sua atenção está focada em nosso beijo único.

Finalmente nos separamos, o feitiço é quebrado pelo motor de um carro passando devagar pela rua por causa do tempo ruim. Nossa respiração quase se cristaliza no ar gélido enquanto deixa nossos ofegantes corpos de maneira rápida e dolorosa.

— A gente não devia se criticar pelo que acabou de acontecer — diz Jack para mim. Aposto que ele esperava que sua voz soasse mais estável. — Nós dois sabemos que foi errado, mas isso não precisa significar nada e não precisa mudar nada.

É uma declaração tão cáustica que quase caio na gargalhada; o suspiro que sai de mim enquanto afasto meu olhar está cheio de desejo e raiva de mim mesma, além da angústia que diz "ninguém nunca mais vai me beijar assim".

— Talvez se a gente tivesse se conhecido em uma situação diferente — digo, voltando a encará-lo depois de um tempo, e ele concorda com a cabeça.

— Com certeza.

Na hora certa, um táxi se aproxima lentamente, e Jack ergue a mão para chamá-lo. É uma boa decisão.

— Não conte a ninguém — lembra ele baixinho enquanto abre a porta e coloca minhas sacolas lá dentro.

— Nem a um peixinho dourado — sussurro enquanto entro.

Não sorrio para mostrar que estou brincando, porque não é nada engraçado.

Jack entrega uma cédula para o motorista.

— Leve-a para casa — diz ele.

Seus olhos encontram os meus por longos segundos enquanto ele fecha a porta. Eu me lembro da última vez que o vi desaparecer no meio da noite. Não nos conhecíamos na época; eu não tinha qualquer controle sobre a situação. Hoje, é diferente. Sei quem ele é, sei que gosto ele tem, e, por um segundo, quero abrir a porta do táxi e impedir que a história se repita.

Não faço isso. É claro que não. Apesar da neve digna de conto de fadas, não estamos em Nárnia. Estamos em Londres, na vida real, onde corações são maltratados, magoados e partidos, mas, de alguma forma, continuam a bater. Eu o observo diminuindo enquanto o carro se afasta com cuidado, e ele também me observa com as mãos no bolso, os ombros encolhidos contra o vento. Apoio a cabeça no vidro gelado quando viramos a esquina, meu coração e minha consciência pesando no peito.

Seria melhor nunca ter conhecido Jack O'Mara.

2011

Resoluções de Ano-Novo

Nem sei se deveria escrever isto; não quero correr o risco de alguém ler esta lista, nem mesmo um peixinho dourado.

1. Decido nunca, nunca mais mesmo beijar o namorado da minha melhor amiga de novo. Na verdade, não vou permitir que qualquer mísero pensamento sobre ele se passe pela minha cabeça.
2. Vou guardar todos os pensamentos que não são de amizade sobre Jack O'Mara em uma caixa, lacrá-la com adesivos amarelo--fluorescentes com aviso de "tóxico" e enterrá-la bem no fundo da minha mente.

1º de janeiro

Jack

— Feliz ano-novo, sereia. — Sarah ri enquanto a puxo para perto. — Desculpe — sussurro em seu cabelo, tomando a decisão silenciosa de não beijar ninguém além dela este ano.

— Por quê?

Ela me afasta, seus olhos levemente apertados.

Merda.

— Por comer alho demais ontem. Só Deus sabe como você conseguiu chegar perto desta catinga, sinto o cheiro toda vez que bocejo.

Ela parece achar graça, meio confusa. Ainda bem que nós dois estamos enchendo a cara, porque esse é exatamente o tipo de comentário que pode causar problemas. O fato é que parece que a verdade está tentando escapar. Sou como uma lata de gasolina cheia de furos: uma tragédia anunciada.

Laurie

Feliz ano-novo, Lu! Te amo!

Passo o dedo sobre as letras da mensagem de Sarah, deitada na cama. O novo ano ainda não tem nem duas horas, mas, mesmo assim, beijei Jack no ano passado, não neste. Este ainda é uma folha em branco.

Também te amo, Sar, espero que não esteja bêbada demais!
Feliz ano-novo! Bjs

Aperto enviar, desligo o celular e me viro para encarar o teto na escuridão. Fico feliz por meus pais não terem transformado meu quarto em um escritório ou quarto de hóspedes depois que fui para a faculdade; o lugar está praticamente como deixei: reconfortante e familiar. Nunca gostei de colar pôsteres nas paredes, mas meus livros de infância ocupam a prateleira sobre a escrivaninha, e o vestido lilás que usei para a festa de formatura da escola ainda está pendurado no armário. Não consigo nem dizer o quanto essas coisas são importantes para mim agora. Estar aqui é como entrar em uma cápsula do tempo, ou talvez na minha própria Tardis. Se eu tivesse uma Tardis, para que momento voltaria? Sei a resposta. Eu iria para 21 de dezembro de 2008 e me faria perder aquele ônibus maldito. Assim, nunca teria visto Jack O'Mara antes de Sarah nos apresentar, e tudo estaria bem. Sei que jamais teria me permitido o luxo de sentir qualquer coisa por ele que não fosse amizade nessas circunstâncias, e aí não estaria deitada aqui, me sentindo o cocô do cavalo do bandido. Antes do beijo, eu conseguia viver comigo mesma, ainda que desconfortável. Lutava contra meus sentimentos por ele, me sentia uma péssima amiga por causa disso, mas me mantinha na linha.

O que fiz agora é imperdoável; não consigo nem justificar aquilo para mim mesma. Não vejo Sarah nem Jack desde aquela tarde em Londres. Sei que prometi guardar segredo, mas ele não tinha o direito de me pedir isso. Não estou colocando a culpa nele; nós dois somos igualmente responsáveis. E não sei se contar a Sarah seria a coisa digna a fazer ou apenas uma maneira de eu me sentir melhor e ela, pior. Eu a perderia. Sei disso. E Jack também levaria um pé na bunda. Não haveria vencedores. Não acho que ele seja o tipo que a trairia com várias, que a enganaria o tempo todo; se fosse o caso, com certeza eu conversaria com ela. Talvez eu esteja me valorizando demais, mas o que aconteceu pareceu mais pessoal que isso, alguns minutos de loucura que vão pesar bastante na consciência dos dois.

Não vou contar a Sarah. Prometi a mim mesma que jamais falaria com ela sobre meus sentimentos por Jack O'Mara, e essa promessa agora é mais importante que nunca.

28 de janeiro

Jack

Sarah está dormindo, Laurie está trabalhando até tarde no hotel, e eu estou sentado na mesa da cozinha delas, bebendo vodca pura às duas e meia da manhã. Nunca fui muito de beber, mas, de repente, comecei a entender suas vantagens. Já faz semanas desde que beijei Laurie. Semanas, e sou péssimo para caralho em fingir que nada aconteceu. Literalmente, toda vez que vejo Sarah, me pergunto se deveria contar a verdade. Todo. Santo. Dia. Passo e repasso o assunto em minha mente, tentando determinar o exato momento em que fui infiel. Foi quando convidei Laurie para tomar uma cerveja? Foi quando a abracei para consolá-la? Ou foi lá atrás, no dia em que Sarah nos apresentou e nós dois tomamos a decisão de não mencionar o fato de que já nos conhecíamos? Não que nos conhecêssemos de verdade, mas não éramos completos desconhecidos. Tenho certeza disso agora. Era mais fácil quando eu podia dizer a mim mesmo que Laurie se esquecera daqueles poucos segundos no ponto de ônibus, mas, agora, sei que não é verdade. Sei que ela se lembra de mim, e *porque* ela se lembrou de mim doze meses depois, também sei que isso significa outra coisa. Talvez seja apenas que Laurie é parecida comigo, abençoada e amaldiçoada com uma memória excelente; mas não tenho certeza. Ando repassando todos os momentos que estivemos juntos, examinando fragmentos de conversas lembradas, tentando ver se ignorei algum clima. Não é que eu ache que ela seja apaixonada por mim em segredo ou algo assim. Faça-me o favor. Não estou sendo convencido; só desconfio que deixei de notar alguma coisa.

Tipo, foi só um beijo. Não é como se eu tivesse trepado com alguém, é? Mas beijei *Laurie*, e, de alguma forma, isso é pior do que trepar com a mansão da Playboy inteira, porque essas mulheres seriam estranhas que eu poderia esquecer no dia seguinte. Laurie não é uma estranha, e não a beijei por causa de algo tão simples e fácil de explicar como tesão idiota e vazio. Mas também não a beijei para lhe devolver sua dignidade ou porque ela estava frágil e precisava que eu a fizesse se sentir melhor. Não sou tão nobre. Eu a beijei porque ela parecia celestial sob a luz do poste, com flocos de neve presos ao cabelo. Eu a beijei porque menti sobre tê-la visto naquele ônibus e estava me sentindo um babaca. E eu a beijei porque a necessidade de saber como seria a sensação de sua boca macia e vulnerável contra a minha me acertou como um trem-bala. E agora eu sei, mas preferia não saber, porque é impossível esquecer algo tão incrível.

"A gente não devia se criticar pelo que acabou de acontecer", falei para ela depois. "Nós dois sabemos que foi errado, mas isso não precisa significar nada e não precisa mudar nada."

De todas as coisas que eu podia ter dito, essa foi uma das mais grosseiras. E o que *mais* eu poderia dizer? Que nosso beijo me fez ver estrelas, que é claro que me lembro dela naquela merda de ônibus?

Viro o conteúdo do meu copo garganta abaixo e sirvo outra dose. Não adianta. Preciso conversar com Laurie.

Laurie

Eu sabia que não podia fugir de Jack para sempre. Deus é testemunha de que é isso que quero, mas a vida é complicada e problemática, e acabei de chegar do meu turno da madrugada para encontrá-lo sentado à mesa da cozinha, no escuro.

— Cadê Sarah? — pergunto, pulando qualquer cumprimento, porque estou cansada e perdi a capacidade de conversar com ele sobre coisas bobas.

— Dormindo.

Jack está segurando um copo cheio — de água ou de vodca, não sei.

— Você não devia estar dormindo também?

Olho para o relógio da cozinha. Três da manhã não é um horário saudável para estar bebendo sozinho.

— Não consigo.

Acho difícil acreditar. Esta é só a terceira vez que o encontro desde a tarde em que... Não gosto nem de repetir para mim mesma o que fizemos — e é a primeira vez que ficamos sozinhos desde então, por escolha mútua, acho. Ele esfrega a mão sobre a barba por fazer, indo para trás e para a frente, um tique nervoso. Se eu tivesse barba, talvez fizesse o mesmo.

Eu me sirvo de um copo de água.

— Vou para a cama.

Jack segura meu pulso quando passo por ele.

— Por favor, Laurie. Preciso conversar com você.

Quero dizer que conversar não vai ajudar, mas seu olhar desolado me faz amolecer, então sento à mesa, exausta, observando seu rosto cansado e a camisa amassada.

— Era isso que você estava fazendo? Esperando eu chegar?

Ele não me faz o desfavor de mentir.

— Eu me sinto um grande merda, Lu. Não sei como superar o que aconteceu.

Seguro o copo com as duas mãos. Não faço ideia de como ajudá-lo. O que eu deveria dizer, que tudo fica mais fácil? Seria tão trivial, e não chegaria nem perto de ser verdade. Por que ele está fazendo isto? Porque acha que tenho mais prática em mentir e posso dar umas dicas? Já cansei de repassar mentalmente nossa conversa naquele dia. Jack não se lembra de mim no ponto de ônibus. Ele não tem qualquer memória da minha pessoa antes de Sarah nos apresentar. Isso é devastador, porque passei muito tempo obcecada por aquele momento; porém, ao mesmo tempo, é libertador, porque é como se ele tivesse me dado o aval para deixar tudo para trás. Coisa que estou me esforçando muito para fazer.

— Foi um erro terrível, Jack — sussurro, olhando para minhas mãos. — Mais minha culpa do que sua, se isso ajuda.

— Porra nenhuma — diz ele irritado, alto o suficiente para eu lançar um olhar preocupado para a porta. — Não ouse fazer isso consigo mesma. Quem traiu aqui fui eu.

— Sarah é minha melhor amiga — digo, enfática. — Ela é como uma irmã para mim. Por mais que você se sinta infiel, pode acreditar que também estou me sentindo um lixo. — Tomo um gole de água. — Não existe uma escala de quem é mais culpado. Nós dois agimos mal.

Jack fica quieto e dá um gole na bebida. Pelo cheiro vindo na minha direção, imagino que não seja água.

— Sabe o que eu mais detesto no que aconteceu, Laurie? — Não quero que ele me conte, porque se for a mesma coisa que eu detesto, nós dois vamos nos sentir pior por reconhecermos esse fato. — Detesto não conseguir esquecer — continua ele. — Aquilo não devia significar nada. Não é? — Fico feliz por ele não tirar os olhos da bebida enquanto fala em um tom triste, emocionado demais. — Você... Significou alguma coisa para você?

Sua pergunta baixa e explosiva paira no ar, e engulo em seco. Por um instante, não consigo encará-lo, porque ele verá a verdade na minha cara. Sei o que preciso dizer. Faz pouco mais de um ano que minto para Sarah. Mentir para Jack não devia ser tão difícil. Não devia, mas é. Chega a doer.

— Olhe — começo, finalmente encarando seus belos olhos atormentados. — Eu estava nervosa e triste, e você foi legal e atencioso, porque esse é o tipo de cara que você é. Somos amigos, não somos? — Eu me interrompo para engolir o choro doloroso na minha garganta, e Jack concorda com a cabeça, uma mão pressionada contra a boca enquanto falo. — Somos muito, muito amigos, e bebemos demais, e era Natal, e foi uma burrice confundirmos amizade com outra coisa. Mas nós paramos, sabíamos que estávamos fazendo uma coisa horrível, mas agora já era e não podemos mudar o passado. De que adiantaria atormentar Sarah com isso? Você se arrependeu, Deus sabe que nunca me arrependi tanto de uma coisa na vida, e nunca mais vai acontecer de novo. Não penso em você dessa forma, e tenho certeza de que você não tem fantasias secretas comigo. Se contássemos a Sarah, seria só para amenizar nossa culpa. Acha que seria um motivo bom o suficiente?

Jack passou meu discurso inteiro balançando a cabeça, com a mão ainda sobre a boca, como se estivesse enjoado.

— De jeito nenhum.

Concordo com a cabeça.

— Vá dormir, Jack. Vá dormir, vá dormir, e, quando acordarmos amanhã, vamos seguir com nossa vida e nunca mais falar desse assunto. Nem com Sarah, nem entre nós. — Respiro fundo. — Nem com um peixinho dourado.

Ele afasta o olhar de mim, enfiando uma mão no cabelo já despenteado. Passei tanto tempo lutando contra minha própria culpa que não parei para pensar em como Jack estava se sentindo. Mal, pelo visto, e quase fico com raiva dele por precisar que eu lhe ensine como carregar esse peso na consciência.

Continuo sentada à mesa por muito tempo depois de ele ir embora. Faço café e o deixo esfriar enquanto olho pela janela da cozinha escura, observando os telhados na Delancey Street. Penso em Sarah e Jack dormindo no fim do corredor, nos meus pais nas Midlands, no meu irmão e em Anna, sua nova mulher, acomodados na nova casa bonita que compraram depois do casamento na primavera.

Um casal, um casal, um casal, e eu. Talvez seja uma boa ideia comprar um peixinho dourado.

3 de maio

Laurie

— Passou rápido demais.

Estamos jogadas no sofá, uma ao lado da outra, Sarah e eu, com os pés apoiados na mesa de centro arranhada, segurando taças de vinho. Tudo já foi encaixotado, e estamos prontas para ir, prestes a entregar nosso refúgio na Delancey Street aos próximos inquilinos de sorte.

— Cinco anos — suspiro. — Você está certa. Nem vi o tempo passar.

Sarah toma um gole generoso do vinho e franze a testa.

— Não quero ir embora. A gente devia poder ficar aqui para sempre.

Ficamos em silêncio e observamos a sala, cenário de nossas festas universitárias, noites embriagadas, segredos trocados, risadas na madrugada. Sabemos que não podemos ficar — essa fase da vida chegou ao fim. Sarah conseguiu um emprego mais glamoroso em uma nova emissora do outro lado da cidade, e ficar indo e vindo de lá para cá seria complicado. E resolvi que essa é minha deixa para mudar também. Não consigo bancar o apartamento sozinha, e minha carreira não está indo a lugar nenhum. O lance do hotel é transitório; o trabalho em revistas não aparece. Vou passar algumas semanas com minha família e, depois, ir para a Tailândia. Pois é. Parece tão chique. Estou com medo de ir sozinha, mas fui incentivada pelo recente entusiasmo do meu pai sobre sair pelo mundo e curtir a vida adoidado; minha mãe pareceu indiferente quando ele usou essas mesmas palavras. O presente de Natal deles para mim e Daryl foi dinheiro. Não é algo que fariam normalmente, mas disseram que o ataque cardíaco do meu pai lhes deu uma nova perspectiva. Eles choraram, nós choramos, e concordamos em fazer algo especial com o dinheiro. Daryl e Anna vão comprar uma cama de casal para a casa nova, e eu vou gastar minha parte curtindo a vida adoidada na Tailândia. Minha vontade era levar Sarah na mala — não faço ideia do que fazer sem ela ao meu lado. Pelo menos, vou ter uma folga dessa culpa horrível que sinto.

— Você é a melhor amiga que já tive — digo.

— Vá se foder — murmura ela, começando a chorar. — Pedi para você não falar isso.

— E eu pedi para você não chorar — respondo, esfregando a manga da camisa nos olhos. — Olha só o que você fez.

Damos as mãos uma para a outra, apertando forte.

— Sempre vamos ser amigas, não vamos? — A voz dela soa baixa e vulnerável. — Mesmo quando você for para a Tailândia e entrar para uma comunidade hippie ou seja lá o que for fazer lá?

— Mesmo quando isso acontecer — digo, apertando seus dedos.

— E quando você virar uma estrela de televisão? Vai me trocar por suas amigas famosas?

Sarah ri, fingindo considerar a ideia por um segundo. Ela foi entrevistada para um cargo por trás das câmeras na emissora, mas acabaram lhe pedindo para cobrir a licença-maternidade de uma repórter de rua. É óbvio que só precisaram bater os olhos nela para ver o mesmo que nós: potencial.

— Bem... Acho que Amanda Holden seria uma boa parceira de bebedeira.

Dou um soco em seu braço, e Sarah suspira, fingindo decepção.

— Tudo bem. Não vou trocar você, nem mesmo por Amanda Holden. — Ela faz uma breve pausa. — Mas a gente se divertiu bastante, não foi? — pergunta, se apoiando em mim.

Fecho meus cílios úmidos e encosto minha cabeça na dela.

— Sim.

— Sabe qual é minha lembrança favorita de você?

Não respondo, porque lágrimas escorrem pelo meu rosto e minha garganta dói.

— É uma lembrança recorrente, na verdade — continua Sarah. — Gosto como você cuida de mim quando estou de ressaca. Ninguém nunca vai segurar meu cabelo da mesma forma quando eu vomitar.

Apesar das lágrimas, rio.

— Você tem cabelo pra cacete. Não é fácil.

— E seu café é perfeito — diz ela. — Ninguém faz igual. Nem minha mãe.

— Você só toma com quatro grãos, Sar. Isso nem pode ser classificado como café.

— Eu sei disso. Mas *você* faz assim. Se me pergunta se quero café, faz do jeito que eu gosto. Quatro grãos.

Suspiro.

— Você provavelmente preparou mais xícaras de café para mim do que eu para você. E *com certeza* fez mais sanduíches.

— É porque você sempre esquece a maionese. É uma camada fundamental. — Sarah fica desanimada. — Como é que você vai sobreviver nesse mundão sem mim, Lu?

— Até parece que a gente nunca mais vai se ver — digo, secando o rosto. — Pelo menos, vou poder te ver na TV. Estou ansiosa pelo dia em que vão te obrigar a descer pelo poste de um corpo de bombeiros.

— Mas não vou poder te ver enquanto você estiver do outro lado do mundo.

Passo um braço ao redor dos ombros dela.

— Não vou ficar lá para sempre.

— É melhor não ficar mesmo — funga Sarah. — Nem invente de se engraçar com um monge iogue e ter uma penca de bebês tailandeses ou coisa assim, está bem? Quero que esteja de volta a Londres até o Natal.

— Acho que monges não podem ter filhos. — Solto uma risada trêmula. — Vão ser só uns meses. Volto a tempo de passarmos o Ano-Novo juntas.

— Promete?

Sarah prende o dedo mindinho no meu como se fosse uma garotinha, e aquelas lágrimas malditas ameaçam voltar porque ela me lembra de outra garotinha de muito tempo atrás.

— Prometo que vou voltar, Sarah. Prometo.

20 de setembro

Laurie

— Tem certeza de que pegou tudo? Repelente? Spray desinfetante?

Confirmo com a cabeça, apertando minha mãe enquanto ela e meu pai se preparam para me deixar no aeroporto. Seu perfume e o barulhinho da pulseira que ela sempre usa me são tão queridos e familiares; só a ideia de me afastar tanto de casa já me dá vontade de chorar.

— Lanterna? — pergunta meu pai, sempre prático.

— Peguei — respondo, e ele abraça nós duas.

— Vamos, suas bobas. É uma despedida alegre. Uma aventura.

Eu me afasto deles e seco os olhos, meio rindo e meio chorando enquanto ele coloca o mochilão sobre meus ombros.

— Eu sei que é!

— Pode ir então — diz ele, me dando um beijo na bochecha. — Vá logo.

Dou um beijo em minha mãe também, e então dou um passo para trás e respiro fundo.

— Estou indo — digo, meus lábios tremem.

Os dois ficam parados, juntos, meu pai com um braço em torno dos ombros da minha mãe, e assentem com a cabeça. Tenho certeza de que seria menos difícil se alguém viesse comigo; sinto como se tivesse catorze anos quando me viro no portão para dar um último aceno antes de perdê-los de vista. Minha mãe joga um beijo, meu pai ergue a mão, e, então, me viro e sigo em frente, determinada. A Tailândia me aguarda.

12 de outubro

Laurie

— *Sawatdee kha.*

Ergo uma mão para cumprimentar Nakul; ele sorri e faz um joinha enquanto me acomodo em uma cadeira bamba à mesa igualmente bamba em sua lanchonete, em Sunrise Beach. Soa bizarro dizer que meu tempo aqui tem sido uma loucura frenética de templos budistas, mas é o que parece — uma estranha mistura de absoluta serenidade em meio ao caos alegre e barulhento. Ninguém pode dizer que a Tailândia é entediante; minha cabeça está sempre girando, e desenvolvi músculos em lugares que nunca tive antes. Depois de chegar a Bangkok, segui para o norte, planejando receber minha dose de cultura logo no início. Meu medo era vir direto para o sul e passar a viagem inteira deitada em uma rede na praia.

Porém, agora, já vi o suficiente para me permitir o luxo de descansar e cheguei nas praias desertas da Tailândia, tão bonitas que tenho vontade de chorar. Resolvi transformar um chalé ridiculamente barato na praia em lar temporário; só há um cômodo, mas é meu, e há uma varanda para sentar e ler com vista para o mar. Acho que eu não tinha percebido o quanto precisava dar um tempo da vida real. Quando cheguei à Tailândia, passei quase uma semana me debulhando em lágrimas enquanto fazia trilha no meio do mato com um pequeno grupo de viajantes. Não era pela dificuldade do trajeto, apesar de ele realmente ser extenuante. Eu chorava de puro alívio, as lágrimas quentes e salgadas tirando o peso das minhas costas durante a caminhada. Algumas semanas antes da viagem, fui assistir a *Comer, Rezar, Amar* no cinema com minha mãe, e, apesar de não estar nem perto de encontrar o amor, meio que estou tendo uma pequena epifania. Sou como uma paciente de clínica de reabilitação, aprendendo a perdoar meus erros e reconhecendo que continuo sendo eu mesma, uma boa pessoa, uma boa amiga para Sarah, apesar do que aconteceu com Jack. Talvez, um dia, eu até mereça ser feliz.

— Café, Lau-Lau?

Sorrio, feliz com a adaptação de Nakul para meu nome, enquanto ele atravessa a areia quente, fina como talco, até minha mesa. Desde que cheguei a Koh Lipe, quatro dias atrás, passo minhas manhãs aqui, e o clima despreocupado da ilha está tomando conta de mim. É como se eu finalmente tivesse parado de correr pela primeira vez em anos.

— *Khop khun kha* — digo, ainda hesitante com as boas maneiras tailandesas, quando Nakul coloca uma pequena xícara branca diante de mim. Mesmo assim, ele sorri, e torço para ser porque minha tentativa desajeitada de falar sua língua seja melhor do que nada.

— Seu plano para hoje, Lau-Lau?

Ele me faz a mesma pergunta todas as manhãs, e minha resposta sempre é a mesma:

— Nenhum para hoje.

Koh Lipe não é lugar para gente com a agenda cheia. O maior propósito da ilha é relaxar. Ele ri enquanto se afasta para falar com os clientes que acabaram de chegar da praia.

— Nenhum plano em um dia bonito como este?

Eu me viro na direção da voz obviamente inglesa, e um homem se acomoda à mesinha ao meu lado. Seus olhos encontram os de Nakul, e ele ergue uma mão em cumprimento, seu sorriso tranquilo e relaxado enquanto estica as pernas compridas na areia. O sol tailandês dourou minha pele em um tom de mel, mas esse cara é bem mais dedicado às suas sessões de adoração ao sol. Sua pele está morena, e o cabelo tão preto que chega a ser azul cai sobre os olhos escuros e bem-humorados.

Abro um sorriso e dou de ombros.

— Nada além de boiar no mar e ler meu livro.

— Um bom plano — diz ele. — O que está lendo? Não diga que é *A praia*, por favor.

— É um bom livro — brinco. Não que isso seja mentira, mas nenhum viajante que se dê ao respeito admitiria uma escolha tão óbvia. — *O grande Gatsby*, na verdade.

Não aprofundo minha resposta para explicar que minhas leituras são completamente determinadas pela pequena pilha de livros que alguém deixou para trás no meu chalé. É melhor que ele ache que sou intelectual o suficiente para carregar Fitzgerald pelo mundo na mochila.

— Encontrou no chalé?

Reviro os olhos e rio.

— Você me pegou.

— Se tivesse mentido, eu acreditaria.

— Acho que mentiras são um fardo pesado.

Ele me encara, com razão. Parece que *O grande Gatsby* me subiu à cabeça.

— Meu nome é Oscar — diz ele, esticando formalmente a mão no espaço entre as mesas. — E meu plano para hoje é passar o dia com você.

— Você parece uma estrela-do-mar.

Oscar me cutuca com o remo do caiaque, preguiçoso, e deixo que ele me gire lentamente, com os olhos semicerrados contra o brilho do sol. Estou cercada pelo brilho azul acima e abaixo de mim, e água quente como a de um banho toca minha pele relaxada quando ele a joga sobre minha barriga com a pá do remo.

— Eu me *sinto* como uma estrela-do-mar.

Cumprindo o que disse, Oscar passou o dia comigo. No geral, não gosto de pessoas que parecem tão confiantes, mas algo dentro de mim está determinado a fazer tudo ao contrário. Ele chegou à Tailândia dois meses antes de mim e decidiu passar um tempo em Koh Lipe depois que seus companheiros de viagem voltaram para o Reino Unido. Isso explica seu bronzeado nativo.

— Já comeu uma? Vendem espetos delas em barraquinhas na Walking Street.

Abro os olhos, horrorizada, e descubro que ele está rindo.

— Muito engraçado.

Ele parece relaxado no barco, o queixo apoiado no antebraço enquanto me observa de esguelha, seus dedos brincando na água. Jogo um pouco d'água na sua direção, fazendo espirrar um brilho de gotículas sobre seu nariz reto. Eu admito. Ele tem uma beleza clássica, estilo deus grego. E tem a aura confiante de alguém rico, libertino e cortês. *Eu sei, eu sei.* Ninguém mais usa essas palavras. Só eu, pelo visto, depois de um dia inteiro bebendo cerveja local e lendo *O grande Gatsby* deitada na rede. Por algum motivo, viver em um lugar diferente permite que você seja quem quiser.

— Posso te levar para jantar hoje?

Apoio a cabeça na água e fecho os olhos de novo, boiando.

— Contanto que não seja estrela-do-mar.

— Acho que posso prometer isso.

Giro de barriga para baixo e nado algumas braçadas até o caiaque, envolvendo a borda com meus dedos molhados. Seu rosto está a centímetros do meu.

— Não vamos prometer nada um ao outro — digo.

Oscar me lança o mesmo olhar perplexo que exibiu quando nos conhecemos na lanchonete da praia hoje cedo, então se inclina e encosta seus lábios quentes, salgados de mar, nos meus.

— Gosto de você, estrela-do-mar. Você é interessante.

13 de outubro

Laurie

Oscar Ogilvy-Black. Que nome, não? Acho que não teríamos nos encontrado em nossas vidas normais em Londres, mas, aqui na Tailândia, as regras sociais não se aplicam. Ele me diz que é banqueiro, mas não um babaca, e confidencio minha esperança de conseguir minha primeira brecha no mundo do jornalismo de revista no futuro próximo. Preciso admitir que o julguei quando nos conhecemos. Porém, por baixo da inegável sofisticação, Oscar é engraçado e autodepreciativo, e, quando me encara, há um carinho em seus olhos que me conforta.

— Você não vai virar uma dessas insuportáveis rainhas das colunas de fofoca, vai?

Faço cara de horrorizada, me fingindo de ofendida, e, então, suspiro, feliz pelos dedos dele se entrelaçarem aos meus enquanto caminhamos pela areia fresca após o jantar.

— Eu pareço alguém que se importa com roupa de gente famosa?

Ele observa meus shorts jeans desfiados e minha regata preta, depois a alça amarelo-limão do meu biquíni, visível ao redor do pescoço.

— Humm... talvez não — zomba ele.

— Que engraçadinho, você também não está de terno e gravata.

Ergo uma sobrancelha enquanto Oscar lança um olhar cômico para sua bermuda desfiada e seus chinelos.

Rindo, chegamos ao meu chalé, e tiro o calçado na varanda.

— Cerveja?

Ele concorda com a cabeça, deixando os chinelos do lado de fora ao lado dos meus antes de desabar sobre o enorme pufe, suas mãos entrelaçadas atrás da cabeça.

— Fique à vontade — digo, me jogando ao seu lado com as cervejas geladas.

— Tem certeza disso? — pergunta Oscar, girando de lado e se apoiando no cotovelo para me observar.

— Por quê? O que você faria se estivesse à vontade?

Ele leva as mãos para baixo e tira a camisa, ficando só de bermuda. A luz da lua escurece sua pele para um tom de casca de coco.

— Eu ficaria mais confortável.

Pauso por um instante, cogitando rir dele — tipo, que comentário foi esse? —, mas, então, o imito e tiro a blusa. Por que não? Oscar é tudo o que minha vida não é: leve; livre.

— Eu também.

Ele abre o braço para que eu me acomode ao seu lado, e, ao fazer isso, sinto seu corpo quente e forte. Estou tão livre quanto um daqueles passarinhos rosa-claro que voam por cima do chalé no fim da tarde.

Pela janela, vejo os contornos escuros dos barcos compridos ancorados na orla, prontos para o dia seguinte, e o céu lá no alto exibe uma infinidade de estrelas que reluzem como diamantes.

— Não me lembro da última vez em que me senti tão tranquila.

Oscar toma um longo gole de cerveja e coloca a garrafa no chão antes de responder:

— Acho que estou ofendido. Esperava que você estivesse com um tesão absurdo.

Rio baixinho contra seu peito e ergo a cabeça para encará-lo.

— Talvez eu esteja.

Com um braço ainda atrás da cabeça, ele desliza a mão livre pela minha nuca e lentamente desfaz o laço da alça do meu biquíni. Então a solta, deixando-a cair, sem tirar os olhos dos meus enquanto vai tateando pelas minhas costas para terminar o serviço.

— Agora *eu* é que estou com um tesão absurdo — diz ele, passando um dedo pela depressão da minha clavícula e seguindo para o botão dos meus shorts.

Oscar engole em seco enquanto observa meus seios desnudos. Uma brisa bate no sino de vento pendurado em um canto do chalé, que soa baixinho, enquanto ele muda levemente de posição, pressionando minhas costas contra o pufe e levando meu mamilo para o calor de sua boca. Nossa. Um tesão ardente, delirante, espalha seus tentáculos pelo meu corpo, queimando meus membros, pesando sobre minha barriga, agitando meu peito enquanto enfio as mãos no volume de seu cabelo, prendendo-o a mim. Nunca achei que fosse capaz de sentir algo assim por alguém que não fosse Jack, mas, por algum motivo, estar aqui com Oscar me libertou.

Ele alcança o botão dos meus shorts, erguendo a cabeça para me olhar antes de seguir em frente. Fico aliviada por ele ser desse tipo; apesar de sua respiração estar pesada e seus olhos me implorarem para não impedi-lo, sei que pararia se eu pedisse, e isso me basta.

— Tem camisinha? — sussurro enquanto acaricio seu cabelo, torcendo para que diga que sim.

Oscar se move em cima de mim, seu peito tocando o meu, e seu beijo é tão tranquilo e perfeito que o envolvo em meus braços, segurando-o contra mim.

— Acho que sim — arfa ele, depois solta uma risada trêmula. — Só espero que esteja na validade.

Ele enfia a mão no bolso de trás, me beijando mais. Jogando a carteira no chão ao lado do pufe, ele a abre e tira uma embalagem prateada, dando uma olhada nela antes de passá-la para mim.

Então ele senta, desta vez sem hesitar antes de desabotoar meus shorts. Desliza seus dedos determinados e firmes, pelo meu quadril até que a única coisa que me resta é a pequena parte de baixo amarela do biquíni.

Ele afasta minhas coxas e se ajoelha entre elas, depois estica meus braços, segurando-os de leve.

— Sabe o que você é?

Eu o encaro, sem saber o que vai dizer.

— Uma estrela-do-mar gostosa pra caralho.

Fecho os olhos e rio, mas, então, solto um gemido, porque ele baixou o rosto entre minhas pernas, e sinto o calor de sua boca contra o tecido sedoso do biquíni.

Não há uma célula no meu corpo que queira que Oscar pare enquanto ele tira o que resta de suas roupas. Por um segundo, conversamos em silêncio apenas com o olhar. Digo que sei que ele está fugindo das responsabilidades e do estresse da vida que o espera em Londres, e ele diz que pode remendar as rachaduras do meu coração e me curar. Fazemos promessas um ao outro apesar de termos jurado que não faríamos, ele se posiciona sobre mim, e esqueço tudo que não seja o agora.

Mais tarde, acordo e o encontro sentado nos degraus do chalé, observando o começo de outro amanhecer com tons de rosa e roxo.

Eu me sento ao seu lado, enrolada em uma canga com estampa de elefantes, e Oscar me lança um olhar de esguelha.

— Casa comigo, estrela-do-mar.

Rio suavemente e levanto para fazer café.

29 de novembro

Laurie

Eu tinha planejado voltar para casa algumas semanas atrás, mas continuo na Tailândia, continuo com Oscar.

Oscar, Oscar, Oscar. Quem diria? Acho que estamos vivendo em negação, completamente despreparados e sem vontade de voltar ao mundo ao qual pertencemos. Mas quem disse que você tem que ficar preso a um lugar para sempre? Por que tenho que ficar presa à Inglaterra, onde tudo é cinzento e confuso e difícil? Se não fosse pelas pessoas que amo e por minha promessa a Sarah, ficaria aqui, nesta praia, e teria uma penca de bebês, mas não com um monge tailandês. Minha mãe diz que a chuva chegou para ficar, como um parente inconveniente na festa de Natal, mas, aqui, as chuvas são velozes e furiosas, vêm e vão em um piscar de olhos, dando lugar ao sol. Acho que nunca senti tanto frio quanto no dia em que Jack me beijou naquela ruela em Londres, quase doze meses atrás, e acho que nunca senti tanto calor como aqui, em Koh Lipe, com Oscar. Meu sangue está quente, meus ossos estão quentes, minha pele está quente.

Às vezes, quando estamos deitados na praia, lendo um livro na rede ou caindo no sono na cama, fico ouvindo o agradável som do mar correndo em direção à costa e imagino que somos náufragos, presos em uma ilha deserta, destinados a passar o resto da vida comendo os peixes que pescamos e transando em meio ao suor. De vez em quando, ouviríamos o ronco do motor de um avião no céu azul e nos esconderíamos sob uma árvore em vez de escrever SOS na areia.

12 de dezembro

Bom dia diretamente do fim do mundo, pombinhos!

Espero que não estejam morrendo de frio por aí, haha!

A Austrália é um paraíso. Jack virou nativo, e meu plano agora é comprar um chapéu com rolhas e chamá-lo de Crocodilo Dundee. Ele foi até conversar com o pessoal de uma rádio em Melbourne; sério, se lhe oferecessem um emprego, acho que nunca mais voltaria para casa. Tirando que — olha isso — Jack tem <u>PAVOR</u> de cobras. Só descobri quando uma minúscula apareceu na nossa varanda semana passada, e ele fez um escândalo. Tive que lhe dar um conhaque para convencê-lo a descer da cadeira. Que bom que estou aqui para protegê-lo.

Oscar! Cuide bem da minha amiga, estou louca para te conhecer!

Laurie, vamos nos encontrar assim que der, quero te ver logo.

Com amor e muitos beijos, Sarah

p.s.: Jack mandou um abraço! :)

2012

Resoluções de Ano-Novo

1. Por bem ou por mal, vou voltar para Londres este ano e encontrar meu emprego dos sonhos em uma revista.

Deixei minhas ambições de lado tempo demais por causa da Tailândia e de Oscar, além de querer passar um tempo em casa com meus pais. Há muitos motivos e explicações, mas são apenas desculpas — o que eu estava fazendo de verdade era fugir de Jack.

Decidi que vou parar com isso. Estou com tanta saudade de Sarah e sinto falta da agitação e do burburinho de Londres. Vou dar meu aviso prévio no hotel em que trabalho agora; por enquanto, meu currículo só tem empregos no setor de hotelaria, frilas e cargos temporários para me sustentar enquanto espero minha vida pegar no tranco. Bem, cansei de esperar. Em vez disso, vou tomar as rédeas das coisas e encarar a vida de frente.

2. E aí tem a questão do Oscar. Oscar Ogilvy-Black, o homem que me encontrou em uma praia da Tailândia e, brincando, me pediu em casamento ao nascer do sol no dia seguinte. Desde então, já me pediu para casar com ele dezenas de vezes, geralmente depois de transarmos ou quando estamos bêbados — virou nossa piada interna. Pelo menos, eu acho que é piada.

Na verdade, não sei qual é a minha resolução de ano-novo sobre Oscar. Acho que é só tentar ficar com ele; não me esquecer dos meus sentimentos agora que estamos voltando à realidade.

3. Ah, e resolvi que estou pronta para dar outra chance aos cílios postiços. Porque uma mulher como eu não se contenta em colar os olhos apenas uma vez na vida.

3 de janeiro

Laurie

— Estou tão nervosa — murmuro, arrumando a gola do meu casaco de lã de inverno enquanto andamos de mãos dadas pela calçada. Estou usando um *broche*. Pois é, quem usa essas coisas? Ninguém normal com menos de trinta anos. Mas quero muito causar uma boa impressão. — Exagerei?

Toco na pequena joia de margarida e olho para Oscar, que só ri.

— Deixe de ser boba. É só a minha mãe, Laurie, não a rainha.

Não consigo evitar. Tudo parecia bem mais simples na Tailândia; nos conhecemos quando estávamos restritos aos itens básicos que cabiam em nossas mochilas. Aqui, entre as armadilhas do cotidiano, as diferenças parecem mais gritantes. Voltei a ser tímida, principalmente hoje, e Oscar parece bem mais sofisticado do que eu imaginava.

— Chegamos — anuncia ele, me guiando para uma porta preta lustrosa em um elegante conjunto de casas geminadas. — Pare de se ajeitar, você está ótima.

Engulo em seco enquanto esperamos alguém atender a campainha, torcendo para a mãe de Oscar gostar do buquê de rosas brancas que comprei no caminho para cá. Ah, meu Deus, e se ela for alérgica? Não, Oscar teria avisado. Bato o pé, nervosa, e, então, a porta finalmente se abre.

— Oscar, querido.

Lucille Ogilvy-Black pode não ser da realeza, mas seu cabelo branco liso penteado para trás, sem um fio fora do lugar, com certeza tem um ar nobre. Ela está toda de preto, contrastando com o lustroso colar de pérolas ao redor de seu pescoço.

— Mãe, esta é Laurel — diz ele quando se afasta do abraço, tocando minhas costas e me incentivando a me aproximar. Depois, percebo que devia ter prestado atenção ao fato de ele ter me chamado de Laurel em vez de Laurie.

Tento ser otimista e sorrio, e Lucille aceita as flores inclinando a cabeça, em um gesto gracioso. Ela não se parece nem um pouco com Oscar e com certeza não tem a simpatia natural do filho. Eu os sigo pelo saguão imaculado, desconfortável enquanto penduramos nossos casacos. Elogio a bela casa, mas começo a me preocupar, porque meu arsenal de conversa fiada acabou.

Lucille serve chá para nós em sua sala de estar formal, e sinto como se estivesse sendo entrevistada para um emprego muito além das minhas capacidades, como se fosse uma adolescente em um cargo de meio período tentando ser promovida a gerente.

— Com o que seu pai trabalha, Laurel?

— Ele se aposentou há pouco tempo — respondo, sem vontade alguma de conversar sobre seus problemas de saúde. — Ele era dono de uma empresa de limpeza; meu irmão, Daryl, cuida dos negócios agora. — Não tenho certeza, mas acho que Lucille estremeceu de surpresa. — Minha mãe também trabalha lá, na contabilidade.

A expressão no rosto da mãe de Oscar é bem clara: ela acha que somos da ralé. Seguro meu pingente, passando um dedo pela borda da pedra roxa para me acalmar. Meus pais abriram a empresa há cerca de vinte e cinco anos e agora têm mais de cinquenta funcionários, mas não quero ficar dando explicações sobre minha família. Quanto mais Lucille Ogilvy-Black me encara com desdém, menos tenho vontade de impressioná-la.

Ela pede licença e sai da sala por um instante — não me surpreenderia se tivesse ido esconder a prataria, para o caso de eu resolver surrupiá-la para dentro da bolsa. A tampa do piano diante da janela saliente está cheia de fotos, e acabo notando (talvez por ter sido colocada na frente) uma fotografia enorme de Oscar com uma loura; os dois com roupas de esqui, bronzeados, rindo para a câmera. Entendo exatamente o que é aquilo: um desafio velado da mãe dele.

Nós conversamos sobre sua família quando estávamos na Tailândia em uma das muitas madrugadas que varamos acordados no chalé. Por isso, provavelmente sei bem mais do que Lucille gostaria que eu soubesse.

Sei que o pai de Oscar era um salafrário, não gostava de trabalhar e tinha acessos de violência com a esposa rica quando ninguém estava vendo. Fiquei com o coração apertado quando ele me contou como tentava proteger a mãe e como os dois se aproximaram desde a separação dos pais; Oscar a visita bem mais que o irmão mais velho, e, por isso, os dois se tornaram inseparáveis. Achei — e ainda acho — maravilhoso o fato de ele ser a fortaleza da mãe, e, ingênua, imaginei que ela seria carinhosa e, bem, maternal. Presumi que Lucille ficaria feliz por ver Oscar com alguém que o faz feliz; porém, se muito, ela parece hostil diante da minha intrusão. Talvez as coisas melhorem com o tempo.

10 de março

Laurie

— Nossa, como eu estava com saudade, estrela-do-mar. Entre logo, quero me aproveitar de você.

Agora que voltei a morar com meus pais, Oscar e eu passamos semanas sem nos ver; faz uma eternidade desde minha última visita. Ele me puxa para dentro do apartamento, tirando a mala da minha mão e jogando-a em um canto antes de me agarrar. Sim, nós nos tornamos um daqueles casais melosos que se falam coisas ridículas, como own e nhoi.

Nós. Finalmente, existe um "nós". E é maravilhoso. Nunca me senti tão desejada e adorada na vida. Oscar não esconde o quanto gosta de mim. Ele sempre me olha de um jeito tão intenso que fico com vontade de olhar por cima do ombro para ver se Jennifer Lawrence está parada atrás de mim.

— Preciso tirar o casaco! — digo, rindo, e ele o desabotoa para mim, deslizando-o pelos meus braços.

— Achei que você estivesse nua por baixo.

Oscar faz uma pausa para analisar minha calça jeans básica e o suéter quente.

— Até cogitei a ideia. Mas não queria assustar o taxista.

— Estamos em Londres, lembra? — Ele ri. — Você já saiu do meio do mato, Laurie. Ninguém nem piscaria se você estivesse pelada e tivesse quatro pernas. — Seus olhos brilham. — Tirando eu, é claro. Eu perceberia se estivesse nua.

— Não moro no meio do mato — reclamo, porque ele sempre fala da minha casa em Birmingham como se fosse um fim de mundo cheio de caipiras.

Eu entendo. Oscar é completamente londrino; a vastidão e a falta de táxis o chocaram quando o levei para conhecer minha família no Natal.

Não foi das melhores visitas para "apresentar aos pais", sinceramente. Ele foi um amor e eles, muitíssimo educados, mas todo mundo teve dificuldade em achar gostos em comum. Meu pai fez uma tentativa com futebol, mas Oscar prefere rúgbi; Oscar fez uma tentativa com uísque puro malte, mas meu pai prefere cerveja. Ainda é cedo demais para prever alguma coisa, mas acho que todos ficamos aliviados quando acabou.

— Tanto verde — tinha murmurado ele, sem parecer que fazia um elogio.

Balanço a cabeça para afastar a lembrança. Este é nosso grande reencontro depois de seis semanas separados, não quero ficar irritada com ele à toa.

— Posso usar o banheiro? — pergunto, e Oscar estica a mão para empurrar uma porta às minhas costas.

— *Voilà*.

— Espere aqui. Já volto.

Dentro do banheiro, que parece saído de uma revista de decoração, tranco a porta, tiro a roupa, visto o casaco de novo e dou um nó na faixa. O forro sedoso escorrega contra minha pele, me fazendo sentir sedutora e pronta para tudo o que Oscar quiser fazer comigo.

— Ande logo, Laurie — pede ele.

Escancaro a porta e o observo, minha cabeça pendendo para um lado. Sem dar uma palavra, sigo pelo corredor e saio do apartamento, batendo levemente à porta depois de fechá-la.

— Quem é? — A voz dele soa baixa e brincalhona, cheia de más intenções.

— Sou eu, Laurie — respondo, tentando soar sensual. — Abra a porta, quero mostrar o quanto senti sua falta.

Oscar se demora, se apoiando no batente com os braços cruzados, apesar de seus olhos indicarem que não está nem um pouco indiferente. Meus olhos deslizam por ele, examinando-o, notando sua calça jeans escura e a camisa cara, os pés descalços que, de alguma forma, continuam bronzeados.

— Você está vestido demais — digo. — Posso entrar?

Ele não sai da porta, apenas estica a mão e puxa minha faixa. Não tento impedi-lo enquanto abre lentamente os botões do casaco, sua língua passeando pelo lábio superior, um sinal subconsciente de desejo.

— Promete que todas as suas visitas serão assim?

Eu sorrio.

— A gente não faz promessas um ao outro, lembra?

Oscar me puxa para dentro pela lapela, bate a porta e me pressiona contra ela, passando suas mãos quentes e curiosas para dentro do casaco.

— Lembro — sussurra ele, rindo, gemendo, enquanto aperta meu seio. — Agora, pare de falar e venha para a cama.

Jack

— Ande logo, Sar, a gente vai acabar se atrasando.

Sarah sempre faz isso. Ela vive em um calendário elástico, como se o tempo fosse esticar para acomodar as horas que lhe parecem necessárias para se arrumar para sair.

— O que acha?

Quando ela aparece na porta da sala, abandono o jornal que sua colega de apartamento deve ter deixado na mesa e não presto atenção em mais nada. Nenhum homem seria capaz de desviar o olhar; Sarah está incrível.

— Vestido novo?

Eu me levanto e atravesso a sala, passando as mãos pelo couro marrom-avermelhado da roupa. O tecido delineia seu corpo como uma segunda pele, indo até o meio da coxa. Meus dedos param sobre sua perna desnuda, lentamente subindo sob a saia até chegar à seda da calcinha.

Um sorriso discreto e astuto surge em seus lábios.

— Pelo visto, você gostou.

Beijo seu pescoço.

— Com certeza.

Quando passo uma mão por trás de sua cabeça e pressiono a boca contra a depressão de sua clavícula, Sarah suspira e dá um passo para trás.

— Pare, Jack. Já estamos muito atrasados.

Olho para seus olhos esfumados, perfeitamente maquiados.

— Posso ser bem rápido.

— Sei que pode. — Sua voz tem um tom provocador.

— Que merda você quer dizer com isso?

Sarah também faz uma pausa, olha para seus sapatos pretos com saltos tão altos quanto arranha-céus e, depois, volta a me encarar.

— É só que... nada. — Ela suspira, balançando a cabeça. — Não vamos brigar. Nós dois andamos muito ocupados. É melhor irmos.

Isso é verdade. Minha vida anda uma correria só, a de Sarah também, e, geralmente, estamos fazendo três coisas ao mesmo tempo, em direções opostas. Tive que mexer uns pauzinhos no trabalho este fim de semana para finalmente conseguirmos nos encontrar com Laurie e o famoso, porém ainda desconhecido, Oscar Farquhar-Percival-McDougall. Ou algo assim. E onde vamos encontrá-los? Na porra do clube privativo dele, é claro.

— Você vai assim?

Olho para minhas roupas como se não tivesse entendido o que ela quis dizer. Minha calça jeans pode parecer velha, mas é de propósito — paguei caro por este visual despojado. Talvez seja minha camisa com "Star Fucker" estampado no peito que a tenha incomodado — minha sutil tentativa de ironia. Finalmente, estou começando a ganhar fama na rádio, e é preciso se vestir de acordo, apesar de existir uma linha tênue entre hipster e ridículo.

— Sim, Sarah, eu vou assim.

Pego a jaqueta de couro vintage gasta que ela me deu de presente no último Natal e a visto, só para mostrar que não vou mesmo trocar de roupa.

Ela olha mais uma vez o batom imaculado no espelho do corredor e pega a bolsa e o casaco, dando de ombros.

— Tudo bem.

Eu a sigo pelas escadas e, enquanto a observo descer, confiante naqueles saltos que não têm como ser confortáveis, giro os ombros para dispersar o mau humor.

— Ei. — Seguro sua mão para que ela diminua o ritmo quando chegamos ao térreo. — Não vamos brigar. Senti saudades essa semana. — Passo as costas da mão por seu rosto suave e, então, seguro seu maxilar delicado. Eu passaria o dedão sobre sua boca carnuda se não fosse estragar o batom. — Você está deslumbrante neste vestido. Já estou pensando em tirá-lo mais tarde.

Sarah amolece, como eu esperava.

— Safadinho.

— Você sabe como eu sou.

— Sei mesmo. — Ela vira o rosto para dentro da minha mão e mordisca meu dedão. — Agora, chame um táxi, seu bobo. Estou congelando.

Laurie

Vou parecer louca se disser que estou nervosa? Pelo amor de Deus, são só Sarah e Jack, meus amigos mais próximos e mais antigos. Mas quero que os dois amem Oscar tanto quanto eu, é isso. Faz muito tempo desde a última vez em que nos vimos; nosso pacto de nos encontrarmos no Ano-Novo foi deixado de lado com a aparição de Oscar. Esta é a primeira vez desde então que todos estão livres. Parece que a vida está fazendo todo mundo seguir caminhos diferentes. Os dois ainda não chegaram, e Oscar está do outro lado do salão, conversando com o *barman*, porque quer uma primeira rodada perfeita de drinques pronta para a chegada dos meus amigos. Quando percebe que estou olhando na sua direção, ele abre um sorriso. Seus olhos permanecem em mim por mais tempo do que é adequado, uma encarada que me diz que está pensando em nossa tarde na cama.

Eu afasto o olhar primeiro; o vislumbre de Sarah e Jack na porta muda meu foco. A alegria explode em meu peito diante da visão familiar do cabelo ruivo da minha amiga, apesar de ela ter escurecido o tom de vermelho vivo para mogno e os fios brilhantes terem sido arrumados em uma cascata de ondas em vez das tranças à la Princesa Leia da Delancey Street. Toco meu coque bagunçado, envergonhada por um instante, mas o rosto de Sarah se abre em um enorme sorriso quando me vê, abandonando seu ar incerto e praticamente atravessando o salão aos pulos para me encontrar.

Na verdade, fico feliz por Oscar não estar ao meu lado agora; assim, tenho alguns segundos para ser eu mesma, para sermos apenas Sarah e eu, como nos velhos tempos. Ela me aperta quando me abraça.

— Que saudade — digo.

— Porra, Lu. Quanto tempo — diz ela ao mesmo tempo.

Nós nos afastamos e olhamos uma para a outra. Observo seu vestido de couro absurdamente sexy, e ela analisa meu vestido preto básico que já viu um milhão de vezes — acho que até já o pegou emprestado uma vez ou outra. Eu o incrementei com um cinto fino com estampa de cobra e o cordão com o pequeno pingente de estrela-do-mar de ouro e diamante que Oscar me deu no Natal. Até a chegada dos dois, estava me sentindo bem-arrumada, de um jeito discreto. Sarah se parece com ela mesma depois de uma transformação de beleza de um programa de televisão, e foi mais ou menos isso que aconteceu. Seu emprego parece ter transformado a minha amiga desbocada tão amada em uma pessoa que poderia ter saído diretamente das páginas de uma revista. Mas, então, ela abre a boca e, graças a Deus, continua a mesma garota de sempre.

— Merda — diz Sarah, passando uma unha por baixo de cada olho para o rímel não escorrer. — Não fico chorona assim nem por causa da minha irmã. Eu te amo pra caralho, Laurie James.

Solto uma risada, apertando sua mão.

— Também te amo. Estou tão feliz por te ver.

Então Jack sai de trás dela, e me preparo para o impacto. Não faço ideia se vou conseguir agir naturalmente perto dele. Estava tentando não pensar em como seria revê-lo, uma tática que funcionou muito bem até este segundo, quando me pego completamente despreparada.

Ele me olha nos olhos, sem desviar o olhar para lugar algum, e, por um instante, aquele desejo dolorido e familiar me faz perder o prumo. Pelo visto, é difícil abandonar velhos hábitos.

— É bom te ver, Laurie — diz ele.

Por um instante terrível, parece que Jack vai apertar minha mão, mas ele a segura e me puxa para um abraço. Seu cheiro enche minha cabeça, um toque apimentado e limão, provavelmente um perfume caro que Sarah lhe deu, misturado àquele seu aroma impossível de imitar; um cheiro que não consigo descrever nem reimaginar na sua ausência. Mas ele está aqui agora, e, por um segundo, fecho os olhos e sinto o calor de seu corpo através de sua camisa de mau gosto enquanto recebo um beijo na testa. É um abraço normal, digo a mim mesma. Não tem qualquer importância agora que estou com Oscar.

— Feliz Ano-Novo — diz Jack contra meu cabelo.

Ele parece envergonhado, e solto uma fraca risada quando me afasto.

— Você está três meses atrasado, tolinho.

— E cadê ele?

Os olhos animados de Sarah examinam o bar quase cheio, e Jack para ao seu lado, segurando-a pela cintura. Fico chocada com o quanto os dois mudaram em tão pouco tempo, ou, talvez, com quanto parecem ter crescido sem mim. É algo sutil: um brilho em Sarah, uma camada de autoconfiança em Jack. Oscar também é assim, de certa forma; ele agora está de volta ao trabalho no banco com o irmão, e, apesar de conversarmos quase todo dia, sinto que há algo nos separando. É a inevitável consequência de morarmos longe um do outro, imagino. Oscar está aqui, em Londres, fazendo novos amigos, comendo em restaurantes descolados, e eu moro com meus pais em Birmingham. Talvez seja só coisa da minha cabeça, quem sabe nervosismo por eu estar desempregada. Ou pode ser inveja. Nem todo mundo consegue ter sucesso na vida, não é? Algumas pessoas dão sorte, outras se contentam com menos. Penso em tudo isso no intervalo de um segundo entre eu cumprimentar meus amigos e encontrar o olhar de Oscar enquanto ele vem do bar com uma bandeja cheia de drinques impressionantes. Eu dou uma piscadela sutil em sua direção e me afasto para ele colocar os copos na mesa. Às suas costas, Sarah chama minha atenção e faz um joinha. Não olho para Jack quando Oscar se endireita e se afasta da mesa, pegando minha mão. Adoro o fato de Sarah não fazer cerimônia; ela se joga em cima dele e lhe dá um beijo na bochecha, segurando sua outra mão.

— Você deve ser Sarah — diz Oscar, rindo, e, por um instante, os dois se avaliam em silêncio.

Fico me perguntando se minha amiga é como ele imaginava; se meu namorado se encaixa na imagem que ela criou. Por um instante, ninguém fala. Acho que Jack, Sarah e eu estamos tentando decidir se Oscar se enquadra em nosso trio. Será que ele está no mesmo patamar? Ou precisa ocupar uma vaga temporária enquanto é avaliado para uma posição permanente?

— E você deve ser Oscar — diz Sarah, ainda segurando a mão dele. — Calma aí, me deixe dar uma olhada em você.

Ela finge analisá-lo, e Oscar, obediente, para quieto e espera o veredito com uma expressão solene no rosto, como um menino diante da diretora da escola.

— Aprovado. — Sarah sorri, olhando para mim, para ele, e então para mim de novo. Mais tarde do que deveria, ela se vira para Jack e o puxa para o grupo. — Este é Jack — diz, apresentando os dois, e agora sou eu quem fica imóvel.

Observo Oscar estender a mão primeiro, noto como Jack, de propósito, espera um instante antes de imitá-lo.

— Olhe só para você, com essa pose de irmão mais velho. — Sarah encosta seu ombro no de Jack para melhorar o clima. — Laurie tem um irmão para fazer essas coisas, então pode descansar, soldado.

— Você não vai perguntar quais são minhas intenções com Laurie, vai? — brinca Oscar. — Porque são todas bem maldosas.

— Ah, já gostei de você — diz Sarah, rindo, encantada, e ele a recompensa com um drinque de champanhe, me passando uma taça logo depois.

Jack recebe um copo cheio de gelo com líquido âmbar e o cheira, praticamente torcendo o nariz.

— O nome desse aí é Penicilina — explica Oscar. — Uísque. Gengibre. Mel. — Sorri. — É quase saudável.

Jack ergue as sobrancelhas.

— Prefiro cerveja, para ser sincero, mas não custa nada provar.

O sorriso de Oscar parece hesitante por um momento enquanto ele ergue o copo. Todos o imitamos.

— A que vamos brindar? — pergunta ele.

— Aos velhos amigos — diz Jack.

— E aos novos — acrescenta Sarah, enfática, seu sorriso radiante focado apenas em Oscar.

Batemos os copos, e lanço um pequeno olhar para Jack que espero que transmita uma grande mensagem. *Pare com essa porra, Jack O'Mara.*

Ele parece entender, porque se vira para Oscar e lhe pergunta algo sobre a Tailândia, deixando Sarah e eu livres para fofocar.

— Que chique — sussurra ela, seus olhos animados observando o bar privativo do clube.

Sorrio, porque sabia que ela ia gostar.

— Não é? Oscar queria passar uma boa primeira impressão.

— Qualquer homem que peça drinques com champanhe e faça minha melhor amiga sorrir já ganhou pontos comigo.

Enquanto Sarah fala, dou uma olhada em Jack e Oscar. Os dois são mais ao menos da mesma altura, mas é praticamente a única coisa que têm em comum. O cabelo louro-escuro de Jack sempre parece despenteado, enquanto as ondas de tom preto-azulado recém-cortadas de Oscar caem perfeitamente sobre suas sobrancelhas. Ele demorou mais do que eu para decidir o que vestir hoje, questionando se a camisa listrada era muito a cara de um banqueiro, se sua jaqueta de *tweed* o deixava com cara de professor. No fim das contas, resolveu vestir uma camisa de cambraia de linho azul — ela me lembra de nossos dias na Tailândia. Para ser sincera, as roupas de Oscar não fazem muita diferença. Ele nasceu em berço de ouro; há um quê de riqueza a seu redor que seria óbvio mesmo que estivesse usando moletom. De novo, me pergunto se teria falado com ele se tivéssemos nos conhecido em qualquer lugar que não fosse a praia, onde os trajes são mais ou menos iguais. Com certeza, foi um choque de culturas vê-lo tão endinheirado quando nos encontramos pela primeira vez na Inglaterra; ficou evidente que viemos de dois mundos diferentes. Espero que Jack consiga enxergar além da fachada sofisticada. Ele escolheu um visual estilo "acabei de sair da cama depois de trepar com uma modelo gostosa", que parece meio arrogante. Se eu não quisesse pensar o melhor do meu amigo, acharia que a escolha foi uma provocação proposital a Oscar. Mas, porque *quero* pensar o melhor dele, deixo isso para lá e apenas absorvo a visão dos dois juntos. Tão diferentes. Tão importantes para mim. Dou um gole no champanhe gelado e volto a me concentrar em Sarah.

— Então quais são as chances de eu te ver deslizando por um poste do corpo de bombeiros em breve?

Ela ri.

— Para sua informação, a emissora me leva a sério como repórter. Só cubro as histórias mais importantes. — Ela dá um gole na bebida. — Semana passada, conheci Gok Wan.

— Fala sério!

— Sério. *E* ele disse que gostou dos meus sapatos.

— Você o entrevistou?

Sarah assente, mas então cede e balança a cabeça, rindo.

— Parei atrás dele na fila de um *prêt-à-porter* em Covent Garden. Mas a parte dos sapatos é verdade.

Sorrio.

— É melhor Lorraine Kelly tomar cuidado. — Faço uma brincadeira com tom de verdade.

— Então... Oscar. — Sarah se inclina para a frente e baixa a voz, os olhos se demorando no perfil dele, que se curva para escutar algo que Jack diz. — Vocês dois estão namorando sério?

— Bem, as coisas ainda estão no começo — digo, porque, apesar de parecer que nos conhecemos há mais tempo, são apenas cinco meses. — Mas gosto muito dele, Sar. Eu jamais diria que ele é meu tipo, só que, de algum jeito, está dando certo.

Sarah concorda com a cabeça, observando Oscar e Jack.

— Eles têm alguma coisa em comum? — pergunta ela. — Além de você?

Por um instante, sou pega de surpresa diante da ideia de Sarah saber do beijo. Ela começa a rir.

— Acho que isso quer dizer que não?

Sorrio, insegura.

— Não, claro que não. Assim, os dois são bem diferentes. Mas é impossível não se dar bem com Oscar. É fácil gostar dele.

O sorriso de Sarah aumenta; ela joga um braço por cima dos meus ombros e me aperta, sua pulseira fria contra minha pele.

— Estou tão feliz por você, Lu! Agora, só falta conseguir seu emprego dos sonhos, e você vai poder voltar para cá, onde é seu lugar. — Os olhos dela reluzem. — Você vai voltar, não vai? Porque, agora, nós quatro podemos sair em casalzinho.

Sarah ri e revira os olhos, mas sei que ela adoraria fazer isso.

— Não sei. Espero que sim — digo. — Mas, sabe... — Dou de ombros. — O aluguel e tal. Tudo é tão caro. Preciso ficar com meus pais até arrumar um emprego de verdade, não perder meu tempo com um trabalho de merda que me toma tanto tempo que não consigo procurar um novo.

Penso em como Oscar vive me convidando para ir morar com ele, mesmo que seja só temporário enquanto procuro um lugar para mim. O apartamento em que ele mora é da mãe, que obviamente não cobra aluguel. Mas, por algum motivo, quero fazer as coisas sozinha, sem depender muito dos outros. Meus pais sempre nos falaram da importância de conquistar as coisas por mérito próprio.

— Imagine se a gente pudesse voltar para a Delancey Street — diz Sarah, sonhadora. — Estou morando com uma colega de trabalho que é um porre. Ela é obcecada em manter tudo separado, até o rolo de papel higiênico. Acredita que ela criou um cronograma para cada uma usar a sala? Diz que não gosta de se sentir observada enquanto assiste à televisão.

Agora é minha vez de passar um braço consolador sobre os ombros de Sarah.

— E Jack? Quando vocês vão começar a procurar um lugar pra morarem juntos?

Ela revira os olhos discretamente, mas eu percebo.

— Ainda não é o momento. Ele vive ocupado com o trabalho e, agora, está morando com Billy e Phil, um cara da rádio.

— O Billy Rebolador?

Esse passou a ser seu apelido não oficial desde o dia em que ele revelou habilidades de dança dignas de *Grease*. Mas basta pensar nisso para lembrar como aquele dia terminou mal.

Sarah concorda com a cabeça.

— Não sei se Jack gosta muito, mas o apartamento fica perto da rádio e é barato, então não existem muitas opções por enquanto. — Ela observa o namorado se inclinar para frente para ver algo no celular de Oscar. — Estou começando a ficar preocupada, Lu. Ele anda diferente ultimamente.

Meu estômago se revira de medo.

— Como assim?

Sarah dobra um braço sobre seu torso magro, coberto de couro, e se aproxima de mim para que ninguém nos escute.

— Não sei direito. Ele está... distante? — O comentário parece uma pergunta, como se ela estivesse questionando a si mesma em vez de me contar. E, então, dá de ombros, mordendo o lábio inferior. — Ou talvez seja eu. Não sei, Lu, já perguntei se está tudo bem, mas ele faz pouco caso, age como se eu estivesse louca. — Ela solta uma quase risada, sem parecer ver graça alguma. — Acho que só anda ocupado mesmo.

Concordo com a cabeça, desejando ter algo útil a dizer. Estou muito abalada com a ideia de o casal perfeito ter problemas. No começo, meu desejo egoísta era que esse namoro acabasse rápido, mas, com o passar do tempo, o amor deles se tornou parte essencial do mapa da minha vida; uma ilha gigantesca da qual tive que aprender a desviar, mas que também uso para me localizar.

— Você mostrou estas para Sarah, Laurie? — pergunta Oscar, se virando para nós com o celular.

Ele nos mostra a tela enquanto se aproxima e passa as imagens de nosso chalé perfeito na praia, o oceano azul infinito e o pôr do sol tailandês em tons de rosa e roxo que conheço tão bem.

— Algumas — digo baixinho, e os olhos de Oscar me fitam com carinho quando ergo a cabeça para olhar para ele.

Será que ele sabe que meu maior desejo era que estivéssemos lá agora, sentados nos degraus do chalé, com os pés enterrados na areia fresca? Essas são as minhas lembranças favoritas, as horas que passávamos um ao lado do outro, as conversas sussurradas e os beijos demorados. É inesperada esta pontada de saudade que me atravessa, principalmente porque estou com Sarah e Jack, de quem nunca quis fugir antes.

Fico surpresa com a raiva que sinto de Jack. Quero puxá-lo para fora do salão pela manga da jaqueta de couro e dizer: *Seja feliz, seu idiota. E me deixe ser feliz também.*

— Meu Deus, parece maravilhoso — suspira Sarah. — Adoraria ir lá.

Jack termina seu drinque sem disfarçar um calafrio.

— Vou pegar as cervejas.

Sarah faz menção de dizer alguma coisa, mas abre um sorriso forçado, segura a mão do namorado e se oferece para ajudá-lo. Observamos enquanto os dois abrem caminho pelo bar cheio, e Oscar passa um braço ao redor da minha cintura, ainda segurando o copo pela metade.

— Tudo bem? — pergunto, esperando que a conversa com Jack tenha sido boa.

Ele concorda com a cabeça.

— Sarah é do jeito que você falou.

Com isso, percebo que passei a impressão de que Jack seria legal e tranquilo, mas está agindo como alguém sério e emburrado.

— Fiz alguma coisa errada? — Os olhos escuros de Oscar parecem preocupados enquanto ele analisa a bebida. — Se você tivesse dito, a gente podia ter marcado em outro lugar.

De repente, estou furiosa com Jack por ser tão antipático. O que é que ele está tentando provar com sua camisa de mau gosto e o desdém levemente velado pela sofisticação do bar e pelas escolhas de bebida de Oscar? Que ele é mais descolado apesar de Oscar ter mais dinheiro?

Baixo meu copo vazio e passo os braços ao redor do meu namorado, aliviada ao ver sua expressão preocupada desaparecer.

— Está tudo certo, Oscar. Aqui é a sua cara — passo os olhos ao redor do bar —, você é uma graça, e quero que eles te conheçam melhor. Os dois vão te amar, e você a eles, com o tempo. — Ele acaricia meu braço enquanto falo. — Só relaxe e aproveite a noite.

Vejo Jack e Sarah voltando; ele com duas cervejas, ela com mais drinques de champanhe.

— Ela parece mesmo alguém que trabalha na televisão — comenta Oscar.

Tento ver Sarah através dos olhos dele conforme ela se aproxima com suas pernas bronzeadas e os cabelos ondulados dignos de Hollywood.

— Tem certeza de que escolheu a garota certa? — brinco.

Odeio minha piada, mas sempre há uma parte de mim que se pergunta por quê — por que este homem lindo quer ficar com alguém como eu?

Oscar parece um pouco irritado, e eu preferia ter ficado calada.

— Isso é uma besteira tão grande que nem merece resposta. — Ele amolece e leva uma mão à minha nuca. — Você é sempre a mulher mais maravilhosa para mim, Laurie. Em qualquer cômodo, em qualquer bar, em qualquer praia.

Ele baixa a cabeça e me beija, delicado mas determinado. Fecho os olhos e, por alguns segundos, me sinto mesmo como a mulher mais maravilhosa.

— Comportem-se, crianças.

A risada de Sarah soa despreocupada e animada. Abro os olhos e sorrio.

— A culpa foi minha — diz Oscar, sorrindo. — Não consigo largar dela.

Sua mão desce pelo meu braço, segurando meus dedos.

Atrás de Sarah, Jack consegue rir e fazer cara feia ao mesmo tempo, uma façanha da engenharia facial.

— Uma bebida de verdade para te esfriar, meu camarada.

Oscar aceita a cerveja, rindo, bem-humorado apesar da insinuação de que seu drinque não se qualificava como bebida de verdade.

Sarah me passa o champanhe, seus olhos cheios de alegria por mim e Oscar.

Jack se escora na parede, cerveja em punho.

— Então o que faz da vida, Oscar? Além de vagabundear pelas praias da Tailândia pegando umas garotas? — Ele ameniza o comentário com uma piscadela, mas, mesmo assim, aquilo soa como provocação.

— Parece que morar com Billy está te fazendo bem, Jack — digo, devolvendo uma piscadela pouco amigável.

Ele dá de ombros rápido, como quem diz que não está incomodado, e afasta o olhar.

— Trabalho em um banco — responde Oscar com um sorriso irônico. — Já sei, já sei. Típico riquinho babaca, não é?

— Isso é você quem está dizendo, cara.

Esse, sim, foi um comentário desaforado. Sarah lança um olhar irritado para Jack, e, para ser sincera, eu seria bem capaz de virar a garrafa de cerveja dele sobre sua cabeça emburrada. Oscar, por outro lado, está acostumado a ouvir piadas sobre seu trabalho e não parece se incomodar.

— É chato, eu sei. Bem diferente do seu emprego, pelo que ouvi falar. Rádio, não é?

A crise está sob controle. Jack finalmente tem a bondade de retribuir o esforço de Oscar, nos divertir com histórias sobre a rádio e nos contar sobre um emprego melhor que tem quase certeza de que vai conseguir no verão. Ele fica radiante quando fala do trabalho, volta ao seu comportamento normal, mais relaxado, e, agora, consigo relaxar também. No fim das contas, talvez a noite não seja um desastre total.

Jack

O propósito desta noite é se exibir, não é? Oscar, o riquinho com sobrenome fodão e cara de babaca. Vou oferecer uns drinques caros de merda para vocês no meu clubinho particular, vou mencionar que sou banqueiro como quem não quer nada, vou enfiar a língua na boca de Laurie quando sei que vocês dois estão olhando. Bem, já saquei qual é a sua, metidinho, com seu cabelo preto arrumadinho e seus mocassins (o típico sapato de alguém que está sempre pronto para entrar em um iate).

Penso tudo isso com o pau na mão diante do mictório. Faz uns cinco minutos que me escondi aqui, porque sei que estou sendo um escroto, mas não consigo me controlar. Sarah poderia me matar só com o olhar; já sei que não vou chegar perto daquele vestido tão cedo. É mais provável que ela me mate antes, e não a culpo. Não sei quem está me irritando mais hoje: Oscar, com sua simpatia inabalável, ignorando minhas provocações, ou Sarah, praticamente implorando para virar a nova melhor amiga dele. Acho que ela está forçando a barra para que os dois tenham o mesmo relacionamento que tenho com Laurie, e estou com vontade de dizer que sinto muito, mas é impossível fingir esse tipo de coisa. Eu e Lu levamos anos para chegar a este ponto. Paro para me encarar no espelho sobre as pias enquanto lavo as mãos e penso nisso por um instante. Eu e Laurie não somos tão amigos hoje em dia. Não ficamos sozinhos desde aquela noite, na cozinha do apartamento da Delancey Street, há mais de um ano. Sarah me acusou de agir como um irmão superprotetor, mas meu problema é outro. Não posso alegar qualquer sentimento fraternal por Laurie, abri mão disso quando... Não, não vou pensar nisso agora.

Saio do banheiro determinado a me comportar e dou de cara com Laurie. Ela não perde tempo.

— O que é que você está fazendo, Jack?

Acho que nunca a vi tão brava. Suas bochechas estão coradas; os ombros, tensos.

— Mijando.

Seus olhos violetas brilham de irritação.

— Parece mais que está tentando me irritar.

— Também é bom ver você — respondo, entrando na defensiva.

— Pare — chia ela. — Não ouse fazer isso, Jack O'Mara. — Estamos no corredor do andar de cima, com pessoas ao redor, então ela se inclina para a frente para que eu consiga ouvi-la. — O que é que você está querendo provar? Que é mais descolado, melhor, mais engraçado? É pedir muito que você fique feliz por mim?

Dou de ombros.

— Eu estaria feliz se ele não fosse um babaca.

— Ele não é um babaca. Oscar é legal, é gentil, e acho que talvez até me ame.

Escuto um som debochado e percebo, tarde demais, que saiu de mim.

— O que foi? — Laurie balança a cabeça, seus olhos faiscando de fúria. — Você acha tão impossível assim que alguém me ame, Jack?

— Você mal conhece esse cara.

Ela cambaleia como se tivesse levado um soco.

— E desde quando você é especialista nesse tipo de coisa? — rebate Laurie. — Quem é você para me dizer se posso me apaixonar em um minuto, ou um mês, ou um ano?

Encaramos um ao outro, e me surpreendo ao perceber que ela não é mais a garota da Delancey Street. Laurie é uma mulher dona da própria vida; vida da qual não faço mais parte.

— *Você* o ama?

Ela afasta o olhar, balançando a cabeça, porque não tenho o direito de fazer essa pergunta. Ainda mais assim.

— Ele é importante para mim, Jack — diz ela em tom mais calmo, e a vulnerabilidade em seus olhos faz com que eu me sinta um canalha.

— Tudo bem — digo, e estou falando sério. Queria puxá-la para um abraço e fazer nossa amizade voltar ao que deveria ser. Mas algo em mim sabe que abraçá-la não é a coisa certa a fazer. Em vez disso, seguro sua mão e encaro seus olhos tempestuosos. — Desculpe, de verdade, está bem?

Sinto como se estivesse pedindo desculpas não apenas por hoje, mas por tudo que aconteceu antes. Por mentir sobre não tê-la visto anos atrás, naquele maldito ônibus, por beijá-la sob a nevasca, por sempre ferrar com tudo.

Finalmente, depois de parecer que se passaram dez minutos, quando, na verdade, devem ter sido dez segundos, Laurie concorda com a cabeça e solta minha mão.

Eu sorrio.

— Volte lá para baixo. Já vou.

Ela concorda com a cabeça de novo e se afasta, sem olhar para trás.

Laurie cresceu enquanto estava longe. Chegou a hora de eu fazer o mesmo.

14 de maio

Laurie

— Atenda, Oscar, atenda — murmuro, lendo e relendo a carta que seguro enquanto escuto o toque do celular.

Esta é a caixa postal de... Droga! Desligo e tento de novo, e, mais uma vez, sou atendida pela mulher-robô insuportável que me diz que infelizmente Oscar Ogilvy-Black não pode atender no momento. Fico parada no silêncio do corredor da casa dos meus pais, meus dedos distraidamente enroscados no cordão com o pingente roxo. Eu o coloquei para a entrevista na semana passada e não o tirei em uma tentativa de atrair boa sorte. E deu certo! Desesperada para contar a novidade a alguém, busco o número de Sarah. Nem tento ligar, porque ela nunca atende quando está no trabalho, então me contento com uma mensagem.

Adivinhe quem FINALMENTE conseguiu um emprego de verdade? Eu! Pode ir se preparando, Sar, vou voltar para Londres!

Aperto enviar, e não leva nem trinta segundos para o meu celular vibrar.

ESPERA AÍ! Vou te ligar do banheiro. NÃO ligue para mais ninguém!

Como prometido, meu celular começa a tocar. Levo uns trinta segundos antes de conseguir falar, porque ela está gritando e batendo palmas; consigo visualizá-la agora, trancada no cubículo, dançando em comemoração, com os colegas confusos ouvindo tudo do lado de fora.

— Vamos, fale, quero saber de tudo! — diz Sarah, e, enfim, posso contar a novidade oficialmente a alguém.

— É aquela vaga que falei, sabe? Na revista para adolescentes.

— Para dar conselhos?

— Isso! Essa mesmo! Daqui a três semanas, vou ser a mulher que os adolescentes da nação procuram para pedir opinião sobre chapinhas, espinhas e namorados problemáticos!

Estou rindo, praticamente histérica diante da ideia de finalmente trabalhar em uma revista. Não serão *todos* os adolescentes da nação, é claro, só a pequena porcentagem que lê a publicação quase desconhecida, mas já é alguma coisa, não é? Algo palpável. É o primeiro passo muito aguardado na direção da próxima etapa da minha vida. Fiquei na dúvida se iriam me contratar. A entrevista não foi das mais convencionais, com duas mulheres, que não deviam ter mais de vinte um anos, me perguntando sobre situações hipotéticas para ver quais seriam minhas respostas.

— Uma espinha horrível apareceu no rosto de Emma na véspera da festa de formatura da escola — disse uma, apontando para seu próprio queixo imaculado para dar ênfase. — Qual seria sua sugestão?

Para minha sorte, mesmo na entrevista, Sarah me salvou: pensei imediatamente na bancada de nosso banheiro na Delancey Street.

— Sudocrem. É vendido como pomada contra assaduras em bebês, mas também é uma arma secreta contra espinhas.

As duas, rápidas, anotaram minha resposta. Fiquei com a impressão de que iriam correndo à farmácia assim que a entrevista acabasse.

— Sua meia-calça desfiou em um dia importante? — perguntou a outra entrevistadora, apertando os olhos.

— Esmalte incolor para o rasgo não aumentar — rebati na mesma hora.

Essa é básica. Quando as duas terminaram, parecia que eu tinha sido interrogada pela Stasi, não passado por uma entrevista de trabalho.

— Credo, espero que ninguém te peça conselhos sobre cílios postiços — diz Sarah. — Você vai acabar sendo processada.

— Pois é. Estou contando com *você* para ser minha principal fonte de pesquisa.

— Bem, sabe como é, sou um poço de conhecimento sobre coisas postiças e brilhantes! — Ela parece animada. — Não acredito que você vai voltar, Lu, essa é a melhor notícia que recebi este ano. Mal posso esperar para contar a Jack!

Sarah desliga, e sento no último degrau da escada com um sorriso bobo na cara. Será que dez da manhã é cedo demais para uma dose de gim?

9 de junho

Laurie

Oscar se estica para trás do sofá e ressurge com uma caixa embalada para presente.

— Comprei uma coisinha para você.

Ele coloca a grande caixa quadrada no meu colo, e o encaro com surpresa.

— Oscar, meu aniversário já passou.

— Eu sei. Isto é diferente. É pelo emprego novo.

É sábado à noite, nos empanturramos de comida chinesa, estamos na metade de uma garrafa de champanhe, e, na segunda, serei oficialmente uma funcionária da Skylark, a editora que publica a revista *GlitterGirl*.

— Abra — incentiva ele, cutucando a caixa. — Pode trocar se não gostar.

Observo seus olhos animados e, depois, me concentro na caixa, puxando lentamente as fitas verde-limão. Oscar já esbanjou bastante no meu aniversário, então isto parece mesmo uma extravagância. Tiro a tampa da caixa elegante e afasto o papel de presente listrado para admirar a bolsa preta Kate Spade lá dentro.

— Ah, Oscar! É linda. — Sorrio, passando um dedo pela discreta logomarca dourada. Sinto que Sarah teve alguma coisa a ver com isso, considerando que admirei uma bolsa muito parecida que ela usou no restaurante onde comemoramos meu aniversário. — Mas você não devia. Já é demais.

— Gosto de te deixar feliz — diz ele, dando de ombros como se fosse óbvio. — Dê uma olhada no bolso interno, tem outra coisa lá dentro.

Enfio a mão dentro da bolsa, curiosa, e abro o zíper.

— O que é? — pergunto, rindo, tateando até tocar em um metal frio. E, então, eu entendo enquanto puxo o molho de chaves preso a um chaveiro prateado Tiffany.

— Como vai entrar e sair quando quiser se não tiver suas chaves? — pergunta Oscar, se esforçando para fazer pouco caso do fato de que acabou de me dar as chaves de sua casa. Ou da *nossa* casa, já que é assim que as coisas vão ser, pelo menos, por enquanto.

Ele tocou no assunto quase imediatamente depois de me dar parabéns pelo novo emprego: "Vai morar comigo por um tempo, não vai?" Admito que eu meio que estava esperando o convite, já que meu salário inicial é uma mixaria. Concordamos que é uma situação temporária até eu arrumar um apartamento. Mas, ao olhar para as chaves reluzentes, sinto as expectativas que as acompanham e hesito, me perguntando se estou cometendo um erro. Afinal, só estamos juntos há oito meses, e acho importante conquistar as coisas sozinha.

— Não quero que ache que estou me aproveitando da sua generosidade, Oscar. E você sabe como eu sou, toda independente — digo.

Seus olhos escuros brilham com bom humor.

— Mas eu também quero me aproveitar de você, pode ter certeza. — Ele tira as chaves de mim, erguendo as sobrancelhas. — Além do mais, como vai conseguir entrar e preparar o jantar para mim?

Eu lhe dou um soquinho no braço.

— Espero que goste de feijão enlatado.

Oscar joga as chaves dentro da minha nova bolsa chique e a coloca no chão; depois, me pressiona contra o grande sofá de couro e me beija.

— Vamos parar de falar dessas bobagens. Temos coisas mais interessantes para fazer.

4 de agosto

Jack

Prefiro levar um soco a ir ao jantar na casa de Laurie e Oscar hoje, ainda mais porque o irmão dele também foi convidado. Outro banqueiro de merda. Quem diria? Sarah só faltou tatuar a hora em que preciso chegar na minha testa. *Leve flores*, ordenou. *Eu cuido do vinho*. Acho que andou pesquisando sobre etiqueta de jantares no Google.

E acabou de me mandar uma mensagem — *Pense em perguntas interessantes para fazer ao irmão de Oscar*. Minha vontade é dar uma resposta atravessada, mas me contento em desligar o celular. Estou no trabalho, não tenho tempo para essa palhaçada.

Ainda bem que preciso planejar as *playlists* da próxima semana e tenho uma reunião com o produtor à tarde para discutirmos um novo quadro de perguntas e respostas que queremos botar no ar. Pego uma caneta e anoto um lembrete da hora limite para eu sair daqui. Deus sabe que não quero chegar cedo.

Laurie

— Tem certeza de que está bom?

Eu me afasto com as mãos no quadril e observo a mesa de jantar com um olhar crítico. Oscar joga um braço por cima dos meus ombros.

— Dá para o gasto — diz ele.

Seria melhor ter recebido um elogio mais enfático; este é meu primeiro jantar adulto com três pratos, algo bem diferente dos eventos da Delancey Street, quando comíamos pizza sentados no sofá. Queria ter chamado só Sarah e Jack, um teste antes de chamar mais gente. Na verdade, a ideia era essa. Meu plano era que fôssemos apenas nós quatro, mas Oscar convidou o irmão, Gerry, e sua esposa, Fliss, no fim de semana passado, quando esbarramos com eles no Borough Market enquanto comprávamos chocolate artesanal para a musse. Pois é. É impossível parecer mais classe média que isso. Mas, paciência, este é meu primeiro jantar para convidados, e passei semanas me preparando com maratonas de Nigella quebrando chocolate artesanal em uma panela enquanto pisca para a câmera.

Só vi o irmão de Oscar uma vez antes. A única coisa de que me lembro é que Gerry não tem a mesma simpatia do irmão mais novo, e sua magérrima esposa, Felicity, parece viver à base de ar fresco e Chanel Nº5. Ela lembra alguma famosa, mas não sei quem. Enfim, foi assim que meu jantar íntimo para quatro se transformou em um evento assustador para seis, e passei o dia inteiro na cozinha, decifrando minuciosamente uma receita de *coq au vin*. E não é um *coq* normal. O sortudo do frango foi alimentado com milho, paparicado e aconchegado em papel-pardo encerado pelo açougueiro, e espero mesmo que isso se reflita no sabor, porque ele custou o triplo de seus irmãos embalados a vácuo no mercado. Bati a musse até ficar aerada, preparei a salada e, agora, estou desesperada por uma taça de vinho.

— Você ficaria irritada se eu borrasse seu batom com um beijo?

— Sim.

Uma das vantagens de trabalhar em uma revista para adolescentes são as amostras de produtos de beleza que enchem o escritório; as meninas agora gastam bem mais em cosméticos do que eu gastava uma década atrás. Hoje, estou testando uma nova marca moderninha; a embalagem mais parece um vibrador espacial do que um batom, e, apesar de não causar o efeito prometido de lábios carnudos, é um produto cremoso e pigmentado que me deixa mais confiante.

Oscar parece decepcionado por um instante, mas o som da campainha interrompe a conversa.

— Alguém chegou — sussurro, encarando-o.

— É assim que jantares funcionam — diz ele. — Quer que eu atenda ou prefere que seja você?

Vou de fininho até a porta e espio pelo olho mágico, torcendo para Sarah e Jack terem chegado primeiro. Dei azar.

— É o seu irmão — gesticulo com a boca, voltando para perto de Oscar na ponta dos pés.

— Isso quer dizer que sou eu quem vai atender? — indaga ele.

— Vou ficar lá dentro, e você me chama depois que os dois entrarem, como se eu não soubesse que chegaram — digo, indo para a cozinha.

— Por quê? — pergunta Oscar, tranquilo.

Paro na porta.

— Para eu não parecer ansiosa demais.

Na verdade, preciso encher uma taça de vinho até a borda e virar tudo de uma vez para ganhar coragem — minha timidez voltou com força total.

Pego o celular enquanto tiro a garrafa da geladeira e mando uma mensagem rápida para Sarah.

Ande logo! G&F já chegaram. Preciso de apoio!

Dou uma olhada no *coq au vin* e fico feliz ao descobrir que está bem parecido com o da foto do livro de receitas. Se cuida, Jamie Oliver, meu *coq* é melhor que o seu. Estou rindo sozinha quando meu celular vibra, e olho rápido a tela enquanto Oscar me chama.

Estou chegando, 5 min no máximo. Jack está atrasado, mas vai. Desculpe. Não beba o vinho todo sozinha!

Cinco minutos. Consigo esperar. Maldito Jack, Sarah quase chorou aqui na cozinha semana passada, quando ele deu bolo nela de novo porque teve que trabalhar até tarde. E as coisas só vão piorar depois que começar no novo emprego de apresentador. Daqui a pouco, só vamos saber de Jack se ouvirmos seu programa de rádio.

Balanço a cabeça para afastar a irritação e coloco a garrafa de vinho no balde de gelo, sorrindo com meus lábios quase carnudos e seguindo para a sala.

— Acho que o frango vai acabar ficando seco se esperarmos mais — digo.

Sarah e eu observamos o *coq*, já menos impressionante. Ela encara o relógio e balança a cabeça.

— Desculpe mesmo, Lu, Jack tem sido um babaca ultimamente. Ele sabe como este jantar é importante para você.

Jack está mais de uma hora e meia atrasado, e, além da mensagem que dizia que estava a caminho, logo depois de Sarah chegar, não tivemos mais notícias.

— Será que eu devia mandar uma mensagem também? Talvez ele esteja com medo de abrir as suas — digo, enchendo a taça dela.

Sarah balança a cabeça.

— Não precisa. Vamos, é melhor a gente comer logo. É ele quem está perdendo.

Talvez fosse melhor Jack desistir de vir; ele já está atrasado o suficiente para ficar parecendo mal-educado, e é bem possível que Sarah arranque a cabeça dele.

Já passa das dez, o *coq* foi um sucesso, e Gerry até que é legal depois de beber um pouco. Fliss é um saco — não bebe e é vegetariana (não que eu tenha algo contra, mas ela só abriu a porra da boca para contar isso depois de eu ter colocado um pedaço enorme de frango no prato dela! E já sei quem ela lembra: a petulante Wallis Simpson). E Jack ainda não apareceu. Não só isso, como nem se deu ao trabalho de ligar. Sarah está tão irritada que, bebendo mais vinho que o normal, passou a se referir a ele apenas como aquele merda. O coitado do Oscar está se esforçando para defendê-lo, apesar de Jack não ter feito nada para merecer tanta lealdade.

— Alguém quer musse de chocolate? — pergunto em voz alta para mudar de assunto.

— Aí sim — geme Gerry, como se eu tivesse oferecido um boquete.

Ao mesmo tempo, Fliss solta um chiado que lembra o grito da Bruxa Malvada do Oeste quando Dorothy joga água nela. Olho de um para o outro, sem saber o que fazer, mas o celular de Sarah começa a tocar, e todos o encaramos, ansiosos. Ela começou o jantar guardando-o debaixo da bunda, tirando-o de lá para dar uma espiada de vez em quando, mas, agora, já o largou sobre o prato vazio de Jack, à vista de todo mundo. Acho que é sua forma de protestar.

— Pronto — suspira Oscar, aliviado. — Diga que não tem problema, Sarah, que ainda tem comida se ele quiser.

O celular vibra e pula sobre o prato de porcelana branca.

— Se fosse comigo, eu jamais atenderia. — Fliss nos encara com um olhar esnobe, com desdém. — Que cara de pau.

Sarah me encara com hesitação, incerta.

— O que eu faço?

— Atenda — respondo, principalmente para irritar Fliss.

Depois de um segundo, Sarah agarra o aparelho e aperta o botão.

— Droga. Desligou. — Seus olhos mostram decepção apesar de ela continuar: — Bem feito, seu merda de merda. — E devolve o celular para o prato de Jack. — Vamos comer a sobremesa.

Enquanto afasto a cadeira da mesa, o celular de Sarah vibra de novo para alertá-la de que recebeu uma mensagem.

— Imagino que ele esteja em algum bar — diz Fliss, apesar de não ter direito algum de opinar, já que nunca viu Jack na vida.

— Ele deve ter ficado preso no trabalho. — Gerry está do lado de Jack, sabe-se lá por quê. Talvez ele desgoste da esposa tanto quanto eu.

Sarah pega o celular.

— Vamos ver.

A mesa é tomada pelo silêncio, e todos escutam a voz baixinha informar a Sarah que há um novo recado na caixa postal. Ela bufa e clica de novo, e cruzo meus dedos sob a mesa para Gerry estar certo.

— Alô, esta mensagem é para Sarah — diz uma voz apressada e alta, com um pouco de sotaque australiano. Sarah olha para mim, franzindo a testa diante da voz masculina desconhecida. — Estou ligando porque este celular caiu do bolso de um cara que sofreu um acidente feio na Vauxhall Bridge Road. Seu número apareceu como um dos mais discados. Estamos esperando a ambulância chegar. Achei que você gostaria de saber assim que possível. Meu nome é Luke, aliás. Quando puder, me diga o que fazer com o aparelho.

Antes de a mensagem terminar, Sarah já está chorando, desesperada, e me ajoelho ao lado de sua cadeira, tirando o celular de suas mãos antes que ela o deixe cair.

— O que eu faço, Laurie?

Ela está respirando rápido demais, agarrada à minha mão. Seu rosto está completamente pálido, e seu corpo não para de tremer.

— Vamos até lá — digo, tentando manter minha voz calma. — Vou chamar um táxi agora, chegaremos em um instante.

— E se Jack... — Sarah está tremendo tanto que seus dentes batem.

— Não — interrompo, sem tirar meus olhos dos dela, porque preciso que me escute. — Não diga uma coisa dessas. Nem pense nisso. Vai ficar tudo bem. Primeiro, vamos até lá, nós duas, um passo de cada vez.

Sarah concorda com a cabeça, ainda hesitante, tentando se controlar.

— Nós duas. Um passo de cada vez.

Eu lhe dou um abraço, e os olhos desolados de Oscar encontram os meus por cima das costas dela. Afasto o olhar.

5 de agosto

Laurie

Ele está vivo. Graças a Deus, graças a Deus, graças a Deus.

Estamos encolhidos em cadeiras de metal presas ao chão, bebendo algo morno que Oscar comprou. Não sei dizer se é café ou chá. A médica veio conversar conosco algumas horas atrás; ainda não podemos ver Jack. Ele está sendo operado, disse ela de uma maneira calma e reconfortante que só serviu para me deixar apavorada. Traumatismo craniano. Costelas quebradas. Ombro esquerdo fraturado. É fácil aceitar ossos quebrados, porque sei que dá para consertá-los. Mas traumatismo craniano é assustador; Jack vai passar por uma tomografia ou algo assim, e aí poderão nos dar mais informações. Não consegui assimilar tudo o que a médica disse, porque meu cérebro estava em pânico, berrando. Traumatismo craniano. As pessoas morrem por causa disso. Não morra, Jack. Não ouse nos deixar. Não ouse me deixar.

Cada uma de nós está sentada em um lado da cama, Sarah e eu. Tentamos entrar em contato com a mãe dele na confusão dos minutos depois de o localizarmos no St. Pancras Hospital, mas Sarah lembrou que ela está na Espanha com Albie, o irmão de Jack. Deixei um recado na caixa postal, em vez de Sarah, para não matarmos a mulher de susto.

Agora, estamos tomando conta dele juntas e esperando, porque nos disseram que não há mais o que fazer por enquanto. Jack saiu da cirurgia, não está em perigo imediato, mas só saberemos a gravidade do traumatismo craniano quando acordar. Ele está sem camisa, pálido e, se não fosse pelo peito subindo e descendo, completamente imóvel.

Seu corpo está coberto por um monte de gaze e tubos, presos a todo tipo de máquinas e medicamentos intravenosos. Nunca senti tanto medo. Ele parece tão frágil, e fico me perguntando o que aconteceria se faltasse luz. O hospital tem gerador, não tem? Porque acho que Jack não sobreviveria por conta própria agora; ele depende da rede elétrica do país. Que coisa ridícula. Por toda Londres, as pessoas ligam suas chaleiras elétricas e carregam seus celulares, despreocupadas, usando uma energia preciosa que devia ser economizada e enviada para cá, para manter Jack vivo. Por favor, continue vivo, meu querido Jack. Não nos deixe. Não me deixe.

A UTI é um lugar estranho de zelo tranquilo misturado a pânico — os passos silenciosos e constantes dos enfermeiros, o som dos pacientes se mexendo nos leitos de metal, uma sinfonia de apitos e alarmes ao fundo.

Observo Sarah ajeitar o pregador plástico que monitora os níveis de oxigênio no dedo dele enquanto uma enfermeira escreve o nome de Jack em letras de forma azuis no quadro branco sobre a mesinha ao lado da cama. Fecho os olhos e, apesar de não ser nem um pouco religiosa, rezo.

10 de agosto

Laurie

— Não se mexa, vou chamar a enfermeira.

Olho por cima do ombro em busca de ajuda enquanto Jack se esforça para sentar na cama, apesar de a enfermeira-chefe ter lhe avisado que devia apertar a campainha se precisasse de ajuda.

— Puta merda, Lu, pare com isso. Eu consigo.

Jack não estaria aprontando se Sarah estivesse aqui; ela o colocaria na linha. Ele só está de gracinha hoje porque é sexta e saí do trabalho mais cedo para visitá-lo sozinha. Faz dois dias que ele acordou, e os médicos, graças a Deus, confirmaram que seu cérebro não sofreu nenhum dano permanente, apesar de ainda estarem fazendo exames porque Jack está com dificuldades de ouvir de um lado. Desde então, ficou óbvio que ele é um péssimo paciente. Seu desejo de independência costuma ser uma de suas melhores qualidades, mas sua repulsão por pedir ajuda chega a ser perigosa neste estado. Ele está preso a um cateter, e há uma cânula em sua mão pela qual administram analgésicos; toda vez que resolve aprontar e fazer as coisas sozinho, dispara uma série de escandalosos alarmes e gemidos agudos que fazem as enfermeiras virem correndo.

Eu me sento enquanto uma delas se aproxima e o ajeita na cama, apoiando-o nos travesseiros.

— Esse seu rostinho bonito já está me dando nos nervos, O'Mara — diz ela daquele jeito pragmático bem ao estilo de quem trabalha em hospital.

Ele abre um sorriso, se desculpando.

— Obrigado, Eva. Desculpe. Quer uma uva?

Jack gesticula com a cabeça para a cesta de frutas ao seu lado, um presente do pessoal do trabalho.

— Sabe quantas uvas me oferecem por dia aqui? — Ela o encara por cima dos óculos. — Se quer mesmo me deixar feliz, toque a campainha quando precisar de ajuda.

A enfermeira não se demora e nos deixa sozinhos de novo. Estou sentada em uma dessas poltronas de couro sintético, fáceis de limpar, ao lado da cama de Jack, no canto da ala com seis leitos, ocupados, em sua maioria, por homens mais velhos. É o horário de visitas da tarde, mas não dá para perceber isso quando se observa a maior parte dos pacientes dormindo de pijamas sobre seus lençóis brancos amarrotados, sem qualquer parente por perto. A janela atrás de mim está aberta ao máximo, os ventiladores giram sobre as mesas de cabeceira, mas, mesmo assim, é difícil respirar.

— Está quente hoje — digo.

Tive o cuidado de sentar no lado em que ele continua ouvindo direito.

Jack suspira.

— Nossa amizade agora é assim? A gente conversa sobre o tempo?

— Sobre o que você quer falar?

Ele ergue o ombro que não está fraturado, então faz uma careta.

— Você é a mulher dos conselhos. Pode me contar quais são as preocupações dos jovens de hoje.

Tiro um elástico do pulso e prendo o cabelo em um rabo de cavalo.

— Certo. Bem, a maioria das mensagens que recebo vem de garotas, então respondo um monte de perguntas sobre menstruação.

Ele revira os olhos.

— O que mais?

— Espinhas. Elas têm muitos problemas com espinhas. Semana passada, me perguntaram se saliva de cachorro cura acne.

Jack se anima com esse absurdo.

— E o que você disse?

— Que saliva de gato funciona melhor.

— Mentira.

— Porra, é claro que é mentira.

— Você devia ter dito isso.

Encho o copo dele com a água gelada de uma jarra que a enfermeira acabou de botar na mesa de cabeceira e acrescento um canudo.

— Aqui, beba um pouco.

Jack tem dificuldade em erguer o copo com um ombro quebrado e com a outra mão presa à cânula, então o seguro enquanto ele bebe do canudo.

— Obrigado — diz ele, apoiando a cabeça no travesseiro, fechando os olhos e bufando, irritado com o esforço e o fato de precisar de ajuda para algo tão simples quanto beber água. — Conte mais.

Tento me lembrar de algo interessante.

— Ah, já sei. Um garoto escreveu algumas semanas atrás, porque está apaixonado por uma menina que vai se mudar para a Irlanda. Ele tem quinze anos, e a família dela é muito católica e não aprova o namoro. Então queria saber com qual idade a lei permite que ele se mude para lá sozinho.

— O sonho do amor da juventude — comenta Jack, ainda de olhos fechados. — O que você disse?

Olho para seu rosto extremamente pálido, suas bochechas fundas. Ele sempre foi magro, e os efeitos de quase uma semana sem alimentos sólidos já são aparentes.

— Falei que sei que é doloroso abrir mão de alguém que se ama, mas que não acredito que somos destinados a apenas uma pessoa no mundo. É um capricho que nos limita demais. Falei que ele devia esperar um pouco para ver como se sente, e que, com o tempo, é bem provável que pare de pensar tanto nela, porque é assim que as coisas são, especialmente quando se tem quinze anos. Falei que, na vida, sempre chegamos a um ponto em que temos que escolher a felicidade, porque é cansativo demais ficar sempre triste. E que, um dia, ele vai olhar para trás e não conseguirá lembrar por que amava tanto aquela pessoa.

Jack concorda com a cabeça, os olhos fechados.

— Mas também falei que, às vezes, raramente, as pessoas podem voltar para sua vida. E, se isso acontece, você deve mantê-las por perto para sempre.

Fico em silêncio. Ele está dormindo. Espero que tenha bons sonhos.

15 de setembro

Jack

Filhos da puta. Jogo o celular sobre a bagunça de xícaras sujas e restos de comida na mesa de centro e me afundo no sofá desajeitado. Esse clima também deveria ir se foder, a merda do sol está vindo direto nos meus olhos. Eu até poderia me dar ao trabalho de levantar e fechar as cortinas. Mas não quero fazer tanto esforço, então só fecho os olhos. Talvez seja melhor dormir de novo, considerando que agora estou oficialmente desempregado. É isso que acontece quando você fica confiante demais e pede demissão do emprego antigo antes de começar o novo, e aí é pego de surpresa por um cara que sofre um derrame enquanto dirige. Pelo menos, estou vivo, é o que todo mundo fala, veja o lado positivo ou qualquer clichê desses. Qual é o lado positivo de não conseguir o emprego que você passou a porra da sua carreira inteira se esforçando para conquistar? Fui a um monte de reuniões e entrevistas, tinha um acordo verbal, a papelada estava praticamente assinada, havia uma data marcada para me anunciarem para a imprensa. O contrato dos meus sonhos já estava no correio para eu assinar, e aí, *bum*, acabo em uma cama de hospital e um zé-ninguém de merda toma meu lugar em um piscar de olhos. Fui passado para trás, agora o zé-ninguém sou *eu*, e, do jeito que as coisas vão, talvez não consiga nem pagar o aluguel daqui a dois meses. Os médicos nem conseguem dar certeza se vou recuperar minha audição no ouvido direito. Acho que ninguém vai fazer muita questão de contratar um DJ que não escuta. E aí? Vou morar com Sarah e aquela mulher enjoada? Isso nem é opção. A enjoada deduraria a sublocação ilegal na mesma hora; ela já detesta dividir o apartamento com outra pessoa e parece me odiar. Tenho certeza de que adoraria me ver morando em uma caixa de papelão à beira do Tâmisa. Acho que nem me daria um trocado para comprar uma xícara de chá.

Ah, que alegria, o som de chaves na fechadura. Queria muito ter tido o bom senso de ficar na cama e passar o ferrolho na porta. Billy foi para um casamento de família no norte do país, e Phil, um técnico de som no que agora é meu antigo trabalho, está em Goa, o que significa que só pode ser uma pessoa: Sarah. Sarah, com seu sorriso eterno e sua alegria de viver inabalável, quando tudo que quero fazer é devorar um prato de comida congelada vencida e assistir ao jogo de futebol de sábado à tarde. E eu nem gosto de futebol.

— Jack? Voltei. Cadê você?

— Aqui — respondo, o mais mal-humorado possível.

Ela aparece na porta, as pernas compridas em um vestido de verão cor-de-rosa, e, bem lá no fundo, sinto vergonha por estar jogado no sofá, usando as mesmas calças de corrida com manchas de curry há três dias. Ela passou os últimos dois dias trabalhando em Exeter ou algo assim; para ser sincero, achei que só voltaria amanhã. Aqueles analgésicos malditos estão acabando com meu cérebro. Eu teria trocado de calças, pelo menos.

— Parece que você passou a noite inteira se drogando — diz ela, tentando ser engraçada. — Ou está revivendo os dias de faculdade. Qual dos dois?

Ótimo, me lembre de tudo que estou perdendo, Sarah.

— Nenhum dos dois. Sou só eu, o controle remoto e frango *vindaloo* — respondo, sem olhar para ela.

— Isso daria um ótimo título de filme *cult* — diz ela, dando uma risada despreocupada, juntando as xícaras sujas de café.

— Deixe isso aí, eu lavo depois.

— Não tem problema.

— Mesmo assim.

Sarah me encara, o sorriso radiante desaparecendo com rapidez.

— Não pode me deixar cuidar de você de vez em quando? Por favor?

Resignado, fecho os olhos e apoio a cabeça no sofá enquanto ela limpa minha bagunça, me sentindo como um adolescente emburrado cuja mãe acabou de aparecer de surpresa no quarto quando ele estava prestes a bater uma punheta. Cara, sou um babaca. Sinto o cheiro do perfume de Sarah, diferente e exótico, e me lembro de nossas saídas pela cidade, das madrugadas que passamos juntos na cama. Não transamos desde o acidente. Na verdade, já não estávamos transando muito antes. Abro os olhos, escutando os pratos e as xícaras retinindo na pia da cozinha. O perfume dela continua ali, se misturando ao cheiro do curry da noite passada e do meu suor velho. Não é das melhores combinações.

— A gente podia sair um pouco — grita Sarah, ligando o rádio da cozinha. — O dia está lindo lá fora.

Suspiro, não alto o suficiente para que ela escute. Eu me sinto podre e cansado demais para me arrumar. Acho que nem tenho mais cuecas limpas. Meu ombro ainda dói e minhas costelas estão latejando, provavelmente porque não faço os exercícios que me passam nas sessões semanais de fisioterapia que, às vezes, eu vou. Só Deus sabe por quê. Meus ossos quebraram. Eles vão voltar ao lugar. Não existe fisioterapia para meu ouvido — a única coisa que realmente quero que melhore também é a única que não tem jeito. Ah, agora estão falando de aparelhos auditivos e tal, mas, para ser sincero, que diferença faz? O verdadeiro problema é que minha carreira acabou, e os médicos não podem fazer nada a respeito.

— O que você acha?

Sarah reaparece na porta usando as luvas de borracha menta que comprou para mim algumas semanas atrás.

— Que você parece uma dona de casa dos anos 1950.

Ela revira os olhos.

— Sobre sair, Jack. Só para dar uma volta no parque ou coisa assim, almoçar naquela cafeteria nova na Broadway, talvez. Fiquei sabendo que tem um clima muito californiano.

O que isso significa? Suco de trigo e couve?

— Talvez.

— Quer que eu ligue o chuveiro para você?

A irritação me sobe à cabeça.

— Porra, você agora virou minha mãe?

Sarah não responde, mas vejo em seus olhos que ficou magoada, e volto a me sentir um merda. Estou cansado das pessoas me paparicando. Quando não é Sarah, é minha mãe aparecendo aqui duas vezes por semana com comidas que não quero comer.

— Desculpe — murmuro. — Não estou nos meus melhores dias.

Ela concorda com a cabeça, devagar. Se eu pudesse ler sua mente, aposto que a pegaria reclamando, me xingando de várias coisas merecidas. Quase consigo ouvi-la gritando que sou um "babaca egoísta", apesar de ela não ter dito nada.

— Só tome um banho — diz Sarah depois de um tempo, voltando para a cozinha.

Eu me levanto para obedecer e, ao passar pela cozinha, considero abraçá-la pelas costas enquanto ela está parada diante da pia, beijar seu pescoço, me desculpar de verdade. Então escuto o jingle animado vindo do rádio, a voz de alguém que eu considerava um rival, e a queimação excruciante da inveja acaba com qualquer desejo de ser agradável. *Filhos da puta.*

24 de outubro

Laurie

— Não sei o que fazer, Laurie.

Sarah balança o vinho na taça, parecendo completamente infeliz. Ela me mandou uma mensagem mais cedo perguntando se podíamos sair para beber depois do trabalho; apesar de ter ainda um monte de e-mails me esperando, dava para ver pelo tom da mensagem que ela queria desabafar, então larguei tudo e vim encontrá-la. Foi a decisão certa. Eu sabia que a vida com Jack depois do acidente não estava sendo um mar de rosas, mas, pelo que Sarah me contou na última hora, parece que ele está deixando as coisas insuportáveis.

— E, agora, ele resolveu que vai parar de tomar os analgésicos — diz ela. — Jogou tudo na privada ontem à noite. Falou que eles o deixavam lesado, mas acho que ele prefere sentir dor para poder reclamar.

Se Sarah está parecendo insensível demais, merece um desconto. Desde o acidente, ela se esforça ao máximo para ver as coisas de um jeito positivo, e sei total que Jack raramente dá qualquer sinal de gratidão. Já faz quase três meses, e, todas as vezes que nos encontramos depois de ele ter tido alta do hospital, seu comportamento beira a grosseria, especialmente com Oscar. As coisas chegaram ao ponto de eu quase evitá-lo.

— Ele ainda não conseguiu um emprego novo?

Sei a resposta para essa pergunta antes mesmo de fazê-la. Apesar de Jack estar indo bem fisicamente, seu lado emocional continua problemático. De todas as lesões que poderia ter tido, a perda parcial da audição parece especialmente cruel, considerando sua carreira.

Sarah faz que não com a cabeça.

— Nem sei se ele está procurando, mas tenho certeza de que não entrou em contato com nenhuma estação de rádio. — Ela pega uma castanha do saquinho aberto sobre a mesa. — Estou preocupada, Lu. Ele vive tão irritado. E não quer fazer nada; é uma guerra convencê-lo a sair de casa. — Ela suspira. — Estou com medo de Jack virar um ermitão ou coisa assim.

Tento ser cuidadosa com minhas palavras.

— Ele passou por um trauma sério. Será que essa não é a maneira dele de lidar com as coisas?

— Mas a questão é essa. Ele *não* está lidando com nada. Só fica sentado no sofá, encarando a parede e deixando crescer uma barba que não combina com ele.

Encho as taças com a garrafa pela metade no balde de gelo ao nosso lado.

— Talvez você devesse tentar conversar com o médico dele.

— Jack diz que o estou sufocando. — Ela franze a testa para a taça. — Do jeito que as coisas estão indo, é capaz de ele ficar feliz se eu sumir. Ele não me manda mais mensagens nem me liga. Tenho mais notícias de Luke do que do meu namorado desde o acidente. As coisas estão ruins assim. — Sarah manteve certo contato com Luke, o australiano de boa índole que encontrou o celular de Jack na noite do acidente. — Sou uma pessoa péssima por estar ansiosa pela viagem na semana que vem?

Balanço a cabeça.

— De jeito nenhum. Você deve estar precisando muito de uma folga. — A despedida de solteira da irmã dela nas Ilhas Canárias vai cair como uma luva. — Talvez seja bom para Jack pensar nas coisas sem ter você por perto para animá-lo. Ele vai ter que se virar sozinho.

Sarah suspira, dando de ombros.

— Você tem tanta sorte com Oscar. Acho que nunca o vi de mau humor.

Preciso me esforçar para me lembrar da última vez em que brigamos.

— É. Ele é bem tranquilo.

— Será que você não pode dar um pulinho na casa de Jack enquanto eu estiver fora? — Ela me encara como se eu fosse sua última esperança. — Talvez ele se abra com você. Sei que não tenho chance.

O que é que vou dizer? É impossível negar um pedido desses.

— Será que ele conversaria com Oscar? Talvez se soltasse mais com outro homem.

Eu já sabia que era uma sugestão ridícula antes mesmo de abrir a boca. Sarah nega com a cabeça, desanimada.

— Por favor, não quero ofender, Lu, e não repita isto nunca, mas acho que os dois não vivem nem no mesmo mundo. Quero dizer, Jack gosta de Oscar, mas acho que, às vezes, não tem muito assunto com ele.

Não sei mesmo como responder a esse comentário, então apenas concordo com a cabeça e tomo uma golada de vinho. Sem ter outra escolha, enfio a mão dentro da minha bolsa Kate Spade e pego a agenda.

— Certo. — Folheio as páginas e passo o dedo pela folha da próxima semana até chegar ao sábado. — Oscar vai caçar de manhã. — Solto uma risada quando Sarah ergue as sobrancelhas. — Nem pergunte. É um presente que deram ao irmão dele, acho. Posso ir conversar com Jack nesse meio-tempo.

Os ombros de Sarah desabam de alívio.

— Não consigo fazê-lo me ouvir; tudo que digo o irrita. Talvez ele pense duas vezes antes de ser grosso com você.

Meu celular toca sobre a mesa, e me sinto quase culpada quando uma foto linda minha e de Oscar na Tailândia aparece.

— É só Oscar querendo saber do jantar — digo, analisando rápido a mensagem. Morro de medo de ignorar mensagens agora, para o caso de ter acontecido alguma coisa; é de se esperar depois do que ocorreu com Jack.

— Que caseiro — diz Sarah.

Não posso negar. Não fiz progresso algum na minha busca por um apartamento, em parte por causa do que aconteceu com Jack, mas, para ser sincera, o principal motivo é que estou gostando muito de brincar de casinha sem a responsabilidade onerosa de uma hipoteca ou de contas a pagar. É ridículo viver desse jeito, eu sei, mas, para Oscar, é assim que a vida sempre funcionou, e admito que é incrível me sentir tão segura. De vez em quando, me pergunto se é uma situação segura *demais*, estável demais, mas, sentada aqui, ouvindo as histórias de Sarah, sei que tenho é sorte.

— Então, é isso. — Ela gesticula com a cabeça para meu celular, onde uma foto do espaguete à bolonhesa que Oscar acabou de preparar surge na tela. — Parece que já deu a sua hora.

Enquanto me levanto para ir embora, lhe dou um abraço apertado.

— Jack vai melhorar, Sar, sei que vai. Ele passou por uma situação difícil. Você só precisa lhe dar um tempo.

— Parece que é só o que faço — diz ela, vestindo o casaco.

O tempo está esfriando nos últimos dias. De repente, as roupas de inverno tomaram conta de Londres.

— Aproveite o sol.

Sinto uma vontade louca de ir junto com ela, de dançar, rir, ser despreocupada e boba, como na época da Delancey Street.

— Vou beber por você — responde Sarah, sorrindo.

3 de novembro

Jack

— Tem visita na sala pra você, Jack, meu camarada — grita Billy do corredor.

Estou no banheiro, escovando os dentes sem qualquer empolgação. Sei que não é Sarah, porque ela está tomando sol em Tenerife. E também sei que não é alguém do trabalho, porque, puxa vida, não tenho trabalho. E espero muito que não seja a chata da minha mãe de novo, porque, se for e Billy a tiver deixado entrar enquanto saía para ir jogar bola com Phil, vou matar aquele desgraçado. Eu devia ter ido junto. Ah, espere um pouco... Eles não me convidaram. Isso não me incomoda, para ser sincero. Os dois já pararam de me chamar para as coisas, porque sabem que a resposta é sempre não. Talvez seja Mila Kunis. Ela deu sorte, tomei banho hoje.

— Laurie — digo, surpreso o suficiente para travar na porta da sala.

Ela está sentada no braço do sofá, com o casaco de lã vermelho ainda abotoado, segurando seu gorro.

— Jack.

Seu sorriso é hesitante, não parece muito empolgado.

De repente, olho por cima do meu ombro, na direção da cozinha, percebendo que talvez ela não tenha vindo sozinha.

— Cadê o riquinho?

— O nome dele é Oscar — responde Laurie, aborrecida.

Dou de ombros. Não quero perder meu tempo falando daquele idiota, então mudo de assunto.

— Café? — Ela faz que não com a cabeça. — Vinho? Cerveja?

Outra recusa enquanto ela tira o casaco. Vou até a cozinha e pego uma cerveja para mim.

— É bom te ver — diz Laurie quando volto e me jogo no sofá. — Como vão as coisas?

— Uma beleza. — Ergo a garrafa. — Um brinde. — Ela fica em silêncio enquanto bebo metade da cerveja em um gole. — Tem certeza de que não quer uma?

— São dez e meia da manhã, Jack.

Estou torcendo para a cerveja ajudar com minha ressaca. Parar de tomar todos os analgésicos de uma vez não foi a melhor das ideias, e agora me medico com vodca. Sei que não posso continuar assim; ainda estou meio bêbado de ontem.

— Você veio aqui só para me dizer que horas são? Porque tenho um relógio.

Olho para meu pulso vazio e, tarde demais, percebo que faz tempo que não vejo meu relógio. Deve estar sob uma das pilhas de tralhas no meu quarto — Billy e Phil insistem em serem maníacos por limpeza aqui fora, então jogo tudo lá dentro. Laurie parece incomodada com minha pergunta. Sabe-se lá por quê. Foi ela quem começou com as observações moralistas sobre a minha bebedeira.

— Não, vim porque estou preocupada com você — diz ela, escorregando do braço do sofá para o assento, seus joelhos virados na minha direção.

— Bem, como pode ver, não há com que se preocupar. — Faço um gesto grandioso para a camisa limpa que dei a sorte de estar usando. — Ao contrário do que Sarah deve ter dito, não estou na merda. Já tomei banho e comi, então você está liberada do plantão suicídio ou seja lá o que for.

— Uma camisa limpa não basta para me convencer de que está tudo bem — diz ela. — Estou aqui se precisar conversar.

Solto uma risada.

— Vá fazer trabalho voluntário se você quer ficar ouvindo os problemas dos outros.

— Quer parar com isso? — diz Laurie, me encarando. — Já chega.

— Já chega? — Espero que meu deboche seja cruel o suficiente.
— Já?

O queixo dela se ergue, seus olhos redondos e desconfiados me observam.

— Sim, Jack. Já chega. Não vim aqui para brigar. Não tem motivo para você ser tão grosseiro.

Eu a encaro.

— Como vai o trabalho?

Por um instante, ela parece não entender minha mudança de assunto.

— Hum, sim. Está indo bem. Eu gosto.

— Que bom. — Concordo com a cabeça, apontando a garrafa de cerveja para ela. — Mas sempre imaginei que você encontraria algo mais, sabe, adulto.

Não me orgulho desse meu comportamento. Sei como foi importante para Laurie conseguir esse emprego, sei que vai fazer um ótimo trabalho. Não conheço ninguém mais legal e generosa que ela, tão capaz de ajudar a solucionar problemas de adolescentes sem fazer pouco caso das preocupações deles. Noto como meu comentário agressivo a magoou. Seria melhor para nós dois se ela simplesmente fosse embora.

— É mesmo?

Concordo com a cabeça.

— Mas todo mundo precisa começar de algum lugar.

— Pois é, imagino que sim — diz Laurie. — Como vai sua busca por emprego?

Ah, que espertinha. Justo quando eu estava começando a me sentir um idiota, ela me vem com essa.

— Ah, sabe como é. Está todo mundo correndo atrás de mim, mas prefiro resolver com calma.

— Talvez fosse melhor comprar um barbeador novo para o caso de aparecer uma entrevista.

Na defensiva, passo a mão pela minha barba por fazer. Certo, talvez ela esteja maior do que deveria. Mas acho que fico bem assim.

— Veio aqui para brigar? Porque, se quiser, a gente pode brigar.

— Não, claro que não — responde Laurie, indignada. — Olhe, Jack. Todo mundo está preocupado com você. Sarah. Sua mãe... Sei que o acidente deve ter sido muito difícil, que perder aquele emprego foi péssimo, mas você não pode ficar sentado aqui para sempre. Você não é assim.

Eu a observo enquanto fala — a maneira como sua boca se move, até a linha de seus dentes. A cerveja deve estar fazendo efeito.

— Você não mudou quase nada com o passar dos anos — digo, surpreendendo até a mim mesmo, e a expressão no rosto dela vai de preocupada a constrangida. — Ainda te acho parecida com uma criança de rua ou uma jovem parisiense esquálida.

Laurie parece confusa, como se fosse dizer algo, mas depois mudasse de ideia.

— Sarah me contou que você jogou todos os analgésicos fora.

— Estavam me deixando anestesiado.

— Mas é para isso que eles servem, Jack. Para anestesiar a dor.

Bufo, porque não era apenas a dor que estava sendo anestesiada. Meu cérebro também parecia ficar dormente. Era como se eu vivesse andando com botas de chumbo, cansado demais para sair da cama, confuso demais para pensar além da minha próxima refeição ou de quando poderia voltar para cama. Bem lá no fundo, sei que o álcool está surtindo o mesmo efeito.

— Sinto sua falta.

As palavras não parecem sair de mim, tanto que quase olho para trás para ver se há mais alguém aqui.

O comportamento de Laurie muda, ela se ajoelha diante de mim, segurando minha mão.

— Olhe para mim. Jack, escute. Por favor, deixe a gente te ajudar. Deixe *eu* te ajudar. Quero ser sua amiga de novo.

Aqueles grandes olhos violetas me encaram com sinceridade, seus dedos apertam os meus.

— Sempre foi assim com a gente, não é? — Não tenho controle sobre as palavras saindo da minha boca. — Quando você me olha, sei que me vê de verdade. Acho que ninguém nunca fez isso, Lu. Não do jeito que você faz.

Laurie engole em seco e olha para baixo, franzindo a testa, confusa com o rumo que a conversa tomou. Eu também não entendo.

— O que posso fazer para ajudar? — pergunta ela, voltando a me olhar, determinada a manter o foco. — Quer fazer uma lista de todas as coisas que estão te incomodando e tentar resolvê-las?

Não consigo pensar em nada além dela.

— Você sempre cheira a flores de verão. É o meu cheiro favorito neste mundo de merda.

O que estou fazendo?

— Jack...

Não posso agir de outra forma. Esta é a primeira vez em muito tempo que me sinto como um homem, e é uma sensação tão boa, como se estivesse acordando de um coma. A mão dela parece frágil e quente dentro da minha, e faço a única coisa que posso, talvez a única coisa que não consigo evitar. Eu me reclino e a beijo, meus lábios trêmulos, ou talvez sejam os dela. Eu a pego desprevenida, e, só por um segundo, tudo é perfeito; minha mão em seu rosto, sua boca quente sob a minha. E, então, a perfeição desaparece, porque Laurie se joga para trás e sai de perto de mim, cambaleando antes de levantar.

— Meu Deus, Jack, o que você está fazendo?

Sua respiração é pesada, ela apoia uma mão na cintura, se inclinando um pouco, como se tivesse acabado de correr.

— Não foi para isso que você veio? — questiono, rancoroso em meio à minha vergonha, esfregando as costas da mão contra a boca como se tivesse nojo do gosto dela. — Quando o gato sai...?

Laurie arfa e pressiona as mãos contra as bochechas coradas, horrorizada com minha insinuação.

— Somos amigos há muito tempo, Jack O'Mara, mas, se você falar assim comigo de novo, não tem volta. Entendeu?

— Ah, como você é superior, Laurie — zombo, me levantando e andando pela sala, que ficou sufocante de repente. Passei meses enfiado aqui dentro, e, agora, tudo que quero fazer é escancarar a porta e sair. Eu iria até os limites dessa ilha, seguiria para o mar, só pararia quando tudo acabasse. — Mas nem sempre foi assim, não é? As coisas foram diferentes quando era você quem precisava de consolo.

Laurie balança a cabeça lentamente, seus olhos cheios de lágrimas.

— Por favor, pare de falar, Jack. Não é a mesma coisa, e você sabe.

— Sei — cuspo. — Foi diferente porque era você quem precisava de mim naquela época, e eu não quis bancar o superior e te dispensar. — Aponto um dedo na direção dela. — Fiquei com pena, e, agora que o jogo virou, você não consegue se rebaixar para recompensar a porra do favor.

Isso não é verdade. É tudo mentira. Não reconheço o babaca cruel que me tornei. Dou um passo na direção de Laurie, não sei por quê, e ela se afasta, horrorizada. Em seus olhos, vejo a pessoa que me tornei e sinto nojo. Mas, então, conforme ela se move, aquele maldito pingente de estrela-do-mar chama minha atenção, e estico a mão para segurá-lo. Não sei por quê, é irracional, só quero fazer *algo* para fazê-la parar, mas Laurie se esquiva de mim, e o cordão se parte em seu pescoço. Eu o encaro por um segundo e o jogo no chão, e ficamos imóveis, fitando um ao outro. O peito dela sobe e desce, e consigo ouvir meu sangue correndo pelas veias, como se fosse a água do mar batendo contra um rochedo.

Devagar e cautelosa, Laurie se abaixa e pega o cordão sem tirar os olhos de mim, como se eu fosse um animal prestes a dar o bote.

— Vá para casa, estrela-do-mar, e não volte — digo, cuspindo o apelido patético que já ouvi Oscar usar quando ele acha que ninguém está prestando atenção.

Ela começa a chorar, soluçando alto, então vira e sai correndo, passando pela porta, saindo do apartamento, saindo da minha vida. Eu a observo se afastar pela janela; depois, me deito no chão e lá fico.

Laurie

Jack me deixou assustada essa manhã. Não, ele me deixou horrorizada. Não sei o que vou dizer a Sarah quando ela me perguntar como foi a visita. Eu não fazia ideia do estado em que ele estava, de como ele chegou ao fundo do poço. Deus sabe que Jack não é violento ou maldoso em circunstâncias normais; vê-lo daquele jeito me deixou com medo.

No banheiro, prendo o cabelo para trás e me viro para olhar minha nuca. Como imaginei, tem uma marca, um arranhão onde o fecho do cordão afundou na pele antes de arrebentar. Coloco uma toalha molhada sobre o machucado e me sento na beira da banheira. Não me importo com meu pescoço — conheço Jack bem o suficiente para saber que ele jamais me machucaria de propósito; a corrente era muito delicada, fácil de quebrar. Mas o problema foi o significado por trás do gesto. E as palavras dele. *Não volte.*

12 de novembro

Jack

— Preciso encomendar umas... flores — digo.

Estou fazendo hora na floricultura, esperando os outros clientes irem embora. Já é Natal aqui dentro; o lugar está cheio de fitas e guirlandas, e as prateleiras de uma parede inteira estão lotadas daquelas plantas vermelhas enormes que as pessoas colocam em cima da lareira e lutam para manter vivas até o Ano-Novo.

A florista, que deve ter uns quarenta e poucos anos, está toda enrolada em um casaco estofado, com os dedos vermelhos e ressecados. Está tão frio aqui que até sai fumaça quando respiro.

— Tem alguma ideia do que vai querer? — pergunta ela, ainda anotando o pedido anterior.

— Tem algum arranjo que signifique "desculpe, fui um idiota"?

O lápis para, e o olhar que ela me lança diz que não é a primeira vez que escuta isso.

— Rosas vermelhas?

Faço que não com a cabeça.

— Não, não. Nada, sabe, romântico.

A florista estreita os olhos.

— Crisântemos? Fazem sucesso com mulheres mais maduras... tipo mães.

Jesus, ela é florista ou terapeuta?

— As flores não são para minha mãe. Só quero algo que mostre que realmente estou arrependido. Para uma amiga.

Ela desaparece nos fundos da loja e volta com um vaso de vidro com grandes peônias brancas e azul-lavanda.

— Algo assim?

Eu as analiso. São praticamente da cor dos olhos de Laurie.

— Só as brancas — respondo. Não quero que elas tenham algum significado indesejado. — Tem um cartão para eu escrever e mandar junto?

A mulher me passa uma caixa de sapato que foi dividida por categorias escritas à mão. Uma das maiores seções, curiosamente, se chama "Desculpe" — claramente não sou o primeiro nem serei o último a se comportar como um imbecil. Avalio os modelos em busca do mais simples e, em um impulso, pego dois.

— Quero dois vasos desse, por favor — digo, sinalizando com a cabeça para as peônias que ela colocou no chão, atrás do balcão.

— Dois? — A florista ergue uma sobrancelha. Concordo com a cabeça, e, desta vez, a expressão em seu rosto mostra que não está nem um pouco impressionada. — Não quer nem que eles sejam um pouco diferentes um do outro?

— Não, quero exatamente desse jeito, por favor.

Ela pode pensar o que quiser, não me importo. Se os dois arranjos forem iguais, não vou me confundir quando Sarah mencioná-los.

A florista dá de ombros e tenta parecer indiferente.

— Eu só vendo as flores — diz ela. — O resto é problema seu.

Ela me entrega uma caneta e se afasta para ajudar o cliente que acabou de entrar com uma placa que diz "Parada do Papai Noel" e um monte de ramos de visco que estavam lá fora.

Encaro o cartãozinho e me pergunto como posso dizer tudo o que quero em tão pouco espaço. Faz semanas que estou agindo feito louco. A visita de Laurie foi a gota d'água; depois que ela partiu, fiquei deitado no chão e percebi que todas as pessoas que amo estão prestes a desistir de mim. É assustadora a facilidade com que sua vida pode mudar. Em um dia, eu estava no auge; no outro, esparramado sobre o tapete, babando. Não bebo desde então, e pedi ao médico para me receitar analgésicos mais leves. Ele sugeriu terapia, mas ainda estou na dúvida — não sei se estou pronto para essas coisas sentimentaloides.

"*Sarah*", escrevo. "*Desculpe por eu ter sido um escroto ultimamente. Você é um anjo por me aguentar. Vou mudar. Bjs, J.*" Colo o envelope antes da moralista se esticar por trás de mim para ler a mensagem e anoto o nome e o endereço de Sarah na frente.

O outro cartão me encara, vazio e intimidador.

Querida Laurie? Laurie? Lu? Não sei que tom usar. Hesito com a caneta em punho, então ligo o foda-se e escrevo sem pensar muito, torcendo para que fique bom. O pior que pode acontecer é eu precisar gastar vinte centavos em outro cartão.

"*Oi, Laurie. Quero pedir desculpas pelo meu comportamento. Nada do que eu disse era verdade. Nem uma palavra. Tirando que sinto sua falta. Desculpe por ter ferrado nossa amizade. Bjs, Jack (o babaca)*"

Não está perfeito, mas vai ter que servir, porque a florista está me olhando com muita curiosidade enquanto volta ao balcão para finalizar meu pedido. Coloco o cartão no envelope e preencho a frente, empurrando os dois na direção da mulher.

Ela não diz nada enquanto pago, mas sorri quando me devolve o cartão de crédito. É um sorriso ácido que diz que sou uma péssima pessoa e que só porque o meu dinheiro é bem-vindo não quer dizer que meu comportamento seja aceitável.

— Vou me esforçar para não misturar as entregas — diz ela, sarcástica.

— Por favor — respondo.

Não tenho qualquer comentário atravessado a fazer, porque ela tem razão. Sou uma pessoa horrível e não mereço o perdão de nenhuma das duas.

13 de novembro

Laurie

— Outro homem te mandou flores? Diga quem foi para eu desafiá-lo para um duelo.

Oscar acabou de chegar do trabalho e estava pendurando o casaco quando notou o vaso de peônias na mesa do corredor. Quando recebi as flores mais cedo, pensei em jogá-las fora, porque ele iria perguntar quem as enviara, e eu não queria mentir. Mas acabei ficando com elas. É um arranjo muito bonito, merece ser admirado; as flores não têm culpa de terem sido um presente de Jack O'Mara. O comentário despreocupado de Oscar me faz sorrir; não sei se ele simplesmente confia tanto em nosso relacionamento que não se preocupa ou se é apenas bonzinho demais e sempre chega à conclusão mais inofensiva. Apesar de que eu não me surpreenderia se ele tivesse mesmo uma pistola de duelo.

— Foi Jack — digo, brincando com o pingente de estrela-do-mar cujo colar mandei consertar sem contar a Oscar.

Ele pausa enquanto coloca as chaves ao lado do vaso, franzindo levemente a testa, hesitando por um milésimo de segundo.

— A gente meio que brigou uns dias atrás — continuo.

Desde aquele dia no apartamento de Jack, fiquei me perguntando o que contar a Oscar; quanta informação constituiria a verdade, quanta omissão constituiria uma mentira. Agora, preferia ter contado tudo logo.

Ele me segue até a cozinha e se senta em um dos bancos enquanto sirvo uma taça de vinho tinto para cada um. É uma rotina que começamos a ter à noite, quando ele não vai jantar com algum cliente; sei que é meio "dona de casa dos anos 1950" da minha parte, mas Oscar sempre chega tão tarde que costumo deixar o jantar pronto e abrir uma garrafa de vinho para recebê-lo. Parece que é o mínimo que posso fazer, morando aqui de graça. Enfim, não é algo que me incomode — contanto que ele não me peça para esquentar seus chinelos e colocar fumo em seu cachimbo, está tudo bem. É relaxante chegar em casa e picar legumes, ainda mais depois de dias cansativos como o de hoje. Ser conselheira de adolescentes não é só questão de vestidos de formatura ou dicas sobre menstruação. Minha caixa de entrada estava especialmente cheia essa tarde; estou pesquisando sobre bulimia para tentar ajudar um garoto de quinze anos que escreveu para me contar sobre a batalha que trava escondido da família. Eu queria conseguir fazer mais. Às vezes, me sinto muito pouco qualificada para esse trabalho.

— Por que vocês brigaram?

— Sarah estava chateada — respondo. — Jack estava sendo autodestrutivo a ponto de não querer fazer mais nada. Ela me pediu para tentar ajudar, mas não deu muito certo.

Meu falatório está artificialmente rápido, como se eu fosse uma criança no palco de um teatro, correndo para declamar minha fala decorada antes de esquecê-la e estragar a peça. De repente, percebo que minto sobre Jack O'Mara para pessoas diferentes, por motivos diferentes, praticamente desde que o conheci. Mesmo que seja apenas por omissão.

Oscar prova o vinho enquanto me observa tirar o ensopado do forno.

— Talvez fosse bom ele mudar de ares — diz ele, com um tom impossível de interpretar.

Concordo com a cabeça.

— Acho que uma viagem poderia ajudar.

Ele solta a gravata e abre o primeiro botão da camisa.

— Eu estava pensando em algo mais de longo prazo. Um recomeço.
— Oscar se interrompe, me observando com atenção. — Uma cidade nova. Quero dizer, qualquer lugar tem uma estação de rádio, não tem?

Qual será o coletivo de morcegos? Um grupo? Uma praga? Lembrei: um bando. É como se tivesse um bando de morcegos no meu peito, suas garras presas aos meus ossos conforme se penduram de cabeça para baixo, e a menção de Jack recomeçar a vida fora de Londres faz com que comecem a se debater, esticando suas asas finas como papel. Meu estômago embrulha. Seria melhor que Jack fosse embora? Para onde ele iria? E Sarah iria junto? A ideia de perder os dois me faz entornar o vinho goela abaixo em vez de dar o golinho que eu pretendia.

— Sair de Londres seria complicado para Sarah por causa do trabalho — digo, tranquila, tirando os pratos do armário.

Ele me observa, tomando um gole de vinho.

— Trens servem para isso. Ela poderia continuar aqui.

Oscar nunca fez nenhum comentário negativo sobre Jack abertamente, e sinto que está se esforçando para não fazê-lo agora. Sei muito bem para que trens servem, sei muito bem que os dois poderiam usá-los para se encontrar caso morassem em cidades diferentes. Só não quero que precisem fazer uma coisa dessas.

— É algo a pensar — comento, torcendo para nenhum dos dois ter tido essa ideia.

Estou sendo egoísta? Sei que seria bom para Jack recomeçar a vida em outro lugar, sem nenhuma das implicações negativas que o cercam aqui: o acidente, a carreira estagnada. Atualmente, acho que também sou parte disso. Nossa amizade está frágil, caindo aos pedaços; quando olho para trás, não consigo determinar se já foi tão verdadeira quando eu achava. Parece ter sido, mas foi algo construído com um propósito, porque nós dois amamos Sarah. Oscar fica quieto; o clima do jantar está estranho hoje, o ar parece pesado, como se uma tempestade estivesse a caminho.

— Como foi o seu dia? — pergunto com um sorriso, tentando parecer animada.

— Cheio. — Ele suspira. — Tenso. Peter ainda não voltou, então estou fazendo o meu trabalho e boa parte do dele.

Às vezes, me pergunto se trabalhar no banco é realmente a vocação de Oscar. A personalidade dele não parece combinar com um mercado tão competitivo, mas eu talvez esteja subestimando sua capacidade de se transformar no instante em que coloca os suspensórios vermelhos de manhã. Quem é Oscar de verdade? Meu amor tailandês sem camisa ou o executivo engomadinho? Se me perguntassem um ano atrás, teria dito o primeiro, sem hesitar. Agora, não tenho tanta certeza. Apesar da pressão, não tenho dúvida de que ele gosta do que faz. Seu dia de trabalho começa cedo e termina tarde, e suas noites mais felizes são aquelas em que fecha um negócio. O que vou dizer daqui a cinco ou dez anos? Será que ele terá sido engolido pelo mundo corporativo e meu Robinson Crusoé será apenas uma lembrança distante? Espero que não, mais por ele do que por mim.

— Quer ir tomar um banho? — Tiro a tampa do ensopado e acrescento mais vinho, devolvendo a panela ao forno por mais alguns minutos. — A comida vai demorar um pouco mais.

No fim da noite, ando pelo apartamento e apago as luzes antes de ir me deitar com Oscar. Eu me demoro no corredor, meu dedo no interruptor da luminária da mesa que banha o vaso de peônias com uma luz suave. Elas são lindas, mas uma pétala já caiu e aterrissou no piso de madeira. As flores são assim, não é? Belas, extravagantes, necessitadas de atenção, aparentemente a coisa mais linda do mundo. Porém, de repente, a beleza some. Elas secam, deixam a água marrom e não é mais possível continuar apegado.

Sigo para o quarto e, nua, entro embaixo das cobertas, me aconchegando nos braços abertos de Oscar, pressionando os lábios contra seu peito.

2013

Resoluções de Ano-Novo

Nos últimos anos, comecei minhas resoluções desejando meu primeiro emprego em uma revista.

Oficialmente, não preciso fazer isso este ano, mas vou expressar um desejo secreto de conseguir algo um pouco mais desafiador do que dar conselhos sobre a vida amorosa para adolescentes ou escrever tutoriais de como trançar o cabelo como Katniss Everdeen. Não é que eu não goste; a questão é que nosso público é relativamente modesto, e acho que não vou crescer muito lá dentro. Além do mais, eu nem curto Justin Bieber.

Tecnicamente, uma das minhas resoluções deveria ser encontrar outro lugar para morar, porque já faz seis meses que estou na casa de Oscar, e o plano era que isso fosse temporário. Mas não quero viver em nenhum outro lugar, e ele não quer que eu vá, então acabo não indo. Parece que pulamos várias das etapas convencionais de um relacionamento, mas as coisas sempre aconteceram assim para nós, desde a primeira vez em que ele falou comigo na Tailândia. No fim das contas, quem pode dizer o que é certo ou errado no amor? Não estamos falando da teoria, mas da vida real. Sim, acho a devoção dele exagerada às vezes — é como se Oscar andasse por aí com meu nome escrito na testa. Ainda recebo um pedido de casamento por semana, e, apesar de eu saber que noventa por cento disso é brincadeira, acho que, se eu o surpreendesse e aceitasse, ele já reservaria a igreja. Oscar gosta de dar presentes, é um amante dedicado e uma pessoa estável.

Então não sei direito qual é a minha resolução de ano-novo. Acho que é só me esforçar para não estragar tudo.

8 de fevereiro

Laurie

— Tem certeza de que a receita dizia para botar a garrafa inteira de rum? — Engasgo, cuspindo um pouco na xícara de ponche que Sarah me deu para provar. — Acho que queimei o céu da boca.

Ela solta uma risada maliciosa.

— Talvez eu tenha mudado ela um pouquinho.

— Bem, se a festa não for boa, pelo menos todo mundo vai estar bêbado demais para reparar — digo, analisando o apartamento.

Oscar passou a maior parte da semana a trabalho em Bruxelas, então usei minhas noites livres para planejar todos os detalhes de uma festa-surpresa para o aniversário dele. Ele vai completar vinte e nove anos amanhã. Tomei o cuidado de esconder todas as coisas de Lucille que parecem caras ou frágeis, preparei e congelei canapés dignos de um programa de TV e passei boa parte da tarde de hoje arrumando os móveis com Sarah para abrir mais espaço. Temos sorte de morar no apartamento do térreo; se ficar cheio demais aqui dentro, as pessoas podem sair para o jardim. Mas espero que isso não aconteça, já que está um frio horrível e a previsão do tempo disse que pode nevar mais tarde.

— Vai ser ótimo — diz Sarah de costas para mim, enquanto segue para o banheiro. — Afinal de contas, você contratou o melhor DJ da cidade.

Não sei se ela está sendo sarcástica ou não.

Faz três meses desde aquela manhã de sábado em que Jack e eu brigamos, e, ainda bem, ele parece estar finalmente entrando nos eixos, concordando até em ser o DJ da festa de aniversário do meu namorado. E, melhor que isso, a estação de rádio em que trabalhava o aceitou de volta, apesar de ter oferecido um cargo de menor prestígio. Sarah mencionou mais cedo que ele já está procurando algo melhor. Nós só nos vimos poucas vezes depois do Natal, nunca sozinhos. A primeira, em janeiro, foi muito desconfortável — apesar das flores bonitas que me enviara, eu ainda não tinha conseguido perdoá-lo de verdade. Mas, quando Sarah foi ao banheiro, ele agarrou minha mão e se desculpou, quase implorou, e seu olhar perdido e intenso partiu meu coração. Eu sabia que era sincero. Jack tinha me magoado, mas havia magoado mais ainda a si mesmo.

Fico feliz em dizer que sua barba finalmente desapareceu e que seus olhos verde-dourados voltaram a brilhar. Não tenho palavras para explicar o quanto me sinto aliviada; por um tempo, fiquei na dúvida se ele teria forças para sair daquela depressão.

Sarah deixou o celular na bancada da cozinha para ir ao banheiro, e, quando o aparelho apita, dou uma olhada por reflexo. A mensagem é de Luke.

Por acaso você está livre hoje? Furaram comigo, estou abandonado. Me salve, Sazzle!

Encaro as palavras por um instante, minha cabeça girando, então me afasto e observo o interior da geladeira. Não quero que Sarah ache que eu estava bisbilhotando. Foi uma mensagem bastante inocente — amigável, não sedutora. Só vi Luke uma vez, quando dei de cara com os dois em um café perto do trabalho de Sarah, e ele não é nem um pouco o tipo dela — é um cara enorme, todo musculoso, com cabelo de surfista. Mas "Sazzle"? Sarah me disse que os dois conversam, é claro, e que ele é um ótimo ouvinte. Será que vai além disso? Eu a observo de rabo de olho quando ela entra na cozinha, pega o celular, ri baixinho e guarda-o no bolso de trás da calça jeans sem fazer qualquer comentário. Isso me deixa surpresa, mas também não conto a ela sobre todas as mensagens que recebo. Sem falar das coisas que nunca contei.

— Essa festa vai ser bem diferente das que a gente dava na Delancey Street, não é? — diz ela, servindo vinho para nós duas enquanto admiramos a cozinha moderna e arrumada. — Você mudou, Lu.

Rio do sarcasmo.

— Nós duas mudamos.

— Sabe com quem eu bebi na semana passada, de verdade? — Ela aperta os olhos na minha direção, maliciosa. — Amanda Holden.

— Não! — Levo a mão à barriga como se Sarah tivesse me golpeado. — Eu sabia.

Minha amiga gesticula como se aquilo fosse desimportante e ergue as sobrancelhas para mim, então para de me provocar e começa a rir.

— Ela estava bebendo no mesmo bar que eu.

Reviro os olhos.

— Um dia desses vai ser verdade.

E estou falando sério. No fim do ano, Sarah foi promovida à apresentadora fixa do noticiário da hora do almoço; ela está se tornando alguém que as pessoas sabem que já viram antes, mas não conseguem lembrar onde. Daqui a uns anos, vai precisar usar boné e óculos escuros para tomar um café comigo.

— O que você vai dar para Oscar?

Uma onda de animação me atravessa. Mal posso esperar para ele ver o presente.

— Vou te mostrar — digo. — Venha. — Eu a guio pelo corredor e abro a porta do quarto. — Ali. O que acha? — Pendurado no espaço de destaque sobre a cama está um quadro enorme. — Carly, uma das meninas do trabalho, pintou a partir de uma foto para mim.

— Uau.

A exclamação baixa de Sarah me diz que ela está tão impressionada quanto eu pela forma como Carly conseguiu ir além das cores do pôr do sol e das dimensões do nosso pequeno chalé na praia da Tailândia. A imagem é vibrante, cheia de vida e serenidade; enquanto a observo, quase consigo ouvir o som suave do mar, sentir o cheiro forte e doce do café enquanto nós nos sentávamos nos degraus e observávamos o nascer do sol. Quando vi o quadro pronto, quase chorei.

— Pois é — digo, sem querer tirar os olhos da imagem. — Não dá para entender por que ela trabalha lá na revista. As pessoas fariam fila para comprar seus quadros se soubessem como é talentosa.

— Queria ter um talento assim — diz Sarah, suspirando.

— Está de brincadeira, não é? — respondo, saindo do quarto com ela e fechando a porta. — Você brilha tanto na televisão que meus olhos chegam a doer.

— Ridícula — diz ela, mas sua voz demonstra que meu comentário a deixou feliz.

Sarah sempre foi uma mistura engraçada de brilhantismo e insegurança; uma hora, está pulando enlouquecida pela sala como um cavalo premiado; na outra, está se lamentando por ter dito uma palavra errada na última gravação.

— Que horas Oscar vai chegar?

Olho para o relógio, calculando quanto tempo tenho para deixar tudo e todos no lugar.

— O avião chega por volta das seis — respondo. — Então acho que umas sete e meia? Pedi para todo mundo chegar às sete só para garantir.

Sarah faz uma careta.

— Espero que Jack não esqueça.

Ela não acrescenta "desta vez". Mas acho que nós duas pensamos naquela outra noite, meses atrás, e torço em silêncio para o evento de hoje ser inesquecível por motivos melhores.

Jack

Tenho certeza de que Sarah acha que vou me atrasar. Nada do que faço parece agradá-la, apesar de eu viver me desculpando. Ela me encheu a paciência para conseguir um emprego e, agora que tenho um, vive reclamando que passo o tempo todo no trabalho. Não é como se a minha presença fosse fazer diferença quando Oscar chegar à festa-surpresa. E quem é que faz algo assim? Achei que esse tipo de coisa só acontecesse em séries de TV. Sarah não teria dificuldade nenhuma em colocar a *playlist* do Spotify para tocar, e tenho certeza de que não sou o convidado preferido do aniversariante. Não tem problema. Ele também não seria o meu.

Apesar de tudo, por algum motivo, chego na hora. Vejo a bela casa geminada onde os dois moram quando viro a esquina. Minha respiração vira uma névoa no ar frio, mas, ainda assim, faço hora antes de entrar, aproveitando os últimos minutos que tenho antes de precisar fingir que gosto dos amigos insuportáveis dele. Ou dos amigos insuportáveis *deles*, pelo visto, já que Oscar e Laurie vivem grudados agora. Às vezes, acho que teria sido melhor se ela tivesse ficado com Billy. Pelo menos, ele é divertido e não fica se fazendo de bom moço. De vez em quando, Sarah e Laurie nos obrigam a sair juntos, e, enquanto as duas riem como irmãs, Oscar e eu batemos papo como dois vizinhos que não se dão lá muito bem. Não que exista a possibilidade de um dia nos tornarmos vizinhos, porque ele mora na babacolândia, e eu moro com a ralé. E não importa o mundo em que vivemos, simplesmente não temos o suficiente em comum para sermos amigos. A única coisa que temos em comum é Laurie, e ela está ficando mais como ele e menos como eu a cada dia.

Estou praticamente na porta agora. Penso em seguir direto, mas Laurie está na entrada, cumprimentando alguém que não reconheço, e me vê, saudando com a mão. Enrolo até o convidado entrar, depois me aproximo e tento sorrir.

— Lu.

— Jack. Você veio.

Ela faz um esforço heroico para não olhar para o relógio, e eu tento — e fracasso — não fitar a estrela-do-mar aconchegada entre suas clavículas. Seus dedos cobrem o pingente, como se ela temesse que eu enlouquecesse e o puxasse de novo.

— Você está bonita — digo.

Laurie olha para o vestido como se não o tivesse visto antes. É algo diferente do que costuma usar — preto e *vintage*, com bordados azuis e uma saia rodada que bate nos joelhos. Volto no tempo para Barnes Common, para o dia em que bebemos cerveja sob o sol e andamos na roda-gigante.

— Obrigada — diz ela, exibindo um sorriso incerto enquanto me dá um beijo na bochecha. — Entre. Sarah está na cozinha. — Laurie me guia pelo saguão ladrilhado até sua porta. — Ela fez ponche de rum.

— E ela exagerou no rum?

De costas para mim, Laurie solta uma gargalhada, e me surpreendo; é a primeira vez em muito tempo que ela ri de verdade de algum comentário meu.

— Lógico.

Passamos por grupos de pessoas que, no geral, não reconheço, com algumas exceções, incluindo o irmão rosado de Oscar, cujo nome não lembro, e a mulher, que tem cara de quem chupa limão no café da manhã, almoço e jantar. Sarah e eu encontramos com os dois no dia depois do Natal, em um bar aqui perto. Como era de se esperar, Oscar reservara um espaço para uma festinha de fim de ano — por que se misturar à ralé do bar quando você pode acabar com o clima, colocando pouquíssimas pessoas em um espaço grande demais?

O irmão bate o punho no meu quando passo.

— Que bom te ver bem, meu camarada — diz ele, e, para ser justo, lembro que o sujeito não é tão ruim assim.

Mas não posso dizer o mesmo da mulher dele, cujo sorriso parece mais machucar seu rosto do que qualquer outra coisa, e cujos olhos apertados me dizem que não preciso parar para cumprimentá-la. Tudo bem. Eu não pretendia puxar nenhum assunto com ela — não sei nada sobre quinoa ou como preparar ovos de codorna pochê.

— Jack, aqui.

Sarah. Minha salvadora. Talvez ela me trate bem agora que estamos em público. Laurie toca meu braço e pede licença, e sigo para a relativa segurança da cozinha. Como sempre, Sarah está deslumbrante em um vestido que nunca vi antes; é amarelo, justo e contrasta com seu cabelo.

— O que aconteceu com a música? — pergunto, aproximando a cabeça para ouvir enquanto ela me passa uma cerveja da geladeira.

Esta com certeza não é a *playlist* que tive tanto trabalho para montar.

— Um dos amigos de Oscar pegou meu celular. — Ela faz uma careta enquanto um sósia do aniversariante aparece. — Esse aí.

— Seu namorado mandou outra mensagem — diz ele, oferecendo o celular.

Namorado? Estico a mão e pego o aparelho.

— Valeu, cara. Pode deixar que eu cuido da música.

Ele olha para Sarah, que pega o copo vazio dele e serve mais ponche.

— Jack está no comando agora — diz ela, sorrindo para amenizar a situação enquanto acena com a cabeça na minha direção.

Aperto a mão do sujeito, que paira no ar entre nós, mas, atrás dele, Sarah parece nervosa.

— Namorado? — pergunto baixinho, entregando o celular quando ficamos sozinhos. Há uma mensagem de Luke iluminando a tela. — Ele está dizendo que queria te encontrar hoje à noite.

Ela me encara e abre a boca para responder, mas Laurie bate palmas e chama todo mundo. Pelo visto, Oscar está saindo do táxi.

— A gente devia... — Sarah olha para a porta da cozinha com um ar pesaroso.

Alguém estica a mão ao redor do batente e aperta o interruptor, deixando a cozinha escura, e ela some de lá. Fico onde estou, pensando no que acabou de acontecer.

Laurie

— Surpresa!

Todos acenam e batem palmas quando Oscar abre a porta e acende a luz. A expressão dele vai de preocupada para chocada para incrédula enquanto olha para o inesperado grupo de pessoas reunidas na sala. Todo mundo se aglomera ao seu redor para lhe dar os parabéns, mas fico onde estou e observo, sorrindo enquanto ele abraça os amigos e cumprimenta as respectivas namoradas com um beijo na bochecha. É difícil dar uma festa-surpresa hoje em dia, com celulares e e-mails sempre atrapalhando. Nas últimas semanas, seria compreensível se

Oscar desconfiasse de que estava sendo traído; eu vivia nervosa, agarrando o celular sempre que qualquer mensagem chegava. Ele só não me questionou por causa de sua confiança, e, hoje, fico grata por isso ter me ajudado a manter a surpresa. Oscar é tão bom comigo, sempre generoso e atencioso. Não posso retribuir com presentes caros, mas espero que ter reunido pessoas queridas para começar bem seu fim de semana de aniversário mostre como sou grata.

— Isso foi ideia sua? — pergunta ele, rindo, quando finalmente consegue atravessar a sala.

— Talvez. — Sorrio, ficando na ponta dos pés para beijá-lo. — Ficou surpreso?

Oscar concorda com a cabeça, analisando a sala lotada.

— Com certeza.

— Ponche? — pergunta Sarah, aparecendo ao nosso lado com copos cheios.

Oscar lhe dá um beijo na bochecha e aceita a bebida.

— Imagino que seja receita sua? — pergunta ele, cheirando o copo.

— É um presente especial para você.

Ela gesticula para ele beber, e, para seu crédito, Oscar obedece, arregalando os olhos e concordando com a cabeça.

— Está... meio forte — diz ele, achando graça.

Dou um golinho no meu e me pergunto como as pessoas vão conseguir ir embora depois de tomarem mais de dois copos disto.

— Acho que vou trocar de roupa. Estou me sentindo muito formal perto de vocês.

Oscar olha para seu terno. Seguro sua mão; não tinha pensando que ele talvez quisesse trocar de roupa. Vai descobrir meu presente assim que entrar no quarto.

— Eu vou junto — digo, olhando disfarçadamente para Sarah, nervosa.

Ele me encara, surpreso.

— Safadinha. — E aperta minha cintura. — Mas seria melhor você ficar aqui, essa coisa de anfitriã perfeita e tal.

Sarah me salva, rápida como sempre.

— Vocês dois podem sumir um pouquinho, ninguém vai perceber. Se alguém perguntar onde estão, uso o ponche como distração.

Não dou tempo para Oscar argumentar, apenas o puxo até o corredor. Antes de abrir a porta do quarto, sussurro:

— Feche os olhos. — Corajoso, ele obedece, provavelmente esperando alguma surpresa sensual. Eu o guio para dentro, segurando sua mão. — Não abra — aviso, fechando a porta e parando na sua frente para ver seu rosto quando ele abrir os olhos. — Tudo bem, pode abrir agora.

Oscar pisca, me encarando primeiro, talvez chocado por eu ainda estar vestida. Meu Deus, espero que ele não esteja decepcionado. Passo as mãos pela minha saia rodada. Foi amor à primeira vista por este vestido, me sinto como Audrey Hepburn.

— Não sou eu — digo, gesticulando com a cabeça para o quadro quando ele começa a puxar a gravata. — Ali.

Oscar se vira e para ao pé da cama, seus olhos focando na cena vívida pendurada em destaque. É como olhar através de uma janela para o outro lado do mundo, e, por alguns segundos, ficamos parados juntos, de mãos dadas, contemplando. Ele aperta meus dedos e, então, sobe no colchão para analisar a imagem de perto.

— Quem fez isso? — pergunta.

— Uma amiga. — Ajoelho ao seu lado. — Gostou?

Ele não me responde de imediato, só encara a pintura; depois, passa a ponta do dedo pelo relevo da tinta.

— Vamos voltar — sussurra ele.

— Tudo bem. — Sorrio, melancólica. — Já podemos estar lá a esta hora amanhã. — Passo minha mão por dentro da sua camisa desabotoada e a coloco sobre o coração. — Você me faz tão feliz, Oscar — digo, e ele passa um braço por cima dos meus ombros e beija meu cabelo.

— Eu me esforço. Este é o segundo melhor presente que você poderia ter me dado.

Eu o encaro.

— Qual seria o primeiro?

Talvez eu devesse ter comprado *lingerie* provocante.

Oscar suspira, e, do nada, eu me sinto nervosa, porque ele me encara com um olhar intenso, se movendo para ficar diante de mim.

— Sei que já te perguntei isto um milhão de vezes, Laurie, mas, desta vez, não estou brincando nem rindo nem fazendo piada. — Seus olhos escuros parecem úmidos enquanto ele segura minhas mãos. — Quero te levar para lá de novo. Mas, desta vez, como minha mulher. Não quero esperar mais. Eu te amo e quero que você fique comigo para sempre. Quer casar comigo?

— Oscar...

Estou atordoada. Ele beija as costas das minhas mãos e me encara, temeroso.

— Diga que sim, Laurie. Por favor, diga que sim.

Eu o observo, e ali, diante de mim, vejo o próximo marco na minha vida. Oscar Ogilvy-Black, meu futuro marido.

— Sim. Eu quero.

Jack

— Por que ele achou que Luke era seu "namorado"?

Faço o sinal de aspas no ar quando digo a última palavra, como um idiota, apoiado na geladeira.

Sarah dá de ombros.

— Não sei. Foi só um engano, Jack. Deixe isso pra lá.

Afasto o olhar, concordando com a cabeça.

— Pode ser. Mas sejamos sinceros, Sarah, você e meu herói australiano andam muito amiguinhos, não é?

Ela suspira e olha para baixo.

— Agora não, está bem?

— Agora não? — Solto uma meia-risada enquanto repito suas palavras, refletindo sobre elas em voz alta. — Agora não *o quê*, Sarah? Não vamos brigar na festa de Oscar ou não vamos falar sobre você passar tempo demais com um cara aleatório que pegou meu celular enquanto eu estava inconsciente?

Não me orgulho de soar ingrato nem de como meu comentário deve ter feito Sarah se sentir mal.

— Não estou. — Ela ergue o queixo, mas seus olhos me dizem que essa não é toda a verdade. Não sei se ela está mentindo para mim ou para si mesma. — Deixe de bancar o superior. Não tenho nada com Luke nem com ninguém, e você sabe muito bem disso. Eu não faria isso com você. Mas, Jack... — De repente, inesperadamente, os olhos da Sarah se enchem de lágrimas. — Este não é o momento nem o lugar para esta conversa. É importante demais.

— Claro — digo, mas ainda não estou pronto para desistir, porque aquela mensagem não parecia inocente. — Quer que eu te deixe à vontade para responder?

Sei que devia calar a boca, mas faz muito tempo que estamos tentando evitar a verdade, e, por algum motivo, esta noite parece ser o momento de finalmente botar as coisas em pratos limpos. O problema não é só a mensagem; é tudo.

— Quer saber, Jack? Eu vou responder. Vou responder porque, ao contrário de você, ele se dá ao trabalho de me mandar mensagens.

— Eu te mando mensagens — respondo, apesar de saber que não é bem assim.

— De vez em nunca, quando quer trepar ou esqueceu alguma coisa no trabalho — diz Sarah.

— O que você queria? Cartinhas de amor?

Sei que estou parecendo um babaca, mas será que Sarah não entende que eu ando sem tempo? Não é como se ela também me enchesse de mensagens.

— Quer saber? Tudo bem. Se você quer que eu diga a verdade, vou dizer. Já pensei nisso, em Luke, desse jeito. Ele é engraçado e me escuta. Ele presta atenção em mim, Jack. Você, não. Já faz tempo que não. Só quer saber de si mesmo.

Luke é uma víbora de merda, estou tentado a dizer, *esperando para dar o bote assim que o nosso namoro for para o espaço.*

— Eu presto atenção em você.

De repente, estou sem ar, porque o comentário descuidado de um desconhecido em uma festa foi o suficiente para botar fogo no último fiapo que nos unia. A percepção de que o momento chegou me atravessa, subindo pelas solas das minhas botas, por minhas pernas, pelo meu corpo, me mantendo imóvel quando sei que devia me mexer e abraçá-la. Faz tempo que essa sensação nos acompanha, pairando sobre nós quando assistimos a um filme, nos observando da mesa ao lado quando saímos para jantar, à espreita no canto do quarto enquanto dormimos.

— Você precisa *estar comigo* para prestar atenção — diz Sarah. — E faz tempo que isso não acontece, Jack. Desde antes do acidente. E as coisas com certeza não melhoraram depois.

Nós nos encaramos, cada um de um lado da cozinha chique, com medo do que virá em seguida. Então o irmão de Oscar aparece, balançando o copo de ponche vazio na direção dela.

Sempre a profissional preparada, Sarah abre um sorriso, diz algo simpático e pega a concha. Pauso a briga por um instante, observo-a em ação e saio para o jardim em busca de ar.

— Você não devia ter saído sem casaco.

Dez minutos depois, Sarah senta ao meu lado no banco do jardim e me passa uma cerveja. Ela tem razão. A noite está fria, e sei que meu ombro vai amanhecer doendo, mas, agora, ficar aqui é preferível ao calor e à cordialidade forçada dentro do apartamento.

— A gente podia esquecer aquela conversa — diz ela, encostando o joelho no meu enquanto dá um gole no vinho tinto.

Essa é minha garota. Ela pode até ter convencido todo mundo a encher a cara de ponche, mas está bebendo do bom e do melhor. Sarah é uma das mulheres mais elegantes que já conheci, além de ser das melhores.

— Mas você *quer* esquecer, Sar? — pergunto. Algo dentro de mim não consegue evitar. Não quero fazer a próxima pergunta, mas preciso fazer. — Você quer fingir?

Ela fica em silêncio por um instante, encarando a taça de vinho. Então fecha os olhos, e observo seu perfil — tão amado, tão familiar. Lágrimas brilham em seus cílios.

— Sarah, pode falar, vai ficar tudo bem — digo, falando com gentileza agora, porque sei que isto vai ser difícil para nós dois. Ninguém pula de um penhasco sem se machucar.

— Como é que vai ficar tudo bem? — pergunta ela, sua voz soando como a de uma garota de doze anos.

Coloco minha cerveja no chão e me viro para encará-la.

— Porque você é você. — Uma mecha de cabelo cai sobre o rosto dela, e prendo-a atrás de sua orelha. — Esta pessoa linda e maravilhosa.

As lágrimas escorrem pelo seu rosto.

— E você é você. Tão teimoso e tão bonito.

Faz muito tempo que não me sinto um bom homem; talvez esta seja a melhor coisa que faço por Sarah em muitos meses. Só queria que não fosse tão doloroso.

— Mas foi bom junto, não foi? — Ela pega minha mão, seus dedos gelados se fechando ao redor dos meus.

Lembro como se fosse ontem, ela apertando o botão para parar o elevador até eu concordar em levá-la para almoçar.

— Muito bom, Sar. Quase perfeito por um tempo.

— Quase é suficiente para algumas pessoas — diz Sarah. — Para muitas pessoas. O mundo está cheio de casais quase perfeitos.

Ela está fraquejando, observando meu rosto. Eu entendo. Também estou incerto. Não consigo imaginar como vai ser minha vida sem ela ou quem vou ser sem ela.

— Mas é suficiente para você? — pergunto, e juro que, se ela disser que sim, vou levá-la para casa, para cama, e deixar que seja suficiente para mim também.

Sarah não consegue responder. Não porque não sabe o que dizer, mas porque sabe que não poderá voltar atrás depois que as palavras forem ditas.

Ela se apoia em mim, coloca a cabeça no meu ombro.

— Achei que a gente fosse se amar para sempre, Jack.

— Nós vamos — digo, e a sinto concordar com a cabeça.

— Não quero dizer adeus — sussurra ela.

— A gente não precisa, por enquanto — respondo. — Vamos ficar aqui um pouco mais. — Eu a abraço pela última vez. — Sempre vou ter orgulho de você, Sar. Vou te ver no jornal e pensar lá está ela, aquela garota deslumbrante que mudou minha vida.

Não me orgulho em dizer que também estou chorando.

— E eu vou te escutar no rádio e pensar aí está ele de novo, aquele homem incrível que mudou minha vida — diz ela.

— Viu só? — Seco seus olhos com o dedão. — Não podemos sair da vida um do outro, nem se tentarmos. Sempre vou estar na sua, e você, na minha. A gente é amigo há tempo demais para mudar isso agora.

Ficamos sentados ali por mais uns minutos, abraçados, observando os primeiros flocos de neve caírem do céu escuro. Não há alianças para devolver, posses pelas quais brigar, filhos para passar adiante em estacionamentos frios. Só duas pessoas prestes a seguir caminhos opostos.

Um de nós deve tomar a iniciativa — ser a pessoa que levanta e vai embora —, e sei que precisa ser eu. Faz muito tempo que ela é a mais forte de nós; tenho que deixá-la aqui, sob a proteção de Laurie. Por um segundo, aperto-a contra mim, sentindo a total impossibilidade desta situação. Cada parte do meu corpo quer ficar. Mas, então, eu beijo seu cabelo, me levanto e vou embora.

16 de fevereiro

Laurie

— Preparei uns sanduíches para a gente.

Faz uma semana desde a festa. Desde que Oscar me pediu em casamento e desde que Sarah e Jack terminaram.

A festa foi um sucesso, em boa parte por causa do ponche de Sarah, é claro. Até Fliss aceitou um copo para brindar e, meia hora depois, soltou o cabelo do elegante coque e perguntou se alguém tinha um cigarro. Gerry quase quebrou uma perna em sua pressa para buscar mais ponche para ela. Eu pretendia tornar o noivado público só depois de dar a notícia aos nossos pais, mas, assim que saímos do quarto, alguém gritou: "Sabemos o que *vocês* estavam fazendo!" e Oscar não conseguiu se controlar. Ele gritou: "Sim. Pedindo a mão dela em casamento!", e todo mundo aplaudiu e veio nos parabenizar.

A primeira pessoa para quem eu queria contar era Sarah, óbvio. Ela chorou; na hora, achei que fosse de alegria, uma emoção motivada pelo ponche. Até o fato de Jack ter ido embora mais cedo não me chamou a atenção, talvez por eu estar distraída demais na minha própria alegria para notar a tragédia que havia ocorrido no jardim. Em um ato de heroísmo, Sarah não mencionou que tinha uma novidade importante e devastadora. Na verdade, não me falou nada. Foi Jack quem contou. Ele me ligou ontem para saber como Sarah estava, porque ela não atendia às ligações, e precisou me explicar o que estava acontecendo quando perguntei o por quê. Esperei até que Sarah saísse do trabalho, a trouxe para casa comigo, e, agora, ela está aqui, encolhida em nosso sofá, sob a coberta.

— O especial da Delancey Street — digo, lhe entregando o prato de sanduíches enquanto me enfio sob a coberta também.

Oscar teve tato suficiente para passar o fim de semana fora, deixando nós duas livres para assistir a filmes bobos, beber um revigorante vinho tinto e conversar, se ela quiser. Quando saiu do trabalho ontem, Sarah parecia ter passado a semana inteira sem comer; era uma versão fantasma da minha amiga.

— Faz tempo que não comemos isso.

— Anos — digo. Ela tem razão. Todos os nossos encontros em Londres parecem eventos corridos em restaurantes chiques ou barezinhos sofisticados. Sinto falta das nossas noites aconchegantes em casa. — Mas não esqueci a receita.

Sarah abre um sanduíche e observa o recheio.

— Você se lembrou da maionese — diz ela baixinho. Eu queria que aproveitasse para comê-lo. — Jack nunca gostou muito deles. Não é fã de gorgonzola.

Concordo com a cabeça sem saber o que dizer, porque estou furiosa com Jack O'Mara. Ele não me explicou direito o que aconteceu com Sarah, disse só alguma coisa sobre bom o suficiente não bastar, que o namoro dos dois só chegava a noventa por cento do ideal. Acho que fui mais ríspida do que devia; falei que não era realista querer cem por cento, que esse era o tipo de ideia perigosa e infantil que faz as pessoas passarem a vida toda sozinhas. Sarah ainda não me contou exatamente o que aconteceu, mas estou tentando dar um tempo para ela se sentir à vontade.

— Sobra mais para gente.

Tiro o prato das suas mãos, mas o seguro na sua frente para que pegue um antes de eu fazer o mesmo e deixá-lo ao meu lado no sofá. Ela faz cara de quem já entendeu minhas intenções.

— Não vou parar de comer e definhar — diz ela, apesar de não morder o sanduíche. — Não se preocupe comigo.

— Essa é uma das coisas mais inúteis que você poderia ter dito, sabia?

Como o sanduíche e sinalizo com a cabeça para ela me imitar.

Sarah revira os olhos como uma adolescente, mas obedece, dando uma mordida minúscula.

— Pronto. Satisfeita?

Suspiro e desisto dos sanduíches, passando para o vinho. De toda forma, álcool funciona bem melhor do que queijo nessas situações.

— Você devia falar com Jack. Ou pelo menos mandar uma mensagem — digo, porque ele passou a última hora me enchendo de mensagens para saber se ela está bem. — Avisei que você veio para cá. Ele está preocupado.

— Não sei o que dizer. — Sarah apoia a cabeça no encosto e coloca os braços sobre a coberta, como se estivesse na cama. Considerando que os sofás de Oscar são do tipo que reclinam e estão na posição máxima agora, é como se estivéssemos na cama mesmo. — Mais de três anos juntos, e não faço ideia do que dizer.

— Vocês não precisam conversar. Só mande uma mensagem. Diga que está bem.

Porém, percebo que ainda não sei a história toda; talvez Jack mereça sofrer.

— Vou mandar — diz ela. — Mais tarde.

Sarah suspira e me pergunta como ele estava.

— Preocupado — respondo. — Não me contou muita coisa, deve ter achado que era melhor deixar você fazer isso.

— Não quero te colocar no meio disso, Lu. Não precisa tirá-lo da sua vida também.

A ironia dessas palavras é curiosa. Faz anos que estou no meio de Sarah e Jack.

— Você vai tirá-lo da sua?

Ela brinca com um fiapo de algodão na coberta.

— Acho que preciso. Pelo menos, por enquanto. Não sei como agir com ele sem sermos um casal, sabe? Parece que passei o último ano culpando Jack por tudo e, agora que não preciso mais disso, não sei o que fazer.

— Um ano é tempo demais para passar infeliz — digo, surpresa por minha amiga ter passado doze meses triste sem que eu notasse.

Sinceramente, eu sabia que os dois viviam ocupados e estressados antes do acidente, que Jack tinha sido babaca algumas vezes, mas todos os casais passam por fases difíceis, não é? Estou me sentindo uma péssima amiga, distraída com minha própria vida amorosa.

— Na minha cabeça, eu culpava Jack por tudo, Lu. Por nos vermos cada vez menos, por termos nos afastado ou por termos sido afastados por nossas vidas diferentes, talvez. O acidente devia ter sido um alerta, mas só piorou a situação. E aí culpei ele por isso também. Por ficar se lamentando, por não ir à luta. — Sarah parece tão abatida. — Era mais fácil do que assumir a culpa, eu acho. Mas eu também vivia ocupada. Queria ter me esforçado mais para entendê-lo.

Percebo que coloquei a culpa toda em Jack desde que ele me ligou; ele não disse nada que sugerisse que o término também tinha sido uma escolha de Sarah. Tipo, sei que essas coisas nunca são simples, mas ele me passou a impressão de que tinha terminado tudo porque ela não era cem por cento a mulher dos sonhos dele. Estou ao mesmo tempo aliviada e incomodada por saber que não foi bem assim.

— Acho que, por enquanto, não importa saber de quem foi a culpa — digo. — Você só precisa se cuidar, ficar bem.

— Já estou com saudade dele.

Concordo com a cabeça e engulo em seco; também sinto saudade. É estranho, porque quase não o vejo hoje em dia, mas ele sempre esteve lá. Sarah e Jack. Jack e Sarah. Foi algo que se tornou parte do meu vocabulário, forçado no início, inevitável no fim. E, agora, é só Sarah ou Jack. A ideia de ele desaparecer depois disso é mais triste do que consigo explicar.

— Talvez, depois, vocês mudem de ideia. Às vezes, só precisam dar um tempo — digo, me sentindo a filha de pais que estão se divorciando.

Sarah abre um meio-sorriso, distante, como se soubesse que isso é fantasia.

— Não vamos mudar de ideia. Pelo menos, não eu. — Ela gira o vinho na taça antes de dar um gole. — Sabe como eu sei?

Balanço a cabeça.

— Não.

— Porque parte de mim está aliviada. — Ela não parece aliviada. Acho que nunca a vi tão arrasada. — Não me entenda mal, parece que alguém arrancou meu coração. Não sei viver sem Jack, mas tem uma parte de mim... — Sarah se interrompe e olha para as mãos. — Tem uma parte que se sente aliviada. Aliviada, porque amar Jack sempre foi, de um jeito ou de outro, muito trabalhoso.

Não sei o que dizer, então a deixo continuar.

— Ah, ele é um amor e, meu Deus, tão lindo, mas, quando penso no nosso namoro, foram um milhão de concessõezinhas, dele ou minhas, para que nossas diferenças não fossem grandes a ponto de nos separar. Era um esforço constante, e acho que o amor não devia ser assim, sabe? Não que seja errado tentar agradar um ao outro... Estou falando de nos esforçarmos para ser um pouquinho diferentes do que somos de verdade. Fico vendo você e Oscar, como é tudo tão natural quando estão juntos, como se não tivessem que se adaptar, porque simplesmente se encaixam.

É nesse momento que tenho certeza de que não haverá volta para Jack e Sarah. Nunca percebi nada disso — os dois faziam aquele amor parecer tão fácil. Por dentro, estou arrasada; principalmente por eles, mas também por mim. É como se parte da minha vida tivesse sido estilhaçada e saísse flutuando para o espaço sideral.

— Como posso ajudar? — pergunto.

Os olhos de Sarah se enchem de lágrimas.

— Não sei.

Espero e deixo que ela chore no meu ombro, acariciando seu cabelo.

— T-tem u-uma coisa que você pode fazer.

— Sim, só falar.

Estou desesperada para ajudar; odeio me sentir tão impotente.

— Pode continuar sendo amiga dele, Lu? Por favor? Estou com medo de ele se afastar de todo mundo de novo.

— É claro — respondo. — Você é minha melhor amiga, mas também gosto de Jack. Vou ficar de olho nele, se é isso que você quer.

Eu a abraço, e Sarah apoia a cabeça no meu ombro. Escuto sua respiração lenta enquanto ela cai no sono. E, ao fechar os olhos também, me lembro do dia em que conheci Sarah, do dia em que conheci Jack e de como nossas vidas ficaram emaranhadas e complicadas com o passar dos anos. Somos um triângulo cujos lados estão sempre mudando de tamanho. Eles nunca foram iguais. Talvez tenha chegado a hora de aprender a seguirmos sozinhos em vez de continuarmos nos apoiando uns nos outros.

20 de abril

Laurie

— Você precisa me ajudar hoje — digo, apertando o braço de Sarah antes de entrarmos na loja de vestidos de noiva em Pimlico. — Minha mãe está louca por um vestido bufante, mas eu quero algo simples. A igreja é pequena. Não a deixe me convencer a comprar algo que não caiba no altar.

Sarah sorri.

— Gosto muito dos modelos rodados e brilhantes. Acho que você ficaria bem em um desses.

— É sério, Sar. Ela está quase ligando para aquela mulher do *Meu Grande Casamento Cigano* para ver se posso participar do programa de última hora. Pelo amor de Deus, não vá na onda dela.

Ainda rindo, entramos na loja, e vejo que minha mãe já está batendo papo com a vendedora, uma mulher glamorosa, de cinquenta e poucos anos, com uma fita métrica pendurada em torno do pescoço bronzeado.

— Aí está ela!

Minha mãe abre um sorriso radiante para mim quando nos aproximamos; vejo os olhos da vendedora se iluminarem diante da visão de Sarah, mas sua alegria diminui um pouco ao perceber que a noiva sou eu. Tenho certeza de que há um milhão de vestidos aqui que ficariam bem em uma mulher alta e cheia de curvas como Sarah, enquanto eu, baixa e comum, preciso de um traje mais gracioso para arrasar. Os óculos da vendedora estão presos no coque avermelhado, e ela os pega para me analisar enquanto penduro o casaco no cabide que me é oferecido.

— Então *você* é a minha noiva! — Pelo exagero do tom teatral, até parece que vou me casar com ela. — Sou Gwenda, também conhecida por aqui como a fada-madrinha!

Meu sorriso é discreto. Se tem uma coisa que já descobri sobre casamentos é que praticamente todo mundo que trabalha no ramo aperfeiçoou esse ar falso de eterna animação, como se nada fosse deixá-los mais felizes do que transformar seu casamento dos sonhos em realidade. Eu entendo. Mais paparicos significam mais dinheiro. O simples fato de algo ser associado a casamentos já o torna três vezes mais caro do que o normal. Quer uma árvore ornamental em cada lado da porta de entrada? Claro. Faço as duas por cinquenta libras. Espere, elas são para sua festa de casamento? Ah, bem, nesse caso, vou amarrar umas fitas nos vasos e cobrar o dobro! Mas já entendi o esquema. Tento só jogar a bomba matrimonial no último segundo. Não que Oscar esteja interessado em economizar — ele e a mãe estão completamente obcecados com os preparativos. Está sendo difícil controlar os dois. O que eu queria mesmo, se eles parassem para me ouvir, era uma cerimônia pequena — e, ao contrário de muita gente que diz isso, estou falando sério: algo íntimo e especial, só para nós e para as pessoas mais próximas. Os únicos convidados de que realmente faço questão são minha família, Jack e Sarah e uns poucos amigos da escola com quem mantive contato. Quanto as outras pessoas que conheço, gosto bastante de todo mundo, mas não o suficiente para querer que estejam presentes. Não que a minha opinião faça diferença. Parece que vai acabar sendo algo extravagante e grandioso. Assim... não sou nem um pouco religiosa, mas, pelo visto, casar na igreja é imprescindível, de preferência na mesma igreja em que os pais de Oscar se casaram. Uma tradição familiar que deve ser mantida.

Só estou feliz por ter conseguido o direito de escolher o meu vestido e o vestido de madrinha de Sarah — quando digo que até isso foi difícil, acredite. Faz semanas que minha futura sogra me manda *links* para vestidos, todos dignos de Kate Middleton ou, talvez, para ser mais exata, da ex-namorada de Oscar, Cressida. Ele quase nunca fala dela. Queria poder dizer o mesmo da mãe dele; a foto do casal permanece na sala de estar, sobre o piano, é claro. Digo é claro porque Cressida era — é — pianista clássica. Ela tem dedos longos e magros. Todo o corpo dela é longo e magro, para ser sincera.

— Na minha opinião, decotes em coração favorecem mais o busto — diz Gwenda, olhando para meus seios com certa pena.

Sarah se vira para a arara com os vestidos, porque começa a rir. Esta é a segunda vez hoje que sinto como se meus peitos deixassem a desejar; acabamos de ter uma experiência de compras igualmente deprimente, na qual tiraram minhas medidas para um sutiã de noiva, que, é claro, custa o dobro de todas as *lingeries* normais da loja. Agora, estou presa em um corselete com oito fechos, que provavelmente não vou conseguir tirar nem para fazer xixi, então o desprezo de Gwenda aos meus atributos é irritante. Minha mãe, graças a Deus, resolve se meter.

— É verdade, Gwenda — diz ela, sorrindo. — Laurie puxou a mim nesse quesito. — Ela revira os olhos para os próprios seios. — Talvez a gente possa dar uma olhada nas opções primeiro e depois te chamar?

Gwenda parece um pouco magoada, pisca rápido por trás dos óculos com armação grossa.

— Como quiserem, meninas. Vocês reservaram uma hora inteira, então olhem tudo com calma. — Ela segue para trás do balcão, depois volta a erguer o olhar. — Só para informar, fazemos todos os ajustes aqui, então não precisam ter medo de o vestido sumir quando o mandarem para fazer bainha.

Que fofa. Agora, sou sem peito *e* baixa. Ela está se saindo uma ótima fada-madrinha.

— Como você está depois daquilo tudo, Sarah, meu amor?

Escuto minha mãe sussurrar a pergunta enquanto passa um braço ao redor dos ombros de Sarah diante da arara cheia de vestidos bufantes que estou evitando de propósito. As duas se encontraram várias vezes com o passar dos anos e o senso de humor parecido — geralmente às minhas custas — fez com que se aproximassem logo de cara.

— Mais ou menos, Helen, obrigada por perguntar. Só estou tentando seguir com a minha vida, me manter ocupada.

Sarah abre um pequeno sorriso agradecido para reforçar as palavras. Nas semanas desde que tudo aconteceu, andamos bebendo mais vinho do que é saudável, mas, no geral, ela está indo bem. Não tenho tanta certeza sobre Jack. Saímos para tomar café duas vezes; com Sarah sabendo, é claro. Prometi que lhe contaria quando o encontrasse. Não dei detalhes — não falei que Jack estava acabado na primeira vez em que o vi, e que a segunda foi ainda pior, que ele estava com cara de ter ido para o café depois de ter dormido fora de casa. Acho que todo mundo tem seu jeito de lidar com as coisas, mas fiquei preocupada ao vê-lo daquele jeito.

Estou me perguntando como tirar minha mãe de perto dos vestidos com um metro e meio de cauda quando Gwenda, surpreendentemente, surge para me ajudar.

— Mãe — chama ela em tom de voz alto, olhando por cima dos óculos. — Na minha opinião, saias pesadas engolem as noivas pequeninas.

Agora é minha vez de enfiar a cara na arara mais próxima para esconder um sorriso. Gwenda chamá-la de "mãe" é outra característica da indústria casamenteira. Eles se referem a você de acordo com seu papel no evento: noiva, noivo, mãe da noiva.

Sarah inclina a cabeça e a balança lentamente, concordando.

— Sabe, acho que Gwenda tem razão. Não queremos que Laurie seja só saia, não é? Ficaria desproporcional, parecendo um suporte de papel higiênico.

Minha amiga ri, despreocupada, e dá o braço para minha mãe, piscando para mim enquanto se aproximam de mim. Eu sorrio, mas também faço cara feia. Sou grata pela ajuda, mas suporte de papel higiênico? Será que mais alguém quer me ofender hoje? As revistas de noiva me garantiram que hoje seria um dos momentos mais memoráveis da minha vida. Tenho certeza de que mencionaram lágrimas e champanhe. Pelo andar da carruagem, não estou muito esperançosa, mas acho bem capaz de o passeio terminar em lágrimas de tristeza e necessidade de uma bebida bem forte.

— Que tal algo assim? — pergunta Sarah, erguendo uma peça brilhante de tom branco-prateado, estilo *art déco*.

O vestido é lindo, mas muito detalhado e parece ter uma cauda de peixe no final. Em Sarah, ficaria deslumbrante. Estou quase dizendo como ela ficaria fantástica nele, que ela seria uma noiva-sereia, mas fico quieta quando me lembro do estojo de pó compacto que encontrei com Jack naquele Natal para lhe dar de presente. Para ser sincera, aquele é o último dia em que quero pensar. Estou orgulhosa pela forma como Sarah se recusou a sentir pena de si mesma depois do fim do namoro; ela está aqui, com a animação de sempre, e sei que já saiu algumas vezes com Luke, apesar de não me contar detalhes. Acho que nenhum dos dois está com pressa de oficializar o relacionamento —, porém, mesmo assim, fico feliz por ele estar na vida dela.

— Queria algo mais simples — digo, lentamente passando os vestidos pela arara para observá-los.

Passamos dez minutos tirando tudo do lugar e separando meus favoritos e os que as duas gostaram tanto que concordo em experimentar. Apesar de não ser a melhor experiência da minha vida, não consigo me imaginar fazendo isso com ninguém além de minha mãe e Sarah. Fiquei meio triste ontem à noite, pensando em como seria ter Ginny comigo, mas Sarah sempre consegue dar um jeito de melhorar as coisas.

Gwenda vem até nós e bate palmas uma vez, com delicadeza.

— Parece que já temos os vencedores — diz, seus olhos analisando os vestidos que penduramos na arara dourada especial que ela, cheia de cerimônia, levou até nós mais cedo. — Mãe, madrinha, por aqui.

Ela pega as duas pelo cotovelo e as guia para trás de uma cortina com a determinação implacável de um carcereiro. Fico parada onde estou por um segundo, mas minha curiosidade vence, e enfio a cabeça na sala para ver o que está acontecendo. Ah, entendi. É *aqui* que o champanhe acontece. Minha mãe e Sarah estão sentadas em tronos de veludo rosa-escuro, e uma vendedora mais nova lhes serve taças de champanhe gelado.

— Chloe vai ficar aqui para encher suas taças, meninas — diz Gwenda, piscando.

Sarah me vê, e o divertimento em sua expressão faz todos os insultos que ouvi até agora valerem a pena. Faz semanas que não a vejo tão feliz. Tinha ficado na dúvida se devia convidá-la para vir, com medo de deixá-la triste, mas, no fim das contas, ela própria se convidou, como sempre. Agora, vendo-a com as pernas cruzadas, bebendo champanhe, fico feliz por ela estar aqui.

Gwenda faz uma pequena reverência, como se fôssemos atrizes prestes a voltar para trás das cortinas.

— Vou levar a noiva agora e fazer mágica! Já voltamos. — Ela olha para sua assistente. — Prepare os lenços, Chloe!

Quando Chloe pega uma caixa de lenços com estampa floral e a coloca, cheia de pompa, sobre a mesa de vidro entre Sarah e minha mãe, sinto que esta performance já foi muito ensaiada. Lanço um olhar assustado por cima do ombro enquanto Gwenda me leva embora, e minhas aliadas erguem suas taças para brindar, sem tomar qualquer atitude para me ajudar.

O primeiro vestido que Gwenda separou foi o escolhido da minha mãe. Não discuto: é ela quem manda aqui. Tive que tirar a roupa toda, ficando só com o corselete de oito fechos, e, agora, a vendedora está parada atrás de mim no provador, segurando o vestido. Quando digo provador, não estou falando de um cubículo nos fundos da loja com uma cortina curta. É uma sala de verdade, cercada de espelhos. Pareço uma bailarina dentro de uma caixinha de música espelhada.

— Este aqui se chama *Vivienne* — diz ela com pronúncia francesa, balançando o vestido de forma que as lantejoulas brilhem ao redor da sala.

Eu não teria escolhido algo tão enfeitado, com um corpete todo bordado e camadas de tule na saia. Sigo as instruções de Gwenda, entrando cuidadosamente no vestido enquanto ela o desabotoa. Observo o meu reflexo enquanto ela o fecha, prendendo um monte de grampos nas minhas costas para ajustar a cintura, depois ajeitando as camas de tule.

Enquanto encaro o espelho, a coisa mais esquisita acontece. Lentamente, me transformo em uma noiva diante dos meus olhos. É um susto. Eu me deixei ser levada pela maré de entusiasmo de Oscar e sua mãe e, no meio do caminho, acabei esquecendo que estamos planejando o meu casamento, um momento único na minha vida.

— Talvez sua mãe tivesse razão — diz Gwenda, seus perspicazes olhos azuis por cima do meu ombro.

— Não é isso — respondo, me encarando como se estivesse olhando para um daqueles espelhos mágicos que refletem uma versão diferente de você. Quase espero a noiva do reflexo piscar para mim. — Sou eu... Sou...

— Uma noiva? — Sorri ela, sabiamente. — Muitas mulheres ficam surpresas quando colocam um vestido de noiva pela primeira vez. É um momento muito especial, não é?

Acho que Gwenda não entendeu muito bem, mas também não sei explicar o que estou sentindo, então apenas concordo com a cabeça.

— Minha nossa! Se *você* está se sentindo assim, imagine o noivo — tagarela ela, provavelmente da mesma forma que já fez com muitas outras noivas aqui mesmo. — Lá vai estar ele, o homem com quem você sempre sonhou, te esperando no altar, prestes a se virar e ver sua noiva pela primeira vez. — Gwenda suspira, completamente teatral. — É um momento precioso.

Fico completamente imóvel, suas palavras girando ao redor da minha cabeça de uma forma tão palpável que é surpreendente não vê-las refletidas no espelho. Eu me imagino caminhando até o altar, observada por Oscar e todos os convidados.

— Não gostei — digo, subitamente sem ar. — Por favor, Gwenda, tire isso de mim. Está apertado demais.

A vendedora me encara, atônita; é óbvio que ela achava que eu estava na palma de sua mão cheia de anéis. E eu meio que estava, até o momento em que ela mencionou "o homem com quem você sempre sonhou".

Em casa, horas depois, tiro a roupa no banheiro e abro o chuveiro no máximo. Que desastre. Consegui me acalmar o suficiente na loja para experimentar os outros vestidos, mas nenhum deles era "o vestido" que todas as revistas de noiva tanto falam. No fim da sessão, Gwenda tentou me convencer a provar o primeiro de novo, mas sem chance.

Deixo a temperatura da água um pouquinho mais quente do que o confortável e fico parada enquanto ela desaba sobre minha cabeça. Estou tão decepcionada comigo mesma. A questão não é meu amor por Oscar nem minha vontade de casar com ele. Não é nada disso. Mas é triste saber que aquela sensação continua em mim, como um reflexo muscular.

É triste saber que, quando alguém diz "o homem com quem você sempre sonhou", eu penso em Jack O'Mara.

23 de abril

Jack

Quando a vejo, ela está parada diante da vitrine de uma loja. Faz tempo que estou fazendo hora perto do trabalho dela, esperando encontrá-la no horário de almoço, e lá está ela, se protegendo da chuva com seu guarda-chuva de listras pretas e rosas. Ando rápido para não perdê-la de vista na rua movimentada. Ela entra em uma ruela e a sigo correndo, quase lhe dando um encontrão quando faço a curva.

— Laurie.

Ela se vira, franzindo a testa com minha presença inesperada, abre um sorriso e dá uma meia-risada.

— Jack — diz ela, ficando na ponta dos pés para beijar minha bochecha. — O que você...?

Laurie não termina a pergunta, me encarando. Tarde demais, percebo que estamos na frente de um brechó, e o manequim no meio da vitrine exibe um vestido de noiva.

— Você estava...?

Gesticulo com a cabeça para a loja, ciente de que, por algum motivo, estamos conversando com frases pela metade.

— Não — responde ela, balançando a cabeça enquanto volta a observar o vestido. — Bem, sim, mais ou menos. Esse chamou minha atenção.

— Você vai precisar de um — digo. — Já marcaram a data?

Ela concorda com a cabeça e volta a olhar para a vitrine.

— Dezembro.

— Uau, neste Natal — digo baixinho. — Que legal, Lu. É bem... legal. — Cadê as palavras quando preciso delas? *Legal?* Como é que passo horas falando no meu programa, mas, agora, não sou capaz de pensar em nada para dizer? — Você tem tempo para tomar um café, sair um pouco da chuva?

Enquanto estamos parados ali, alguém no interior da loja se aproxima do vestido e vira a etiqueta para olhar o preço. Vejo Laurie recuar e percebo que ela não estava apenas admirando a vitrine, mas realmente ficou apaixonada. Não sou nenhum especialista, mas até eu consigo ver que o vestido é a cara dela. Há algo muito especial nele; não é parecido em nada com os vestidos ao estilo princesa da Disney que a maioria das mulheres gosta.

— A menos que você queira entrar? — Sinalizo com a cabeça em direção à porta da loja. Laurie segue meu olhar, mordendo o lábio inferior, indecisa. — Posso ficar esperando se você quiser.

Ela me encara e, depois, volta a fitar a vitrine, franzindo um pouco a testa e unindo as sobrancelhas.

— É bobagem, na verdade. Já experimentei um monte de vestidos, e nenhum fica bom. Por algum motivo, esse parece diferente. — Enquanto ela fala, a cliente no interior da loja pega o celular e tira uma foto dele. — Acho que vou entrar rapidinho e dar uma olhada — decide Laurie. — Tem tempo para esperar?

Como o mais urgente que tenho na minha lista hoje é conversar com ela, digo que sim. Hesito, sem saber o que fazer enquanto ela fecha o guarda-chuva e abre a porta da loja.

— É melhor você entrar. A chuva não vai parar.

Laurie tem razão, é claro. Mas parece estranho que justo eu a acompanhe neste momento. Seguro a porta para a mulher que estava olhando o vestido sair, e os olhos de Laurie são tomados pelo alívio. Eu a sigo, tenso. O lugar não é o que eu esperava. A música dos anos 1940 soa discreta ao fundo, como se alguém estivesse ouvindo um rádio de pilha. Rádio de pilha? Parece que também voltei no tempo. As roupas antigas estão dispostas em enormes guarda-roupas velhos com as portas escancaradas, e bijuterias estão despreocupadamente penduradas nas gavetas abertas de cômodas. É como entrar em um camarim da época da guerra abandonado em meio a um bombardeio.

Laurie está examinando o vestido agora, virando a etiqueta com os dedos para ver o preço. Fico para trás enquanto a vendedora se aproxima dela e, depois de um momento, ergue o manequim com cuidado, depositando-o no chão para dar uma visão melhor. Laurie o circula com um sorrisinho pensativo no rosto. Não tenho dúvida alguma: ela vai comprar o vestido. A vendedora deve ter perguntado se ela gostaria de experimentá-lo, porque, de repente, ela parece nervosa e se vira para mim.

— Você pode esperar? — pergunta ela quando me aproximo.

Este não é o tipo de loja com clientes apressados, mas somos os únicos aqui nesta tarde escura e chuvosa, então concordo com a cabeça.

— Vai nessa. Seria difícil comprar um vestido de noiva sem experimentar, não é?

A vendedora mostra a Laurie onde fica o provador nos fundos da loja enquanto retira cuidadosamente o vestido do manequim, e eu me afasto para dar uma olhada ao redor. Ternos italianos com cores sóbrias e cortes retos e antiquados ocupam um armário de mogno. São algo que Frank Sinatra e Dean Martin usariam. Dou as costas para eles e analiso a coleção de chapéus, provando um fedora diante do espelho.

— Acho melhor você ir lá para fora agora — diz a vendedora, sorrindo, parando para arrumar um par de sapatos sociais engraxados. — Dá azar o noivo ver a noiva no vestido antes do grande dia.

Eu me lembro daquele aniversário de Laurie, anos atrás, em que o operador da roda-gigante achou que éramos um casal.

— Não sou o noivo — explico. — Somos só amigos.

— Ah. — A expressão em seu rosto se torna mais despreocupada, mas os olhos me estudam. É uma mulher bonita, com um ar ousado. — Que sorte a dela ter um amigo disposto a ajudar a comprar um vestido. A maioria dos homens fugiria de um programa desses.

Dou de ombros.

— Mas não é qualquer vestido.

— É verdade. Aquele é maravilhoso... da década de 1920, se não me engano.

— Bacana.

Estou com a impressão de que ela quer bater papo, mas não entendo nada de vestidos de noiva.

— Você devia levar o chapéu. Ficou bonito.

Rio e toco a aba do fedora.

— Você acha?

A vendedora concorda com a cabeça.

— Ficou elegante.

— Você é boa em vender as coisas.

Eu sorrio.

— Desculpe. — Ela sorri também. — Detesto vendedores insistentes. Vou parar.

— Você não foi insistente — digo. — Acho que vou levar o chapéu.

— Boa decisão. — Ela se afasta para dobrar umas blusas, então me lança um olhar hesitante. — Olhe, geralmente não faço este tipo de coisa, mas você... Bem, gostaria de sair para beber um dia desses?

Eu podia dizer que sim. Ela é bem bonita, e estou solteiro.

— Só um louco diria que não... ou alguém que vai se mudar para outra cidade amanhã.

Abro um sorriso pesaroso.

Ela também sorri, e espero que não tenha ficado ofendida.

— Que pena — diz ela, se afastando.

— Você vai embora?

A voz de Laurie soa baixa às minhas costas, e me viro devagar, tirando o chapéu. Ela está parada diante de mim, usando o vestido de noiva, de olhos arregalados e linda. Nunca a vi tão bonita, nunca vi ninguém tão bonita. O vestido ganhou vida nela, transformando-a em uma noiva ninfa da floresta, descalça. Mas seus olhos brilham, e não tenho certeza se é de alegria ou tristeza.

— Não ficou nada mal, Lu.

Tento fazer graça, porque ninguém deveria chorar com seu vestido de noiva.

— Você disse que vai se mudar.

Eu vou. Estou indo para Edimburgo no trem noturno amanhã.

Olho para trás para ter certeza de que a vendedora não vai ouvir, segurando o chapéu diante de mim como se me apoiasse nele.

— Depois a gente conversa, Lu, não é nada sério, de verdade. Por enquanto, vá comprar o vestido. Você está parecendo a rainha das fadas — digo.

Ela continua me encarando com aqueles olhos enormes e vulneráveis.

— Está mentindo para mim, Jack?

Balanço a cabeça.

— Não. Se todas as noivas se parecessem com você, não haveria mais homens solteiros no mundo. — Sei que não foi isso que ela perguntou.

Laurie balança a cabeça e se vira para se olhar no espelho de corpo inteiro. Fico feliz pela oportunidade de me recompor, e talvez ela esteja fazendo o mesmo. Observo-a analisar o vestido de todos os ângulos.

— Esse é o seu vestido, Laurie. Até parece que ele estava te esperando.

Ela concorda com a cabeça, porque também sabe que isso é verdade. Enquanto a espero trocar de roupa, decido que não vou estragar tudo. Quero que Laurie só tenha boas lembranças do dia em que encontrou aquele vestido.

Laurie

Estamos em um café perto dali. Não acredito que encontrei meu vestido dos sonhos por acaso; Jack tem razão, parece que ele estava me esperando. Quando me olhei no espelho, soube que Oscar ficaria encantado e que isso me deixaria feliz. É o vestido mais especial que já vi, com manga meia-cava pequena e decote canoa. Imagino que seja o tipo de vestido que Elizabeth Bennet usaria para se casar com o Sr. Darcy.

Há uma etiqueta na caixa com algumas informações das donas anteriores. Sei que ele foi feito de seda e renda francesa na década de 1920, usado pela primeira vez por uma garota chamada Edith, que se casou com um empresário americano. Na década de 1960, uma Carole o usou e casou-se descalça — a festa foi no parque, porque o casal não tinha dinheiro para alugar um salão. Com certeza devem existir outras donas, mas agora ele é meu, pelo menos, por enquanto. Já decidi que vou devolvê-lo para a loja depois da lua de mel, acrescentando nossos nomes e a data da cerimônia à etiqueta. É um vestido que tem história, e, apesar de eu ser sua mais nova guardiã, sua jornada não termina aqui.

— O que está acontecendo, Jack?

Vou direto ao ponto quando ele senta diante de mim com duas xícaras de café. Sei que ando ocupada com o casamento e sendo uma boa amiga para Sarah — em algum momento, acabei deixando Jack de lado.

Ele mistura o açúcar na bebida devagar.

— Queria te contar pessoalmente.

— Então é verdade? Você *vai* embora?

Jack me passa um sachê de açúcar e, depois, outro, só para garantir.

— Arrumei um emprego novo — diz ele.

Assinto com a cabeça.

— Onde?

— Edimburgo.

Escócia. Ele vai se mudar para outro país.

— Uau. — Não consigo pensar em mais nada a dizer.

— Fui promovido. É uma oportunidade boa demais para deixar passar — explica Jack. — Meu próprio *talk show* noturno. — Ele parece animado.

Percebo que esta é a primeira vez em muito tempo que o vejo animado, então fico furiosa quando meus olhos se enchem de lágrimas.

— Que boa notícia, Jack, de verdade. Estou muito feliz por você.

— Sei que minha expressão não indica isso. Imagino que pareça que estou sendo torturada, como se alguém estivesse furando meus joelhos embaixo da mesa. — Não quero que você vá embora. — As palavras saem sem querer.

Jack estica a mão sobre a mesa e segura a minha; tão quente e real e prestes a morar longe.

— Você é uma das melhores amigas que já tive — diz ele. — Se começar a chorar, vou chorar também.

Ao nosso redor, o café está cheio de trabalhadores pegando almoços para viagem e mães com crianças de colo, e permanecemos entre eles, despedindo-nos. Jack me pede para contar a Sarah, porque não vai conseguir, e me diz que precisa ir embora, recomeçar em outro lugar em que o passado não esteja em todo canto.

— Trouxe um presente para você — diz ele, soltando minha mão para pegar algo dentro do casaco, empurrando um embrulho marrom na minha direção.

O conteúdo é macio. Abro as bordas e dobro o papel amassado para dar uma olhada no interior. É um chapéu dobrado ao meio. Uma boina de *tweed* lavanda. Aliso o papel com as pontas dos dedos, lendo a etiqueta familiar de Chester presa no interior, me lembrando do dia em que a experimentei.

— Faz anos que a comprei, mas nunca achei o momento certo para te dar — explica Jack. — Era para ser um presente de Natal, na verdade.

Balanço a cabeça, soltando uma risada entrecortada. As coisas sempre foram assim entre nós dois.

— Obrigada. Vou pensar em você quando usá-la — digo, tentando soar determinada, mas soando arrasada. — Você está fazendo a coisa certa — continuo. — Seja feliz, Jack. Você merece. E não se esqueça da gente. Ligue de vez em quando.

Ele esfrega os olhos.

— Seria impossível esquecer você. Mas não se preocupe se eu sumir por um tempo, está bem? Talvez seja melhor eu me acostumar antes.

Tento sorrir, mas é difícil. Entendo o que ele quer dizer; Jack precisa recomeçar, construir uma nova vida sem nós.

Ele pega a boina e a coloca na minha cabeça.

— Fica tão perfeita quanto me lembro.

E sorri. Tarde demais, percebo que está indo embora; ele está em pé antes de eu ter tempo de pegar minhas coisas.

— Não, não venha comigo — diz ele, tocando meu ombro. — Termine seu café, depois vá contar a Oscar que encontrou o vestido. — Jack se reclina, me dá um beijo na bochecha, e eu o seguro em um estranho meio-abraço, porque não sei se nos veremos de novo. Ele não me afasta, só suspira, sua mão leve na minha nuca, e, então, parecendo exausto, diz: — Eu te amo, Lu.

Eu o observo abrir caminho pelo café e, quando o vejo sair, tiro a boina e a aperto.

— Também te amo — sussurro.

Fico sentada ali por um tempo, segurando a boina, com o vestido de noiva aos meus pés.

12 de dezembro

Laurie

Em dois dias, serei a Sra. Laurel Ogilvy-Black e, depois de passar vinte e seis anos como Laurie James, vai ser difícil me acostumar com isso. Não consigo nem dizer meu novo nome sem falar como a rainha, cheia de pompa e circunstância.

Oscar foi para a casa da mãe esta tarde, e meus pais chegarão amanhã. Eles vão ficar no apartamento comigo, e vamos juntos para a igreja no sábado de manhã. Assim que chegarem, os preparativos vão começar de verdade, então hoje é, oficialmente, a calmaria antes da tempestade. Sarah já deve estar chegando — vamos fazer as unhas e assistir a filmes enquanto tomamos drinques de champanhe para comemorar. Minhas unhas não são do tipo que crescem — só mulheres com unhas assim entendem. Elas terminam na extremidade dos dedos e acham que isso basta, começando a descascar e quebrar. Já tentei todo tipo de óleo, sérum e creme durante os preparativos para o casamento, porque todos os sites de noiva dizem que minhas mãos precisam estar perfeitas. Bem, vou me casar em quarenta e oito horas e não vejo minhas unhas ficando melhores do que estão; Sarah vai fazer francesinhas em mim.

Todos os detalhes do casamento foram planejados, controlados e listados na planilha de Lucille. Para alguém que acha que o filho poderia ter arrumado uma noiva melhor, ela com certeza dedicou muito tempo determinando como o evento ocorrerá. Para ser sincera, logo vi que minha sogra iria impor sua vontade por bem ou por mal, então tentei ser maleável. Com isso, digo que acatei oitenta por cento das suas decisões sem pestanejar, mas me agarrei aos outros vinte e me recusei a ceder. Meu vestido. Meu buquê. Minha madrinha. Nossas alianças. Essas são as únicas coisas que importam para mim, de toda forma. Não faz diferença que champanhe vão servir durante o brinde, e, apesar de eu não ser muito fã de mousse de salmão como entrada, é isso que vamos comer. Oscar ficou agradecido por minha abordagem pouco territorial; ele e a mãe são tão próximos que teria sido difícil se eu criasse problemas.

Ainda bem que Sarah estava sempre comigo para me ouvir reclamar.

— Abra a porta, Lu! Não tenho mais mãos para bater!

A voz de minha amiga ressoa pelo corredor, e levanto em um pulo para deixá-la entrar. Quando abro a porta, entendo o porque. Ela está arrastando uma mala de rodinhas prateada, tem duas bolsas penduradas nos braços e segura uma caixa de papelão enorme. E me espia por cima da caixa, soprando a franja pra longe dos olhos.

— Resolveu trazer pouca coisa? — pergunto, rindo e tirando a caixa das mãos dela.

— Isso *é* pouco para mim. — Sarah bate na minha mão quando tento espiar por baixo da tampa. — Esta é minha caixa de surpresas. Vamos beber primeiro?

— Uma taça de vinho sempre cai bem.

Fecho a porta com o pé antes de segui-la pelo corredor. Eu não queria uma despedida de solteira tradicional, não vejo graça nessas coisas, mas isto é perfeito.

— Estamos sozinhas? — sussurra Sarah, procurando por Oscar.

— Sim.

Ela ergue um punho fechado no ar e se joga no sofá com os braços esticados e os pés para cima.

— *Lá vem a noiva, toda de branco!* — cantarola ela, desafinada.

— Você está uns dias adiantada.

— Melhor do que atrasada. — Sarah senta e olha ao redor. — Vamos fazer uma sessão espírita?

Acendi velas aromatizadas pela casa toda para criar um clima calmo e zen.

— Era pra ser uma coisa meio spa — explico. — Dê uma cheirada.
Ela funga o ar.

— Acho que meu nariz funcionaria melhor se eu tivesse uma taça de vinho.

Entendo a indireta e vou para a cozinha.

— Vinho... ou o champanhe da mãe de Oscar? — grito.

— Ah, o champanhe de Sua Majestade Real, por favor.

Ela entra na cozinha e se senta em um dos bancos. É feio da minha parte ter falado mal da minha futura sogra para Sarah um zilhão de vezes? Todo mundo precisa desabafar com alguém, e Sarah é praticamente minha irmã. O que me faz lembrar... Eu me viro e tiro um pequeno embrulho do armário.

— Vou te dar isto antes de ficarmos bêbadas demais e eu esquecer, ou antes de ficarmos bêbadas demais e eu não conseguir porque estou me debulhando em lágrimas.

Pego o champanhe enquanto ela observa o presente com olhos apertados.

— O que é?

— Abra e descubra.

Sarah puxa a fita cinza enquanto tiro a rolha do champanhe caro da mãe de Oscar. Eu queria dar algo realmente especial a ela e, depois de horas de buscas inúteis na internet, percebi que já tinha o presente perfeito.

— Estou com medo de não gostar — diz ela, fazendo pouco caso. — Você sabe que não sei mentir direito, não vou conseguir disfarçar.

Empurro uma taça para ela e me apoio na bancada, encarando-a.

— Estou confiante.

Sarah segura a caixa de veludo enquanto pega a taça e dá um gole para criar coragem. Mas, quando está prestes a abrir, coloco uma mão sobre a sua.

— Antes, quero dizer uma coisa.

Merda. No fim das contas, não precisei encher a cara para ficar emocionada demais. Meus olhos já estão cheios de lágrimas.

— Puta merda — diz ela, bebendo metade da taça e servindo outra dose. — Não comece, você só vai casar daqui a dois dias. Vá com calma, mulher.

Eu rio, me controlando.

— Tudo bem, estou mais calma. — Tomo outro gole de champanhe e deixo a taça de lado. — Quero agradecer por... sei lá, Sar, por tudo. Por me deixar ficar com o maior quarto na Delancey Street, por sempre estar comigo nas noites de sábado e nas manhãs de ressaca no domingo, por inventar nosso sanduíche exclusivo. Não sei o que eu faria sem você.

Agora é Sarah quem está chorosa.

— É um sanduíche bom pra caralho — comenta ela, e, então, abre a caixa. Por alguns segundos, um silêncio pouco característico se segue. — Isto é seu — diz ela baixinho.

— E agora é seu — respondo.

Levei meu pingente de ágata roxa a uma joalheria e pedi que trocassem o acabamento para ouro rosé e o incrustassem em uma pulseira fina.

— Não posso aceitar, Lu. É valioso demais.

Certo.

— Vou chorar enquanto falar agora, mas depois vamos encher a cara e rir, está bem?

Sarah morde o lábio inferior já trêmulo.

— Faz muito tempo que perdi minha irmã, Sar, e sinto a falta dela. Sinto saudades todos os dias. — Não é exagero. Lágrimas enormes escorrem pelo meu rosto. Sei que Sarah entende, porque é apaixonada pela irmã mais nova. — Essa pedra me lembra dos olhos de Ginny e de como eles eram parecidos com os meus e com os de nossa avó. É algo que faz parte da família, e estou te dando porque você também é minha família. Você é como uma irmã para mim, Sarah. Por favor, aceite a pulseira, use-a e cuide dela.

— Puta que pariu — diz Sarah, dando a volta na bancada da cozinha e me abraçando. — Pode calar a boca? Se isto fizer você parar de falar, é claro que fico com a pulseira.

Eu a aperto, meio chorando, meio rindo.

— Vou usá-la no sábado — diz ela.

— Eu vou adorar.

Em meu coração, sinto como se Sarah estivesse representando Ginny no meu dia especial. Mas não falo nada, porque começaríamos a chorar de novo, e no fundo Sarah sabe. Então prefiro comentar que a pulseira vai ficar ótima com seu vestido — de um discreto tom verde--água que destaca seu cabelo —, e Sarah concorda, cuidadosamente deixando-a sobre a bancada antes de nos servir mais champanhe.

Felizes, acabamos com duas garrafas do champanhe caro de Lucille, e posso garantir, mesmo no meu torpor, que ele funciona da mesma forma que suas versões mais baratas.

— Não acredito que você vai casar antes de mim — diz Sarah.

Os créditos de *Missão Madrinha de Casamento* estão rolando na enorme TV de tela plana de Oscar (ainda penso em tudo aqui como sendo dele, como se eu estivesse aqui de favor — fico me perguntando se isso vai mudar depois do casamento), e nossos pés estão cheios de separadores de dedos de espuma.

— Eu também não — respondo.

Sarah mexe na sua caixa e tira um baralho. Ela não estava brincando quando disse que era uma caixa de surpresas; até agora, uma série de presentinhos engraçados saiu dali de dentro, desde um pote de canela para aumentar a virilidade até chinelos com meu nome de casada estampado. Agora, chegou a vez de um jogo de cartas projetado para envergonhar e aconselhar noivas antes do casamento.

— Como se joga isso?

Sarah pega a embalagem do baralho e lê as instruções.

— Cada uma recebe três cartas, e, depois, indo no sentido anti--horário, lemos a pergunta para a segunda pessoa à nossa direita, blá-blá-blá. — Ela começa a rir e joga a caixa vazia no sofá. — Você começa.

Pego a primeira carta e leio a pergunta em voz alta.

— Qual a porcentagem de casamentos no Reino Unido que termina em divórcio (foram usados dados de 2012)?

— Puta merda, vou devolver esse jogo — grita Sarah. — A última coisa em que você quer pensar agora é divórcio. — Mas ela se interrompe para pensar. — Vinte e nove?

Viro a carta para ler a resposta.

— Quarenta e dois por cento. Meu Deus, que deprimente.

Guardo a carta, e Sarah pega uma.

— Ah, esta é melhor. Qual a primeira coisa que as mulheres notam nos homens? — Ela lê a resposta do outro lado e ri baixinho. — Você tem três chances.

— O carro? — Chuto, desperdiçando uma das minhas tentativas.

— Não, não é isso.

— Sei lá... Se ele é a cara de Richard Osman?

Essa não foi uma escolha aleatória. Sarah é apaixonada por ele.

— Nem brinque com uma coisa dessas — diz ela com olhos vítreos. Uma vez, Sarah o encontrou em uma premiação que estava cobrindo e teve que se controlar para não tirar a blusa e pedir para ele autografar seus seios. — A única pessoa que se parece com Richard Osman é Richard Osman. Última tentativa.

Agora que é minha última chance, levo a pergunta a sério.

— Os olhos?

— Sim! — Ela bate na minha mão. — Os olhos. Você já viu os de Luke? Nunca vi alguém com olhos tão azuis.

Sarah está saindo descompromissadamente com Luke desde o verão — vai levá-lo ao casamento. Prometi que não tocaria no assunto com Jack antes de ela contar, mas não sei se isso já aconteceu. Ele foi para Edimburgo no dia seguinte ao que comprei meu vestido, e, além de uma mensagem dizendo que tinha chegado, não tive mais notícias. Algumas semanas atrás, sem querer, vi uma foto dele em um evento na internet, algum lançamento musical, de braço dado com uma loura, então pelo menos sei que está vivo.

Pego a próxima carta e aperto os olhos.

— Flor mais popular entre as noivas?

Sarah revira os olhos.

— Rosas. Fácil demais. Um a um.

Deixo que ela fique com o ponto sem me dar ao trabalho de verificar se acertou mesmo.

— Se o próximo não for interessante, vamos desistir — diz Sarah, virando a carta no topo do bolo. — Em média, quantas vezes uma pessoa se apaixona na vida?

Faço careta.

— Como podem calcular uma média disso? Cada um é cada um.

— Fale por você. Você sabe como se apaixonou perdidamente por todos aqueles caras que te apresentei na faculdade. — Ela ri. — Qual era o nome daquele que usava shorts?

Não me dou ao trabalho de responder à pergunta, porque meu cérebro cheio de champanhe não consegue pensar em nada além daquelas pernas peludas.

— Duas vezes, talvez? — chuto.

Sarah baixa a carta para pegar sua taça.

— Acho que mais. Cinco.

— Cinco? Sério? Quanta coisa.

Ela dá de ombros.

— Você me conhece. Gosto de pensar grande.

Nós rimos, e Sarah vira a cabeça de lado no sofá para me observar.

— Então os dois amores da sua vida foram Oscar e mais quem? O cara do ônibus?

Faz anos que ela não toca no assunto. Eu tinha certeza de que se esquecera disso. Balanço a cabeça.

— Oscar, óbvio, e meu namorado da época da faculdade.

— Então seu número mágico é três, Lu, porque você com certeza se apaixonou pelo cara do ônibus. Ficou caidinha por ele. Passamos um ano inteiro procurando pelo sujeito. Você estava obcecada.

Eu me sinto um pouco encurralada, então giro a taça de champanhe e tento pensar em um jeito rápido de mudar de assunto. Mas estou lerda demais.

— Fico imaginando o que teria acontecido se você tivesse o encontrado. Talvez já estivesse casada e com um filho. Imagine só!

Como já bebi champanhe demais, eu imagino. Vejo um garotinho com olhos verde-dourados, joelhos sujos e um sorriso banguela, e essa realidade me faz perder o ar. Seria isso que aconteceria em outra versão de nossa vida, uma em que eu tivesse encontrado Jack primeiro? Ou se ele tivesse entrado naquele maldito ônibus? Fecho os olhos de novo e suspiro, tentando enviar a criança de mentirinha de volta para a Terra do Nunca.

— Você parou de procurar por ele?

A pergunta feita em tom tão suave me pega desprevenida.

— Sim.

Sarah está me olhando com uma cara esquisita, provavelmente porque soei mais cansada e resignada do que deveria.

Sua respiração longa é o único aviso que tenho do perigo iminente.

— Laurie, você o encontrou e não me disse? — bufa Sarah com os olhos arregalados.

Eu me esforço para mentir de forma convincente ou rápido o suficiente.

— O quê? Não! É claro que não! Nossa, meu Deus, você saberia se eu tivesse encontrado, e como você não sabe, então é óbvio que não.

Ela estreita os olhos, e começo a entrar em pânico, porque Sarah não sabe desistir. Nunca vi pessoa tão teimosa.

— Acho que está escondendo alguma coisa. Se não me contar, vou mostrar minha calcinha para a família inteira de Oscar na igreja.

Balanço a cabeça.

— Não tenho nada para contar.

Tento soltar uma risada despreocupada, mas erro o tom, e ela sai forte demais.

— Ah, meu *Deus*! Tem, *sim*! — diz Sarah, sentando-se empinada. — Laurie James, você vai me contar tudo agora, senão juro que também mostro minha calcinha para o padre!

Como eu queria não ter bebido tanto champanhe ou que ela não me conhecesse tão bem. A única coisa que consigo dizer é:

— Não.

É impossível encará-la.

— Por que você não quer me contar?

Sarah está começando a parecer chateada, e me sinto péssima, então seguro sua mão.

— Vamos falar de outra coisa.

— Não entendo — diz ela, caindo no silêncio. E, então, devagar, bem devagar, tira a mão de baixo da minha. — Que merda, Lu.

Ainda não consigo encará-la, por mais que queira. Quero começar a gargalhar e dizer algo engraçado que nos faça mudar de assunto, mas o champanhe me deixou sem reação.

— Era Jack. — Sarah não parece fazer uma pergunta. Ela pronuncia cada palavra como se estivesse totalmente sóbria, como se sempre soubesse. Então suspira, uma reação atrasada, batendo na boca com uma das mãos. Balanço a cabeça, mas não consigo forçar a mentira a sair dos meus lábios trêmulos. — Jack era o cara do ônibus.

— Pare de falar isso — sussurro, e as lágrimas mornas escorrem pelo meu rosto.

Ela segura a cabeça.

— Sar...

Eu me esforço para me sentar direito e coloco minha taça na mesa. Quando toco seu ombro, ela se afasta. É como se tivesse levado um tapa. Talvez fosse melhor se tivesse levado. Fico sentada e espero, em agonia, mas Sarah se levanta de repente.

— Eu sempre soube que havia alguma coisa. Eu... eu acho que vou vomitar.

Ela sai correndo para o banheiro.

Penso na época da Delancey Street, de quando eu segurava o cabelo dela depois de nossas noitadas. Saber que Sarah está se sentindo assim por minha culpa é o pior sentimento do mundo. Percebo que estou indo atrás dela automaticamente, mas fico esperando em silêncio do lado de fora, ouvindo-a vomitar. Depois de um tempo, volto a me sentar. Quando Sarah reaparece alguns minutos depois, pálida e acanhada, se senta na poltrona diante de mim em vez de ocupar o lugar ao meu lado no sofá.

— Você o reconheceu de cara?

— Por favor, pare — digo.

Não sei como lidar com isso. Achei que tivesse deixado essas coisas para trás, me forcei a esquecer o assunto, mas, agora, está tudo voltando.

— A gente é amiga há tempo pra caralho, Laurie. Quero saber a verdade.

Ela tem razão. É claro que tem. Preciso ser sincera para honrar nossa amizade.

— Sim — respondo sem qualquer entonação. — Eu o reconheci assim que você nos apresentou. É óbvio.

Só consigo falar sussurrando. Parece que minha garganta está cheia de navalhas.

— Por que não me contou? Devia ter me contado na mesma hora ou na manhã seguinte, pelo menos, ou em qualquer *outro dia*. — Seu tom de voz aumenta enquanto ela fala. — Você devia ter me contado.

— Devia? — pergunto. — Devia, Sarah? Quando? Quando você o trouxe para casa e me disse que ia se casar com ele? O que eu devia ter dito? "Puxa vida, a gente tem um probleminha, você acabou se apaixonando pelo mesmo homem que eu?" — Esfrego meu rosto molhado pelas lágrimas. — Você não acha que eu queria? Não acha que eu pensava nisso todos os dias?

Nós nos encaramos.

— Foi em 2009 — diz ela, contando os anos nos dedos trêmulos. — Quatro anos, e esse tempo todo você estava secretamente apaixonada pelo meu namorado e não achou que eu gostaria de saber?

Não tenho como me defender e não espero que ela compreenda. Duvido que eu compreendesse se estivesse no seu lugar.

— Eu não estava secretamente apaixonada por ele — digo, arrasada. — Era uma situação impossível, e eu odiava aquilo tudo. Não sei nem explicar o quanto era terrível.

Sarah não me escuta. Acho que não consegue, não processou o choque ainda.

— Todas aquelas noites idiotas que passamos juntos na Delancey Street... — Ela balança a cabeça devagar, jogando todas as peças de nossas vidas no ar e rearrumando tudo em uma versão diferente e horrorosa. — Você só estava esperando pelo momento de atacar?

É a mágoa que faz Sarah ser tão cruel, mas não consigo evitar e rebato.

— É claro que não — digo em tom mais alto, mais claro, mais ríspido. — Você me conhece melhor que isso. Eu me esforçava todos os dias para não sentir nada por ele.

— Eu deveria te agradecer? — Ela começa a bater palmas devagar. — Muito bem, Laurie! Você é uma ótima amiga.

— Você podia pelo menos tentar entender. Fiquei horrorizada quando você nos apresentou.

— Duvido muito — chia ela. — Pelo menos, você o encontrou.

— Não. *Você* o encontrou. Eu queria nunca ter posto os olhos nele.

Ficamos em silêncio, e Sarah emite um ruído horrível como um rosnado.

— Ele também sabia? Vocês dois ficavam rindo de mim pelas minhas costas?

É humilhante que ela imagine que eu ou Jack seríamos capazes disso.

— Meu Deus, Sarah, não!

— Vocês ficavam se agarrando escondidos, trepando pelo apartamento quando eu não estava?

Eu me levanto.

— Isso não é justo. Você sabe muito bem que eu jamais faria uma coisa dessas.

Sarah se levanta também, me encarando do outro lado da mesinha de centro.

— Você jura por tudo que é mais sagrado que nem ao menos o beijou?

É neste momento que percebo que estou prestes a perder minha melhor amiga para sempre.

Não posso mentir.

— Uma vez. Eu o beijei uma vez. Foi...

Eu me interrompo, porque ela ergue as mãos diante de si, como se minhas palavras fossem tiros.

— Não ouse. Não ouse inventar desculpas, não quero ouvir. — Seu rosto se enruga. — Dói aqui — diz ela, batendo agressivamente os dedos contra o peito.

Sarah se abaixa, pega os sapatos e a mala, depois segue para o corredor. Eu a sigo, implorando para que fique, mas, quando ela se vira para me encarar diante da porta, seu rosto é puro nojo.

— Boa sorte no sábado, porque eu não vou estar lá. Sabe de quem sinto pena? Do Oscar. O idiota nem sabe que é sua segunda opção. — Ela está dizendo coisas que sei que jamais vamos perdoar. — Pode ficar com sua pulseira preciosa. Não quero. Fique com sua pulseira, com seus segredos e com sua amizade falsa. Para mim, já chega.

Continuo ali, congelada, depois que ela bate a porta. Estou paralisada; não sei o que fazer. É óbvio que Sarah não quer nem olhar na minha cara. Mas como vou fazer isso sem ela? Minha família chega amanhã. Temos convidados. Até o maldito Jack vem, provavelmente com a namorada nova.

Guardo tudo — as cartas, o vestido, a caixa de surpresas — no armário, depois vou para a cama me encolher com os braços sobre a cabeça. Nunca antes me senti tão sozinha no mundo.

14 de dezembro

Jack

Sei como ela vai estar. Já vi o vestido, já senti o soco no estômago. Então devia estar preparado para hoje. Mas, sentado aqui, na igreja lotada, com Verity ao meu lado, percebo que não me sinto nem um pouco preparado. Estou tremendo. Era de se esperar que lugares assim tivessem aquecimento; talvez achem que um pouco de desconforto deva ser parte da experiência, uma forma de mostrar seu comprometimento com a fé. Só estou louco para acabar logo, sair deste terno, tomar uma cerveja e voltar para Edimburgo o mais rápido possível sem parecer mal-educado. Minha vida lá está indo de vento em popa — o programa está ficando conhecido nos meios alternativos, e ando me esforçando para ter boas relações com todo mundo na rádio. Faz pouco tempo que comecei lá, mas sinto que talvez tenha encontrado o meu lugar. Fiz alguns amigos, até consigo bancar um apartamento sozinho na cidade. Aos poucos, estou construindo uma nova vida para mim, e a sensação é boa.

Ainda não sei se foi uma boa ideia trazer Verity. Ela queria conhecer meus velhos amigos, e, na verdade, achei que sua presença ajudaria a mostrar como estou indo bem, porque ela é linda. Para ser sincero, ela se daria melhor com este pessoal do que eu — seu sobrenome tem até hífen. Nós nos conhecemos em um evento de caridade. Como parte de seus atributos como membro da alta sociedade local, ela entregou um prêmio para um colega meu do trabalho e me levou para casa como recompensa. A garota tem um cavalo. Preciso dizer mais?

Ainda não vi Sarah. Espero que a gente consiga se comportar como adultos educados. A primeira mensagem que ela me mandou desde que terminamos foi para dizer que estava ansiosa para me encontrar, mencionando, como quem não quer nada, que traria Luke. Fiquei com a impressão de que ela estava me avisando com antecedência para eu não dar um soco na cara dele no meio da igreja, mas isso jamais aconteceria. Respondi que não tinha problema e que Verity viria comigo para conhecer todo mundo, e desde então não recebi mais nenhuma mensagem. É uma situação esquisita pra caralho. Meu Deus, de repente, estou com muito calor. Esta merda de camisa está grudando nas minhas costas. Seria muita grosseria tirar o blazer? Ah, espere, chegou a hora. A organista começou a tocar, alto demais, todo mundo tenta parecer animado com suas caras cheias de botox, se esticando na direção da porta.

Verity está na ponta do banco, mais perto do corredor, e é só quando ela se reclina por um instante que tenho um vislumbre de Laurie. Com certeza me enganei sobre estar preparado. Sinto aquele soco no estômago de novo quando a olho, serenamente linda, com flores brancas e joias entrelaçadas nos cachos e ainda mais flores nas mãos. Ela não parece aquelas noivas enfeitadas com penteados perfeitos, mas boêmia, belamente displicente, igual a si mesma em seu melhor dia; Laurie brilha. Ela caminha devagar ao lado do pai, e, por um segundo, sinto como se fôssemos as únicas pessoas na igreja quando seus olhos encontram os meus. Se estivesse no lugar de Verity, acho que me esticaria, apertaria sua mão e lhe diria que parece uma deusa, mas o que acontece é que ela abre um minúsculo sorriso para mim, e assinto, tentando transmitir meus pensamentos. Tento dizer tudo que quero com os olhos. Vá se casar com o homem esperando por você no altar, Laurie, e viva a vida gloriosa que lhe espera. Seja feliz. Você merece.

E, conforme ela segue em frente, focada em Oscar, sinto algo se partir dentro de mim.

Laurie

Ontem, acordei sobressaltada às cinco da manhã. Eu mal podia acreditar no que havia acontecido — que minha melhor amiga me odeia e que vou ter que me casar sem tê-la ao meu lado. Eu disse a Oscar e a todo mundo que perguntou que Sarah teve uma emergência familiar e precisou voltar com urgência a Bath, que estava se sentindo péssima, mas que teve que ir. Acho que minha mãe não engoliu, mas fico grata por ela não ter insistido no assunto porque eu teria começado a chorar e confessado a triste verdade.

Por fora, mantenho as aparências, mas, por dentro, estou morrendo. É como se as pessoas que amo estivessem se esvaindo da minha vida por hemorragia, e não sei como estancar o sangramento. Será que é apenas um fato da vida? Você precisa crescer e se livrar dos seus velhos amigos como pele antiga de cobra para abrir espaço para os novos? Nas horas escuras antes do amanhecer, fiquei sentada na cama, apoiada nos travesseiros, observando o quadro de Oscar e desejando ser capaz de estalar os dedos e voltar para lá. Ele o trocou de lugar para poder admirá-lo ao deitar-se na cama. A imagem me acalmou ontem, lembrando-me de que existem outros lugares, de que haverá outros momentos. Deitada na cama, eu sabia que Sarah não mudaria de ideia sobre o casamento. Nem posso exigir que mude. Vivi quatro anos com meu segredo; ela teve menos de vinte e quatro horas para processar tudo. É muito pouco tempo. Não sei se haverá um dia em que não seja. Estou sozinha agora e, já que não posso fazer nada além de me concentrar no casamento, decidi ignorar todos os outros pensamentos.

Então aqui estou: parada na frente da igreja, a mesma igreja em que os pais de Oscar se casaram. Não havia como ser diferente, porque eu não ia fazer todo mundo se deslocar para os confins de Birmingham, ia? Além do mais, o lugar é absurdamente lindo, sobretudo com o reluzir da neve no chão. Quando o Rolls-Royce — mais uma escolha de Oscar — entrou no pitoresco vilarejo alguns minutos atrás, foi como se tivéssemos embarcado em um conto de fadas, e, por um momento, tive até dificuldade de respirar. Meu pai foi ótimo; só deu um tapinha na minha mão e esperou que eu me acalmasse. Meu porto seguro.

— Tem certeza de que é isso que você quer? — perguntou ele, e concordei com a cabeça.

Tenho tanta certeza quanto possível.

— Graças a Deus — respondeu meu pai. — Porque, para ser sincero, morro de medo da mãe de Oscar. Tomei uma dose de uísque mais cedo para me acalmar.

Nós dois rimos, e, então, fiquei meio chorosa. Ele me disse para ter coragem e me ajudou a sair do carro, cobrindo meus ombros com a estola de pele que minha avó usou no casamento dela para a caminhada até a igreja.

Agora, estamos posicionados na porta da igreja de braços dados; eu no meu amado vestido *vintage*, ele em seu belo fraque. Meu pai não gosta muito de usar cartola, mas prometeu que vai colocá-la para as fotos mais tarde. Minha mãe me ligou na semana passada para falar sobre a cerimônia e deixou escapar que ele estava ensaiando seu discurso todas as noites antes do jantar, porque tinha medo de me decepcionar. Aperto mais uma vez seu braço, e trocamos um olhar que diz "vamos lá". Sempre fui muito ligada a meu pai, e a perda de Ginny fez com que nos aproximássemos ainda mais. Somos muito parecidos — um pouco tímidos até criarmos intimidade, difíceis de irritar e com facilidade para perdoar.

No interior da igreja, há uma explosão de flores brancas perfumadas que caem em cascata, todas lindas e levemente menos domadas do que Lucille gostaria. A culpa é minha, mesmo que não tenha sido a intenção. Fui várias vezes à floricultura para tratar do meu buquê e fiz amizade com a florista. Era óbvio que havia um abismo entre minha escolha informal de buquê e os arranjos bem mais elegantes que foram encomendados para a igreja e para a recepção. Não pedi diretamente nenhuma mudança, mas falei a verdade quando ela pediu minha opinião sobre a decoração, e ela conseguiu, de uma maneira mágica, nos dar algo que nós duas aprovamos. Respiro fundo, e lá vamos nós.

Vejo os rostos em ambos os lados do corredor; alguns conhecidos, outros não. Minha família veio de longe; tias, tios e primos ansiosos por dar uma olhada em Oscar e na vida chique de Londres sobre a qual minha mãe com certeza vive comentando. Meus colegas de trabalho, os amigos de Oscar, a ex-namorada dele, Cressida, usando um vestido preto (preto! Ela está de luto, por acaso?) e um colar de pérolas, o irmão dele, Gerry, com a empertigada Fliss em um elegante vestido de organza azul-esverdeado. E, então, vejo Jack. Estou na metade do caminho, e lá está ele, surpreendentemente real. Acho que nunca o vi tão arrumado. Até penteou o cabelo. Não sei o que achar de Jack de terno. Mas não consigo mais pensar nisso, porque seus olhos familiares encontram os meus, e desejo poder segurar a mão dele mesmo que por um breve instante antes de me tornar esposa de Oscar. Sem Sarah aqui, parece que ele é a única pessoa que sabe quem sou de verdade. Ainda bem que está sentado longe de mim. Por um segundo, eu me pergunto se Sarah lhe contou sobre a briga. Mas os dois quase não se falam desde que terminaram, e ele não parece saber de nada. Lanço um pequeno sorriso, ele faz que sim com a cabeça, e ainda bem que meu pai continua andando, porque, assim, não tenho opção além de seguir em frente.

Não escrevemos nossos votos. Pela cara de Lucille quando dei a ideia, parecia que eu tinha sugerido que cantássemos karaokê pelados, e, para ser sincera, a expressão de Oscar não foi muito diferente. Não insisti. Eu meio que estava brincando, de toda forma, mas a reação dos dois me disse que foi uma piada de mau gosto. Que tipo de evento eu achava que esse casamento era? Algo *moderninho*?

Oscar ainda está de costas para mim, como combinamos, altivo e orgulhoso. A mãe dele acha inadequado o noivo ficar encarando a noiva enquanto ela caminha até o altar, e concordei, feliz por estarmos um ao lado do outro quando nos vermos pela primeira vez. É mais meigo, mais parecido conosco. Ultimamente, andamos tão ocupados com o trabalho e a loucura do casamento que parece que quase não passamos tempo juntos; mal posso esperar para vê-lo hoje, para voltarmos a ficar grudados. Na lua de mel, espero conseguir recuperar a mágica daquelas semanas preciosas na Tailândia.

Finalmente chego, e, conforme me aproximo, Oscar se vira para mim. Sua mãe disse que, neste momento, ele devia levantar meu véu — o que seria complicado pois não estou usando um. Eu devia ter avisado, mas não queria que me convencessem a usar algo que não gosto apenas por convenção. Em vez disso, optei por uma delicada tiara da década de 1920, que a cabeleireira entrelaçou ao meu cabelo junto com florezinhas frescas, um achado de sorte na mesma loja em que comprei o vestido. É a coisa mais linda; um fino fio de ouro com seres marinhos adornados com joias: um cavalo-marinho, conchas e, é claro, uma estrela-do-mar. Para qualquer outra pessoa, é uma peça adequada para uma noiva, mas espero que Oscar entenda como uma forma de simbolizar a nossa história.

Apesar de eu não estar usando véu, as mãos dele se movem para erguê-lo. Depois de praticar mentalmente todos os passos de hoje, Oscar fica confuso quando não encontra nada ali. Sorrio e articulo com a boca:

— Sem véu.

— Você está linda — sussurra ele em resposta, depois de um riso suave.

— Obrigada — digo sorrindo, e seus olhos escuros me enchem de amor.

Neste momento, ele não poderia parecer mais diferente daquele cara de bermuda jeans e camiseta, mas não é o que vejo quando olho para ele. Meu Robinson Crusoé, meu salvador, meu amor. Acho que Oscar não percebeu que Sarah não está atrás de mim. Acho que não notaria nem se o reverendo tirasse a batina e começasse a dançar no altar, porque só tem olhos para mim, e seu olhar está cheio de fascinação e alegria e amor. Por mais que Lucille tenha tentado planejar nosso casamento como uma operação militar, ela não contou com estes momentos, os que ficarão em minha memória muito tempo depois de a mousse de salmão ser apagada por ocupar espaço demais no meu cérebro. Oscar está tão elegante, o noivo ideal. Tudo nele é como manda o figurino: o cabelo bem penteado, os sapatos pretos engraxados, os olhos escuros e intensos quando me veem pela primeira vez. Será que já existiu noivo tão perfeito? É como se todos aqueles bonequinhos no topo dos bolos de casamento tivessem sido inspirados nele.

O que será que Sua Majestade Real Lucille achou dos meus trajes sem véu? É bem capaz de haver um extra na sacristia, só para garantir. Não duvido que ela tente me forçar a colocá-lo assim que sairmos daqui.

Quando o sacerdote pergunta se alguém sabe de algum motivo que nos impeça de casar, penso em Sarah por um instante; será que ela vai irromper pela porta da igreja e contar a todos o que eu fiz?

Isso não acontece, é claro. No que parece ser uma questão de segundos, já me vejo descendo pelo corredor com a aliança de ouro branco e diamante de Oscar no anelar da mão esquerda acompanhada pelo dobrar dos sinos da igreja. Andamos de mãos dadas, e os convidados aplaudem. Pouco antes de sairmos para o sol pálido de inverno, ele cuidadosamente amarra as tiras da minha estola de pele e me beija.

— Minha mulher — sussurra ele, segurando meu rosto.

— Meu marido — digo e, então, viro o rosto e beijo a palma da sua mão.

Meu coração está quase explodindo, e sinto uma alegria pura diante daquela verdade simples: Oscar é meu marido, e eu sou a mulher dele.

O fotógrafo está tendo trabalho para reunir nossas famílias para as fotos. A mãe de Oscar parece determinada a ser diretora de arte; até minha mãe, tão amável, me puxou para um canto um instante para dizer que é bem capaz de esganar Lucille antes do fim do dia. Nós rimos e gesticulamos como se a estivéssemos estrangulando e, então, nos recompusemos e voltamos para o salão.

A única coisa que mantém a minha sanidade é a minha família. A ex de Oscar, Cressida, achou que meu irmão fosse garçom e reclamou que o champanhe não estava gelado o suficiente. Então ele resolveu o problema com cubos de gelo de uma jarra de água. Quando ela o pegou em flagrante e ameaçou mandar que o demitissem, Daryl se divertiu bastante dizendo que era meu irmão, forçando ao máximo seu sotaque de Midlands, é claro. Ele ainda está com a cabeça nas nuvens depois do nascimento do meu sobrinho lindo, Thomas, tão angelical hoje que quase me roubou os holofotes. Mais cedo, meu irmão me chamou para conversar e perguntou se quero ser madrinha de Tom em seu batizado no próximo verão — isso que é fazer uma garota chorar no dia do seu casamento! Amo tanto a minha família, hoje mais do que nunca, quando estamos em número bem menor que o lado de Oscar.

— Senhoras e senhores, chegou a hora dos brindes.

Ah, meu Deus! Esqueci completamente que Sarah ia fazer um discurso. Ela fez questão de ser a primeira da lista, e sua ausência vai estragar o cronograma cuidadosamente organizado pela rainha Lucille. Teria ajudado se eu tivesse me lembrado de avisá-la, mas não me lembrei, e, agora, o mestre de cerimônias corado acabou de pedir a todos para darem uma salva de palmas para a madrinha. As pessoas estão aplaudindo, mas o som é lento, confuso e hesitante, como se percebessem que há algo errado e não soubessem bem como reagir. Jesus Cristo, a equipe deste lugar não se comunica? Era de se esperar que o fato de terem que rearrumar a mesa principal em cima da hora os alertasse sobre a ausência de Sarah, mas não. O homem está chamando o nome dela de novo, lançando olhares ansiosos sobre nós. Oscar, coitado, parece horrorizado, como se soubesse que precisa fazer alguma coisa, mas não fizesse ideia do quê, e Lucille se inclina para frente e me lança um olhar que diz "resolva isso agora". Olho para o mar de rostos diante de mim e começo a me levantar, me perguntando o que diabos vai sair da minha boca. Mentir para as pessoas individualmente sobre a ausência de Sarah já foi bem doloroso. Não sei se tenho a cara de pau necessária para mentir para essa gente toda de uma vez. Mas o que devo dizer? Que Sarah descobriu que já fui apaixonada por seu ex-namorado e que não quer nem olhar na minha cara? Meu coração dispara, e sinto que estou corando. Então ouço o som de uma cadeira sendo empurrada contra o piso de madeira e de alguém pigarreando para falar.

É *Jack*.

Um burburinho percorre o salão, um zumbido baixo na expectativa de que talvez as coisas fiquem interessantes.

— Como Sarah não pôde estar presente, Laurie me pediu para falar em seu lugar. — Ele olha para mim com ar questionador. — Tive a sorte de estar com as duas por alguns anos, então sei bem o que ela gostaria de falar se pudesse.

Duvido muito que ele tenha noção do que Sarah diria neste momento, mas concordo com a cabeça rapidamente e volto a sentar. Não sei por que estou surpresa pelo papel de Jack em meu casamento ter aumentado de repente; parece que ele esteve presente em todos os momentos importantes da minha vida, de um jeito ou de outro.

— Sabem, Sarah e eu namoramos por um tempo... até recentemente, na verdade... Desculpem, vocês não precisam saber disso... — Ele olha para a mulher sentada ao seu lado enquanto algumas risadinhas soam das extremidades do salão. — E quando digo que estava com as duas, quis dizer de um jeito inocente. Tipo, éramos próximos, mas não *tão* próximos... — Jack se interrompe de novo quando as pessoas começam a rir. — Desculpe — diz ele, olhando para mim e fazendo careta. — Certo — continua, e só percebo seu nervosismo quando o vejo esfregar as mãos nas calças. — O que Sarah diria sobre Laurie? Bem, que ela é uma boa amiga, é óbvio, nem preciso comentar isso. Sarah sempre disse que ganhou na loteria com sua colega de apartamento da universidade. As duas têm o tipo de amizade que não se vê por aí com frequência. Você é o gim para a tônica dela, Laurie. Sarah te ama demais.

Algumas pessoas batem palmas, e minha mãe seca os olhos. Ah, Deus. Eu me seguro e belisco a pele nas costas da mão. Belisco, solto. Belisco, solto. Belisco, solto. Não ouso deixar nem uma lágrima escorrer, com medo de não conseguir parar mais e chorar até soluçar. Senti tanto a falta de Sarah hoje. Meu casamento milimetricamente planejado tem um buraco no formato dela, e estou morrendo de medo de o restante da minha vida ser assim também.

Jack suspira, respirando fundo. O silêncio é ensurdecedor.

— Sabem, mesmo se tivessem me avisado que eu faria um discurso hoje, acho que ainda teria dificuldade em saber o que dizer, porque não há palavras para explicar o quanto Laurie James é especial.

— Ogilvy-Black — corrige alguém. Gerry, acho eu.

Jack ri, passando a mão no cabelo, e tenho certeza de que escuto todas as mulheres no recinto suspirarem.

— Desculpem. Laurie Ogilvy-Black.

Ao meu lado, Oscar pega minha mão, e lanço um sorriso tranquilizador em sua direção, apesar de meu novo nome parecer desajeitado e estranho ao sair dos lábios de Jack.

— Já faz alguns anos que eu e Laurie somos amigos, bons amigos até, e, diante dos meus olhos, você deixou de ser a amiga esperta e tranquila de Sarah, que um dia me forçou a assistir a *Crepúsculo*, e se transformou... — Ele faz uma pausa e estica a mão para mim, apesar de estar a três mesas de distância. — E se transformou na mulher que é hoje, tão centrada, de uma gentileza espetacular; você consegue fazer todo mundo se sentir a pessoa mais importante do universo. — Jack olha para baixo, balançando a cabeça. — Não é exagero dizer que você salvou minha vida, Laurie. Você me viu no meu pior momento e não deu as costas para mim, apesar de ter todos os motivos para isso. Fui asqueroso, e você, fantástica. Eu me perdi, e você me trouxe de volta. Acho que nunca agradeci, então vou agradecer agora. Obrigado. Você segue com leveza pela vida, mas deixa marcas profundas que as outras pessoas têm dificuldade em preencher.

Jack para e toma um gole de vinho, porque está falando como se nós dois fôssemos os únicos no salão, e acho que percebe que está beirando o excesso de intimidade.

— Então é isso. Você é maravilhosa, Laurie. Sinto sua falta agora que estamos em lados opostos da fronteira, mas fico feliz por saber que está segura com Oscar. — Jack ergue a taça. — A você, Laurie, e a você também, Oscar, é claro. — Ele faz uma pausa e acrescenta: — Seu filho da mãe sortudo.

Todo mundo ri, e eu choro.

Jack

— Nossa, Jack, teria sido melhor se você tivesse trepado com ela em cima da mesa.

Encaro Verity, que, neste momento, parece uma gata selvagem. Bonita, mas quer arrancar meus olhos. Estamos no corredor do hotel, e acho que ela não gostou do meu discurso improvisado.

— Que diabos eu devia ter feito? Deixado Laurie passar vergonha no dia do próprio casamento?

Seus olhos disparam faíscas contra mim.

— Não, mas também não precisava transformá-la na porra da Mulher-Maravilha.

— Ela não usa calcinha por cima da roupa.

Assim que faço esse comentário, percebo que cometi um erro, mas tomei três taças de champanhe no brinde e não gosto de ser atacado no meu território.

— É óbvio que você entende pra caralho das calcinhas dela — rebate Verity, cruzando os braços.

Eu cedo, porque ela é minha convidada e entendo que deve ter sido um pouco chato ouvir seu novo namorado elogiando outra mulher com tanta vontade.

— Escute, me desculpe, está bem? Mas você está enganada, eu e Laurie somos só amigos, de verdade. Nunca foi nada além disso, juro.

Ela ainda não está disposta a dar o braço a torcer.

— Que porra foi aquela de deixar marcas profundas?

— Uma metáfora.

— Você disse que ela era fantástica.

Verifico se estamos sozinhos no corredor, então a pressiono contra a parede.

— Você é mais.

As mãos dela me envolvem e apertam meu traseiro. De boba, Verity não tem nada.

— Não se esqueça disso.

Eu a beijo, mesmo que seja apenas para encerrar a conversa. Em resposta, ela morde meus lábios e começa a puxar minha camisa para fora da calça.

Laurie

— Foi legal da parte de Jack falar por Sarah.

Sorrio para Oscar, apesar de suas palavras parecerem um pouco ácidas.

— Foi.

Viemos descansar em nossa suíte no intervalo entre a recepção após a cerimônia e a festa à noite. Acho que "descansar" é um termo educado para transar, mas não é isso que Oscar e eu estamos fazendo. Ele está tenso desde os discursos, e quero muito encontrar uma maneira de melhorar o clima, porque o dia de hoje deve ser lembrando para sempre pelos motivos certos.

— O que foi mesmo que aconteceu com Sarah?

Oscar franze a testa e aperta o topo do nariz, como se estivesse se esforçando para lembrar os detalhes da ausência dela. Deve ser porque não lhe dei muitos, uma péssima tentativa de minimizar a mentira.

— Ela teve que voltar para Bath.

Meu tom de voz é propositalmente inexpressivo, e dou as costas para ele porque minhas bochechas começam a esquentar. Não quero discutir, então busco alguma distração e vejo uma sacola de presente diante da enorme lareira. Tudo em nossa suíte de lua de mel é grandioso, desde a banheira de hidromassagem até a cama com dossel, que tem até um degrau para subirmos nela, digna de *A princesa e a ervilha*.

— O que é isto? — Leio a etiqueta presa ao presente em voz alta.

— Para o casal feliz, com amor e gratidão de Angela e toda equipe do cerimonial. Esperamos que o dia de hoje seja como vocês sempre sonharam. — Eu me viro para Oscar. — Ah, que fofo da parte deles, não acha?

Ele concorda com a cabeça enquanto eu me sento em uma das poltronas perto da janela e começo a desfazer os laços.

— Vem ver? — chamo, tentando lhe pedir mais coisas com meu olhar: *Por favor, não insista em falar sobre Sarah. Por favor, não fique analisando o discurso de Jack. Por favor, vamos nos concentrar no que importa hoje, nós dois.*

Do outro lado do quarto, os olhos de Oscar fitam os meus por alguns segundos; sua expressão se suaviza, e ele ajoelha ao meu lado.

— Abra.

Acaricio seu brilhante cabelo preto-azulado e sorrio.

— Tudo bem.

Dentro do embrulho e dos papeis de seda, encontramos um delicado enfeite de Natal feito de vidro soprado, com nossos nomes e a data do casamento entalhados.

— Não é lindo? — pergunto, engolindo o bolo que se formou em minha garganta enquanto o coloco cuidadosamente sobre a mesa.

— Você merece coisas lindas — diz Oscar, beijando meus dedos. Então ele respira fundo. —Está feliz, Laurie?

Fico surpresa com a pergunta quase sussurrada. Ele nunca me questionou sobre isso antes.

— Precisa perguntar?

— Só desta vez.

De repente, ele fica bastante sério.

Respiro fundo e olho em seus olhos. Sei que nosso casamento depende da minha resposta.

— Estou tão absurdamente feliz por ser sua mulher, Oscar. Agradeço aos céus por você ter entrado na minha vida.

Oscar me encara em silêncio, tão bonito, e seus olhos me dizem que há coisas que gostaria de dizer, mas que deixará de lado porque hoje é o dia de nosso casamento.

Ele se levanta e me puxa para perto de si.

— A sorte foi minha por ter encontrado você.

E, então, me beija devagar, com intensidade, um braço ao redor da minha cintura, sua mão segurando meu rosto, e me permito derreter ao seu toque, ao toque do meu marido. Espero que sempre sejamos capazes de ficarmos assim, como fizemos na Tailândia, como fazemos na cama à noite. Meu amor por Oscar é diferente de tudo que tenho na vida: nítido e simples e objetivo. Eu me agarro a esse sentimento, à ideia de nós dois sentados nos degraus do chalé na praia. Ele se recusa a me contar onde vamos passar a lua de mel, mas meu coração recém-comprometido torce para que seja na Tailândia.

Paramos diante da árvore de Natal belamente decorada em nossa suíte, e penduro nosso enfeite em um galho vazio. Oscar está bem atrás de mim, sua boca quente contra meu pescoço enquanto observamos nosso presente girar e refletir a luz.

— Jack tinha razão — sussurra ele. — Sou um filho da mãe sortudo.

2014

Resoluções de Ano-Novo

1. *Sarah.* Só de escrever seu nome, já me sinto cheia de vergonha e tristeza. Preciso encontrar uma forma de convencê-la de que estou arrependida. De que aquela era uma situação impossível, de que não me permiti me apaixonar por seu namorado. De que me esforcei ao máximo para *não* amá-lo. Tenho que dar um jeito de convencê-la a me perdoar, porque não consigo imaginar minha vida sem ela.

2. *Oscar!* Meu marido! Só quero que a gente continue tão feliz como agora, aproveitando nosso primeiro ano de casamento, como um daqueles casais metidos que falam o tempo todo como é bom casar. Não que eu ache que sejamos metidos. Mas há certa segurança em ser a Sra. Ogilvy-Black, especialmente quando todos os portos seguros da minha vida parecem estar desaparecendo. Minha resolução é que meu marido nunca mais tenha que perguntar se estou feliz com ele.

3. *Trabalho.* Preciso desesperadamente mudar de trabalho. Desde o casamento, sinto que já passei da fase de responder perguntas de adolescentes sobre amor e dor de cotovelo; afinal de contas, oficialmente, abandonei meu posto de especialista em amor não correspondido. Agora que o frenesi do casamento passou, quero um novo desafio; talvez encontre algo mais adequado à minha vida agora. Talvez alguma publicação para donas de casa. Haha! Na pior das hipóteses, ver meu nome em suas revistas favoritas daria mais um motivo para Lucille me odiar.

4. *O que me leva à... Sua Majestade Real Lucille.* Preciso me esforçar mais para ela gostar de mim.

5. *Mamãe e papai.* Tenho que me esforçar para visitá-los mais. Estou mais ocupada do que nunca, mas isso não é desculpa. O casamento me fez perceber o quanto sinto saudade deles. Fico feliz por meu irmão e sua família viverem por perto — minha mãe está sempre postando fotos com Tom, o recém-nascido. Adoro ver as fotografias, mas um pedacinho do meu coração também fica apertado, porque todos estão juntos enquanto estou a quilômetros de distância.

16 de março

Laurie

— Para que tudo isso?

Acordo confusa e sento, porque Oscar está parado ao lado da cama com uma bandeja.

— Café da manhã na cama para comemorar nosso aniversário. — Ele coloca a bandeja sobre meus joelhos, e começo a entrar em pânico por dentro, com medo de ter me esquecido de alguma data especial. — Estamos casados há três meses — diz ele, acabando com a tortura. — Bem, três meses e dois dias, mas é melhor comemorar no domingo, não acha?

— Parece que sim — respondo, rindo. — Vai voltar para a cama?

Seguro a bandeja enquanto Oscar se acomoda, seu bronzeado ainda visível contra os travesseiros. Sua pele fica bronzeada com facilidade, então os sinais de praia da nossa lua de mel continuam aparentes nele muito tempo depois de eu ter perdido os meus sob a ofensiva do inverno britânico. No fim das contas, não fomos à Tailândia. Passamos três semanas românticas conhecendo as Maldivas, um paraíso completo. Acho que foi bom não termos voltado para Koh Lipe e tentado recriar a mágica de nossa primeira vez lá; aquelas memórias são preciosas demais para arriscarmos. Mas seria esnobe demais da minha parte dizer que teria preferido a Tailândia às Maldivas? Nem deve ser verdade, no fim das contas, mas eu acharia ótimo se Oscar quisesse voltar, ou, talvez, se tivesse adivinhado que meu coração romântico pertence àquele lugar. No aeroporto, me senti a esposa mais ingrata do mundo por ter ficado um pouco triste quando entramos na fila para fazer check-in no voo para as Maldivas. Os resorts luxuosos que Oscar reservou para a viagem eram bem diferentes da simplicidade da cabana na praia tailandesa — jantamos como a realeza em bangalôs na água, relaxamos em redes duplas em nossa praia particular, e um mordomo atendia a todos os nossos caprichos. Sim, um mordomo! Agora, estamos de volta à casa de Oscar — quero dizer, à *nossa* casa — e ele parece determinado a não deixar que a lua de mel termine.

— Café?

— Por favor.

Alinho as xícaras e coloco uma colher de açúcar na minha. Oscar não adoça o café. Ele não é muito chegado a doces, na verdade, então estou tentando evitá-los também, porque comer bolo ou pudim sozinha faz com que eu me sinta um pouco gulosa, apesar de ter certeza de que essa não é a intenção dele. De todo modo, eu costumava saciar meu desejo por açúcar quando encontrava com Sarah para tomarmos café e comer bolo algumas vezes por mês, mas não nos falamos desde a briga. Sempre que penso nisso, meu coração aperta. Enquanto estávamos em lua de mel, tentei ignorar o assunto, dizendo a mim mesma que eu não deveria estragar nem um segundo da viagem maravilhosa com Oscar. E, desde que voltamos, tenho seguido a mesma abordagem — a cada dia que passa, mais ignoro a realidade. A única coisa boa disso tudo, se muito, é que não preciso mais carregar o peso do segredo. O pior aconteceu, Sarah sabe, e, de um jeito estranho, me sinto livre e capaz de amar Oscar sem dúvida. Mas paguei um preço alto por uma consciência limpa.

— Você faz um ótimo ovo pochê, Sr. O — digo, cutucando o meu com a pontinha da faca. — Nunca dá certo quando tento.

— Liguei para minha mãe, e ela me explicou como se faz.

Faço um esforço para não lançar um olhar incrédulo em sua direção, apesar de conseguir imaginar a cara de Lucille quando o filho disse que eu estava de preguiça na cama enquanto ele se matava de trabalhar na cozinha. São pouco mais de oito da manhã de domingo, mas, mesmo assim, ela vai arquivar isso em seu dossiê mental de "coisas que comprovam que Laurie é uma sanguessuga". Talvez seja melhor que comece logo um novo; imagino que o primeiro esteja quase explodindo depois do casamento.

— Bem, você fez um ótimo trabalho. — Observo, satisfeita, a gema se espalhar sobre o pão. — Seria fácil me acostumar com esta vida.

— Gosto de mimar você.

— Não existe mimo maior do que ser sua mulher.

Oscar sorri, satisfeito com o elogio.

— A gente sempre vai se sentir assim?

— Não sei. Se a gente quiser — digo.

— As pessoas ficam me dizendo que essa empolgação passa com o tempo.

— É mesmo?

Também me disseram coisas parecidas, é claro; que nosso relacionamento progrediu rápido demais, que, quando a realidade bater à porta, todo o romance irá por água abaixo.

Oscar assente. Não pergunto se essas pessoas seriam Lucille.

— Bem. Esse povo não sabe de nada.

Com cuidado, coloco a bandeja no chão depois de terminar e me acomodo na curva do seu braço, contra os travesseiros.

— Eles não sabem nada sobre a gente — diz ele, baixando a alça da camisola para revelar meu seio. Ergo o rosto para um beijo enquanto seus dedos se fecham ao redor do meu mamilo. — Minha mulher — sussurra ele, como sempre faz.

Gosto de ser chamada assim, mas, às vezes, queria que Oscar me chamasse de estrela-do-mar como antes.

Eu me enrosco ao seu redor quando ele me gira e me deita de costas, e fazemos amor. Depois, puxo a coberta para nos cobrir e caio no sono com a bochecha apoiada em seu peito. Queria que fôssemos só nós no mundo e que a vida pudesse ser sempre assim.

Mais tarde, enquanto jantamos cordeiro assado (feito por mim, sem consultar minha mãe), Oscar me encara enquanto serve vinho em nossas taças.

— Tenho uma novidade — diz ele, trocando a garrafa em nosso novo suporte de metal que a deixa um pouquinho inclinada. Não me pergunte por quê. Foi o presente de casamento de Gerry e Fliss.

Hesito. Passamos o fim de semana todo juntos, e novidades não costumam aparecer de repente na noite de domingo, não é? Se tenho uma novidade, conto logo na primeira oportunidade. Que tipo de notícia faria Oscar escolher este momento para mencioná-la como quem não quer nada? Sorrio e tento parecer curiosa, mas não consigo disfarçar o frio que sinto na espinha.

— Fui promovido no banco.

O alívio me inunda.

— Que boa notícia! O que você vai passar a fazer?

Não sei por que faço essa pergunta, já que não entendo direito nem o que ele faz agora.

— Kapur vai se mudar para os Estados Unidos no fim do mês, então precisam que alguém fique responsável pela conta de Bruxelas.

Já vi Kapur algumas vezes; ele me parece o estereótipo do banqueiro — terno risca de giz, camisa rosa e falastrão. Não é das minhas pessoas favoritas.

— É uma boa promoção. — Meu comentário soa como uma pergunta, e sorrio para mostrar que estou contente, mesmo que não entenda muito sobre a hierarquia.

— Ótima, na verdade — diz ele. — É um cargo de chefia. Vou ter quatro funcionários. — Oscar não sabe nem se vangloriar direito, o que é uma de suas muitas adoráveis qualidades. — Mas eu queria conversar com você primeiro, porque vou ter que passar metade da semana lá.

— Em Bruxelas?

Ele concorda com a cabeça, e algo brilha em seus olhos.

— Parte de *todas* as semanas? — Tento manter um tom de voz despreocupado, mas fracasso.

— É bem provável. Kapur geralmente passa três dias lá.

— Ah.

Não sei o que dizer, porque não quero ser estraga-prazeres; Oscar merece ser promovido, e quero que saiba que estou orgulhosa dele.

— Mas posso recusar a proposta se você achar que é demais — oferece ele, e me sinto uma megera.

— Meu Deus, não! — Eu me levanto, dou a volta na mesa e sento no seu colo. — Meu marido brilhante. — Passo os braços ao redor do seu pescoço. — Vou sentir sua falta, só isso. Estou muito orgulhosa. — Eu o beijo para mostrar que estou falando sério. — Parabéns. Estou muito feliz. De verdade.

— Prometo que não vou ser um marido de meio expediente.

Seus olhos escuros observam os meus, como se ele precisasse ser tranquilizado.

— E eu não vou ser uma mulher de meio expediente.

Ao mesmo tempo, sinto que nenhum de nós vai conseguir cumprir isso. Oscar fica cada vez mais ambicioso, e é óbvio que está animado com a ideia de ser promovido, então vou ter que encontrar novas maneiras de preencher metade das minhas semanas. É impossível evitar a comparação com meus pais, que sempre fizeram estardalhaço com o fato de, com exceção de quando minha mãe nos teve no hospital e de quando meu pai foi internado, nunca terem passado uma noite separados. Ficar o tempo todo juntos faz parte do pacote, não faz?

Oscar abre os dois primeiros botões da minha camisa, e me afasto para encará-lo.

— Já entendi o que você está querendo, espertinho — digo. — Mas esta mesa está cutucando minhas costas, e ainda não terminei meu jantar, então nada disso.

Ele parece desanimado, mas ergue uma sobrancelha, achando graça.

— O cordeiro está muito bom *mesmo*.

E é isso. Depois de três meses de êxtase matrimonial, vamos passar metade das nossas vidas separados. Quando volto para o meu lado da mesa, o cordeiro já não parece mais tão gostoso.

27 de maio

Laurie

Lucille sabe muito bem que terça-feira é um dos dias de Oscar em Bruxelas, então não tenho a menor ideia de por que está tocando nossa campainha. Por um segundo, considero fingir que não estou em casa. Mas não faço isso, porque ela provavelmente me viu entrar alguns minutos atrás; também é provável que tenha instalado câmeras pela casa para me vigiar.

— Lucille — digo, meu rosto todo sorrisos de boas-vindas quando abro a porta. Ou é o que espero, pelo menos. — Entre.

Na mesma hora, me sinto grosseira por convidá-la para entrar no próprio apartamento. Afinal de contas, o nome na escritura é o dela. Mas minha sogra é educada demais para fazer qualquer comentário a respeito, apesar de o olhar arrogante que recebo indicar o contrário. Tiro a xícara de café vazia da mesa, feliz por ter passado o aspirador pela casa antes de ir para o trabalho. Oscar fica tentando me convencer a contratar uma faxineira, mas não consigo cogitar a ideia de contar à minha mãe que vou pagar a alguém para arrumar minha bagunça. Sua Majestade Real Lucille observa os arredores com um olhar crítico enquanto se senta. Meu Deus, o que digo a ela?

— Oscar não está em casa hoje — digo, e ela parece desanimar.

— Ah... — Seus dedos passam pelas pérolas grandes e amareladas que sempre usa. — Eu não sabia.

Até parece. A mulher anota os compromissos do filho na agenda com uma caneta verde especial dedicada a ele.

— Quer uma xícara de chá?

Ela concorda com a cabeça.

— *Darjeeling*, por favor, se você tiver.

Normalmente, eu não compraria algo assim, mas alguém nos deu uma seleção de vários tipos de chá como presente de casamento, então apenas sorrio e a deixo sozinha por um instante enquanto vou verificar. Ah! Sim, eu podia fazer uma dancinha da vitória, tenho *Darjeeling*. Sei muito bem que ela só pediu esse porque achou que me pegaria desprevenida, e não é legal da minha parte me sentir tão vitoriosa. Queria que nossa relação fosse diferente; talvez agora seja um bom momento para fazer um esforço. Enquanto espero a água ferver, coloco o açucareiro e o jarro de leite — mais presentes de casamento — em uma bandeja com duas xícaras e acrescento um prato de biscoitos amanteigados.

— Prontinho — digo, toda animada enquanto carrego a bandeja.

— Leite, açúcar e biscoitos. Acho que me lembrei de tudo.

— Não, não e não, mas obrigada por oferecer.

Os olhos de Lucille têm um tom de castanho diferente dos de Oscar, mais amarelados. Como os de uma cobra.

— Gostei da visita — digo, sentando sobre minhas mãos para não ficar me remexendo. — Queria falar com Oscar por algum motivo específico?

Ela balança a cabeça.

— Eu só estava por perto.

Fico me perguntando com que frequência Lucille está só "por perto"; sei que ela tem a chave. Não me surpreenderia se entrasse no apartamento quando estamos fora. A ideia me deixa pouco à vontade. Será que minha sogra fica procurando provas de que estou dando o golpe do baú? Vasculha minha correspondência atrás de faturas estouradas de cartão de crédito ou revira minhas gavetas em busca de pistas de um passado suspeito? Ela deve ficar fula da vida por nunca encontrar nada.

— Imagino que você se sinta sozinha aqui durante a semana.

Concordo com a cabeça.

— Sinto saudade dele. — Fico com uma vontade terrível de dizer que dou festas de arromba para me distrair. — Mas tento me manter ocupada.

Como que para demonstrar o que digo, sirvo seu chá. Sem leite, sem açúcar.

Lucille dá um gole educado e retrai-se, como se tivesse bebido ácido de bateria.

— Menos tempo de infusão na próxima vez, acho.

— Desculpe — murmuro, pensando que a parte mais assustadora do comentário foi "na próxima vez".

— É algo administrativo, não é? Em uma revista? Desculpe, com o que mesmo você trabalha?

Por dentro, suspiro diante da indelicadeza. Ela sabe exatamente com o que trabalho e para quem. Não tenho dúvida de que já vasculhou tudo na internet.

— Não exatamente. Sou jornalista, escrevo para uma revista de adolescentes.

Eu sei, eu sei. Não é como se fosse a área mais importante do jornalismo.

— Já falou com Oscar hoje?

Balanço a cabeça e olho para o relógio.

— Geralmente, ele liga depois das nove. — Faço uma pausa e, tentando ser amigável, acrescento: — Posso pedir para ele te ligar amanhã, se você quiser.

— Não precisa, meu bem. Tenho certeza de que já é um fardo ter que ligar para casa todo dia sem ter que acrescentar uma pessoa à lista.

Ela dá uma risadinha no fim, como se eu fosse uma esposa possessiva que precisa ser colocada em seu lugar.

— Não acho que Oscar se incomode — digo, ofendida, apesar de saber que não devo me sentir assim. — Nós dois achamos difícil passar tanto tempo separados, mas estou orgulhosa dele.

— Sim, imagino que esteja. É um emprego estressante, ainda mais chefiando uma equipe no exterior. — Ela sorri. — Mas Cressida sempre diz que Oscar é um ótimo chefe.

Cressida trabalha lá? Lucille quer que eu pergunte que história é essa. Engulo as palavras, apesar de elas queimarem na minha garganta. Para disfarçar, pego minha xícara e bebo a porcaria do chá. Tem gosto de mijo de gato. Nós nos analisamos de lados opostos da mesa de centro, então ela suspira e olha para seu relógio.

— Meu Deus, já está tarde. — E levanta. — É melhor eu ir.

Logo eu me levanto para acompanhá-la até a porta. Enquanto beijo sua bochecha fina e seca à porta, faço um esforço e, finalmente, encontro coragem.

— Bem, foi uma ótima surpresa, *mamãe*. A gente devia se ver mais.

Acho que ela teria ficado menos horrorizada se eu a tivesse chamado de piranha. Pela sua cara, parece que vou levar um tabefe.

— Laurel.

Lucille inclina a cabeça em um gesto formal e sai pela porta.

Quando tenho certeza de que ela foi embora mesmo, despejo o chá sabor mijo na pia e me sirvo de uma bela taça de vinho. Não sei como é possível que uma mulher tão amargurada tenha criado um filho tão doce.

Sento no sofá, sentindo-me muito sozinha. Lucille tinha apenas um objetivo quando apareceu aqui: me contar que Oscar está passando metade da semana em Bruxelas com sua ex-namorada muito mais adequada. A mesma ex-namorada da qual ele nunca mencionou ser *chefe*.

A única pessoa para quem eu queria ligar agora é Sarah. Quase disco seu número, mas o que eu diria se ela me atendesse? *Oi, Sarah, preciso conversar com alguém porque descobri que meu marido está passando tempo demais com a ex.* Por algum motivo, duvido que ela se compadeça. Em vez disso, pego meu laptop e entro no Facebook. Não sou amiga de Cressida, mas Oscar é, e não demoro muito para encontrar o perfil dela. Boa parte das postagens só aparece para amigos, com exceção das poucas que ela deseja mostrar para o mundo: imagens de sua vida sofisticada em Bruxelas. Vou passando as fotos até encontrar uma dela com um grupo na parte externa de um bar com Oscar sentado ao seu lado, rindo.

Ah, Oscar.

10 de junho

Jack

No verão, Edimburgo é fora de série. Faz pouco mais de um ano que vim para cá, e estou começando a me sentir em casa. Sei onde ficam as ruas — bem, a maioria delas — sem precisar pedir informação e desenvolvi músculos nas panturrilhas que nunca tive antes, porque a cidade inteira parece ter sido construída em cima da porra de uma montanha. Quando cheguei, achei que os enormes prédios de granito eram austeros demais, mas talvez isso fosse mais um reflexo do meu estado mental do que da arquitetura gótica. Agora, entendo a cidade: é um lugar vibrante, eletrizante, receptivo. Só as gaitas de fole ainda não me conquistaram.

— Peguei uma pra você, Jack.

Lorne, meu produtor enorme e barbado, ergue uma caneca de cerveja para mim do outro lado do pátio do bar. É aqui que vamos fazer nossa reunião de equipe. Já disse que a vida nesta cidade é sensacional?

— Verity não vem hoje? — pergunta Haley, minha assistente, erguendo as sobrancelhas para mim quando sento à mesa.

— Não — respondo. — Decidimos seguir caminhos opostos.

No total, somos seis pessoas na mesa, e os outros soltam um *ahhhh* ao mesmo tempo. Faço um gesto feio para eles.

— Crianças. — Haley tenta ser adulta, o que é irônico, considerando que ela é a mais jovem de nós. — Desculpe, não queria me meter na sua vida.

Dou de ombros.

— Não tem problema.

— Que merda, cara — diz Lorne, pesaroso. — Foi mal a brincadeira.

Dou de ombros de novo. Na verdade, não estou tão chateado. Já esperava que isso fosse acontecer; Verity estava ficando mais exigente em todos os sentidos. Ela queria mais do que eu podia dar: meu tempo, minha energia, minhas emoções. Acho que nenhum de nós dois vai ter dificuldade em superar o término. Verity ainda sentia uma constante necessidade de competir com Sarah e Laurie, sempre querendo que eu dissesse que ela era mais bonita, mais bem-sucedida, mais divertida que as duas. Cansei disso. Para ela, o que importava era ser a melhor, não a melhor para mim. Eu também não era o melhor para ela. Nossos interesses eram completamente diferentes — não entendo as regras de polo e não tenho vontade alguma de entender. Sei que pareço um babaca quando digo essas coisas. Na verdade, não quero estar em nenhum relacionamento sério agora, seja com Verity ou com qualquer outra.

Ergo minha caneca.

— À liberdade.

Ao meu lado, Lorne ri e murmura algo sarcástico sobre *Coração Valente*.

25 de junho

Laurie

— Laurie...

Acabei de sair de uma entrevista de emprego e estou me recompensando com um café sob o sol, na parte externa de um café no Borough Market, quando alguém para ao meu lado.

É ela.

— Sarah. — Eu me levanto, chocada por encontrá-la tão inesperadamente, ainda mais chocada por ela ter parado para falar comigo.

— Como você está?

Ela faz que sim com a cabeça.

— Ah, sabe como é. A mesma coisa de sempre. E você?

Esta conversa é tão forçada que sinto vontade de chorar.

— Acabei de fazer uma entrevista para um emprego novo.

— Ah.

Quero que ela me pergunte mais detalhes, mas isso não acontece.

— Quer tomar um café?

Sarah olha para a minha xícara, pensativa.

— Não posso, tenho um compromisso.

A alegria de falar com ela é tão forte, tão absoluta, que quero agarrar seu casaco e impedi-la de ir embora. Minha decepção deve estar estampada na minha cara, porque um pequeno sorriso se forma em seus lábios.

— Mas um outro dia, Lu, está bem?

Concordo com a cabeça.

— Eu te ligo?

— Ou eu te ligo. Tanto faz.

Sarah ergue a mão para acenar e, então, desaparece em meio ao burburinho da multidão no mercado. Alguns segundos depois, meu celular vibra.

Boa sorte com o emprego. Beijo, S

Não consigo controlar as lágrimas. A manhã inteira, passei mal de nervoso por causa da entrevista para escrever artigos em uma sofisticada revista feminina, mas, agora, estou pouco me lixando se vão me dar o emprego, porque consegui algo muito mais valioso. Acho que minha melhor amiga talvez tenha voltado para mim — ou, pelo menos, uma pequena parte dela. Minha vontade é despejar o restante do café na planta mais próxima e pedir um drinque.

12 de outubro

Laurie

— *Parabéns pra você, nesta data querida. Muitas felicidades, muitos anos de vida!*

Batemos palmas, e o bebê Thomas ri, todo bobo.

— Não acredito que ele já fez um ano — digo, balançando-o no meu quadril como observei Anna fazer boa parte do fim de semana.

Minha cunhada está completamente imersa na maternidade, jamais sendo vista sem um paninho de boca sobre um dos ombros ou o apoio de colo preso na cintura, sempre pronto para acomodar a bundinha fofa de Tom. Não posso mentir: ele é uma gracinha. Cheio de cachos louros e gordurinhas, com dois dentinhos brancos e bochechas rosadas. É engraçado como alguém tão pequeno conseguiu dominar o fim de semana; tudo foi organizado para girar em torno do bebê.

— Você combina com ele, Laurie.

— Não comece.

Olho de cara feia para minha mãe.

Ela dá de ombros, rindo.

— Eu só estava pensando...

"O que todo mundo está pensando", completo em pensamento, mas fico quieta. "Quando é que vamos ouvir o som de passinhos pela sua casa?" é basicamente a primeira coisa que as pessoas nos perguntam agora que casamos, com a óbvia exceção de Lucille, que deve se ajoelhar ao lado da cama todas as noites e rezar para eu ser estéril. Quando meus colegas de trabalho me perguntam se queremos ter filhos logo, minha vontade é gritar: Estamos em 2014, não em 1420! E se eu quiser priorizar minha carreira?

Daryl passa um braço em torno dos meus ombros em solidariedade e, na mesma hora, o bebê começa a fazer manha para ir para o colo do pai.

— Enrole o máximo possível, minha irmã. Sua vida nunca mais será a mesma depois.

É um alívio Oscar já ter ido embora, evitando toda essa conversa. Ele foi mais cedo porque vai para Bruxelas hoje à noite para uma estadia prolongada de cinco dias — o banco está negociando uma aquisição importante, e ele precisa supervisionar os trâmites. Não me permiti perguntar se Cressida também ficará por lá esse tempo todo; Oscar me assegurou que não preciso me preocupar com ela, e decidi acreditar. No fim das contas, ele tinha razão — eu sabia que sua ex trabalhava na empresa, só não que os dois trabalhavam juntos. Oscar, porém, me garantiu que isso só passou a acontecer na semana anterior a Lucille vir se vangloriar para cima de mim. Ainda bem que não sou ciumenta e ele nunca me deu motivos para achar que ainda sente algo por ela. Os dois *precisam* trabalhar juntos — acontece. Os dois precisam trabalhar juntos *em outro país* — certo, isso provavelmente acontece com menos frequência, mas eu confio em Oscar e ponto final. Então como ele ia para Bruxelas, preferi ficar com meus pais até amanhã à tarde. Estou me esforçando para manter minha resolução de ano-novo relacionada a eles, apesar de não fazer o mesmo quando se trata de Lucille.

É horrível dizer que me sinto mais relaxada depois que meu marido foi embora? Oscar é extremamente educado com meus pais, mas nunca fico totalmente à vontade quando estamos todos juntos, como se, sem mim, eles fossem apenas três desconhecidos em um cômodo. Passei boa parte do trajeto de trem até aqui fingindo dormir, quando, na verdade, estava organizando mentalmente assuntos sobre os quais poderíamos conversar. Férias, trabalho (mais o meu que o de Oscar, por motivos óbvios), a cor nova de que estamos pintando o banheiro, esse tipo de coisa. Mas não contei com o bebê Tom, é claro. Não há silêncios prolongados quando existe um bebê por perto, então, no geral, foi um agradável fim de semana em família. Quase não quero voltar para Londres amanhã, para o apartamento vazio e silencioso.

— Leve isto para o seu pai, sim, meu amor? — Minha mãe revira os olhos ao me passar uma xícara de chá. — Ele está assistindo ao jogo de futebol no escritório.

Meu pai é torcedor fanático do Aston Villa — ele não perde um só jogo, mesmo no aniversário do neto, pelo visto. Pego a xícara e fujo pelo corredor, feliz por ter um motivo para escapar da conversa sobre "quando Laurie terá um bebê". A resposta é quando — e se — Laurie estiver pronta.

— Pai? — Empurro a porta do escritório, surpresa quando não consigo abri-la. É impossível estar trancada; não tem trinco. Empurro de novo. Há algo preso atrás dela. — Pai? — grito de novo.

Meu coração dispara quando ele não responde. Em pânico, jogo meu ombro contra a porta, derrubando o chá no novo tapete bege da minha mãe, e, desta vez, consigo abri-la um pouquinho. Então tudo parece congelar, e escuto alguém com uma voz parecida com a minha, mas que não pode ser eu, gritando sem parar por socorro.

13 de outubro

Laurie

— Ela está exausta; dei um remédio para ela dormir.

Tento sorrir para o médico quando ele desce, mas meu rosto não obedece.

— Obrigada.

O Dr. Freeman mora do outro lado da rua da casa dos meus pais e, ao longo dos anos, veio aqui tanto por motivos sociais quanto médicos. Festas de Natal, ossos quebrados. Ontem, quando Daryl esmurrou sua porta pedindo ajuda aos berros, ele atendeu na mesma hora e voltou hoje para ver como estamos.

— Sinto muito, Laurie. — Ele aperta meu ombro. — Se eu puder ajudar com qualquer coisa, é só me ligar.

Daryl o acompanha até a porta, e sentamos à mesa de jantar da casa silenciosa demais. Anna levou o bebê para casa, e Oscar está preso em Bruxelas até amanhã à tarde, no mínimo. Ele se sente péssimo, mas, para ser sincera, não há nada que ele ou qualquer um possa fazer ou falar.

Meu pai morreu ontem. Em um instante, ele estava aqui; no outro, se foi, sem ninguém para segurar a mão dele ou lhe dar um beijo de despedida. Fico angustiada só de pensar que poderíamos ter ajudado se estivéssemos por perto. Se eu e Daryl tivéssemos parado para assistir ao jogo com ele, como fazíamos quando pequenos, apesar de nenhum de nós gostar muito de futebol. Se minha mãe tivesse feito o chá dez minutos antes. Se, se, se. Os paramédicos que vieram na ambulância e o declararam morto tentaram nos convencer do contrário, dizendo que tudo indicava que ele teve um infarto fulminante, que nada poderia ter sido feito para salvá-lo. Mas e se ele nos chamou e ninguém ouviu? Daryl empurra a caixa de lenços na minha direção, e percebo que estou chorando de novo. Acho que não parei de chorar hoje. Não dizem por aí que setenta por cento do corpo humano é água ou algo assim? Deve ser verdade, porque ela está jorrando de mim como uma torneira esquecida aberta em uma casa abandonada.

— Precisamos organizar o enterro. — A voz de Daryl soa desalentada.

— Não sei como fazer isso — respondo.

Ele aperta minha mão até as juntas dos seus dedos ficarem brancas.

— Nem eu, mas vamos dar um jeito, nós dois. Mamãe precisa que a gente resolva isso.

Concordo com a cabeça, ainda aos prantos. Ele tem razão, é claro; minha mãe está arrasada, não consegue fazer nada. Nunca vou me esquecer de como ela caiu de joelhos ao lado de meu pai. Assim que gritei, ela veio correndo, em pânico, como se algum sexto sentido lhe alertasse que o amor da vida dele estava em perigo. Os dois começaram a namorar quando tinham quinze anos. Ainda consigo ouvir aquele som: ela gritando o nome dele quando não conseguiu acordá-lo, o gemido baixo e sofrido quando os paramédicos anunciaram a hora da morte e gentilmente a afastaram do corpo. E, desde então, nada. Ela quase não fala, não quer comer, não dormiu. É como se tivesse saído de órbita, como se não conseguisse estar aqui sem ele. O Dr. Freeman disse que não devemos nos preocupar com essa reação; que cada um reage de um jeito diferente, que ela só precisa de tempo. Mas, na verdade, não sei se ela vai conseguir superar. Acho que nenhum de nós vai.

— Vamos à funerária amanhã — diz Daryl. — Anna pode ficar aqui com a mamãe.

— Tudo bem.

Voltamos a ficar em silêncio na sala quieta e imaculada. Esta é a casa em que crescemos, e este é o cômodo em que sempre jantamos juntos, sempre ocupando os mesmos lugares à mesa. Foi difícil para nossa família de cinco se tornar uma família de quatro depois da morte de Ginny; a cadeira vazia permaneceu ali. Olho para a de meu pai agora, chorando de novo. Não consigo imaginar como vamos ter forças para ser uma família de três. É muito pouco.

Jack

— Seja lá quem for, pare de encher o saco.

Mas não param, então estico o braço para fora da cama e tateio o chão em busca do celular. As pessoas sabem muito bem que trabalho à noite, elas me escutam na porra do rádio, então só Deus sabe por que alguém resolveu me ligar antes da hora do almoço. Meus dedos se fecham ao redor do aparelho assim que ele para de tocar; ótimo, é sempre assim. Eu o trago para perto e encaro a tela com olhos apertados, minha cabeça de volta no travesseiro. Uma ligação perdida de Laurie. *Merda*. Olho para as costas nuas de Amanda, viradas para mim, e me pergunto se seria muita grosseria retornar a ligação enquanto minha namorada dorme ao meu lado. No geral, acho que sim, então deixo o celular de lado. Não deve ser nada urgente.

— Quem era?

Amanda se vira para mim com sua pele dourada, seus olhos azuis e seus mamilos rijos. Ainda estamos naquela fase do namoro em que não conseguimos parar de transar, e a visão do seu corpo bronzeado sem marcas de biquíni me deixa maluco.

— Telemarketing.

Eu me aproximo dela, fecho os lábios sobre um de seus mamilos, e, atrás de mim, na mesa de cabeceira, o celular vibra alto, indicando uma mensagem. Laurie não costuma me ligar. Ultimamente, trocamos e-mails ou conversamos pelo Facebook, como adultos civilizados. Se ela deixou uma mensagem, deve ter algum motivo.

— Merda, desculpe. — Giro para longe e pego o celular. — É melhor eu dar uma olhada. Espere aí.

Amanda me observa com um ar preguiçoso enquanto entro no correio de voz, e, enquanto a voz robótica me diz que tenho uma nova mensagem, ela desliza a mão sob a coberta, descendo pela minha barriga. Nossa, essa mulher sabe o que faz. Fecho os olhos, arfando enquanto a mensagem começa. Já até esqueci quem ligou.

— Oi, Jack. Sou eu. Laurie. — Quero pedir a Amanda que pare, porque, de repente, parece completamente errado ouvir a voz de Laurie com a mão de outra mulher no meu pau. — Queria conversar com você. Escutar sua voz.

Jesus Cristo, parece que estou alucinando. Até hoje, às vezes, sonho com ela, e as coisas acontecem mais ou menos assim. Laurie me liga, me quer, precisa de mim. Estou duro feito uma pedra.

— Desculpe por ligar a esta hora, você deve estar dormindo. É que meu pai morreu ontem. Achei que talvez você pudesse estar por aí.

Em algum momento durante a última frase, percebi que ela estava chorando e afastei Amanda. Eu me sento na cama. *O pai de Laurie morreu.* Puta merda, espere, Lu. Saio cambaleando da cama, colocando meus jeans enquanto aperto os botões do celular e murmuro um pedido de desculpas para Amanda. Então me tranco no banheiro e sento na privada fechada para conversar com Laurie sem ninguém ouvir. Ela atende no terceiro toque.

— Lu, acabei de receber sua mensagem.

— Jack.

Ela não consegue dizer nada além do meu nome antes de começar a chorar, então assumo o controle da conversa.

— Ei, ei, ei — digo no tom mais tranquilo possível. — Eu sei, meu bem, eu sei. — Minha maior vontade agora era abraçá-la. — Calma, Laurie, está tudo bem, querida. — Fecho os olhos, porque seu sofrimento é tão intenso que dói ouvir. — Eu queria estar com você — sussurro. — Estou te dando um abraço apertado. Sentiu, Lu? — O som de Laurie chorando é a pior coisa do mundo. — Estou fazendo carinho no seu cabelo, estou te abraçando e dizendo que vai ficar tudo bem — continuo, baixinho, enquanto o choro diminui. — Estou te dizendo que pode contar comigo, que estou aqui.

— Eu queria que estivesse mesmo — diz ela depois de um tempo, rouca.

— Posso estar. Vou pegar o próximo trem.

Laurie suspira, sua voz finalmente mais calma.

— Não, estou bem, de verdade. Daryl está aqui, e minha mãe, é claro, e Oscar deve chegar amanhã.

Oscar devia estar lá agora, mas fico quieto.

— Não sei o que devo fazer — diz ela. — Não sei o que fazer, Jack.

— Lu, não há nada que você possa fazer. Acredite em mim, eu sei.

— Eu sei que sabe — diz ela, suave.

— Não precisa fazer as coisas com pressa nem resolver nada hoje — continuo, porque me lembro muito bem daqueles dias tristes e difíceis. — É uma situação confusa, aja como achar melhor. Não se culpe por chorar demais, ou por não chorar quando acha que deveria, ou por não saber como ajudar sua mãe. Só siga em frente, Laurie. Não há mais nada a fazer por enquanto. Aguente firme, está bem? Espere Oscar chegar para resolver as burocracias, deixe ele lidar com essas coisas. Acredite em mim, ele vai gostar de poder ajudar com algo prático.

— Tudo bem.

Ela parece aliviada, como se só precisasse de alguém para passar por isso ao seu lado. Como eu queria que esse alguém fosse eu.

27 de outubro

Laurie

— Alice, que mora na casa três, pediu para eu entregar isto. Disse que vai à igreja mais tarde.

Tia Susan, irmã de minha mãe, me passa um enorme bolo. Faz alguns dias que ela veio para cá, e sua ajuda tem sido fundamental; ela deu apoio à minha mãe durante a conversa emotiva com o agente funerário, a ajudou a escolher o que vestir e a perceber que o mundo continua a girar sem meu pai. Tia Susan perdeu o marido, tio Bob, quatro anos atrás — ela consegue entender o sofrimento de minha mãe de um jeito que é impossível para mim ou Daryl. Nós perdemos nosso pai, mas ela perdeu sua alma gêmea, e, hoje, precisa enfrentar esse fato no enterro dele.

Entro na cozinha com o bolo na mesma hora em que vejo Sarah pela janela na porta dos fundos, pronta para bater. Na casa dos meus pais, todo mundo entra pela cozinha, é assim que as coisas funcionam. Fico agoniada só de pensar que daqui a pouco vou ter que me acostumar a dizer que aqui é a casa da minha mãe. Não consigo nem imaginá-la vivendo sozinha.

— Oi — diz Sarah quando abro a porta. E, então, quando vê a quantidade de comida sobre a bancada: — Uau.

Duvido que tenha sobrado muita coisa nas prateleiras do mercado local. Tia Susan pediu tudo pela internet, desde guardanapos até pratos e talheres descartáveis.

— Podemos jogar tudo fora depois — declarou para mim, prática, enquanto confirmava o pedido com um clique. — A última coisa que as pessoas querem fazer depois de um enterro é lavar a louça.

Além disso, durante a manhã, vários amigos e vizinhos vieram com bolos. Tenho certeza de que ninguém vai sair daqui com fome hoje.

Fiquei satisfeita por alguém que sabe o que está fazendo ter assumido o controle, apesar de Oscar, Daryl e eu termos providenciado o básico na funerária depois de Oscar ter chegado de Bruxelas. Existe algo no mundo pior do que escolher um caixão? Quem é que se importa se ele é feito de freixo ou pinho, se os acabamentos são de latão ou de prata? Fizemos o possível e, de algum jeito, o caixão que escolhemos para nosso pai, seja lá qual tenha sido, vai chegar daqui a pouco com ele. É uma situação surreal, cruel demais para ser verdade.

Sarah se vira para mim e coloca o braço sobre meus ombros.

— Você está bem?

Concordo com a cabeça, piscando para afastar as lágrimas que estão sempre nos meus olhos. Não contei a ela que liguei para Jack primeiro. Mas digo a mim mesma que ele é a única pessoa que conheço que perdeu o pai; eu precisava de alguém que entendesse meus sentimentos. Mas, quando cheguei ao fim do dia e me vi sentada no meu quarto de infância, sozinha, tudo que eu queria era ligar para minha melhor amiga. Nós temos trocado mensagens e nos encontrado de vez em quando desde aquele dia no mercado, vagarosamente estamos colando os cacos de nossa amizade. Bastaram segundos ouvindo sua voz para qualquer resquício de distância em nossa amizade desaparecer. Sarah chegou aqui na noite seguinte, sem eu nem pedir. E, apesar de ela ter precisado retornar a Londres por alguns dias para trabalhar, voltou ontem, a tempo para o funeral.

— Acho que sim. — Dou de ombros e a encaro com um olhar desolado. — Não há nada a fazer além de esperar.

Ela pendura o casaco no encosto de uma das cadeiras da cozinha e coloca uma chaleira no fogo.

— Como está sua mãe?

Balanço a cabeça, lhe passando duas canecas.

— Aguentando, acho.

É a palavra mais positiva que me vem à mente. Ela está aguentando. Minha mãe acorda e dorme, e, no meio-tempo, responde se alguém lhe pergunta algo, mas, no geral, só fica sentada, parecendo distante. Não sei o que lhe dizer; parece que, de repente, eu virei a mãe, só que não faço ideia de como assumir essa posição, de como consolá-la.

— Talvez ela aceite melhor as coisas depois de hoje — tenta Sarah.

Não é a primeira vez que escuto que, às vezes, o enterro é o momento em que a ficha cai. Depois dele, é como se todo mundo seguisse com a vida e você precisasse encontrar uma forma de seguir com a sua.

— Talvez — respondo, sem saber como seremos capazes. — Você está bonita.

O rabo de cavalo baixo de Sarah balança quando ela baixa a cabeça para olhar para o vestido preto à la Jacqueline Kennedy.

— Ossos do ofício — diz ela, sorrindo.

Agora, Sarah é um rosto recorrente no canal de notícias, como estava destinada a ser. Sentamos à mesa da cozinha com nossos cafés. Coloco açúcar no meu, observando os grãos girarem no líquido.

— Isto me lembra da Delancey Street — comenta ela.

De repente, sinto uma onda de saudade e arrependimento.

— Queria que a gente pudesse voltar no tempo.

— Eu sei, querida.

— Sarah, estou tão arrependida...

Quero tanto me desculpar, colocar tudo em pratos limpos. Porque, apesar de ela estar aqui, ainda não fizemos qualquer comentário sobre nossa briga — sobre Jack.

— Não vamos falar sobre isso hoje. Muita coisa já aconteceu desde então.

Ela segura minha mão e me aperta.

Mas o assunto paira no ar, pendente, como se o tivéssemos coberto com um lençol e pintado tudo ao seu redor, e sei que, um dia, vamos ter que tirar o lençol e ver o que restou.

— Mas um dia — digo.

— Sim — concorda Sarah. — Não hoje, mas um dia.

Jack

— Cerveja?

Estou aproveitando cinco minutos de tranquilidade, sentado em um banco ao lado do riacho que corre nos fundos do vasto quintal dos pais de Laurie, quando Oscar me encontra e me passa uma garrafa.

— Obrigado. — Eu o observo de rabo de olho quando ele senta ao meu lado, apoiando os cotovelos nos joelhos. — Foi um dia longo.

Ele concorda com a cabeça.

— Acha que ela vai ficar bem?

É uma pergunta tão inesperada que preciso confirmar.

— Laurie?

— Sim. — Oscar toma um gole da bebida em seu copo, aparentemente uísque. Com o passar dos anos, estabelecemos que sou do tipo que bebe cerveja, e ele, *single malt*. — Não sei o que devo fazer ou dizer para ela.

Ele está me pedindo conselhos? Eu me esforço, porque, apesar de saber que jamais teremos afinidade, Oscar se importa com Laurie. Temos isso em comum.

— Na minha experiência, ela é mais forte do que parece, mas tem momentos de fraqueza. — Eu me lembro do dia em que a vi desmoronar, quando a beijei sob a neve. — Pergunte como ela se sente, não deixe que guarde tudo dentro de si.

— Mas não sei o que dizer.

— Ninguém sabe, Oscar. Mas é melhor dizer alguma coisa, *qualquer coisa*, do que nada.

— Você sempre parece saber o que dizer. — Ele suspira e balança a cabeça, pensando. — Aquele discurso que fez no nosso casamento, por exemplo.

Oscar faz uma pausa, me observando, e penso, ah, merda, porque nós dois jamais deveríamos tocar nesse assunto.

— O que tem? — Lanço um olhar irritado na sua direção.

Ele se recosta no banco e estica um braço ao longo do encosto.

— Vou ser sincero com você, Jack. Sempre fiquei na dúvida se os seus sentimentos por Laurie são só de amizade.

Rio enquanto afasto o olhar, tomando o restante da cerveja de uma vez.

— Você escolheu justamente o dia em que ela enterrou o pai para vir falar disso?

— É uma pergunta simples — insiste Oscar, calmo como sempre.

— Só quero saber se você sente alguma coisa pela minha mulher, Jack. E acho que já fui paciente demais.

Uma simples pergunta? Paciente demais? Acho que ele nem percebe como soa arrogante. Se hoje não fosse o funeral do pai de Laurie, seria bem capaz de ser o dia em que eu e Oscar finalmente pararíamos de fingir que gostamos um do outro. Porém, sendo as coisas como são, só me resta dar à sua simples pergunta uma simples resposta.

— Sinto.

— Cerveja?

Meia hora depois, ergo o olhar e vejo Sarah.

— Estão querendo me embebedar? Primeiro Oscar, agora você.

Ela parece chateada.

— Desculpe. Posso te deixar sozinho se preferir.

— Não. — Suspiro, aceitando a cerveja de sua mão esticada. — Desculpe, Sar, fui estúpido com você. Sente. Converse um pouco comigo.

Sarah se acomoda ao meu lado, quente em seu casaco preto de pele sintética.

— O que houve? — pergunta ela, bebendo vinho. — Além do óbvio.

Demoro um pouco para entender que o "óbvio" é o fato de estarmos em um funeral.

— Só o óbvio — digo. — Isso tudo mexe comigo, me faz lembrar de coisas que preferia esquecer, sabe.

— Sei — diz Sarah. — De todos nós, acho que você deve ser a melhor pessoa para conversar com Laurie.

Passo um braço por cima dos seus ombros e roubo seu calor.

— Acho que não seria de grande ajuda ela ouvir que sinto saudade do meu pai todos os dias.

Sarah se apoia em mim.

— Desculpe se não te perguntei muito sobre ele.

— Não precisa se desculpar por nada — digo. — Você foi maravilhosa, e eu fui um merda.

Ela ri baixinho.

— Bem, que bom que esclarecemos esse detalhe.

— Isso aí.

Ficamos sentados em um silêncio contemplativo, ouvindo a agitação e o tilintar dos copos vindos da casa às nossas costas, o barulho suave do riacho à nossa frente.

— Vai me contar o que aconteceu entre você e Lu? Pode negar se quiser, mas tenho quase certeza de que você não foi ao casamento por causa de uma emergência familiar.

Sua boca se retorce enquanto ela pensa na minha pergunta.

— Acho que não faz sentido ficar tocando nesse assunto. É passado. Não insisto.

— Você continua com Luke?

Por mais que Sarah tente não deixar transparecer enquanto concorda com a cabeça, seus olhos brilham. Ela se esforça, mas eu percebo.

— Ele te trata bem?

Ela dá uma leve risada.

— Ele com certeza não é um merda.

— Ótimo.

— Acho que talvez ele seja o meu cem por cento.

Eu a encaro, tão radiante, tão vibrante, e não sinto nada além de amor e felicidade por ela. Isso prova que fizemos a coisa certa, mesmo que tenha sido difícil na época. Sarah segura minha mão.

— Luke me pediu para ir para a Austrália com ele.

— Para morar lá?

Ela engole em seco, concorda com a cabeça, depois meio que dá de ombros.

— É uma decisão importante.

— Pois é. — Não a imagino abandonando todo o trabalho duro aqui para recomeçar lá. — Vale a pena mudar sua vida toda por ele?

— Se eu tivesse que escolher entre Luke e ficar aqui, escolheria Luke.

Uau.

— Estou feliz de verdade por você, Sar. — É sério. Agora, penso nela no dia em que nos conhecemos, naquela terrível noite fria no jardim de Laurie e Oscar e em todos os nossos dias nesse intervalo. Fomos o amor-casulo um do outro, crescemos juntos até não conseguirmos crescer mais. — Laurie me disse que ele pilota helicópteros de busca e salvamento.

Sarah sorri, e essa é a coisa mais linda que vi hoje.

— Sim.

— Um puta herói — murmuro, mas estou falando sério.

Encosto minha garrafa de cerveja na taça de vinho dela, e brindamos aos dois.

— E você e Amanda?

Fico surpreso por ela lembrar o nome de Amanda das poucas mensagens que trocamos; demorei um tempo para encontrar uma mulher com quem quisesse ficar.

— Gosto dela.

— Que comentário sem graça — diz Sarah.

— Ela é legal.

— Jesus Cristo, Jack. Gosta? Legal? Acabe logo com o sofrimento da coitada e termine com ela.

Franzo a testa.

— Só porque não estou apressando as coisas, prendendo uma estrela dourada no peito dela e lhe dando nota máxima em tudo?

— Sim. — Sarah me encara, incrédula. — Senão de que adiantou tudo aquilo?

De que adiantou tudo aquilo? Essa pergunta me faz perder a fala por um instante.

— Acho que estou tentando descobrir se as pessoas precisam começar em cem por cento ou se podem partir de, sei lá, setenta, e ir subindo.

Sarah balança a cabeça e suspira, como se esperasse que eu já soubesse a resposta a esta altura.

— Se eu fizer uma pergunta, promete me dizer a verdade?

Meu Deus. Hoje deve ser o dia de me colocar contra a parede. Tenho a sensação de que ela vai me perguntar algo que eu preferia não responder.

— Diga lá.

Sarah abre a boca para falar, mas depois a fecha, como se estivesse pensando na melhor maneira de expor seus pensamentos.

— Se você tivesse conhecido Laurie em vez de mim, acha que ela seria o seu cem por cento?

— Eita. Da onde foi que saiu isso?

— Fiquei sabendo do seu discurso no casamento.

Ah. Aquele maldito discurso de novo.

— Alguém precisava falar alguma coisa, Sarah. E eu estava lá.

Ela concorda com a cabeça, como se a minha resposta fosse perfeitamente razoável.

— Pelo que ouvi falar, você fez todas as mulheres do salão desejarem que o discurso fosse sobre elas.

Rio baixinho.

— Você me conhece. Sou bom com as palavras, consigo me safar de todas.

— Não dessas aqui. — A voz dela falha; não consigo encará-la. — Você é tão, tão idiota. Eu queria ter sabido. Eu queria ter percebido. Acho que, no fundo, até sabia, mas não queria saber. Por que você não me contou?

Eu poderia me fazer de bobo, mas de que adiantaria?

— Não faria diferença, Sar. E Laurie é casada agora. Está feliz. Faz anos que ela parou de me amar.

— Você a amava?

Não faço ideia do que dizer. Ficamos sentados ali, lado a lado, em silêncio.

— Não sei. Talvez por um instante. Não sei. Isto não é um filme, Sar.

Ela suspira e se apoia em mim.

— Mas e se fosse? Se Oscar fosse embora, o que você faria?

Dou um beijo em sua cabeça. Tem coisas que não devem ser ditas.

— Vamos entrar. Está frio demais aqui fora.

Caminhamos de volta para a casa de mãos dadas, então me despeço de todos e sigo para a estação de trem. É óbvio que minha presença só está causando problemas; preciso ir para casa. Talvez o longo trajeto até Edimburgo me ajude a resolver se setenta pode um dia chegar a cem.

2015

Resoluções de Ano-Novo

Acabei de ler minhas resoluções do ano passado. É incrível como eu não dei valor ao que tinha: *passar mais tempo com mamãe e papai.* Como eu queria poder escrever isso de novo este ano. É impossível descrever como sinto falta do meu pai.

Não estou no clima de fazer novas resoluções para o novo ano. Em vez disso, só vou tentar me concentrar no que realmente importa: as pessoas que amo.

6 de maio

Laurie

— Mas, Oscar, você sabe como hoje à noite é importante.

Não consigo evitar o tom lamurioso da minha voz. Oscar prometeu que voltaria um dia antes de Bruxelas esta semana para irmos ao jantar de despedida de Sarah. É tão raro eu afetar seus planos de viagem; tenho plena ciência de que sua agenda é cheia e difícil de reorganizar, mas achei que meu marido conseguiria fazer o que pedi só desta vez.

— Sei que prometi e queria poder dar um jeito, mas não posso fazer nada — diz ele. — Brantman chegou hoje cedo, do nada, e, cá entre nós, acho que está me avaliando para outra promoção. Você não acha que ia ficar feio se eu fugisse do trabalho para ir a uma festa?

Solto um suspiro. Brantman é o chefe de Oscar, o manda-chuva.

— Entendi. Tudo bem.

Na verdade, não entendi, e não está tudo bem, mas brigar é inútil — sei que ele não vai mudar de ideia. A dedicação de Oscar ao banco afeta nosso casamento de várias formas, e o evento de hoje não é uma simples festa. É um jantar de despedida; é a noite em que vou ter que abraçar minha melhor amiga e lhe desejar boa sorte em sua nova vida do outro lado do planeta.

— Talvez a gente possa planejar uma viagem para lá no ano que vem — diz Oscar, tentando fazer média, apesar de nós dois sabermos que não há possibilidade de ele tirar algumas semanas de folga para fazer uma viagem dessas, especialmente se for promovido de novo.

Com a exceção da nossa lua de mel, só tiramos férias por alguns dias, nos adaptando ao seu cronograma de trabalho na Bélgica: um fim de semana em Paris, um pulinho em Roma. Nas duas ocasiões, nos separamos no aeroporto na noite de domingo e fomos para países diferentes para trabalhar na segunda-feira. Apesar de nossos esforços para que isto não acontecesse, nosso casamento está se tornando exatamente o que dissemos que não seria: meio expediente.

— A gente se vê amanhã então — digo, desanimada.

— Sim — concorda ele com a voz baixa. — Desculpe, Laurie.

Oscar desliga com um "Eu te amo", sem me dar a chance de dizer mais nada.

— Que bom que você chegou! — Sarah me abraça e nos gira, rindo enquanto olha para as portas do hotel. — Cadê Oscar?

— Bruxelas. Desculpe, Sar, ele ficou preso no trabalho.

Ela franze a testa, mas depois volta ao normal.

— Sem problema. Você está aqui, é isso que importa.

Nossos saltos fazem barulho contra o piso de mármore enquanto Sarah me guia na direção do bar. Ela resolveu fazer o jantar de despedida com os amigos hoje, antes de ir para Bath com Luke amanhã para passarem os últimos dias com a família. Ainda não acredito que ela vai morar na Austrália. Sinto como se estivesse perdendo minha amiga de novo. É claro que estou feliz por ela, mas chorei quando recebi a notícia e chorei de novo quando contei a Oscar depois. Acho que ando chorando demais ultimamente.

— Que bonito — digo, tentando me distrair. Nunca estive neste hotel; é um lugar pequeno e sofisticado, cheio de tons quentes de cinza e candelabros, com vasos de flores em todos os cantos. — Muito adulto.

Ela sorri.

— Eu precisava crescer em algum momento, Lu.

— Acho que se mudar para o outro lado do mundo com o homem que você ama com certeza é algo muito adulto.

Sarah aperta minha mão.

— Também acho. Estou morrendo de medo.

— Não sei por quê — digo. — A Austrália não sabe a sorte que tem.

A única certeza que tenho é de que Sarah vai ser um sucesso lá. Ela já garantiu um emprego em uma das maiores emissoras de televisão: Abram alas para a nova correspondente do *showbiz* australiano.

Antes de passarmos pelas portas de vidro que levam ao bar, Sarah me segura pela mão.

— Escute, Lu, preciso dizer uma coisa. — Nós nos aproximamos, e ela aperta meus dedos. — Não posso ir para o outro lado do mundo sem me desculpar pela forma como reagi com... bem, você sabe, com tudo.

— Ah, meu Deus, Sar, você não precisa se desculpar — digo, já segurando as lágrimas. Acho que jamais vou conseguir falar da nossa briga sem ficar emocionada. — Ou, talvez, deixe eu me desculpar também. Odiei tanto o que aconteceu naquele dia.

Ela concorda com a cabeça, seus lábios trêmulos.

— Eu disse coisas horríveis para você. Era tudo mentira. Não ter ido ao seu casamento foi a pior coisa que já fiz na vida.

— Mas eu te magoei. Nunca quis fazer isso, Sar.

Ela coloca uma mão sobre os olhos.

— Eu devia ter aceitado sua pulseira. Foi o presente mais bonito que já me deram. Eu te amo como se fôssemos irmãs, Lu. Você é minha melhor amiga no mundo todo, porra.

Estou usando a pulseira agora e faço exatamente como tinha planejado. Abro o fecho e a tiro, depois a prendo no braço de Sarah. Nós duas encaramos a joia, e ela aperta com força minha mão.

— Pronto — digo com a voz trêmula. — De volta ao lugar.

— Vou tomar conta dela. — A voz de Sarah falha.

Sorrio através das lágrimas.

— Eu sei que vai. Agora, vamos. — Eu a puxo para um abraço. — Seque as lágrimas. É para ser uma noite de alegria.

Nós nos agarramos uma à outra; é um abraço que diz "me desculpe", mas que também diz "eu te amo" e "o que vou fazer sem você?".

Luke me puxa assim que me vê no bar.

— *Agora* a gente pode começar a festa — diz ele com um sorriso. — Ela estava vigiando a porta, esperando você chegar.

Ele é um fofo. Grande como um jogador de rúgbi, escandaloso e alegre, só tem olhos para Sarah. Quando ela e Jack estavam juntos, eu achava que via amor. E talvez *fosse* amor, de certa forma, mas não assim, e, com certeza, não nessa intensidade. Sarah e Luke parecem exalar amor pelos poros.

— Laurie.

Eu me viro quando alguém encosta no meu braço.

— Jack! Sarah não sabia se você ia conseguir vir.

Uma onda de prazer e alívio percorre meu corpo diante da inesperada visão dele.

Jack se aproxima e beija minha bochecha, sua mão quente em minhas costas.

— Só soube que a gente ia conseguir vir hoje de manhã — explica ele. — É bom te ver.

A gente. Eu o encaro, e, por alguns segundos, ficamos em silêncio. Então Jack afasta o olhar, se voltando para a mulher de vestido cereja que acabou de parar ao seu lado com duas taças de champanhe. Ele sorri ao aceitar uma, passando um braço ao redor da cintura dela.

— Laurie, esta é Amanda.

— Ah — digo, mas caio em mim e tento compensar parecendo animada demais. — Oi! Até que enfim a gente se conheceu, já ouvi falar tanto de você!

Isso é mentira; Jack a mencionou apenas por alto em e-mails, e já a vi no Facebook dele, mas, por algum motivo, eu não estava preparada para encontrar os dois juntos ao vivo. Ela é bem bonita, do tipo loura deslumbrante. As ondas de seus cabelos na altura do queixo parecem ter sido penteadas por um daqueles cabeleireiros famosos, e seu vestido foi combinado com uma jaqueta de couro preto e botas de cano curto. Ela é glamorosa de um jeito moderno, mas a cautela naqueles olhos azuis não bate muito com o tom simpático de sua voz.

— Laurie — diz ela, sorrindo e me cumprimentando com dois beijinhos. — Finalmente nos encontramos.

Tento não analisar demais suas palavras. *Finalmente?* O que isso quer dizer? Os olhos de Amanda se demoram em mim, como se quisesse falar algo mais.

Somos salvas da necessidade de conversar quando Sarah bate palmas e anuncia que chegou a hora de seguirmos para o restaurante do hotel. No total, devemos ser quinze convidados, uma mistura dos amigos e colegas de trabalho mais próximos de Sarah e Luke. Dou uma olhada nas duas mesas redondas e vejo o cartão com o nome de Oscar ao lado do meu, com Jack sentado do meu outro lado, e, então, Amanda. Suspiro e me pergunto se é tarde demais para trocar os cartões de lugar, porque, sem Oscar para equilibrar as coisas, vai ser complicado. Não reconheço nenhum dos outros nomes na mesa. *Que beleza.*

— Parece que consegui o melhor lugar da casa — diz Jack com um sorriso, parando ao meu lado enquanto analisa a mesa.

Meu sorriso é tão tenso que fico surpresa por meus dentes não explodirem na boca e se lançarem até as paredes. Duvido que este hotel tenha vinho suficiente para tornar a noite suportável. Vou perder minha melhor amiga, meu marido não apareceu, e, agora, preciso passar as próximas horas batendo papo com a nova namorada linda de Jack.

Eu me sento no meu lugar e chamo o garçom que está circulando com o vinho. Acho que vamos nos ver bastante esta noite.

Jack

Maldito Oscar. Na única vez em que não me importaria com sua presença, ele não pode se dar ao trabalho nem de estar no mesmo país. Se bem que, pelo que entendi, o sujeito praticamente emigrou. Coitada da Laurie; ela deve estar se sentindo muito só.

— Que ótimo — suspira Amanda enquanto analisa o cardápio.

Por dentro, também suspiro, porque sair para jantar com ela é sempre um problema. Amanda é pescetariana e não consome açúcar, apesar de o açúcar no vinho ser liberado — diz ela que o álcool o neutraliza. Tenho quase certeza de que é invenção e vivo fazendo piada com isso. Mas, hoje, quero muito que a gente cause uma boa impressão em todo mundo, o que é complicado, porque a entrada é patê de fígado de pato, o prato principal é frango e a culpa é minha por ninguém saber que minha namorada não come nada disso. Um tempo atrás, Sarah mandou um e-mail perguntando se alguém era vegetariano, e nunca respondi.

— Vou dar um jeito — murmuro.

Amanda me encara enquanto o garçom enche sua taça de vinho.

— Não se preocupe, eles devem ter outras coisas. — Ela olha para Laurie. — Pescetariana. — Então abre um sorriso pesaroso. — Odeio dar trabalho para os outros.

Tento chamar atenção de Laurie, mas ela volta a ler o cardápio.

— Então o que você faz da vida, Mandy?

Eu sorrio; o australiano — imagino que amigo de Luke — sentado do outro lado da mesa não tem como saber disto, mas, se Amanda é chata com alguma outra coisa, é sua insistência que nunca a chamem de Mandy.

— Amanda — corrige ela, sorrindo para amenizar o golpe. — Sou atriz.

— Eita! — O cara parece já estar bêbado. — Trabalhou em algum filme famoso?

Ele parece ter algum tipo de sexto sentido para fazer os piores comentários. Amanda está indo bem; participou de alguns programas locais na Escócia e tem um papel pequeno recorrente em uma novela, mas acho difícil que ele conheça seu trabalho.

— Amanda trabalha em uma novela na Escócia — digo.

— É só um papel pequeno — ameniza ela, rindo.

O cara perde o interesse, e me inclino, falando baixinho para que só ela me escute.

— Você está bem? Desculpe se está sendo meio esquisito.

Amanda sorri, corajosa.

— Não é nada que eu não aguente.

Ela se vira e puxa assunto com o cara ao seu lado, deixando eu e Laurie, sem jeito, comendo um ao lado do outro. Não sei se trazer Amanda foi uma boa ideia; ela parece bem, mas estou começando a perceber que eu não estou.

— Está gostoso — diz Laurie, gesticulando com a faca para o patê. Concordo com a cabeça.

— Como vão as coisas?

Ela brinca com a salada no prato.

— O trabalho novo é interessante. No geral, faço matérias sobre saúde feminina, então aprendo bastante.

— Aposto que sim.

— E você?

— Estou adorando. Trabalho até tarde, mas gosto disso.

Laurie baixa os talheres.

— Pelas suas fotos, Edimburgo parece ser bem bonita.

— E é. Você devia ir lá um dia desses, eu te levo para conhecer os lugares. — Sinto Amanda ficar levemente tensa ao meu lado, e Laurie parece incerta. — Você e Oscar, claro — acrescento, tentando melhorar a situação. E, então, pioro tudo de novo quando comento: — Se ele conseguir uma folga.

O que é que estou fazendo? Ter que passear com os dois pela cidade seria um inferno para mim.

É um alívio quando os garçons começam a tirar os pratos e Laurie pede licença, levantando-se. Sorrio para a garçonete se aproximar com o vinho. Só existe uma maneira de lidar com este pesadelo social.

Laurie

Que noite. Sempre que paro para falar com Sarah, nós duas começamos a chorar, Oscar não veio, e a namorada de Jack é tão legal que chega a ser irritante, mesmo sendo pescetariana. Depois da entrada, fui ao banheiro para me recompor, dizendo ao meu reflexo que ela é a pessoa que Jack escolheu e ele é meu amigo, então preciso me esforçar. Na verdade, deve ter sido difícil para Amanda vir aqui hoje. A partir daí, fiz algumas perguntas sobre o trabalho dela e Edimburgo, e ela parece uma pessoa interessante.

— Você é de Londres, Amanda? — perguntei, porque seu sotaque nasalado do leste da cidade deixava isso muito claro.

— Morei a vida toda aqui — respondeu ela, sorrindo. — Mas ninguém desconfiaria quando estou gravando. Minha personagem, Daisy, é tão escocesa quanto *kilts* e gaitas de fole, querida. — Sua entonação passou naturalmente para um sotaque caipira escocês, convincente o suficiente para me fazer rir contra a minha vontade.

— Uau, você é muito boa — comentei.

— A prática leva à perfeição — disse ela, dando de ombros.

E, então, me contou sobre alguns testes que fez recentemente — nunca imaginei que ser atriz fosse tão complicado. Talvez Amanda faça bem para Jack. É óbvio que ela sabe o que quer e não tem medo de ir à luta para conquistar os próprios objetivos.

Até hoje, eu não tinha entendido a importância dela na vida dele. Mas, agora que a conheci, é mais difícil desmerecê-la. Não que eu queira fazer isso; só que é um choque ver Jack com alguém assim. Alguém que realmente possa ser relevante para seu futuro. É só que... Não sei. Não é algo que eu consiga descrever com palavras; assim como nunca imaginei que a vida dele na Escócia se tornaria algo permanente. Quero que Jack seja feliz, é claro que quero, mas só estou um pouco surpresa. Essa é a palavra. Amanda me *surpreendeu*.

Sorrio para a garçonete de bochechas coradas, que vem e serve o prato principal diante de mim.

— Obrigada. Está com uma cara ótima.

Jack faz o mesmo e, enquanto esperamos alguém aparecer com o salmão que estão preparando às pressas para Amanda, ele sinaliza com a cabeça para a garçonete com o vinho se aproximar.

Jack

Eu me sinto meio culpado por aceitar a sobremesa quando Amanda é tão rígida consigo mesma para evitar açúcar, mas é um negócio com três tipos de chocolate — e já bebi vinho demais para ter forças para resistir. Ela pede licença para ir tomar um ar fresco, enquanto eu e Laurie nos empanturramos.

— Amanda parece legal — diz Laurie.

Concordo com a cabeça.

— Ela é ótima.

Laurie não parece tão impressionada com a sobremesa quanto eu. Ela está comendo pelas beiradas, brincando com a comida.

— Já faz um tempo que vocês estão juntos, não é?

— Uns seis meses.

Deve ser mais. Nós nos conhecemos no noivado do amigo de um amigo — o pessoal da televisão e do rádio se mistura muito por lá. São grupos pequenos, especialmente em Edimburgo. Amanda parecia tão desanimada com o evento quanto eu, e começamos a conversar; uma coisa levou à outra. Eu não esperava nada sério, mas, de algum jeito, ela parece ter se tornado parte da minha vida.

— Vocês estão namorando sério?

Paro de comer e olho para Laurie.

— Você está falando igual à minha mãe.

Ela revira os olhos.

— Foi só uma pergunta.

— Gosto bastante de Amanda. Ela sabe o que quer, e a gente se diverte.

Ficamos em silêncio, e bebo mais vinho quando termino a sobremesa.

— Como vai a vida de casada?

Laurie afasta o prato sem terminar e puxa a taça para perto.

— Bem. Às vezes, é meio frustrante com Oscar passando tanto tempo longe, mas paciência. — Ela ri de leve e dá de ombros. — Desculpe. Coisa de casal.

— Eles serão os próximos — digo para mudar de assunto, indicando com a cabeça Sarah e Luke na mesa ao lado.

Laurie segue meu olhar, pensativa.

— Você se arrepende de terem terminado?

Não preciso nem pensar duas vezes.

— Meu Deus, não. Olhe só para ela. Não consegue parar de sorrir. Quando a gente estava junto, ela não era assim.

Laurie continua fitando a amiga.

— Só queria que eles ficassem aqui. Vou sentir tanta saudade dela.

— Então bebe o vinho todo em um só gole. — Cadê a garçonete? Preciso de mais.

Acho que bebi demais. Não estou caindo de bêbado, mas com certeza não estou sóbrio. Faz um tempo que passamos para o salão; tem uma banda tocando alto demais as músicas de festa de sempre. Ergo a mão e ajusto o pequeno aparelho auditivo feito sob medida quando finalmente tomei vergonha na cara e fui ver um especialista. Foi pouco depois de eu me mudar para a Escócia; ir para lá foi a melhor coisa que fiz pela minha saúde, tanto física quanto mental.

Amanda sumiu, para atender a uma ligação lá fora, e Laurie está dançando com Luke. Digo dançando, só que parece mais um espetáculo de acrobacia; ele a joga de um lado para o outro, fazendo-a perder o fôlego de tanto rir.

— Ei, Fred Astaire — digo, aproximando-me quando a banda finalmente passa para uma música mais tranquila. — Já entendi por que Sarah ficou tão caidinha.

— Aquela mulher é o amor da minha vida — diz ele, enfático.

Tenho certeza de que é por causa das várias cervejas que já bebeu, mas seus olhos se enchem de lágrimas. Aperto a mão dele; sempre vai existir um elo estranho entre nós. Luke foi a primeira pessoa a me socorrer no dia do acidente, e, apesar de eu não me lembrar do que aconteceu com clareza, fiquei com a memória dele agachado ao meu lado. E, agora que está com Sarah, poderia ser esquisito, mas não é, porque os dois foram obviamente feitos um para o outro. Não o conheço tão bem, mas Luke parece ser um bom sujeito.

— Cuide dela por nós — digo. — Posso tomar seu lugar?

Ele rodopia Laurie uma última vez e a joga por cima do braço.

— Toda sua, amigo.

Ela ergue as sobrancelhas para ele.

— Não posso opinar?

Luke pisca e lhe dá um beijo na bochecha.

— Desculpe, Laurie. Já está na hora de eu voltar para a patroa.

Ele sorri para mim enquanto se afasta de nós.

Laurie fica parada na minha frente. Seus olhos estão iluminados; seu rosto, corado. Ela se parece mais como era antes, alegre e despreocupada.

— Dança comigo, Lu? Pelos velhos tempos?

Laurie

Não sei o que responder, porque quero dizer que sim. Ou melhor, uma pequena parte de mim quer. A parte maior, a mais sensata, sabe que eu devia ficar longe de Jack. Ainda mais depois de ter perdido a conta de quantas taças de vinho tomei.

— Por favor?

Olho ao redor.

— Cadê Amanda?

Jack passa a mão no cabelo e dá de ombros.

— Lá fora, ligando para alguém. — Ele franze a testa. — Ou foi atender ao celular. Ela não vai se importar.

— Tem certeza?

Ele ri, como se a pergunta fosse idiota.

— Ela não é uma psicopata ciumenta, Lu, e sabe que você é uma das minhas amigas mais antigas.

Não consigo evitar um sorriso, porque a risada dele esteve fora da minha vida há tempo demais. Está tarde, a iluminação é fraca, e seus olhos verde-dourados são os mesmos para os quais olhei naquela noite de dezembro, do segundo andar de um ônibus na Camden High Street. Parece que foi em outra vida. Por aquela garota, não posso recusar.

— Tudo bem.

Jack me puxa para perto, segurando minha mão e minha cintura.

— Não acredito que ela vai embora de verdade — digo. — É tão longe.

— Vai ficar tudo bem — diz ele ao pé do meu ouvido. — Nenhum lugar é longe demais hoje em dia.

— Mas não posso ligar para a Austrália todo dia, e ela vai estar tão ocupada.

— Então me ligue de vez em quando.

Ele apoia o queixo no topo da minha cabeça.

Isso não está indo conforme o planejado. Cheguei determinada a ser educada e simpática com Jack se ele viesse; nada mais, nada menos. Porém, de alguma forma, estou aqui dançando com ele, sua mão sobe e desce pelas minhas costas, e algo estranho aconteceu com o passar do tempo, porque não sou a mesma Laurie de duas horas atrás. Sou a Laurie de sete anos atrás. Ah, Oscar, por que você não veio?

— Eu me lembro da história que você me contou sobre o garoto da festa da escola — diz ele, sua risada é leve. — Não vai me dar uma cabeçada.

Apoio a bochecha contra seu peito.

— Compartilhamos muita coisa um com o outro com o passar dos anos, não foi?

— Coisas demais?

Não posso responder com sinceridade, porque teria que dizer que sim, foram coisas demais. Você ocupa um espaço muito grande no meu coração, e isso não é justo com meu marido.

— Você contou a Sarah que te beijei? Foi por isso que ela não foi ao casamento?

Sempre soube que ele ia acabar me perguntando isso. Sarah só perderia meu casamento por pouquíssimos motivos, e Jack deve ter imaginado que ela não tinha nenhuma emergência familiar.

— Sim, mas eu não disse que foi você quem me beijou, só que aconteceu. — Giramos lentamente sob o reluzir das luzes fracas, nossos corpos pressionados dos ombros ao quadril. — Ela me perguntou, eu não queria mentir.

— Eu te perdi por um tempo depois daquilo. — O hálito de Jack esquenta minha orelha. — Odiei cada segundo.

— Eu também.

Ele baixa o olhar para mim e apoia a testa contra a minha. Para mim, não há mais ninguém no salão agora. Ele é Jack O'Mara, eu sou Laurie James; fecho os olhos e me lembro de nós.

— Acha que nos conhecermos era nosso destino? — pergunto.

Na minha cabeça, estou no topo da roda-gigante com Jack, nossas cabeças inclinadas para trás enquanto olhamos as estrelas. Talvez seja o vinho, mas sinto um frio na barriga quando ele ri baixinho na minha orelha.

— Não sei se acredito nessa coisa de destino, Lu, mas vou ser sempre grato por ter você na minha vida.

Ele olha nos meus olhos, e sua boca está tão perto que sinto seu hálito contra meus lábios. Eu me derreto.

— Também me sinto assim — sussurro. — Mesmo que conviver com você seja difícil para o meu coração às vezes.

É difícil interpretar o olhar dele. Arrependimento, talvez?

— Pare — diz Jack. — Não diga mais nada. — Ele prende uma mecha de cabelo atrás da minha orelha, talvez para que eu possa ouvi-lo melhor, mas isso só faz com que seus lábios cheguem perto demais da minha pele, parando meu coração. — Nós dois temos muito a perder.

— Eu sei — digo, e sei mesmo.

E como. Eu me sinto tão sozinha na maior parte do tempo, mas a constante ausência de Oscar não é desculpa para ultrapassar o limite que jamais deve ser ultrapassado quando se usa uma aliança de casamento.

— Não somos mais crianças — diz Jack, seu dedão fazendo círculos no fim das minhas costas. — Você é a mulher de Oscar. Eu a vi se casar com ele, Laurie.

Tento trazer à tona as emoções do dia do meu casamento, mas meu coração traidor só consegue se recordar do discurso de Jack.

— Já se perguntou o que teria acontecido se...

Eu me interrompo, porque os lábios dele roçam levemente a pele sob minha orelha quando ele baixa a cabeça para me calar. A intensa onda de desejo que me atravessa, saindo da orelha e descendo até a minha barriga, me envergonha. Fico sem ar; desejo Jack tanto que chego a me assustar.

— É claro que já me perguntei o que poderia ter acontecido — responde ele, seu tom tão baixo e íntimo que as palavras parecem correr pelas minhas veias. — Mas a gente sabe como seria, Lu. Tentamos uma vez, lembra? Nós nos beijamos, e isso só piorou nossa vida.

— É claro que lembro — suspiro.

Vou lembrar até o dia em que morrer.

Jack ajeita nossas mãos, seus dedos quentes em torno dos meus.

Então ele me olha, e seus olhos dizem tudo o que não pode ser dito. Nossos olhares se mantêm fixos um no outro durante a dança lenta, e, em silêncio, eu lhe digo que ele vai estar sempre no meu coração, enquanto Jack me fala que em outro lugar, em outra época, teríamos sido praticamente perfeitos juntos.

— Só para você saber — sua mão se entrelaça no meu cabelo, e ele acaricia meu rosto com o dedão —, porque finalmente estamos sendo sinceros um com o outro, você é uma das pessoas que mais gosto no mundo, e aquele foi o beijo mais espetacular da minha vida.

Estou perdida. Perdida nas suas palavras, nos seus braços, em tudo que poderia ter sido.

— A gente podia... — começo, mas não vou além, porque nós dois sabemos que é impossível.

— Pare — diz Jack. — As coisas são como devem ser.

Começo a chorar; vinho demais, emoção demais, partes demais da minha vida indo embora hoje. Ele me abraça e pressiona os lábios contra minha orelha.

— Não chore. Eu te amo, Laurie James.

Eu o encaro, sem saber como interpretar suas palavras, e ele afasta o olhar.

— Jack? — Diante do som da voz de Amanda, eu me viro e vejo que ela está abrindo caminho na nossa direção. — Tudo bem?

Ela olha de mim para Jack, as sobrancelhas erguidas em questionamento, e passo as mãos em meu rosto molhado.

— Desculpe. Crise de choro. — Engulo em seco, nervosa. — Me ignore, foi o vinho. Só estou triste porque Sarah vai embora. — Olho rápido para Jack, sem encará-lo de verdade. — Desculpe por molhar sua camisa. Depois, me mande a conta da lavanderia.

Cansada, entro no apartamento e tiro a roupa para dormir. Levando em consideração a quantidade de vinho que tomei, me sinto completamente sóbria de repente. Fiquei passando e repassando as coisas que dissemos hoje e estou com vergonha da facilidade com que a estabilidade do meu casamento desmoronou sob pressão. A verdade é que faz tempo demais que evito pensar que sou apaixonada por Jack. E acabei percebendo algo inevitável, algo que é óbvio há muito tempo: o melhor para nós dois é ficarmos longe um do outro.

Preciso me livrar das raízes que Jack O'Mara fincou em minha vida. Ele é uma parte grande demais de quem sou, e vice-versa. O problema de arrancar raízes é que, às vezes, tudo que existia antes acaba morrendo, mas preciso correr o risco. Pelo bem do meu casamento; pelo bem de todos nós.

12 de setembro

Laurie

— Tem certeza de que essa reuniãozinha não tem um motivo específico? — pergunto a Oscar quando o táxi entra na rua de Lucille.

Ele franze a testa e balança a cabeça sem responder. Isso não me surpreende; já fiz a mesma pergunta um milhão de vezes desde que fomos convocados na semana passada para "uma festinha casual de verão" na casa da mãe dele. Lucille nunca foi de festinhas casuais de verão. Fico feliz por Oscar ter conseguido abrir espaço na agenda para ela, mesmo que tenha dificuldade em fazer a mesma coisa por mim.

— Talvez ela queira anunciar alguma surpresa — digo. — Aposentadoria na Espanha?

Oscar revira os olhos. É egoísta da minha parte, na verdade; de todas as pessoas, eu devia saber que é importante ter os pais por perto. E, para falar a verdade, Lucille não anda mais tão insuportável. Seu comportamento comigo melhorou bastante depois que meu pai morreu. Ela nunca vai achar que sou boa o suficiente para seu precioso filho caçula, mas acho que, aos seus olhos, ninguém seria.

— Então, quem vem?

Aceito a mão de Oscar enquanto ele me ajuda a sair do carro e paga a corrida.

— Não faço ideia. — Ele envolve meu braço ao seu enquanto seguimos para a reluzente porta preta de Lucille no sol suave do fim da tarde. — Parentes. Alguns amigos. Acho que minha mãe está se sentindo meio sozinha depois da operação.

Ela operou o joelho em julho e, apesar de ter sido um procedimento de rotina, anda explorando Oscar mais que o de costume. É maldoso da minha parte achar que Lucille está se fazendo de coitada para deixá--lo preocupado, mas acho que ela está se fazendo de coitada para deixá-lo preocupado. Pelo menos, tenho o direito de pensar.

— Você vai ter que tocar a campainha — digo, olhando para o buquê de flores caro que seguro em uma mão e para a garrafa de vinho tinto caro em outra.

Oscar obedece, e, pouco depois, Gerry escancara a porta para nós. Fico feliz em vê-lo; ele é o mais perto de um aliado que tenho na família do meu marido.

— Pessoal! Entrem — grita ele, beijando-me quando passo. — Está todo mundo no jardim.

Lucille tem uma linda *orangerie* nos fundos da casa, e a encontramos cheia de vizinhos, parentes distantes e senhoras sofisticadas.

— Queridos, vocês chegaram! — Minha sogra surge, atravessando a sala quando nos vê. Oscar lhe dá um abraço, e eu entrego os presentes quando ela se vira para mim. É um truque que aprendi e aperfeiçoei para amenizar o momento do "oi"; quando você dá flores a alguém, os beijinhos desconfortáveis são esquecidos. Mas ela apenas olha para o buquê e abre um sorriso educado, empurrando-o de volta para mim. — Seja boazinha e coloque-as em um vaso na cozinha, está bem, querida?

Boazinha? Querida? Ela pode até estar me tratando como serviçal, mas, no que se refere a mim, essas são palavras novas e encorajadoras. Talvez estejamos evoluindo. Lucille segue para o jardim de braços dados com Oscar, deixando-me para trás para cumprir a tarefa.

Estou arrumando as flores em um vaso que encontrei sob a pia quando do Cressida aparece. *Que ótimo. Obrigada, Lucille.* De algum jeito, consegui nunca trocar mais do que duas palavras com a mulher; até no nosso casamento, só agradeci sua presença. Até agora, achava que ela estava tão disposta a evitar contato quanto eu.

— Olá, Laurie, que bom te ver aqui.

— Também é bom te ver, Cressida — minto. — O que está achando de Bruxelas?

Seu sorriso digno de propaganda de dentista vacila; imagino que planejava mencionar a própria presença lá no meio da conversa como quem não quer nada.

— Maravilhoso! — responde ela, efusiva. — Quero dizer, vivemos ocupados, mas, depois, colhemos os frutos, certo?

— Certo — murmuro. Por que é que sempre acabo imitando o jeito de falar dessa gente fresca? — Imagino que sim.

— Já foi a Bruxelas?

Faço que não com a cabeça. Era de imaginar que eu já teria ido a esta altura, mas Oscar sempre diz que prefere voltar para casa. Eu me viro para encontrar um lugar na cozinha para as flores. Quando vou colocá-las sobre a mesa, Cressida vem para cima de mim.

— Aí, não. Lucille não gosta de flores na mesa da cozinha.

Sorrio e tento puxar o vaso de volta, mas ela não o larga, e a água acaba espirrando em sua blusa coral esvoaçante. Nós duas olhamos para baixo enquanto o tecido ensopado gruda em seu corpo magro, e o olhar dela ao soltar o vaso e me encarar é inconfundível. A mulher me odeia.

— Você fez isso de propósito.

— O quê? Não...

Quase rio, chocada com a cara de pau.

— Está tudo bem?

Oscar aparece na porta bem na hora, olhando com um ar nervoso de uma para a outra.

— Perfeito — diz Cressida. — Sua mulher acabou de jogar água em mim. — Ela gesticula para as roupas molhadas. — Sem querer, é claro.

Ela me lança um sorriso magnânimo e faz cara de coitada para ele, um teatrinho para fingir que está encobrindo minha maldade.

— O quê? — Oscar olha para a blusa molhada e, então, para o vaso em minhas mãos, perplexo. — Por que faria uma coisa dessas, Laurie?

O fato de ele não cogitar a ideia de ela estar mentindo é um problema; guardo isso para mais tarde.

— Não fiz — digo, e ela bufa quase imperceptivelmente, cruzando os braços sobre o peito.

Estou tentando ler as entrelinhas para entender o que está acontecendo de verdade. É óbvio que Cressida está incomodada com alguma coisa.

— Vou ao banheiro tentar dar um jeito nisto.

Ela se vira e sai bufando pelo corredor, deixando nós dois nos encarando de lados opostos da mesa.

Tento colocar as flores ali de novo, mas Oscar tira o vaso de mim.

— Minha mãe tem implicância com flores na mesa da cozinha. Vou encontrar um lugar para elas no corredor.

Finalmente, estamos em casa. Passamos o trajeto inteiro de táxi em um silêncio furioso e, agora, estamos deitados na cama, a centímetros um do outro, encarando o teto escuro.

— Desculpe por eu ter acreditado em Cress com tanta facilidade — diz Oscar baixinho, enfim quebrando a barreira do silêncio. — Eu devia ter ficado do seu lado.

Sob a segurança da escuridão, reviro os olhos diante desse apelido.

— Fiquei surpresa — respondo. — Você me conhece bem o suficiente para saber que não saio por aí jogando água nos outros.

Ele não fala por um instante.

— Ela estava encharcada. Pareceu plausível por um segundo, só isso.

Agora é minha vez de parar para pensar. Por que ele acharia plausível que eu jogasse água em Cressida? Tem alguma coisa aqui que eu não sei.

— E seria mesmo?

— Seria o quê?

— Plausível. Você disse que parecia plausível que eu jogasse água em Cressida. Então ou você acha que tenho a maturidade de uma garota de dezesseis anos e não consigo suportar a ideia de sua ex ser sua amiga ou existe algum motivo para eu ser capaz de algo assim. Qual das duas opções é a correta?

Pode até estar escuro; mesmo assim, escuto seu suspiro.

— Três dias na semana é muito tempo, Laurie.

Engulo em seco. Não sei bem o que eu esperava, mas certamente não era isso.

— Como assim?

Desde que Sarah foi embora, dediquei toda a minha energia a ser a melhor esposa do mundo. Eu poderia até ganhar prêmios. E agora ele me vem com essa? Que está trepando com a ex esse tempo todo?

— Sinto saudade de você quando estou lá — diz Oscar. — E Cress anda deixando bem claro que a gente deveria fazer um arranjo.

— Um *arranjo*? Que termo de bosta — digo, quase rindo do absurdo, ciente de que estou quase gritando. — E *você* quer esse arranjo?

— Eu não fiz nada — responde ele, irritado. — Juro que não, Laurie.

— Mas quer fazer?

— Não — diz ele. — Nem rola.

— Nem rola? O que isso significa? — Estou quase gritando de novo. Oscar não responde, o que é um péssimo sinal. Depois de um ou dois minutos de silêncio, volto a falar. Não quero ir dormir brigada com ele, mas preciso dizer isto. — Talvez tenha chegado a hora de pedir uma transferência para Londres em tempo integral. Essa história de Bruxelas era só temporária.

Minha sugestão paira sobre nós no escuro. Tenho certeza de que ele não quer ser transferido de volta, que gosta do trabalho lá. É injusto da minha parte pedir isso? Ou é injusto da parte de Oscar pedir que eu aceite que meu marido trabalhe com uma mulher que está obviamente de olho nele? E não apenas qualquer mulher, mas a própria ex?

— Ou talvez você prefira que eu fique deitada sozinha aqui enquanto você está em Bruxelas, me perguntando se hoje é a noite em que Cressida vai te pegar em um momento de fraqueza?

— Isso nunca vai acontecer — diz Oscar, como se eu estivesse sendo ridícula.

— Você disse "nem rola" — rebato. — Perguntei se você queria, e você disse "nem rola". Isso é bem diferente de "não", Oscar.

— E é diferente para cacete de "sim" também — responde ele, irritado. É tão raro ouvi-lo gritar, e o som parece mais severo do que deveria no quarto silencioso.

Nós dois estamos magoados agora.

— A gente concordou em não deixar esse emprego prejudicar o nosso casamento — digo, mais tranquila.

Oscar gira de lado para me encarar, tentando fazer as pazes.

— Não quero Cress nem ninguém além de você, Laurie.

Não me mexo. Minha mandíbula está tão travada que parece que nunca mais vai se abrir.

— Não podemos continuar assim para sempre, Oscar.

— Talvez apareça alguma oportunidade de voltar para o escritório de Londres daqui a alguns meses — diz ele. — Vou ficar de olho, está bem? Pode acreditar, Laurie, eu ia adorar não ter que me despedir de você todo domingo à noite.

Giro na direção dele, aceitando sua tentativa de amenizar as coisas, apesar de não acreditar muito. O problema não é só Cressida — às vezes, Oscar parece mais apegado ao emprego do que a mim. É como se ele tivesse duas vidas diferentes. Uma é aqui comigo, como meu marido, e a outra é longe de mim: reuniões animadas e bares no centro da cidade, alfaiates chiques, contratos clandestinos e jantares comemorativos. Ele compartilha parte disso comigo, é claro; fragmentos e fotos ocasionais pelo celular. Mas, no geral, não consigo me livrar da sensação de que meu marido está satisfeito vivendo "o melhor dos dois mundos". Ele é um homem bem diferente do meu namorado despreocupado da Tailândia; o quadro na parede do nosso quarto agora parece mais fantasia do que lembrança. Às vezes, acho que ele se casou comigo como uma forma de se prender àquela pessoa que ele era em Koh Lipe; quanto mais ele mergulha em sua vida em Bruxelas, mais ele parece perceber que a Tailândia foi uma fuga temporária. Sua vida real sempre foi aqui, esperando que ele voltasse e desempenhasse seu papel. Só não sei se alguma vez cheguei a ser escalada para a mesma produção.

— Veja bem. Somos casados, Oscar, mas isso não significa que podemos simplesmente apertar um interruptor e redirecionar todos os nossos pensamentos e sentimentos românticos para onde queremos. Às vezes, somos testados. Não sejamos ingênuos.

Ficamos nos encarando no quarto escuro.

— Você já foi testada?

Fecho os olhos por um instante, mas resolvo não responder.

— O mais importante são as escolhas que fazemos quando somos testados. Ser casado não é só um contrato legal, é uma escolha. É dizer que eu escolho você. Todos os dias, acordo e escolho você. Eu escolho você, Oscar.

— Eu também escolho você — sussurra ele, passando os braços ao meu redor.

Eu o abraço e sinto como se estivéssemos nos agarrando ao nosso casamento; aconchegando essa coisa preciosa e frágil entre os corpos.

Mas nosso pacto parece tênue, e permaneço acordada muito tempo depois de Oscar adormecer, preocupada.

21 de novembro

Laurie

— Laurie.

Oscar abraça minhas costas na cama, acordando-me de estranhos sonhos confusos que se agarram a mim enquanto tento despertar. Os números vermelhos, que piscam no relógio da mesa de cabeceira, informam que são cinco e meia da manhã.

— Laurie. — Ele beija meu ombro, passando o braço ao redor de mim sob as cobertas. — Está acordada?

— Um pouco — sussurro, ainda naquele estado atordoado entre sono e consciência. — Está cedo.

— Eu sei — diz ele, sua mão esticada e quente sobre minha barriga. — Vamos ter um filho.

Arregalo os olhos diante da surpresa dessas palavras.

— Oscar...

Viro até ficarmos frente a frente, e ele suspira e me beija, evitando que eu faça qualquer comentário, passando uma perna por cima da minha coxa. Nossa transa é frenética e intensa — os dois ainda emotivos por causa da tumultuada noite anterior. Brigamos de novo, ou melhor, tivemos uma desavença durante o jantar, como Oscar provavelmente diria. A culpa foi minha — perguntei se ele já sabia quando poderia voltar para Londres em tempo integral. Esse assunto está se tornando tabu.

Depois, nos esparramamos sobre os lençóis embolados, reconectados, escolhendo um ao outro por mais um dia. Não sei se Oscar estava falando sério sobre termos filhos, mas, pelo menos por enquanto, sei que ele está pensando em mim.

2016

Resoluções de Ano-Novo

1. Um bebê! Sim, Oscar e eu decidimos que este é o ano em que vamos tentar. Passamos os últimos dois meses discutindo o assunto e concordamos que vou parar de tomar a pílula a partir do dia primeiro de janeiro. É um grande passo em direção ao desconhecido.

Acho que não preciso de outras resoluções. Essa já é transformadora o bastante para um ano, não é? Oscar prometeu que vai conversar com o chefe de novo sobre voltar para o Reino Unido. Vai ser muito mais fácil engravidar se estivermos no mesmo país, e, quando eu tiver o bebê, é de se esperar que ele não queira passar tanto tempo longe.

2. Ah, merda, esqueci. É triste ter que escrever isto, mas tem outra coisa — vou parar de beber. Parece que assim terei mais chances de engravidar.

26 de janeiro

Laurie

— Não está se esquecendo mesmo de tomar ácido fólico todo dia?

Estou sentada na beira da cama, com o celular no viva-voz sobre a mesa de cabeceira.

— É claro que não — digo. — Mas duvido que o problema seja eu ingerir nutrientes o suficiente. Tem mais a ver com, sabe, o óvulo e o espermatozoide se encontrando no momento certo.

Tenho certeza de que Oscar não queria que a pergunta parecesse uma acusação; ele só está decepcionado.

Não recebo uma resposta.

— Pouquíssimos casais engravidam no primeiro ciclo — continuo, mais séria.

Passo os dias escrevendo matérias sobre saúde feminina e já cobri dezenas de questões relacionadas à gravidez. Se dependesse de mim, simplesmente seguiríamos com a vida sem essa preocupação. Mas a personalidade metódica de Oscar parece ter tomado o controle da situação, e não sei bem como pedir para ele se acalmar sem magoá-lo. Chega a ser fofo, na verdade.

— Sim, mas achei que talvez a gente fosse conseguir de primeira, sabe? — Suspira ele.

— Eu sei. Só vamos ter que nos esforçar um pouquinho mais quando você voltar, certo?

— Tem razão. Quero dizer, não é como se fosse tipo uma obrigação. Vamos reservar uma noite inteira só para nós dois.

23 de fevereiro

Laurie

— Laurie, faz tempo que você está aí dentro.

Oscar chegou ao ponto de adiar sua ida a Bruxelas hoje para ver se estou grávida. Não estou. Sentada na privada, abro uma caixa de absorventes internos e tento pensar em como dar a notícia.

— Já vou sair — grito, dando descarga.

Quando abro a porta do banheiro, ele está fazendo hora no corredor, esperando por mim. Balanço a cabeça, e ele não consegue disfarçar a decepção em seus olhos quando me abraça.

— A gente acabou de começar — digo.

Só dois meses e a empolgação de tentar engravidar já se apagou completamente. Quem poderia imaginar que seria tão estressante? Eu acharia melhor se a gente tirasse o pé do acelerador e relaxasse, mas meu marido não é do tipo que deixa as coisas rolarem. Oscar está acostumado a conseguir resultados; está claro que não ser capaz de resolver isso logo é bem frustrante para ele.

— Quem sabe a gente dê sorte no terceiro mês. — Ele beija minha testa e pega sua pasta. — Nos vemos em alguns dias, meu amor.

14 de março

Jack

— Está com frio?

Amanda olha para mim como se eu fosse idiota.

— Estamos no Ártico, Jack.

Ela tem razão, é claro, mas também estamos sob várias camadas de cobertores de pelo e bebendo rum. Viemos passar alguns dias na Noruega, e parece mesmo que aterrissamos na terra da fantasia. Nunca vi tanta neve; agora, estamos vendo-a cair do conforto de nossa enorme cama sob o domo de vidro do iglu. Amanda queria viajar para um lugar ensolarado, mas fizemos uma aposta e ela perdeu, então viemos satisfazer a minha vontade de caçar a aurora boreal. Por enquanto, não demos sorte — hoje é nossa última noite aqui, então é agora ou nunca.

— Do que você mais gostou até agora? — pergunto, beijando a testa dela.

Amanda está nua e aconchegada, com meu braço ao seu redor, sobre os travesseiros, e franze o nariz enquanto pensa.

— Acho que o passeio no trenó de renas — diz ela. — Tão romântico.

— Mais romântico que isto? — pergunto, minha mão envolvendo seu seio de forma possessiva. — Estamos deixando *Game of Thrones* no chinelo.

— Achei que...

Ela se interrompe e suspira.

— O quê? — pergunto, tirando o copo da mão dela antes de girar e prendê-la sob mim.

— Nada. Deixe para lá.

— O que foi?

Amanda olha para o lado e beija meu ombro.

— É bobagem — diz ela, corada. — Achei que você tivesse inventado esta viagem para me pedir em casamento.

Espero que o susto não esteja tão óbvio no meu rosto. Bem que ela parecia meio esquisita hoje.

— Foi? Merda, Amanda, desculpe...

Não sei o que dizer. Nunca conversamos sobre algo tão sério — casamento simplesmente não está nos meus planos quando penso em nós. Quando penso em *ninguém*, na verdade. Amanda está me encarando, e eu a encaro de volta, sabendo que minhas próximas palavras são decisivas.

— Você é maravilhosa.

O sorriso que ela abre enquanto balança a cabeça é contido.

— Cale a boca.

Eu a beijo, porque é mais seguro do que tentar explicar meus sentimentos com palavras, então uso um joelho para afastar os dela e a observo fechar os olhos enquanto abandona seus pensamentos e se permite apenas sentir.

Depois que acabamos, Amanda fica abraçada a mim, sua boca no meu pescoço.

— Olhe para cima — sussurra ela. — Olhe para cima, Jack.

Saio de dentro do seu corpo, deito ao seu lado e arfo. Acima de nós, os céus estão inundados de verde e azul e roxo, ondas de cores gloriosas.

— É de tirar o fôlego — sussurra Amanda.

Ficamos deitados sob o espetáculo, nus e cansados, e me pergunto o que é que eu quero da porra da vida.

23 de março

Laurie

O terceiro mês também não trouxe boas notícias. Minha menstruação só resolveu aparecer às nove da noite; até essa hora, Oscar me ligou cinco vezes, e fui ao banheiro umas cinquenta. Ligo para ele e nos consolamos. Depois, quebro minha regra sobre não beber e me sirvo de uma enorme taça de vinho tinto. Penso em ligar para Sian, minha amiga do trabalho. Às vezes, saímos para tomar alguma coisa ou ir ao cinema nos dias em que Oscar está em Bruxelas, mas os detalhes do meu ciclo menstrual parecem íntimos demais para compartilhar com ela. Também falo com minha mãe quase todos os dias, mas é óbvio que não contei que estamos tentando engravidar; se eu fizer isso, será mais uma pessoa para ficar decepcionada. Acho que a situação não seria tão deprimente se Oscar estivesse aqui, mas nossa separação dá um senso de urgência, de gravidade, a tudo que fazemos.

Arrasada, vou para a cama com o laptop e deito sobre uma pilha de travesseiros, abrindo o Facebook para ver todas as coisas fantásticas que todo mundo, exceto eu, está fazendo. Como esperado, a Austrália ficou enlouquecida por Sarah. As pessoas adoram seu sotaque britânico e seu sorriso radiante. Estico a mão e toco a tela enquanto assisto ao vídeo de uma entrevista que ela e Luke deram a um programa matutino sobre seu romance anglo-australiano. É a minha Super-Sarah: superamada, super-realizada, simplesmente super. Meu Deus, como queria que ela estivesse aqui. Nossa sessão noturna de Skype toda segunda-feira é um dos pontos altos da semana, mas não é a mesma coisa que tê-la aqui comigo.

Eu me sinto uma tonta por chorar e passo da página dela para a de Jack. Nossa amizade praticamente terminou depois do jantar de despedida de Sarah. O máximo que fazemos agora é curtir e comentar fotos um do outro no Facebook de vez em quando. Pelo que estou vendo na sua página, sua vida são férias constantes com Amanda. Minha página me faz parecer que não tenho qualquer tipo de vida social. Só um espaço grande e vazio sem postagens. Talvez eu devesse desfazer a amizade e acabar logo com isso.

9 de junho

Laurie

— Feche os olhos!

Estou na cozinha preparando o jantar (salada *niçoise* com atum) quando Oscar chega em casa depois de sua estadia padrão de três dias em Bruxelas. Para variar, ele parece animado, e sinto uma onda de alívio me inundar. As coisas andam cada vez mais tensas entre nós; ainda não há sinal do seu prometido retorno a Londres, e faz mais de seis meses que estamos tentando engravidar sem sucesso. Não que isso seja tão fora do normal, ainda mais quando consideramos que às vezes estamos em países diferentes nos meus momentos mais férteis. Sim, sei tudo sobre essas coisas agora.

— Tem certeza? Estou segurando uma faca afiada — digo, rindo, mas baixo a faca e obedeço.

— Pode abrir agora.

Abro os olhos e encontro Oscar parado diante de mim, segurando um buquê tão grande que mal consigo vê-lo por cima das flores.

— Eu devia ficar preocupada?

Abro um sorriso, pegando o buquê. Ele faz que não com a cabeça.

— Eu teria comprado champanhe se a gente estivesse bebendo.

Oscar tem sido exemplar com essa história de não beber em solidariedade a mim.

Meu estômago se embrulha de nervosismo. Minha próxima menstruação é daqui a quatro dias. Começar a comemorar agora me parece um pouco prematuro.

— Pergunte — diz ele, e percebo que isto se trata de outra coisa.

Paro de procurar um vaso grande o suficiente para um arranjo de rosas tão generoso e coloco o buquê sobre a bancada.

— O que houve?

Já estou tentando adivinhar a notícia. Será que é o que imagino? Suas viagens para Bruxelas terminaram? Vamos poder ser um casal em tempo integral de novo?

— Sente-se — diz ele, enrolando enquanto pega minha mão e me leva para o sofá da sala.

— Está me deixando nervosa — respondo rindo, mas preocupada.

Oscar se acomoda ao meu lado, seu corpo virado na direção do meu.

— Brantman apareceu e me chamou para uma reunião hoje cedo.

Eu sabia!

— E? — Sorrio.

— Você está olhando para o novo diretor do banco!

O rosto dele é todo sorrisos, como uma criança que descobre que o Natal chegou mais cedo. Sinto cheiro de álcool quando o abraço — nossa abstinência deve ter sido deixada de lado hoje.

— Uau, que maravilha! — Exclamo. — E você merece, trabalha tanto para eles. Que bom que reconhecem isso. Já deram uma data para você voltar a Londres? — Aperto sua mão.

— Bem... isso não significa menos tempo em Bruxelas. — Seu sorriso vacila. — O contrário, na verdade.

Fico imóvel, paralisada com a sensação repentina de que há mais por vir e que não vou gostar.

— Não vou embora de Bruxelas, Laurie — diz ele, segurando minha mão. — Na verdade, terei que ficar lá em tempo integral.

Eu o encaro, ciente de que estou piscando rápido demais.

— Acho que eu não...

Oscar pega minha outra mão e me lança um olhar suplicante.

— Não recuse a ideia de cara. Sei que é surpresa, mas passei o dia todo pensando nisso, e vai ser bom para nós nos mudarmos para lá, tenho certeza. Eu, você e o bebê também, daqui a pouco. Bruxelas é uma cidade linda, Laurie, você vai adorar, juro.

Eu o encaro, em choque.

— Mas o meu emprego...

Ele concorda com a cabeça.

— Eu sei, eu sei. Mas você teria que pedir demissão por causa do bebê mesmo; assim, você já passa a gravidez livre também.

— Teria? E se eu quisesse voltar a trabalhar?

Ainda não sei o que quero fazer, mas como ele ousa decidir por mim? É tão típico, tão antiquado, da parte de Oscar presumir que vou virar dona de casa. E percebo que foi bobagem da minha parte não ter conversado sobre isso com ele antes.

Oscar franze a testa como se eu estivesse criando caso sem motivo.

— Bem, há muitos empregos por lá também. Mas, sinceramente, Laurie, meu salário vai ser bom o bastante para você não precisar... Pense no assunto, por favor — insiste ele, continuando a falar sem me dar a chance de responder. — Você vai poder tomar café... Bem, vai poder tomar chá de hortelã na praça, passear à beira do rio. A gente pode passear pela cidade antes de o bebê nascer, vai ser como na época em que nos conhecemos. E existe uma comunidade grande de expatriados lá; você vai fazer um monte de amigas.

Parece que ele me atropelou com isso tudo, e estou furiosa com a ideia de que não tenho direito a uma opinião. Sei muito bem que o salário de Oscar é mais que suficiente para sustentar uma família, enquanto o meu mal daria para sustentar a mim mesma, mas ele parece ter chegado a todas as conclusões sem levar em consideração o que eu quero, como se meu emprego fosse um passatempo, não uma carreira. Não sei o que dizer nem o que pensar. Estou feliz de verdade por Oscar ter seu trabalho duro e sua dedicação reconhecidos, mas não quero abandonar meu emprego nem Londres nem minha vida. Não é justo que o sucesso dele signifique que eu tenha que abrir mão de tantas das coisas que prezo.

— Achou mesmo que eu ia concordar com tudo isso sem pestanejar? — pergunto, incrédula.

Oscar não é um homem dado à impulsividade; só consigo imaginar que a animação passou por cima do bom senso.

— Achei que, pelo menos, fosse pensar no assunto — diz ele, magoado. — Você sabe o quanto isso é importante para mim.

— E eu achei que você soubesse como meu emprego também é importante para mim, o quanto quero ficar perto da minha mãe — rebato. — Eles não podem te oferecer um cargo aqui em Londres? Precisa ser em Bruxelas? Não é razoável que esperem isso de você. De nós.

— Acho que encaram isso como uma recompensa, não como um castigo. — A voz de Oscar se torna mais rabugenta enquanto ele suspira e balança a cabeça, impaciente. — Por que é que você não consegue enxergar isso?

Afasto o olhar, porque ele está falando como se eu estivesse criando caso por nada, o que não é verdade.

— Não acha que nossas famílias iam sentir nossa falta? — Mudo de tática. — Sua mãe ia detestar te ver menos. E o que iria acontecer quando o bebê nascesse? — Não consigo tirar o tom de provocação da minha voz. Quanto mais penso no assunto, mais irritada fico com suas flores e sua tentativa de comemoração. Somos casados, precisamos tomar essas decisões juntos, independentemente de quem ganha mais. — Não quero estar em um país diferente do da minha mãe quando eu tiver um filho, Oscar. Ela adora ser avó, quero que esteja presente.

Nós nos encaramos, em um impasse. Não costumávamos brigar; agora, parece que é só o que fazemos.

— Não é justo você jogar essa bomba em cima de mim e esperar que eu fique empolgada — digo. — Preciso de um tempo para pensar.

Oscar trinca a mandíbula, seus olhos escuros desolados.

— Não tenho mais tempo. O mundo dos bancos é assim, Laurie, você sabe como tudo é corrido. Brantman quer uma resposta na segunda de manhã, e a única coisa que posso dizer é sim, porque, se eu recusar, de que adianta continuar trabalhando naquela porra? — Ele joga as mãos para o ar, um gesto desamparado. — Minha carreira no banco vai acabar; ninguém sobrevive nesses lugares sem ser determinado e ambicioso.

Balanço a cabeça, irritada com a injustiça de ser a vilã da história.

— Vou tomar banho — diz Oscar, empurrando a poltrona para trás.

Ele hesita por um instante, como se esperasse um pedido de desculpas; eu suspiro e olho para o outro lado até ficar sozinha na sala. Cada vez fica mais dolorosamente claro que foi apenas uma ilusão acreditar que Oscar se manteria fiel ao homem que conheci em uma praia na Tailândia. Talvez ele não soubesse disso naquela época, mas essa vida atribulada de negócios, jantares e reuniões é exatamente seu lugar. É mais do que isso. É o lugar onde ele quer estar.

13 de junho

Laurie

Já passou um minuto da meia-noite, o que quer dizer que minha menstruação está um dia atrasada. Oscar foi para a Bélgica de mau humor ontem, depois de passar o fim de semana inteiro tentando me convencer, o que só me deixou mais determinada a manter minha posição.

Agora, é oficialmente segunda-feira, ele com certeza é oficialmente diretor, e eu estou oficialmente atrasada. Eu me encolho na cama e fecho os olhos. Estou oficialmente sozinha.

16 de junho

Laurie

— Comprei um teste de gravidez.

— E já fez?

São cinco da tarde aqui e duas da manhã em Perth, mas Sarah está completamente acordada. Estou quatro dias atrasada agora, e ela foi a primeira pessoa para quem contei.

Jogo as chaves e a bolsa na mesa do corredor, com o celular preso à orelha.

— Não. Estou com medo do resultado.

Não digo que acho que estou com mais medo de ser positivo.

— Oscar ainda não voltou?

Suspiro no apartamento vazio.

— Ele deve chegar daqui a umas duas horas.

— Espere aí — diz Sarah, e o som sai abafado. Ela está andando pela casa, mas volta, e o som normaliza. — Desculpe, tive que sair da cama. Certo, tenho vinho e não vou a lugar algum. Pegue o teste, Lu.

— Agora? — Minha voz está alta demais.

— Sim, agora. Ou prefere esperar Oscar chegar?

Ela tem razão, é claro. Considerando o estado das coisas entre nós, seria bem melhor fazer isso com Sarah e ter certeza do resultado antes de ele aparecer.

— Tudo bem — sussurro, tirando o teste da sacola da farmácia.

Viro a caixa e dou uma olhada, lendo em voz alta as instruções a essa altura já familiares enquanto tiro os sapatos e me tranco no banheiro. Por quê, não faço ideia, já que estou sozinha em casa.

— Estou no banheiro.

— Ótimo. Abra o teste.

— Por que essas porcarias são sempre tão difíceis de rasgar? — murmuro, finalmente liberando o palito de plástico branco do saco metálico. — Pronto. Consegui.

Olho para o palito, depois para a privada, então suspiro e vou em frente.

— Estou ouvindo você fazer xixi! — berra a voz de Sarah do meu celular no chão.

— Ainda bem que não estamos no Facetime — grito, rindo um pouco enquanto tento posicionar o palito no lugar certo, conseguindo fazer xixi na mão no processo. — Por que eles fazem isso tão difícil?

— Não encharque! — grita ela.

Suspiro enquanto tiro o palito. Na mesma hora, vejo que algo está acontecendo na janelinha, então fecho logo a tampa e o coloco na pia.

— Ligue o cronômetro — digo, lavando as mãos.

— Pode deixar.

Sento no chão e apoio as costas na parede, minhas pernas esticadas diante de mim, o celular de volta à orelha.

Fecho os olhos.

— Conte alguma coisa sobre a sua vida aí, Sar. Me distraia.

— Tudo bem. Ah, estou na mesa da cozinha. Deveria ser inverno agora, mas estamos tendo uma onda de calor, e nosso ar-condicionado é preguiçoso. Estou toda suada. — Quase consigo vê-la; os dois moram em uma linda casa térrea na praia. Ela me contou os detalhes quando foram visitá-la, e precisei passar um tempo deitada no escuro para superar minha inveja. O lugar parece saído de uma revista de decoração, cheio de espaços para sentar e tetos altos. Sarah faz uma pausa e diz: — Ah, e pedi Luke em casamento.

— O quê? Ah, meu Deus! Sarah! — grito, completamente chocada. É a cara dela não ficar esperando quando sabe o que quer. — Quando? O que você disse? E o que ele disse?

— Ele disse que sim, é claro — responde ela, rindo. — E chorou como um bebê.

Eu também rio. Acredito nisso; Luke é manteiga derretida.

— O tempo acabou, Lu — avisa ela, voltando a ficar séria. — Três minutos.

Pego o palito, deixando a tampa no lugar.

— Estou com medo, Sar — sussurro.

— Não fique. Não importa o que acontecer, você vai ficar bem, eu juro.

Não respondo, só encaro o palito. Acho que não consigo fazer isso.

— Pelo amor de Deus, Laurie, tire a porra da tampa!

Então obedeço. Eu a puxo rapidamente e prendo a respiração enquanto olho para o resultado.

— E aí?

— Uma linha azul. — Puxo uma golada de ar, tremendo. — Só uma. Isso significa que não estou grávida, não é?

— Ah, Lu, sinto muito — diz Sarah, gentil agora. — Vai acontecer em breve, tenho certeza.

Esfrego os olhos e coloco o palito no chão.

— É, eu sei.

Quando Oscar chega pouco depois das oito, estou de pijama, sentada à mesa da cozinha, bebendo vinho. Ele olha para minha taça e ergue as sobrancelhas.

— Isso é uma boa ideia?

A frieza no tom indica que seu humor continua igual ao de domingo. Balanço a cabeça.

— Achei que podia estar grávida, mas não estou. Fiz um teste. Só devo estar atrasada, acontece.

A expressão em seu rosto se ameniza enquanto fita meus olhos.

— Você está bem?

Não sei qual seria a melhor resposta a essa pergunta.

— Não, acho que não.

Espero enquanto Oscar se serve de uma taça de vinho e senta à mesa. Ele parece cansado; eu queria poder servir o jantar e me oferecer para preparar seu banho, mas meu coração não me permite desistir das decisões que tomei no chão do banheiro, depois de Sarah desligar.

— Aceitou o emprego?

Ele encara a taça.

— Você sempre soube que eu ia fazer isso.

— Sim. — Concordo lentamente com a cabeça. — É a melhor coisa para você.

— Mas não para você? — pergunta ele.

Oscar não parece mais irritado ou indiferente. Acho que está começando a perceber que esta conversa tem o potencial de acabar com nós dois.

Suspiro, e uma lágrima escorre pelo meu rosto.

— Não. — Engulo em seco, detestando todos os aspectos desta situação. — Passei os últimos dois dias achando que estava grávida, tentando pensar no que fazer.

Ele me observa em silêncio.

— E aí, quando fiz o teste e deu negativo, tudo que consegui pensar foi graças a Deus. Graças a Deus ainda posso tomar decisões. — Eu o assustei. Odeio as palavras que saem da minha boca, mas a verdade é tudo que me resta. — Não quero me mudar para a Bélgica, Oscar.

Ele está analisando meu rosto, como se procurasse sinais da mulher que ama. Percebo que, antes desta conversa, meu marido não tinha sequer cogitado rejeitar o emprego. Ele contava que, no fim das contas, eu aceitaria.

— A gente não pode se amar de países diferentes. O que aconteceria se eu engravidasse? Não quero ficar sozinha com um bebê cinco noites na semana.

— Pode dar certo. — Oscar arrasta a cadeira ao redor da mesa até seus joelhos tocarem os meus. — Sei que não é o ideal, mas podemos dar um jeito, Laurie.

— Oscar, não se trata só do emprego, não é uma questão de geografia — digo, sendo o mais gentil possível. Olho para seu amado rosto e não consigo acreditar que estamos desmoronando assim. Faz tanto tempo que ele é meu porto seguro. — Meu Deus, você é um homem tão incrível. Nunca conheci ninguém igual e sei que nunca vou conhecer.

— Nós fizemos votos — diz ele, frustrado. — Na alegria e na tristeza. Nós prometemos um ao outro.

— Nossas vidas estão seguindo rumos diferentes — digo, segurando a mão dele. — A sua está indo por um caminho que não posso seguir, Oscar. E ninguém tem culpa disso.

— Mas eu te amo — diz ele, como se essa frase fosse magicamente resolver tudo.

Não sei como me expressar sem magoá-lo ainda mais.

— Oscar, você é o melhor marido que alguém poderia desejar. Você é gentil, engraçado, e não posso recompensar tudo que fez por mim.

— Nunca quis que você me recompensasse.

— Não. Mas *quer* que eu me mude para a Bélgica ou passe a maior parte do tempo morando sozinha — digo.

Oscar franze a testa, confuso.

— Achei que você fosse perceber que seria melhor assim — diz ele. — Achei que eu fosse chegar em casa hoje e você teria mudado de ideia.

Solto um suspiro, porque agora tenho certeza que ele sequer cogitou a ideia de recusar o emprego. Não tem mais jeito, e todas as decisões agora são minhas.

— Não vou mudar de ideia — digo. — E não estou sendo teimosa. Não quero me mudar para Bruxelas.

— Mas você sabe que recusar o emprego não é uma opção — responde Oscar, e parte de mim fica feliz.

Não quero que ele se ofereça para abrir mão da promoção que fez por merecer. Não que ele esteja fazendo isso, e, de certa forma, isso facilita a próxima parte do meu discurso.

— Eu não tinha percebido o quanto estava infeliz até ver aquela linha azul — digo, arrasada. — Eu não sabia.

Oscar leva as mãos ao rosto, e me sinto a mulher mais burra, maldosa e ingrata do mundo.

— Então é assim? Você não quer ir, e eu não posso ficar?

— Ou eu não posso ir, e você não quer ficar — respondo, desafiando seu ponto de vista tendencioso, apesar de saber que ele nunca vai tentar ver as coisas através dos meus olhos.

A vida de Oscar está encaminhada, e o rumo dele agora é Bruxelas — comigo ou não. Meu marido não consegue entender por que não estou doida para me juntar a ele, e isso só aumenta minha certeza de que chegamos ao fim da linha. Chega de viver pela metade; o tempo do nosso casamento acabou. Em Koh Lipe, nosso amor desabrochou sob os pisca-piscas enroscados no teto da cabana na praia. Aqui, em Londres, a vida foi lentamente nos sufocando sob as luminárias sofisticadas de Lucille e a implacável monotonia semanal da pista iluminada do aeroporto. Percebo agora que Oscar não mudou nada. Ele sempre foi esse homem, mas a Tailândia e eu, talvez por um tempo, fizeram com que ele sentisse que poderia ser outra pessoa. Ele tentou seguir um caminho diferente, mas no final voltou ao ponto de partida, porque *essa* vida — a que ele está vivendo nesse momento — é a que combina melhor com ele.

— Sinto muito, Oscar, de verdade.

— Eu também — sussurra ele. — Também sinto muito, estrela--do-mar.

Afasto o olhar, triste por saber que essa é a última vez que ele me chamará assim.

Um suspiro atravessa o corpo dele, quase como se o sugasse.

— Se estivesse grávida, acha que teria vindo comigo?

Realmente não sei o que dizer. Talvez que eu me sentisse encurralada e forçada a tentar. Fico quieta; é desolador demais.

Eu me inclino para a frente e seguro sua cabeça, meus lábios pressionados contra seu cabelo. Ele me abraça, e seu cheiro familiar me faz desabar em lágrimas; o perfume que sempre usa, seu shampoo, o aroma dos seus dias, das minhas noites, do nosso amor.

2 de julho

Jack

Sigo Amanda pelo apartamento sem fazer barulho; sem fazer barulho porque acabei de tirar meus tênis — este é o tipo de lugar em que é estritamente proibido usar sapatos de rua. Existe até uma plaquinha clichê e uma estante ao lado da porta para o caso de você esquecer. Não é que eu me importe tanto. Não, mentira. Detesto esse tipo de coisa; acho afetado quando as pessoas insistem que você tire os sapatos. Mas não estou reclamando especificamente de Amanda. Implico com todo mundo que faz isso.

— Você cozinhou?

Estamos na elegante cozinha branca que, como regra geral, não testemunha o preparo de muitas refeições. Amanda tem muitas qualidades, mas suas habilidades culinárias não são grande coisa. Ela mesma admite: domina a arte do micro-ondas, sabe pedir *sushi* como ninguém e é frequentadora assídua dos restaurantes de Edimburgo — então por que escolheria descascar uma cebola?

— Sim — responde ela, abrindo a geladeira para me servir uma taça de vinho branco.

— Eu devia ficar assustado?

Ela ergue uma sobrancelha para mim.

— Você devia me elogiar e me agradecer, Jack. Queimei meu dedo por sua causa.

Eu a observo se mover pela cozinha, afastando a embalagem de vagens congeladas para ler as instruções para o micro-ondas no verso.

— Qual é o cardápio?

Não sei por que perguntei, a resposta só pode ser peixe.

— Bacalhau — diz ela. — Assado, com limão e salsinha.

— Tirou a poeira do fogão antes de usá-lo?

Amanda revira os olhos, e rio.

— Só estou tentando ajudar, esse tipo de coisa causa incêndios.

— Elogiar e agradecer — lembra ela.

Levanto e tiro o pacote de vagens de suas mãos.

— Elogiar, é? — Beijo seu ombro desnudo. Ela está usando um vestido tomara que caia com um avental por cima. — Você fica gostosa de avental.

— A comida, Jack — diz Amanda, virando o rosto para o meu.

— Tudo bem. Obrigado por ter cozinhado para mim. — Eu lhe dou um beijo rápido. — E obrigado por parecer uma princesa sueca enquanto faz isso. Sou louco por Vossa Graça, Princesa Amanda da Ikea.

Ela se vira em meus braços e me beija com vontade, sua língua em minha boca.

— Isso foi bem safado da sua parte — digo depois que nos afastamos, puxando o laço do avental até ela me dar um tapa na mão.

— Vá fazer algo de útil — diz Amanda. — Arrume a mesa da varanda.

A mesa parece saída de um catálogo de roteiros de viagem, na varanda saída de um catálogo de roteiros de viagem de Amanda. Eu não esperaria nada diferente; Grassmarket tem as melhores vistas para o castelo da cidade, então ela fez questão de alugar um apartamento aqui.

Estou prestes a entrar quando meu celular vibra. Olho para ele, torcendo para não ser Lorne me pedindo para cobrir alguém. Estou com sorte — o nome de Sarah aparece. Clico na mensagem e me apoio na grade da varanda enquanto leio.

Você tem falado com Laurie?

Que pergunta enigmática do cacete. Olho para o relógio. Já não é madrugada onde ela mora? Deve estar bêbada em algum luau. Respondo.

> Faz um tempo que não. Vá dormir!

Grassmarket é uma agitação só lá embaixo, brilhante e lotado de pessoas curtindo o sábado à noite. Meu celular vibra de novo.

> Ligue para ela, Jack. Ela e Oscar se separaram algumas semanas atrás. Eu não devia te contar nada, mas Laurie precisa dos amigos. Estou longe demais para ajudar!

Encaro a tela, lendo e relendo a mensagem de Sarah enquanto desabo em cima de uma das cadeiras de Amanda.

Laurie e Oscar se separaram. Como assim? Eu vi os dois se casando. Ela entrou naquela igreja e disse para mim e para o resto do mundo que era com ele que queria passar a vida.

O que aconteceu?, respondo, pensando se tenho tempo de ligar para Sarah antes do jantar.

> Coisas. Converse com ela. É complicado.

Sou tomado pela frustração; as palavras de Sarah não me dizem nada. Por que ela está sendo tão vaga? Complicado? Vou dizer o que é complicado. Estar na varanda da sua namorada, lendo uma mensagem de sua ex sobre uma mulher que você já beijou.

— Jack? — A voz de Amanda me assusta. — Pode segurar isto, por favor?

Encaro o celular, minha cabeça cheia de perguntas; então, tomo uma decisão impulsiva e o desligo. *Esta* é minha vida agora. Tenho algo importante aqui; meu programa está ganhando fãs, gosto das pessoas com quem trabalho, e Amanda é... ela é tudo que um homem poderia querer.

Enfio o aparelho no bolso e entro no apartamento.

3 de julho

Jack

Fico olhando a mensagem de Sarah novamente agora que voltei para casa. Passei uma noite e um dia inteiros sabendo que Laurie está mal e nem tentei falar com ela. Não sei se isso faz de mim um bom namorado ou um péssimo amigo.

Fico mudando de ideia, tentando decidir o que é a coisa certa a fazer. Talvez a melhor decisão para mim não seja a melhor para Laurie, não seja a melhor para Amanda. Não quero foder com tudo.

Abro a tela. Já digitei e apaguei a mensagem duas vezes. A primeira, Oi, Lu, como vão as coisas?, era animada demais e muito repentina, e minha segunda tentativa, Estou sempre aqui se você precisar, intensa demais. Meus dedos pairam sobre os botões, e, então, tento de novo.

Oi, Lu, Sarah me contou o que aconteceu. Posso te ligar?

Aperto enviar antes de pensar demais, então deixo o celular de lado e vou pegar uma cerveja na geladeira.

Laurie leva meia hora para responder. Meu coração dá aquele pulo familiar quando vejo seu nome na tela.

Acho melhor não. Ainda não estou pronta para conversar com as pessoas. Mas obrigada. Ligo quando puder. Desculpe. Bj

Caramba. Fui relegado a *pessoas*, fora do seu círculo de confiança. Eu me sento e fecho os olhos, perguntando-me se algum dia vou sentir que todas as peças da minha vida estão no lugar certo.

19 de outubro

Laurie

Só uma solteira novata reservaria um pacote de férias para Maiorca no meio das férias escolares. Em vez de estar descalça em praias desertas, me tornei a babá gratuita de um monte de crianças mal-educadas cujos pais estão cansados ou são preguiçosos demais para cuidar. Não ouso fazer contato visual com mais ninguém, para evitar que me peçam para dar uma olhadinha de cinco minutos na pequena Astrid ou no Toby ou no Boden. Não, não quero tomar conta do filho dos outros. Não quero saber de mensalidades escolares ou alergias. E, com certeza, não quero admitir que, sim, sou casada (tecnicamente), mas não, meu marido não está de férias comigo. As pessoas reagem como se um terceiro olho tivesse surgido na minha cara ou coisa assim. O único lugar seguro parece ser o bar do hotel.

— Posso sentar aqui?

Olho para a mulher parada diante do banco vazio ao meu lado. Ela é mais velha, talvez tenha uns quarenta e poucos anos, e sua aparência é sofisticada com seu batom coral perfeitamente aplicado e sua delicada pulseira de diamantes.

— Fique à vontade — respondo, desejando que eu tivesse ido para o quarto ler depois do jantar.

Ela pede uma taça de vinho, depois olha para mim e minha taça quase vazia.

— Mais um?

O hotel é *all-inclusive*, então essa não é a oferta mais generosa do mundo. Eu sorrio.

— Por que não? Quero o drinque mais absurdo do cardápio, por favor.

Minha nova vizinha me olha, admirada.

— Esqueça o vinho. Quero a mesma coisa.

O *barman* concorda com a cabeça, como se nossos pedidos fossem normais. Devem ser.

— Vanessa — diz a mulher, apesar de eu não ter perguntado seu nome. Seu sotaque é do norte. Newcastle, diria.

— Laurie.

— Está sozinha?

Por reflexo, giro a aliança no meu dedo.

— Sim.

Paramos de falar quando o *barman* deposita dois copos altos cheios de líquido azul e verde diante de nós. Minha vizinha os encara e balança a cabeça, triste.

— Está faltando alguma coisa.

Inclino a cabeça para o lado.

— Acho que tem razão. Eles precisam ser embelezados.

O *barman* se vira com um suspiro e volta com dois guarda-chuvinhas e canudos adornados com papagaios de papel, como aquelas decorações de Natal que se dobram em sanfona. Só que são, bem, papagaios.

— Agora, sim — digo depois de ele enfiar tantos acessórios nos copos que mal resta espaço para beber.

— Qual será o nome deste? — pergunta minha parceira de bebida.

Encaramos os copos.

— Sexo em uma praia cheia de papagaios? — sugiro.

Ela reflete sobre a minha sugestão, depois franze o nariz.

— Nada mal. Mas acho que eu teria escolhido algo mais parecido com "Não quero sexo, ainda não esqueci meu ex".

Eu a observo, então noto que está usando uma aliança de casamento que fica girando no dedo também. É como um sinal secreto que ninguém precisa te ensinar.

— Dez anos de casamento. Ele me largou nove meses atrás — conta ela, desanimada. — Pela vizinha que mora a três casas da nossa.

— Ela continua sendo sua vizinha? — pergunto, curiosa.

— Sim, com meu marido.

— Meu Deus.

— Parece que os dois se aproximaram na horta comunitária.

Começamos a rir do absurdo da situação.

— Ele disse que seus olhos se encontraram por cima da pilha de adubo e não havia como voltar atrás.

Rimos tanto que lágrimas escorrem pelo meu rosto, e ela dá um tapinha na minha mão.

— Há quanto tempo você se separou?

Engulo em seco.

— Cinco meses. Mas a decisão foi minha. Não fomos casados por tanto tempo assim.

Não acrescento como nós dois ficamos surpresos nem como minha sogra ficou horrorizada. A única coisa pior do que casar com Oscar foi querer me divorciar dele. Até minha mãe está perdida; ela fica me mandando mensagens para ver se tomei café da manhã, mas sempre que tento conversar de verdade, ela parece não saber o que dizer.

Nos últimos meses, estou alugando um quarto extra da casa de uma colega de trabalho; Oscar tentou insistir para eu ficar no apartamento, mas isso seria impossível.

— Não foi por causa de outra pessoa — acrescento. — Só não deu certo.

Pegamos nossas bebidas e damos um gole.

— Que merda — diz Vanessa quando batemos os copos na bancada. Na verdade, não sei se está falando da bebida ou de nossa situação. Ela espalma a mão esquerda sobre o bar e cutuca a aliança com o canudo.

— Chegou a hora de tirar isso.

Eu a imito, colocando a mão ao seu lado.

— Concordo.

Encaramos nossos dedos, e ela se vira para mim.

— Pronta?

— Não sei.

— Vai voltar com ele?

Pouco depois de nos separarmos, fraquejei uma noite e liguei para Oscar em Bruxelas. Nem sei o que eu queria dizer, só estava tão absurdamente triste sem ele. O fato de Cressida ter atendido o celular dele em um bar barulhento talvez tenha sido bom; eu desliguei, e Oscar não me ligou de volta. Não preciso de uma bola de cristal para saber que, com o tempo, será ela quem vai juntar os cacos do coração partido dele. É assim que as coisas deveriam ser; talvez ele nunca a tenha esquecido, de toda forma. Estou com vergonha de quantas vezes chorei em público desde que nos separamos. Eu chorava em silêncio no ônibus a caminho do trabalho e de novo na volta para minha cama vazia. Às vezes, só percebia que as lágrimas estavam escorrendo quando via meu reflexo na janela escura. Agora, reconheço o que era aquilo: meu processo de luto — por ele, por mim, por nós.

Balanço a cabeça para Vanessa, desanimada. Não, nunca vou voltar com Oscar.

— Então você está pronta. Nós duas estamos — diz ela.

A aliança não saiu do meu dedo desde que Oscar a colocou ali no dia do nosso casamento. Nunca achei que me sentiria pronta para tirá-la, mas este momento bizarro surgiu, e não posso usar este anel para sempre. Concordo com a cabeça, mas me sinto enjoada.

Ela segura sua aliança e olha para a minha.

Tomo um enorme gole da minha bebida nojenta.

— Vamos acabar com isso.

Observamos uma à outra e seguimos o mesmo ritmo, girando nossos anéis algumas vezes para libertá-los. O meu está mais folgado que o normal de toda forma; não tenho tido muito apetite ultimamente. A aliança encravada com diamantes escorrega pelo meu dedo, e a tiro devagar, porque, uma vez que sair, não poderei colocá-la de novo. Meus olhos se enchem de lágrimas, mas, ao meu lado, Vanessa tira a dela de uma vez e a coloca sobre a bancada do bar.

Eu me inspiro em sua coragem e a imito, minha boca tremendo. Não consigo controlar um soluço, e minha vizinha passa um braço por cima dos meus ombros, solidária, enquanto ficamos sentadas ali, encarando as duas alianças.

No último ano, chorei mais do que achava ser possível. Talvez tenha chegado a hora de secar as lágrimas.

17 de dezembro

Jack

Amanda está jogando indiretas de que quer um pedido de casamento de presente de Natal. Ela já deu todos os sinais possíveis — deixa revistas abertas nas páginas pertinentes, assiste a programas de casamentos toda quinta-feira. Agora, estamos passeando pela cidade na tarde de sábado mais fria do ano, e ela parou para observar a vitrine de uma joalheria.

O assunto se tornou difícil desde que ela o trouxe à tona pela primeira vez na Noruega, e não sei bem como discuti-lo.

Ela está apontando para uma aliança com um diamante enorme — porra, que negócio caro! Parece mais uma arma do que uma joia.

— Vamos encher a cara? — pergunto, olhando para o bar do outro lado da rua.

Amanda franze a testa.

— A ideia de casar comigo é tão ruim que você precisa beber?

— Não, mas a ideia de fazer compras é — digo, e me odeio quando percebo que a magoei.

Não olho diretamente para as alianças, porque não quero ter esta conversa hoje.

— Tudo bem — diz Amanda. — Vamos tomar uma cerveja.

— Mais uma?

Eu devia recusar. Faz três horas que entramos aqui, e estamos bem bêbados.

— Vamos — diz Amanda. — Você disse que queria encher a cara.

Talvez eu esteja ficando velho demais para estas coisas, mas já bebi o suficiente.

— Acho melhor irmos para casa — respondo, cambaleando um pouco quando levanto.

— *Nós* não temos uma casa — rebate ela. — Ou vamos para o seu apartamento ou para o meu.

— Você fica tão sexy quando fala assim.

Amanda não se levanta. Ela cruza os braços por cima do suéter prateado e as pernas longas cobertas pelos jeans, com um brilho perigoso nos olhos encorajados pela vodca.

— Me peça em casamento.

Pisco algumas vezes para me concentrar.

— Amanda...

— Ande logo. Faça isso agora, estou pronta.

Parece que aqueles diamantes ainda não saíram de sua cabeça. Ela ri como se estivesse brincando, mas há um tom determinado em sua voz que me deixa alerta.

— Levante-se — insisto. — Vamos sair daqui.

Sei que o casal na mesa ao lado a escutou e está tentando fingir desinteresse na conversa. Amanda é um rosto vagamente conhecido na televisão; a última coisa de que precisamos é uma briga em público.

— Você me disse isso no dia em que nos conhecemos — continua ela. — Naquela festa. *Vamos sair daqui.*

Concordo com a cabeça, lembrando.

— Disse mesmo.

Volto a me acomodar no banco, apoiando os cotovelos nos joelhos enquanto me aproximo para tornar nossa conversa mais íntima. Quase não consigo escutá-la aqui dentro.

— Não, fui *eu* — rebate Amanda, se contradizendo. — Fiz o que você pediu e faço o que você pede desde então. E, agora, estou pedindo a *você* para *me* pedir algo. — Ela franze a testa, enrolando-se no discurso confuso.

— São pedidos demais para uma mulher só.

Sorrio, tentando parecer tranquilo, mas imagino que minha expressão pareça mais uma careta do que qualquer outra coisa.

— Se você não me pedir agora, está tudo acabado.

Ela não vai deixar isso para lá, e estou me sentindo cada vez mais encurralado.

— Pare de bobagem.

— Estou falando sério para caralho, Jack — responde Amanda, seu tom irritado demais, e fico quieto, porque está claro que não vou convencê-la a sair deste bar.

Na *jukebox*, "Last Christmas", o último Natal, começa a tocar, e a boca de Amanda se retorce diante da ironia.

— Aqui não é o lugar para termos esta conversa — digo, tocando seu joelho.

— É bem provável que não — responde ela, me afastando. — Mas, por outro lado, não existe um bom lugar para pedir alguém que você não ama em casamento, existe?

Puta merda.

— Por favor... — Começo, sem nem saber o que vou dizer em seguida. Isso não vai dar certo.

— Ah, por favor coisa nenhuma, não me venha com essa. Quer saber, Jack? Esquece. — Amanda está irritada agora, com olhos marejados. — Esqueça a porra toda. Cansei de esperar você decidir se um dia vai me amar o suficiente. — Uma lágrima escorre por seu rosto, e ela a seca. Então se levanta, cambaleando nas botas de salto alto. — Esta é oficialmente a última vez em que você me diz não.

Teria sido melhor se não tivéssemos bebido. Ela está falando, eu estou falando, e são coisas que permanecem sem ser ditas por um motivo. Levanto, pego nossos casacos.

— Vamos — digo, porque só quero sair daqui.

— Não. — Amanda bota a mão no centro do meu peito. Não é um gesto amoroso; é um "fique aí". — Estou indo embora, e você, não. Estou indo embora porque você não me merece. Porque não vou mais ser sua namorada reserva. Porque você não pode amar alguém quando está apaixonado por outra pessoa.

Nós nos encaramos, sabendo que não haverá volta. Estou sem chão. Era isso que eu estava fazendo com ela?

— Desculpe — digo. — Eu...

Paro de falar, porque ela já se virou e está abrindo caminho entre a multidão bêbada de fim de ano.

Sento de novo, segurando a cabeça, e, alguns minutos depois, o cara da mesa ao lado coloca um copo de uísque diante de mim.

Concordo com a cabeça, tentando agradecer, mas as palavras entalam na minha garganta. Alguém coloca "Lonely This Christmas"* para tocar na *jukebox*; fecho os olhos e me sinto um idiota por um milhão de motivos diferentes.

---

* Numa tradução direta, "Sozinho neste Natal". (N. T.)

2017

Resoluções de Ano-Novo

Minha vida parece tão diferente do que era doze meses atrás; mal consigo olhar para as resoluções esperançosas do ano passado. Onde estaria agora se tivesse engravidado na primeira ou segunda tentativa? Empurrando um carrinho de bebê em Bruxelas? Eu seria feliz? Isso parece tão distante da minha realidade que nem consigo imaginar.

Enfim, chega de olhar para trás. Chegou a hora de focar no futuro.

1. Preciso arrumar um lugar novo para morar. Vou fazer trinta anos — estou velha demais para alugar um quarto na casa dos outros.
2. Trabalho. Não desgosto do meu emprego, mas as coisas parecem estagnadas. Consigo pagar minhas contas, apertado, só que isso não me basta mais. É como se eu estivesse à deriva. Na verdade, é assim que eu resumiria minha vida inteira agora. Que estranho — seria de imaginar que, na surpresa do divórcio, a estabilidade do meu emprego seria vantajosa. Acaba que é o oposto; tenho vontade de jogar tudo para o alto e ver o que acontece. Estou boiando, mas quero nadar.

Pronto. Esta é a minha resolução para esse ano em uma palavra:

3. Nadar.

1º de março

Jack

— Feliz aniversário.

Martique (eu sei, é um nome artístico; ela não atende pelo nome de verdade, que é Tara — vi seu passaporte) acabou de entrar no meu apartamento com seus saltos extremamente altos e, agora, está desabotoando o vestido.

— Não sabia o que comprar de presente para você, então resolvi me dar *lingerie* nova.

O vestido cai ao redor dos seus tornozelos, e ela dobra um joelho, com a mão no quadril. Martique é gostosa para caralho e sabe disso. Lembra a Sophia Loren jovem, cheia de curvas deliciosas e olhos sedutores.

— E aí? — pergunta ela, fazendo biquinho. — Gostou, Jack?

Nenhum homem com sangue correndo nas veias conseguiria resistir. Ela é uma tentação; não me surpreenderia se tirasse uma maçã de algum canto e perguntasse se quero dar uma mordida.

— Gostei — digo, atravessando a sala.

— Então me mostre.

Seu perfume é puro bordel, enviando uma mensagem diretamente para minha virilha, e sua boca tem gosto de batom e de um dos dez mil cigarros que fuma por dia. Seus dentes puxam meu lábio inferior, suas mãos abrem meus jeans. Faz algumas semanas que estamos assim. É uma situação que agrada aos dois. Martique está na estrada da fama, uma das muitas cantoras revelação que passam pela rádio. Quando nos conhecemos, ela me disse que eu era seu homem ideal. Com isso, sei que quer dizer que sou o degrau para seu caminho ao estrelato, alguém levemente menos atraente do que ela com quem pode trepar sem complicações emocionais ou medo de exposição.

Acho que a gente nem gosta muito um do outro; minha vida pessoal está estagnada. Enquanto ela tira a calcinha, penso que esta vai ser a última vez.

Afundamos no sofá, Martique monta em mim, e transamos enquanto admiro a forma como até batom borrado fica sensual naquela boca. Ela se inclina para a frente, dizendo todas as palavras certas na ordem certa, e fecho os olhos, tentando não me sentir mal.

— Feliz aniversário — murmura ela quando terminamos, mordendo o lóbulo da minha orelha antes de sair de cima de mim e dar uma olhada no celular. — Tenho um compromisso.

Eu a observo se vestir, os jeans ainda em torno dos meus tornozelos. Esfrego a orelha para ver se está sangrando. Não estou chateado por ela ir embora.

Mais tarde, na rádio, recebo uma mensagem de Sarah e Luke, que, por mais bizarro que pareça, acabou se tornando um dos meus australianos favoritos — não que eu conheça muitos. Ele curte uma cerveja e ama Sarah de um jeito claro e simples que nem tenta esconder. A mensagem é uma foto dos dois morrendo de rir enquanto seguram um cartaz que diz "Feliz aniversário, Jack". Eles estão em uma praia, e as letras acabaram ficando ao contrário, o que só parece ter aumentado a graça para a dupla. Também acho engraçado e respondo com um rápido Obrigado, seus palhaços.

Laurie também mandou uma mensagem. Tudo que a dela diz é Feliz aniversário. Bj. É tão curta que não tenho o que interpretar. Ainda assim, analiso as palavras, me perguntando se ela coloca um beijo no fim de toda mensagem que envia.

E é então que eu decido. Não quero ser o tipo de pessoa que transa com alguém como Martique. Quero o que Sarah e Luke têm. Posso não ser digno de alguém tão bom quanto Laurie, mas quero tentar ser. Leio a mensagem dela pela última vez e, então, respondo.

Obrigado. Bj

5 de junho

Laurie

— Você mora no paraíso.

Sarah e eu estamos sentadas do lado de fora de um café, observando as areias impossivelmente brancas da praia de Cottesloe. É inverno aqui, mas ainda é um milhão de vezes mais ensolarado que os céus nublados que deixei para trás há duas semanas. Passamos todo esse tempo maravilhoso conversando; o Skype é ótimo, mas nem se compara a estar no mesmo cômodo ou na mesma praia ou rindo juntas de um filme. Recriamos nosso sanduíche exclusivo da Delancey Street com toda pompa e circunstância alguns dias atrás; Luke declarou que era nojento, mas nos acomodamos e saboreamos o momento. Acho que nenhuma de nós faria o sanduíche sem a outra; o que importa nele é o fato de ser nosso. Preenchemos nossa amizade com novas memórias, e estou amando cada minuto da visita.

— Venha morar aqui. Podemos ser vizinhas.

Eu rio baixinho. Ela já repetiu a mesma coisa mais de dez vezes desde que cheguei.

— Tudo bem. Vou ligar para o escritório e dizer que não vou voltar.

— Quem diria que chegaríamos aos trinta — diz Sarah.

Minha amiga está sentada sob a sombra, bebendo um suco saudável porque está grávida de quatro meses; os planos de casamento foram pausados por enquanto por causa do bebê. As coisas são tão fáceis entre ela e Luke; os dois se amam loucamente em sua linda casa na praia, com as janelas e as portas escancaradas para o mundo.

Sempre houve uma parte de mim que a invejava, mas sei que a vida não lhe deu um monte de coisas boas de bandeja; Sarah fez tudo acontecer. Ela foi corajosa o suficiente para se arriscar. Sempre foi.

— Sei que acha que estou brincando, mas o que é que te prende lá? Bebo o champanhe que Sarah insistiu que eu pedisse.

— É aniversário dela — disse ela à garçonete mais cedo. — Traga o melhor.

— Imagine só o que minha mãe diria se eu falasse que ia embora da Inglaterra?

Sarah concorda com a cabeça, seu rosto virado para o mar.

— Mas ela se adaptaria. Todo mundo se adapta. E seu irmão e a família dele estão lá. — Ela suga a gosma verde pelo canudo e faz uma careta. — O que mais está te prendendo?

— Bem, meu emprego, para começar — respondo.

— Que você pode fazer de qualquer lugar — rebate ela.

Alguns meses atrás, me tiraram das matérias de saúde; por mais irônico que pareça, voltei para meu velho território de conselheira. Porém, desta vez, são adultos problemáticos que me escrevem, não adolescentes — obviamente, sou qualificada para falar das coisas importantes agora. Divórcio, luto, amor, perda. Já passei por tudo isso e sobrevivi. Os leitores gostaram tanto de mim que agora estou fazendo algo parecido para uma das revistas do jornal de domingo. Foi uma surpresa enorme. Voltei a estudar também; uma faculdade de psicologia para aprofundar minha compreensão da natureza humana — pelo menos, foi isso o que eu disse para convencer meu chefe a cobrir parte dos custos. Estou adorando; as aulas, a organização, até os cadernos. Jamais imaginei que fosse seguir este rumo, mas está tudo bem. A vida tem dessas, não é? Ela nos redireciona de vez em quando. Mas Sarah tem razão, eu *poderia* trabalhar e estudar de qualquer lugar — contanto que tenha um laptop e wi-fi, não preciso de mais nada.

Eu conseguiria morar aqui? Olho para minha amiga com seu enorme chapéu vermelho e seus glamorosos óculos escuros e vejo as vantagens.

— Aqui é lindo, Sar, mas é o seu lugar, não o meu.

— Onde é o seu? — pergunta ela. — Porque vou dizer o que acho. Seu lugar não é um *onde*. Mas um *alguém*. Estou aqui porque é onde Luke está. Você teria ido para Bruxelas se Oscar fosse o seu lugar.

Concordo com a cabeça, e ela empurra os óculos por cima do nariz.

Agora que Oscar e eu estamos separados há um tempo, começo a entender que não tínhamos o suficiente para durar para sempre. Por um tempo, achei que tivéssemos; ele era um interlúdio calmo e seguro no tumulto na minha vida, mas, no fim, não deu certo. Éramos muito diferentes. Tenho certeza de que, às vezes, isso não importa quando o amor é forte o bastante; os opostos se atraem, como dizem. Talvez a gente só não se amasse o suficiente? Mas não gosto de pensar assim. Prefiro achar que tivemos algo maravilhoso por um tempo e que não devíamos nos arrepender do que demos um para o outro.

Nunca o encontro; não esbarro com ele em bares nem o vejo andando do outro lado da rua — um ponto positivo de morarmos em países diferentes. Não que eu frequente bares. Parece que estou hibernando.

Oscar mandou nosso quadro para a casa da minha mãe no Natal. O bilhete que o acompanhava dizia que ele achava difícil demais guardá-lo em casa. Não sei o que fazer com aquilo; é como se não me pertencesse. Depois que o entregaram, passei um bom tempo encarando a pintura. Deitei na cama de solteiro em que eu dormia quando criança e pensei em todos os momentos que me trouxeram ao agora. Minha infância com meus pais, Daryl e Ginny. Namorados da escola e da faculdade. Delancey Street. Sarah. O segundo andar de um ônibus lotado. Um beijo na neve. Uma praia na Tailândia. Um pedido de casamento na frente daquele quadro. Nosso lindo casamento.

Espero que Oscar esteja bem. É estranho, mas você nunca deixa de se importar com uma pessoa, mesmo que não queira mais estar com ela. Acho que sempre vou amá-lo um pouquinho. E é difícil não se sentir um fracasso quando se torna uma estatística de divórcio.

Parece inevitável que, mais cedo ou mais tarde, Cressida assuma meu lugar. Aposto que a mãe dele nunca tirou aquela foto de cima do piano.

— Acho que você sabe qual é o seu lugar, Lu.

Eu e Sarah nos olhamos, mas ficamos quietas, porque Luke aparece da praia e desaba na cadeira vazia em nossa mesa.

— Vocês estão bonitas, moças — diz ele, sorrindo. — O que eu perdi?

1º de agosto

Jack

Lorne parece o irmão mais novo e não verde do Hulk, o que é útil quando está tentando ser servido no bar. O lugar está lotado esta noite, mas ele só demora alguns minutos antes de voltar, abrindo caminho com o ombro com duas canecas de cerveja nas mãos e um saco de batatas fritas preso à boca.

— Você me trouxe para jantar — digo, pegando o saco quando ele chega perto.

— Isso é o mais próximo de um encontro que vai conseguir hoje — responde ele, sorrindo. — Apesar de a mulher aí atrás estar te encarando de um jeito bem óbvio.

Abro o saco de batatas e o coloco na mesa entre nós sem virar para ver.

— Pare com isso.

— É sério. E ela é bem gostosa.

Lorne pisca para ela por cima de meus ombros, e lhe dou uma porrada na perna.

— Que isso, cara? Kerry está em casa, prestes a ter seu filho.

A amável esposa de Lorne está grávida de oito meses; saímos para beber hoje depois de ela insistir muito, porque ele a está enlouquecendo com tantos paparicos.

— É para você, babaca — murmura ele, enchendo a boca de batatas.

Suspiro, ajeitando o aparelho de audição, porque estamos ao lado de um alto-falante.

— Já te disse que estou dando um tempo dessa vida.

— Sim. — Ele toma um longo gole. — Só que eu não acredito.

Mas devia. Faz mais de quatro meses desde que eu e Martique resolvemos seguir nossos rumos, uma separação quase indiferente para os dois. Foi por isso que terminamos em essência; aquilo não ia dar em nada, e estou meio cansado de sexo casual. Mas não digo isso a Lorne.

— Estou pensando em virar monge — brinco. — Eu ficaria bem de laranja.

Ele me encara.

— Tem certeza? Porque ela é gata. — Meu amigo sinaliza a mulher às minhas costas com a cabeça. — Meio parecida com Holly Willoughby.

No passado, isso bastaria para eu me virar na cadeira, mas apenas tomo minha cerveja e como minhas batatas. Ela pode até se parecer com Holly Willoughby, e talvez eu pudesse lhe pagar uma bebida e puxar conversa, mas a verdade é que não quero Holly Willoughby, Martique ou qualquer outra pessoa.

Eu me distraio caminhando pelas fascinantes ruas íngremes de Edimburgo, mergulhando na cultura da cidade — até comprei uma bicicleta na semana passada. Vim para a Escócia para fugir, e as coisas deram mais certo do que o esperado.

Quando cheguei, mergulhei totalmente no trabalho e nas mulheres e, agora, finalmente emergi, sentindo o ar fresco. No começo, parecia que eu tinha dificuldade em puxar o ar, ele queimava meu peito. Mas, agora, consigo respirar com facilidade e dormir tranquilo.

Por enquanto, isso me basta.

22 de dezembro

Laurie

— Boa noite. Também estou com saudade — digo, esperando minha mãe desligar o telefone antes de mim.

Ela está em Tenerife com tia Susan; as duas ainda estão de luto, acho, mas ajudando uma a outra. Nesse caso, com sangria e sol. Não as culpo; seriamente considerei o convite para ir junto, mas, no fim das contas, a ideia de passar o Natal sozinha na melancólica e fria Londres foi tentadora demais. Estou brincando. Ou não. Mas tenho a casa só para mim por duas semanas — a amiga que divide o apartamento comigo só volta da viagem em família para o País de Gales depois do fim do ano. Meu plano, se é que posso chamar assim, é descansar, me encher de comida e encontrar alguns amigos. Anna e Daryl insistiram que eu passe o Ano-Novo na casa deles, mas, fora isso, estou livre, leve e solta. Entro na cozinha e ligo a chaleira, tentando me sentir urbana e interessante, em vez de uma garota solitária em Londres no Natal.

Uma hora depois, estou preparando um bolo. Eu sei, não costumo fazer essas coisas, mas a garrafa de Baileys que minha mãe me enviou estava ao lado de uma pilha de livros de receitas, e, de repente, fiquei com vontade de comer bolo. Estou no meu segundo copo generoso do licor e não me preocupo nem um pouco com o fato de já passarem das dez da noite e eu ter ficado quase uma hora amassando um cacho de bananas verdes. Estou até cantarolando as músicas de Natal do rádio. Ouvir a estação de Jack quase todas as noites é triste? O programa dele é um desses em que as pessoas ligam para falar sobre qualquer coisa e às vezes é engraçado, às vezes triste. Mas ainda não começou, e estou empolgada com Nat King Cole. É nostálgico; ele era o cantor favorito do meu pai.

Sento à mesa da cozinha, fecho os olhos e volto à cozinha da minha mãe, com o mesmo aroma de massa de bolo e músicas natalinas, com pisca-piscas antiquados presos sob os armários da parede. Estamos todos lá. Devo ter cinco ou seis anos, Daryl é um ano mais velho, Ginny tem uns três. Meus pais também estão presentes, é claro. Ninguém faz nada específico, nenhuma dancinha cafona ou discursos profundos. Somos apenas *nós*, e é um momento tão bonito e perfeito que não quero abrir os olhos e encarar as cadeiras vazias. Mas, então, a música termina e a voz de Jack me cerca, e volto a me sentir bem, porque sua companhia me deixa menos solitária.

Sigo a receita, pesando o restante dos ingredientes enquanto ele atende a alguns telefonemas — tem um cara que quer contar sobre a briga em que se meteu com o Papai Noel da loja de jardinagem local e uma mulher cujos documentos do divórcio chegaram pelo correio hoje cedo. Ela se sente a pessoa mais feliz do mundo, porque seu marido era um pé no saco. São assuntos bobos, mas Jack sabe como manter o tom certo nas conversas.

Raspo a massa do bolo na forma que untei, lambendo o dedo para provar enquanto outro telefonema entra no ar.

— Quero dizer à minha namorada que a amo, mas não consigo — diz o cara que ligou. Pela voz, parece ser um adolescente.

— Como assim não consegue? — pergunta Jack. — Você a *ama*?

O menino não hesita.

— Ah, sim. Quase falei outro dia depois da aula. Estava olhando para ela, e ela me perguntou por que eu estava com aquela cara esquisita, mas as palavras ficaram presas na minha garganta. Não consigo falar.

Jack ri baixinho, e o som é tão familiar que consigo imaginá-lo com clareza agora, aquele brilho divertido em seus olhos.

— Veja bem, se tem um conselho que posso lhe dar é que, pelo amor de Deus, homem, fale logo. Você não vai morrer, prometo. Qual é o pior que pode acontecer?

— Ela rir?

— Mas pode ser que não ria. Na minha opinião, há duas opções. Você pode se arriscar e dizer que a ama ou esperar até ser tarde demais e alguém falar antes. Como se sentiria se isso acontecesse?

— Um idiota?

Fico parada com o bolo nas mãos, pronta para colocá-lo no forno.

— Pelo resto da sua vida, cara. Confie em mim, eu sei, porque já aconteceu comigo. É Natal, se arrisque. Vai se arrepender para sempre se não tentar.

Encaro o rádio por um tempo, coloco o bolo na bancada e pego o telefone.

Dei um nome falso para o produtor do programa. Eu me chamo Rhona e serei a próxima a entrar no ar.

— Oi, Rhona — diz Jack. — Sobre o que quer conversar?

Desliguei o rádio para não fazer eco, então somos apenas eu e Jack conversando ao telefone, como sempre.

— Oi, Jack — digo. — Eu estava ouvindo uma ligação mais cedo e queria dizer como seu conselho me deixou impressionada.

— É mesmo? Por quê?

Não sei se ele já percebeu que sou eu. Acho que não.

— Porque sei como é perder sua oportunidade e passar o resto da vida esperando para se sentir daquele jeito de novo.

Ele faz uma pausa.

— Quer contar sua história para a gente, Rhona?

— É bem comprida — digo.

— Não tem problema. Não vou a lugar algum. Leve o tempo de que precisar.

— Tudo bem — digo. — Certo, tudo começou em um dia de neve em dezembro, quase dez anos atrás.

— Que adequado — murmura ele. — Continue.

— Eu estava no ônibus, voltando do trabalho. Meu dia tinha sido horroroso, eu estava exausta, e aí, de repente, olhei pela janela e vi o homem mais lindo do mundo no ponto de ônibus. Bem, na época, eu pensava nele como um garoto. Eu o encarei, ele me encarou, e nunca senti algo igual. Nem antes nem depois — digo, falando rápido. — Passei um ano inteiro procurando por ele em bares e cafeterias, mas não o encontrei.

A respiração de Jack parece instável no meu ouvido.

— E você nunca mais o viu?

— Só depois que minha melhor amiga o encontrou e se apaixonou por ele também.

— Uau... Rhona — diz Jack devagar. — Deve ter sido complicado.

— De um jeito inimaginável — digo. Acabei minha história, não sei mais o que dizer agora.

— Posso te contar uma coisa que você provavelmente não sabe? — pergunta Jack depois de alguns segundos de silêncio. — Aposto que foi tão difícil para ele quanto para você.

— Ah, não acho — digo. — Fui burra e perguntei uma vez se ele se lembrava de mim no ônibus, e ele disse que não.

Eu o escuto engolir em seco.

— Ele mentiu. É claro que te viu sentada lá. Ele te viu com aquela auréola cintilante na cabeça, se sentiu da mesma forma e queria tanto ter entrado naquele ônibus antes de ser tarde demais.

— Acha mesmo? — pergunto de olhos fechados, voltando a ser aquela garota.

— Acho — sussurra Jack. — Mas ele não sabia o que fazer. Então não fez nada, como um tonto e, depois, quando viu você se apaixonando por outra pessoa, *continuou* quieto. Ele teve várias oportunidades e desperdiçou todas.

— Às vezes, a gente conhece a pessoa certa no momento errado — digo baixinho.

— Sim — diz Jack. — E aí você passa todos os seus dias desejando voltar no tempo.

Não consigo falar; as lágrimas entopem minha garganta.

— Você disse a ele como se sentia?

— Não. — As lágrimas escorrem pelo meu rosto. — Um tempo atrás, ele disse que me amava, mas não falei nada.

— Não — diz Jack, seu tom baixo, triste. — Não falou.

— Mas devia.

— É tarde demais agora?

Levo um segundo para me acalmar e espero que os ouvintes não percam a paciência comigo.

— Não sei — sussurro.

— Acho que devia falar a verdade. Talvez ele ainda esteja esperando. O que você tem a perder?

Estou nos *trending topics* do Twitter. Ou melhor, Rhona está.

#EncontremRhona #CadêRhona #JackeRhona

Parece que David Tennant ouviu minha conversa com Jack no rádio, tuitou #encontremRhona e conquistou a imaginação do país inteiro. Agora, sou uma das metades da história de amor de Natal à qual o pessoal do Twitter está determinado a dar um final feliz. De olhos arregalados, passo pelas centenas de tuítes que surgiram nos minutos desde a ligação. Ainda bem que usei um nome falso, penso enquanto escuto os trechos da conversa que são compartilhados pela internet.

Dou um pulo quando meu celular toca. *Sarah.* É claro. Ela também sempre escuta os programas dele.

— Ah, meu DEUS! — grita minha amiga. Escuto o bebê chorando ao fundo. — Você é Rhona!

Coloco o celular diante de mim na mesa e seguro a cabeça.

— Desculpe, Sar, eu não queria contar para todo mundo daquele jeito.

— Jesus Cristo, Laurie, não estou irritada, estou me debulhando em lágrimas aqui! Se você não for encontrar ele agora, vou entrar em um avião e te arrastar até lá!

— E se...

Ela me interrompe.

— Abra seu e-mail. Acabei de enviar seu presente de Natal.

— Espere um pouco — digo, puxando meu laptop para perto e abrindo a caixa de entrada para ver o novo e-mail de Sarah.

— Ah! Preciso ir, Lu, o bebê fez xixi em mim porque está sem fralda — diz ela, rindo. — Vou ficar de olho no Twitter para saber o que acontece com Rhona. Não estrague tudo!

Sarah desliga enquanto abro seu presente: uma passagem de trem só de ida para Edimburgo.

23 de dezembro

Jack

Merda. A imprensa está do lado de fora do meu apartamento, e meu celular não para de tocar desde que cheguei em casa ontem à noite. Todo mundo quer saber quem é Rhona, porque ficou bem claro pela nossa conversa que nos conhecemos muito, muito bem. Inacreditavelmente, a história chamou atenção dos noticiários de TV — esse povo não tem mais do que falar? Esse tipo de coisa não aconteceria em outra época do ano. Parece que a Escócia inteira se derreteu pela história de amor natalina, e, por mais improvável que pareça, estou no papel de Hugh Grant.

O celular toca outra vez, mas agora atendo porque é meu chefe.

— O'Mara! — berra ele. — Que história é essa?

Tenho dificuldade em responder.

— Está tudo uma loucura, Al. Desculpe, cara.

— A central telefônica está brilhando mais que uma árvore de Natal, meu filho! O país inteiro vai ligar o rádio para descobrir se Rhona liga de novo. É melhor você vir logo para cá e garantir que ela dê sinal de vida.

Como sempre, ele ignora qualquer convenção social e desliga sem se despedir. Fico parado no meio da sala e passo as mãos pelo cabelo. Que diabos faço agora? Acho que não consigo sair daqui sem ser atacado. Olho para o celular e finalmente reúno coragem para ligar para a única pessoa com quem preciso mesmo falar.

— Oi, aqui é Laurie. Não posso atender agora. Por favor, deixe um recado e retornarei assim que puder.

Jogo o aparelho longe e sento fora do ângulo de visão das janelas.

Nunca entrei pelos fundos da rádio; guardamos essa entrada para os convidados famosos que às vezes aparecem para o programa matutino.

— Você está ficando metido demais, cara — brinca Ron, nosso segurança de sessenta e poucos anos, quando me deixa entrar. Geralmente, ele fica fazendo palavras cruzadas na recepção a esta hora.

— Pode subir.

Pego o elevador até o último andar e, quando saio, recebo uma salva de palmas dos poucos funcionários trabalhando neste horário.

— Muito engraçado.

Tiro o casaco, fazendo um joinha para Lena através do vidro do estúdio. Ela, que entra no ar antes de mim todas as noites, começa a acenar feito louca, fazendo um coraçãozinho com as mãos. Que ótimo. Acho que não existe uma única pessoa na Escócia que não saiba sobre mim e Laurie. Ou Rhona. Tentei ligar para ela mais um milhão de vezes, mas ela não atende; deve ter se assustado com essa palhaçada toda. Quase liguei para a casa da mãe dela ontem, mas tive bom senso — tenho certeza de que a última coisa que ela precisa é receber uma ligação tarde da noite porque não consigo achar a filha dela. Laurie sumiu, e o país inteiro quer que eu a encontre.

Laurie

Precisei mentir para o taxista. Tudo que eu sabia era o nome da rádio de Jack, e a primeira coisa que o homem falou quando eu lhe disse aonde queria ir foi:

— Ora, você não é aquela tal de Rhona, é?

Era brincadeira, claro, mas meu estômago embrulha cada vez que ele olha para mim pelo espelho retrovisor enquanto passamos pelas tumultuadas ruas enfeitadas para o Natal. Estou aqui. Estou aqui de verdade. Entrei no trem às quatro da tarde; achei que o longo trajeto me daria bastante tempo para pensar. O que vou dizer a Jack? O que vou fazer quando chegar a Edimburgo? Mas, no fim das contas, só apoiei minha cabeça contra o vidro frio e observei a paisagem mudar conforme seguíamos para o norte.

A cidade é bem mais bonita do que eu esperava, cheia de prédios cinza e com uma arquitetura grandiosa e imponente. Talvez seja porque as ruas estão cheias de gelo reluzente, com flocos de neve pairando no ar, mas há um clima mágico aqui. Em dois dias, será Natal; as pessoas ocupam as calçadas de pedrinha dos bares, e o rádio do táxi não para de tocar músicas natalinas.

— Chegamos, anjo. — O motorista para diante de um ponto de ônibus para eu saltar. — É bem ali. — Com a cabeça, ele indica o prédio com fachada de vidro do outro lado da rua. — Boa sorte para conseguir *entrar* hoje.

Sigo seu olhar, e meu coração para diante da multidão de fotógrafos parada na calçada. Olho para o motorista, incerta.

— Quanto deu a corrida, por favor? — Minha voz soa estridente e nervosa.

Ele olha para o outro lado da rua, balançando a cabeça.

— É você mesmo, não é?

Concordo com a cabeça, morrendo de medo. Não sei se posso confiar nele, mas, a esta altura, não tenho opção melhor.

— Não sei o que fazer.

O homem batuca com os dedos no volante, pensando.

— Fique aqui.

Então ele liga o pisca-alerta e sai do carro, desviando do trânsito enquanto corre para o prédio da rádio.

Jack

Todo mundo que ligou até agora perguntou sobre Rhona ou me deu alguma dica para reconquistá-la, e tentei dispensá-los sendo o mais vago possível. O programa está quase acabando e estou prestes a tocar

"Fairytale of New York" para os ouvintes quando Lorne balança a cabeça para mim de sua cabine e avisa que temos mais uma chamada na linha. Vejo a luz vermelha piscando e espero.

— Oi, Jack. Sou eu de novo. Rhona.

Finalmente.

— Olá — digo, e acho que o país inteiro suspira de alívio. — É bom falar com você de novo. Achei que não fosse ligar.

— Senti sua falta — diz ela.

Sua voz tem um tom baixo e rouco que me faz desejar que eu pudesse ser o único a ouvi-la.

— Senti sua falta nos últimos nove anos.

Minha voz falha; a verdade é a única coisa que posso dar a Laurie agora, e não me importa quem está ouvindo.

Eu a escuto prender o ar, e lá fora, no escritório, Haley, minha assistente, levanta-se da mesa e sorri para mim do outro lado do vidro, com lágrimas escorrendo pelo rosto.

— Eu te amo, Jack — diz Laurie, e percebo que ela está chorando também.

— Não fique triste — digo, carinhoso. — Passei quase uma década querendo ter entrado naquela droga de ônibus. — De repente, eu entendo: preciso estar onde ela estiver agora. — Quero te ver — murmuro, e Haley une as mãos e meio que soca o ar.

— Estou aqui, Jack — responde Laurie, dando uma meia-risada.

Confuso, me viro na direção de Lorne na cabine, e lá está ela. *Laurie.* É ela mesma, sorrindo para mim como naquela primeira vez em que nos vimos. Laurie veio, está sorrindo, tem uma auréola cintilante na cabeça. Lorne sorri às suas costas, joga as mãos para o alto e, então, graças a Deus, interrompe com a próxima música.

— Eu assumo agora — diz ele com tranquilidade em meu ouvido. — Saia daí. A garota veio de longe para te ver.

Laurie

Se eu precisasse de alguma certeza de que vir para a Escócia era a coisa certa a fazer, o olhar no rosto de Jack ao me ver bastaria. Meu anjo da guarda/taxista e o segurança da rádio bolaram um plano para me deixar entrar pela porta dos fundos, ajudados por Haley, a assistente de Jack. Ela me encontrou na portaria, toda animada, e me deu um abraço rápido quando saímos do elevador.

— Estou tão feliz por você ter vindo — disse ela, com brilho nos olhos. Por um instante, achei que a garota fosse começar a chorar. — Sempre achei que havia alguém... Ele nunca me pareceu bem-resolvido — acrescentou. Na frente da árvore de Natal do escritório, ela parou e segurou minha mão. — Espere. Vou só...

E, então, puxou uma faixa prateada dos galhos e a ajeitou na minha cabeça.

— Pronto. Perfeito.

E agora, finalmente, somos só Jack e eu. Rindo, ele fechou as persianas na cara dos seus colegas de trabalho empolgados, nos dando um pouco de privacidade na pequena cabine de vidro.

— Como é que você...?

Ele se aproxima e segura meu rosto, olhando para mim como se não conseguisse acreditar que estou mesmo aqui.

— As pessoas me ajudaram — digo, rindo de alegria. — O taxista e...

Jack me interrompe com um beijo, deixando-me ofegante, suas mãos no meu cabelo, sua boca cheia de desejo e doçura e alívio.

Depois de um minuto longo e sem fôlego, ele para, seus olhos focando nos meus.

— Por que a gente esperou tanto?

— Eu esperaria uma vida inteira por você — digo. — Eu te amo, Jack O'Mara.

— E eu te amo, Laurie James — sussurra ele. — Fica comigo?

— Sempre.

Jack me beija de novo, e eu derreto, porque seus beijos me foram proibidos por muito tempo. Finalmente, eu me afasto em seus braços e ergo o olhar.

— Já se perguntou o que teria acontecido se tivesse entrado no ônibus?

Ele meio que dá de ombros, rindo enquanto tira a faixa prateada do meu cabelo.

— O garoto vê a garota. A garota vê o garoto. O garoto sobe no ônibus, agarra a garota e os dois vivem felizes para sempre.

Rio baixinho.

— Falando assim, é uma história bem chata.

— A gente chegou lá no fim das contas — diz ele, beijando minha testa.

Eu o abraço, ele me abraça, e, pela primeira vez em muitos anos, não há absolutamente nada faltando.

Agradecimentos

Um grande agradecimento a Katy Loftus, minha editora inteligente, gentil e sábia. Seu instinto e sua visão foram meus guias infalíveis durante este livro do começo ao fim. Honestamente, eu não o teria escrito sem sua ajuda. Você é brilhante.

Muito obrigada a Karen Whitlock, Emma Brown e todo mundo da Viking — foi um prazer e uma emoção trabalhar com vocês.

Um agradecimento enorme a Sarah Scarlett e toda a equipe brilhante e incrível de direitos autorais.

A Jess Hart — não tenho palavras para explicar o quanto adorei a capa original! Obrigada, ela vai ficar para sempre na parede do meu escritório.

Como sempre, muito obrigada à minha agente Jemima Forrester e a todos da David Higham.

Em uma nota pessoal, meu amor e agradecimentos às moças do Bob e às sirigaitas — não há nada que eu pergunte que vocês não saibam a resposta! Vocês são minhas armas secretas.

Obrigada, como sempre, à toda minha família e aos meus amigos maravilhosos por seu apoio e incentivo inabaláveis.

E por último, e mais importante, obrigada aos meus amados James, Ed e Alex. Vocês são meus eternos favoritos.

Impresso no Brasil pelo
Sistema Digital Instant Duplex da Divisão Gráfica da
DISTRIBUIDORA RECORD DE SERVIÇOS DE IMPRENSA S.A.
Rua Argentina, 171 – Rio de Janeiro, RJ – 20921-380 – Tel.: (21)2585-2000